DER DORNENGARTEN

Mehr Bäume.
Weniger CO_2.
www.cpibooks.de/klimaneutral

MIX
Papier aus verantwortungsvollen Quellen
FSC www.fsc.org
FSC® C083411

Eva Wahrburg: Der Dornengarten

www.edition-a.at

Cover: JaeHee Lee
Gestaltung: Hidsch
Lektorat: Sebastian Höllmüller

Gesetzt in der *Quiroga Serif Std*
Gedruckt in Europa

1 2 3 4 5 — 19 18 17 16

ISBN 978-3-99001-180-5

Eva Wahrburg

Der Dornen garten

Roman

edition a

Inhalt

Für Markus.

1. Verkündigung

»Nein!« Ich ließ den Brief fallen, als hätte er meine Hand versengt.

Vater Gabriel sah mich wortlos an. Die Stille, die zwischen uns fiel, war keine friedliche, sie erinnerte an das langsame Reißen von Papier. Das Licht von draußen sickerte grau herein, die violett ausgeschlagenen Wände der Bibliothek legten einen kränklichen Schimmer auf die hohe Stirn des Geistlichen. Er schüttelte den Kopf. »Verstehen Sie doch, es muss sein! Es ist nur zu Ihrem Besten.«

»Wie kann das sein? Sie wollen mir den Antichristen ins Haus schicken!« Ich musste aufgesprungen sein, denn ich fand mich im Auf- und Abgehen begriffen, die Arme vor der Brust verschränkt, um dem Zittern Einhalt zu gebieten.

Vater Gabriel beugte sich vor. »Sie müssen einwilligen. So besorgniserregend die Aussicht auch ist, dass dieser Mann in Ihr Haus kommt. Es werden doch nur vierzig Tage sein. Vierzig wie –«

»Jene, die Christus dem Teufel in der Wüste widerstand, ich weiß. Der Heiland war nur keine Frau ...«

Die Worte waren mir einfach aus dem Mund gefallen. Ich biss mir auf die Zunge. Hinter einem der Regale ertönte ein unterdrücktes Kichern, das schnell in einen Hustenanfall überging. Vater Gabriel sah sich verärgert nach seinem jungen Begleiter um, der sofort wieder angelegentlich in den Manuskripten raschelte, und wandte sich dann mit gerunzelten Brauen wieder mir zu. »Sie vergleichen sich mit Christus?«

»Nein, nein«, stammelte ich. »Ich würde nie –«, meine Stimme driftete davon. Doch darum ging es auch gar nicht. Was das Kloster forderte, war ungeheuerlich: *Sie wollten mir eine Bestie schicken.* Ich versuchte, etwas zu sagen, doch es kam kein Ton aus meiner Kehle. Ich musste mich räuspern. »Haben Sie nicht selbst gesagt, das Verhalten dieses Handwerkers sei widerwärtig, seine Rede respektlos und seine ganze Person geradezu *gefährlich?*«

»Nun, eher sittenlos und ungehobelt vielleicht ...«, Vater Gabriels blauer Blick verwusch. »Zügellos womöglich. Er hat jedoch noch niemanden schwer verletzt. Es gab nur – nur kleine Handgemenge mit ein paar Novizen.«

»Ah?« Ich schluckte trocken. »Und er trägt Waffen bei sich und feuert diese jeden Tag ab?«

»Zu Übungszwecken. Nur morgens.«

»Und er hat sich wiederholt Waschmägden unsittlich genähert?« Ich rang die Hände.

»Es ist ... beobachtet worden. Wenngleich die Annäherung nicht gewaltsam zu erfolgen schien. Es kam zu keiner Klage.«

Zu keiner *Klage?* Mir wurde grau vor Augen. Ich sank in den Stuhl gegenüber am Tisch. »Das tut es nie, weil es im Nachhinein immer zu spät ist.« Meine Kehle war wie ausgedörrt. »Nein, er kann nicht kommen. Auf gar keinen Fall.« Ich schob das Papier, das ich gerade vor ein paar Augenblicken entziffert hatte, weit von mir. Vater Gabriel hatte mich das letzte Mal vor drei Monaten besucht und die Worte, die er damals für den Restaurator gefunden hatte, der gerade die Abteidecke renovierte, waren noch viel unverblümter gewesen: Er hatte ihn als brutal, aufrührerisch und als Schürzenjäger geschildert, der gewohnt war, sich mit Gewalt zu nehmen, was er wollte. Schon im Kloster hatte es täglich Konflikte mit ihm gegeben – und hier in meinem Haus würde es noch nicht einmal Zeugen geben ...

»Haben Sie die Gründe für die Notwendigkeit seines Kommens denn nicht verstanden? Soll ich Ihnen die Worte des Abts noch einmal explizieren? Dass das Kloster zu weit fort ist, um Sie zu schützen, wenn Sie das Angebot nicht annehmen? Es geht doch nur um die *Symbolik* des Akts. Das Kloster schenkt Ihnen die Restaurierung des Freskos in Ihrer Kapelle –«

»Um der Welt zu zeigen, dass es mich als Erbin des Gutes anerkennt. Das verstehe ich wohl.« Doch dazu würde die Anwesenheit des Restaurators in nur *allzu konkreter Gestalt* notwendig sein, was mich in allergrößte Nöte bringen würde ...

»Die Lage ist ernst«, beharrte Vater Gabriel. »Wir hörten, Ihre Nachbarn wollen sich zusammentun, um vor Gericht zu gehen. Sie wollen jetzt endgültig Ihren Erbanspruch auf Haus und Land anfechten. Und seit Ihr Oheim nicht mehr ist, steht Ihnen sonst niemand mehr zur Seite. Deshalb müssen wir unsere Allianz nach außen darstellen. Auch wenn es für Sie nicht leicht ist ...«

Zu sein, was ich nun einmal bin. Ich wusste nur allzu genau, was er meinte, und wandte mich schnell ab, blickte aus dem Fenster ins graue Zwielicht. Gewaltsam glättete ich dann meine Züge und drehte mich dem ältlichen Geistlichen wieder zu, versuchte, mich gerade zu halten.

Er musterte mich misstrauisch, als gehörte ich einer unberechenbaren Tierart an. »Wir müssen dieses Zeichen setzen«, wiederholte er. »Der Restaurator wird kommen, am Fresko in Ihrer Kapelle arbeiten – und spätestens in vierzig Tagen, zu Ostern, wieder gehen. Bis dahin werden alle Ihre Nachbarn vom großzügigen Geschenk des Abtes an Sie erfahren haben und Ihren Besitzanspruch nicht länger anfechten. Sie sehen doch ein, dass es nicht so weit kommen darf, dass sie Sie vor Gericht zerren? Oder womöglich sogar noch Schlimmeres ...«

Ich wusste, wovon er sprach. Schließlich lebte ich schon über drei Jahrzehnte unter Menschen, die wenig Achtung für mich hegten. Meine Hände krampften sich in meinem Schoß zusammen.

»Die Situation, den Mann für die Dauer seines Auftrags zu beherbergen, ist eine unangenehme für Sie – gerade wo Sie nunmehr ganz allein sind –, aber hier geht es ja darum, nun«, seine Stirn legte sich in Falten. »Legitimität herzustellen.«

Das war nach allen Gesetzen der Natur nicht mehr möglich. Doch ich verbiss mir diese Richtigstellung. Selbst ein Narr würde ja verstehen, worum es hier wirklich ging: *Anschein*. Es ging einzig darum, anzudeuten, dass sich das Kloster auf meine Seite stellen würde, wenn es zum Äußersten kommen sollte. Damit sollten meine streitlustigen Nachbarn entmutigt werden, mehr nicht. *Legitimität* oder *Wahrheit* hatten damit wenig zu tun.

Wenn nur jener Mann weniger nach einer Bestie klänge ... Außerdem würden sie mich alle bezichtigen, ich hätte ihn mit

Hintergedanken ins Haus geholt. »Er – er kann doch gewiss im Dorf nächtigen?«

»Aber wo denken Sie denn hin? Er muss so nah wie möglich an seiner Wirkungsstätte wohnen!« Vater Gabriel zwinkerte irritiert. »Priester Matthäus muss Ihnen gerade jetzt furchtbar fehlen«, bemerkte er dann weicher. »Und auch wir vermissen Ihren Oheim mit seinem Rat oft nur allzu schmerzlich, doch –«

»Schon gut.« Für noch mehr Schönfärberei gab es keinen Bedarf. Wussten wir doch beide, dass Fluch und Segen stets nahe beieinandergelegen hatten, wenn es um meinen Oheim ging. Ich hatte ihm jedoch zu verdanken, dass er mich großgezogen und das Gut für mich erhalten hatte, obwohl er dafür seine kirchliche Laufbahn opfern musste. Außerdem hatte er von dem verbliebenen Vermögen eine geistliche Bibliothek angelegt, die ihresgleichen suchte – was sich jetzt als zweckdienlicher herausstellte, als es je geschienen hatte, stellte mich diese Tatsache doch jüngst unter den Schutz des Abtes, der kaum auf die wertvollen Bücher – und meinen Dienst, diese zu kopieren – verzichten konnte. Die andere Seite war, dass sich Matthäus in seinen letzten Jahren mit seiner spartanischen Strenge und seinem Ingrimm sowohl im Kloster als auch im Dorf zunehmend unbeliebt gemacht hatte. Zuletzt durfte er weder Messen halten, noch war er im Kloster willkommen, wo er zum Ende hin immer mehr gegen die verfallenden Sitten der Mönche gewettert und den Abt sogar einen Häretiker geschimpft hatte. So hatten in Wahrheit alle, die ihn kannten, Erleichterung verspürt, als er vor dreizehn Jahren unerwartet von uns ging – Vater Gabriel noch mehr als andere, war er seither doch wieder regelmäßiger Gast in meinem Haus, um

Manuskripte zu entleihen und mir Übersetzungs- und Kopieraufträge vom Abt zu überbringen. Meine Kiefer begannen zu schmerzen, ich presste mir die Knöchel in meine verhärteten Wangen, atmete durch. Mein gestrenger Oheim hätte diesen seltsamen Handel *niemals* gebilligt.

Vater Gabriel schien zu bemerken, dass er meinem Widerstand noch andere Mittel entgegensetzen musste. Er lehnte sich zurück. »Glauben Sie, wir wüssten nicht, wie Ihre Beziehungen zu den anderen Gutsbesitzern – und selbst zu den einfachen Bauern – seit Jahren aussehen? Diese entsprechen keinesfalls Ihrem Stand. Den Leuten fehlt es an Respekt. Wenn wir jetzt nicht die Gunst der Stunde nutzen, befürchten wir sogar ...«, die Täler seines Gesichts vertieften sich, »*offene Gewalt.*«

Ich sah auf die glänzende Tischplatte zwischen uns nieder.

»Und diese wird den Damm erst endgültig brechen lassen«, sein Abbild im Furnier waberte, als er sich beschwörend wieder vorbeugte. »Verstehen Sie denn nicht? Sie werden Sie jagen, Ihnen Haus und Hof nehmen, das ganze Erbe, sogar Ihren *Namen:* Ihnen wird nichts mehr bleiben!«

Ich merkte, wie sich meine Augen weiteten: Er musste wissen, was sie planten! Anscheinend hatte er mit dem hiesigen Priester gesprochen – anders als ich, die mit niemandem mehr sprach, zu niemandem mehr ging. Offenbar war ich naiv gewesen, zu denken, es würde genügen, mich immer weiter vor ihnen zurückzuziehen. Jetzt wollten sie nicht nur mich, sondern auch noch die Mauern, die mich bisher geschützt hatten; die einzige Wehr, die mir noch geblieben war.

»Der Restaurator wird bald wieder fort sein. Glauben Sie mir, sein Kommen wird ein weit kleineres Übel für Sie sein als die Alternative.«

Vierzig Tage und vierzig Nächte. Ganz gleich, was in dieser Zeit hier passierte – danach war es vorbei. Und das Vermächtnis dieser Zeit wäre *Frieden*. Er würde endlich in diesen düsteren, violetten Raum zurückkehren und das Equilibrium meiner Stille wieder aufblühen lassen. *Für immer.*

Ich schloss die Augen. »Ich akzeptiere.«

Die Bibliothek war mittlerweile so sehr mit meinen Ängsten angefüllt, dass ich darin erstickte. Hinaus, nur hinaus; ich musste mir Luft verschaffen. Gott sei Dank war Sonntag und um diese Zeit wurde im Dorf die Messe gehalten, so dass der Wald für eine Weile sicher war.

Ich tastete mich durch die dunkle Halle zur Hintertür und stieß sie auf. Die Priester waren in die entgegengesetzte Richtung zum Dorf gegangen. Der Weg war also frei. Ich lief, so schnell es meine Röcke und der aufgeweichte Pfad erlaubten, zum Steg, der den Bach überspannte. Dieser war nach dem langen Winter angeschwollen und rauschte eisengrau dahin. Ich betrat die schlüpfrigen Planken, als ich plötzlich hinter mir Fußgetrappel vernahm. Überrascht drehte ich mich um, rutschte dabei aus und hing einen Moment lang über dem rauschenden Strudel. Im letzten Augenblick konnte ich mich fangen. Aus dem Augenwinkel hatte ich bei meiner Drehung kurz ein Kind erblickt, mit Beinen so dünn wie Stöcken, das sogleich wieder hinter der Hausecke verschwunden war. Kurz überlegte ich, ob ich dem Mädchen folgen sollte, doch die Zeit drängte – die Messe dauerte schließlich nicht ewig.

So lief ich weiter, bis sich der Wald um mich schloss. Sofort ging es mir ein wenig besser. Nur hier bekam ich wahrhaft Luft. Er war zwar manchmal gefährlich, aber wenn ich nach Tagen in der Bibliothek das Starren der unzähligen stummen Buchrücken nicht mehr ertrug, half nur die Flucht hierher. Im Sommer begrüßte mich hier das Rauschen des Grüns und im Winter das Knarren der Stämme, wenn sie sich im eisigen Wind bogen. Und daneben – Stille – eine ganz andere, als die zwischen den Büchern; denn diese hier lebte, sie paarte sich mit Licht und Weite. So stahl ich mir wenigstens an den Sonntagen ein, zwei Stunden Freiheit.

Vorsichtshalber lauschte ich in alle Richtungen, horchte, ob eine Amsel oder ein Star warnend riefen – doch alles war ruhig. Langsam gelang es mir auch wieder, mich zu beruhigen. Umso mehr, als dass sie mich jetzt umgaben; die mächtigen Eichenriesen. Ihretwegen kam ich her, wegen ihres Friedens. Alles andere verschwand hier, war nichtig – vor allem, wer ich war.

Ich stolperte über einen Stumpf und wäre fast gestürzt. Richtig, ich durfte nicht abschweifen. Im Wald musste man aufmerksam sein und jedes Zeichen lesen. Soeben gewannen wunderbarerweise alle Farben ringsherum an Intensität, bevor sie sich auflösten – *Nebel*. In diesem Fall konnte ich es selbst wagen, einen mir sehr lieben Ort aufzusuchen, den ich längst vermisst hatte: einen Tümpel, der mich an ein großes, ruhiges Auge erinnerte. Heute freilich würde er nur milchig den Nebel spiegeln, aber dafür konnte ich mich auf einen Stein an seinem Ufer setzen und mich erinnern, wie ich früher altmodisch gewandete Männer in Kappen und junge Frauen mit Schürzen voller Steine aus seinem Spiegel hatte steigen sehen. Wie entsetzt Mechthild gewesen war, als ich ihr davon erzählte! Wenn sie nicht gewesen wäre, hätte ich nie erfahren, dass meine Freunde in alten Zeiten für ihre Vergehen ertränkt worden waren, oder sich selbst das Leben genommen hatten. Mechthild hatte jedenfalls Dutzende von Gerten auf meinem Rücken zerbrechen müssen, bis ich nichts dergleichen mehr sah. Es war auch gut so, denn mittlerweile brauchte ich solch seltsame Gesellschaft auch schon lange nicht mehr. Stattdessen hatte ich mich an meine Einsamkeit gewöhnt; sie war meine Freundin geworden, das Einzige, das *sicher* war – sicherer als die Gesellschaft der Alten jedenfalls, die von Jahr zu Jahr bösartiger wurde, und erst recht sicherer als das, was mich morgen Abend erwartete, wenn die Ankunft jenes grauenhaften Menschen bevorstand ...

Doch ich war nicht hergekommen, um an ihn zu denken. Er würde mir die Augenblicke hier nicht nehmen, mich nicht blind machen für die bleichen Schwaden, die jetzt gleich weiß bekutteten Mönchen feierlich zwischen den Stämmen hindurch glitten, bevor sie sich zu einem großen undurchdringlichen Nichts verdichteten. Warum war die Wirklichkeit nur immer dann am schönsten, wenn sie sich verhüllte? In einigen Senken hing der Nebel bereits dicht, woanders wiederum, wie um den Felsen, der die Grenzmarke zu meinem Land darstellte, gab er noch schrittweise Sicht frei. Dort gönnte ich mir einen kurzen Halt und beugte mich vor, um leichter Luft zu kriegen. Zum Laufen war das alte, fischbeinbewährte Korsett eindeutig zu eng. Normalerweise schnürte ich es an Sonntagen weniger stramm, nur heute hatte mich die Aussicht auf Vater Gabriels Besuch schon am Morgen zu sehr durcheinandergebracht. Ich richtete mich gerade mit einem leisen Stöhnen wieder auf, als mich unerwartete Laute anwehten: *Stimmen.*

Für einen Herzschlag erwog ich zu flüchten, doch dafür war es bereits zu spät. Sie waren zu nah und würden mich im Laub hören. Noch wurden sie vom Dunst verdeckt, doch mit jedem Moment knackten Äste schärfer unter ihren Schritten und auch ihr Gespräch tönte immer lauter herüber.

Einer schimpfte, es sei sinnlos, bei diesem Nebel zu jagen. Dass das Wild sie anspringen müsste, damit sie es bemerkten. Ein anderer lachte. »Mach dir nicht ins Hemd! Ranulf treibt es uns schon noch vors Rohr.«

Glut floss durch meine Adern; ich wusste, wer sie waren.

Ich tastete einen Schritt zurück, dann noch einen. Die Männer waren kaum noch zwanzig Fuß entfernt und kamen immer näher.

Ich wich weiter zur Seite aus, mühte mich im Dunst, aus ihrer Marschlinie zu kommen, fand endlich einen Baumstamm, der mich verbarg, glitt an ihm nieder.

Drei Schritte entfernt, genau, wo ich gerade noch gestanden hatte, brachen Äste unter schweren Tritten. Ich presste mich an den Stamm, bis sie sich wieder entfernten. Erst als sie schon einige hundert Fuß weit fort waren, schaffte ich es, mich wieder aufzurichten. Das Blut rauschte mir noch immer in den Ohren, mein Herz hämmerte – und setzte fast aus, als ein weiteres Mal Schritte aus dem Nebel auf mich zukamen. Der Dunstschleier riss abermals auf und gab einen hochgewachsenen Mann mit einem Gewehr frei. Anders als das letzte Mal, als wir uns begegnet waren, zierte nun ein Schnurrbart sein breites Gesicht. Er lauschte zur Seite, würde gleich den Kopf nach mir wenden. Da ertönte ein Schuss. Er korrigierte seinen Kurs, schritt keine Armlänge an mir vorbei. Kalt prallte die von ihm verdrängte Luft an meine Wangen.

Erst als er längst wieder verschwunden war, begannen die Zahnräder der Zeit wieder zu greifen.

Auf noch unsicheren Beinen wankte ich zurück. Inmitten der versickernden Nebelschwaden dräute das fleckige Weiß meines Hauses mit seinen dunklen Fensteröffnungen fast wie ein Totenschädel. Gerade als ich mich ein letztes Mal nach dem Wald umsah, ertönte noch ein Schuss. Ich zuckte zusammen und stolperte weiter. Nur aus den Küchenfenstern glomm das Herdfeuer sacht heraus. Es beleuchtete jedoch überraschenderweise nicht eine, sondern zwei weibliche Gestalten; anscheinend hatten wir Besuch. Mechthild musste meinen Blick aus dem Dunst heraus spüren, denn sie drehte sich zum Fenster und bedachte mich mit einem aufblitzenden Vogelblick, bevor sie sich wieder der Tochter des Meiers zuwandte.

Bevor auch diese mich noch entdeckte, trat ich rasch aus dem Blickfeld des Küchenfensters hinaus und huschte zur Hintertür. Noch zittrig schob ich mich durch den Türspalt und lehnte mich für einen Moment gegen die Täfelung im Schatten der Galerie, sah für eine Weile lang nichts.

Sicher war Thalita wegen der Daunen da. Vielleicht hatte sie im Dorf Abnehmer für sie gefunden. Mechthild war viel zu unbeliebt, als dass sie sich als Mittlerin geeignet hätte, und ich – nun, mir war es unmöglich. Deshalb mussten wir froh über ihre Besuche sein und ich sollte sie zumindest begrüßen. Umso mehr, als dass Mechthild später toben würde, wenn ich es nicht tat. Wenn meine Hände nur nicht so zitterten ...

Seufzend setzte ich mich also in Bewegung, tappte an den dunklen Schränken vorbei, die das spärliche Licht aufsaugten. Gerade als ich die angelehnte Küchentür aufstoßen wollte, vernahm ich dahinter Thalitas Stimme: »Kräuter, die ohne Hitze ihre Wirkung entfalten, Mechthild. Und man darf sie nicht aus Bier herausschmecken. Johan wird doch morgen früh den Hafer liefern – und wenn er sich danach zu mir setzt, will ich ihm den Trunk anbieten. Wüsstest du da was?«

»Da gibt's schon Mittel«, wurde Mechthilds Altfrauenstimme vernehmlich. »Achte nur darauf, dass du es bist, aus deren Hand er den Trank nimmt, und geh nicht eher, als bis der Becher leer ist. Ein Liebestrank muss persönlich gereicht werden.«

Liebestrank? Ich war mitten in der Bewegung erstarrt. Dann war es also wahr: Sie gab sich noch immer als Hexe aus! Und das bei all dem Aberglauben, dem die Leute auch heute noch anhingen. Als ob sie unseren Ruf nicht kannte! Jetzt blieb mir nur zu hoffen, dass Thalita über diesen besonders kruden Handel Schweigen bewahren würde ... Und außerdem: *Liebeszauber?* Ausgerechnet für die Tochter des Meiers – das schönste Mädchen im Dorf und dazu noch eine gute Partie? Zu Johan mit seinen offenen Zügen, den großen Händen und dem dichten Schopf passte sie doch ausnehmend gut! Was brauchte es da noch für *Zauber?* Ich schob mich ein paar Schritte von der Tür fort. Es konnte höchstens sein, dass ihr die Dauer der Werbung missfiel. Ich hatte den Jungen zwar schon lange nicht mehr gesehen, konnte mich aber dunkel an das Phlegma erinnern, mit dem er früher die einfachsten Gesten vollführte – vielleicht war er ihr schlichtweg *zu langsam*.

Unwillkürlich war ich mir bei meinen Erwägungen durch die aufgesteckten Haare gefahren und hatte dabei kleine Zweige und Laub erfühlt. Ich zupfte sie heraus, zog gedankenverloren alle Nadeln heraus und löste den Knoten, um ihn neu zu winden.

Gewiss gab es Mittel, um die Körpersäfte zu beschleunigen. Sogar welche, die gewisse Körperfunktionen befeuerten; wie beispielsweise Tollkirsche oder Bilsenkraut – Mechthild kannte sie alle. Nur sollte sie sich ob ihrer Wirkung nicht selbst Mächte anmaßen, die die meisten ihr ohnehin schon zusprachen ...

Knarrend schwang die Küchentür auf und ich zuckte zusammen; Haarnadeln prasselten gleich Hagel auf den Mosaikboden.

Ich hob den Blick und fand mich den zwei Frauen gegenüber: Vollblutstute und Krähe – der einen Anmut noch unterstützt durch die Trockenheit der anderen.

»Oh, Frau von Eschweih, Sie hier?«, die Jüngere trat einen Schritt auf mich zu, was mich veranlasste, meinerseits einen Schritt zurückzuweichen. Ich nickte, hielt mich mit den Augen an dem regelmäßigen Rankenmuster im Mosaikboden fest. Schon an gewöhnlichen Tagen versteifte sich mein Rückgrat in ihrer Gesellschaft – und heute ...

Die verstreuten Nadeln durchbrachen die Muster auf den Fliesen. Unwillkürlich bückte ich mich nach ihnen, um sie aufzuheben, die Ordnung wieder herzustellen.

Erst als urplötzlich Stille über mir aufblühte wie eine giftige Knospe, wurde mir klar, wie wunderlich sich meine Handlung von außen ausnehmen musste. Meine Hände wurden unstet in ihrem Tun – doch es war zu spät. Mit heißen Wangen richtete ich mich wieder auf, während die Frauen etwas gezwungen ihr Gespräch wieder aufgenommen hatten – diesmal über das Wetter.

Ich merkte, wie Mechthild mich anstarrte. Ich konnte mir vorstellen warum: Mein Haar musste wild abstehen, mein Saum war von der Wanderung verschlammt und im Rock ertastete ich gerade einen neuen Riss. Ganz zu schweigen davon, dass der Schnitt meines Filzkleids seit Jahrzehnten veraltet war – jede Stallmagd war besser gekleidet als ich – Thalita hingegen trug einen neuen Mantel mit Puffärmeln und eine große, elegante Haube.

Auch der Meiertochter entging meine Aufmachung keineswegs, dennoch blitzte in ihren Augen lediglich Schalk. »Gerade erst vorhin haben wir uns über Männer unterhalten, Frau von Eschweih und Sie, als studierte Frau, denken Sie, es ist möglich, die Liebe eines Mannes entgegen seiner Neigung zu gewinnen?«

»*Liebe?* – ich ... Nein!«

»Frag sie lieber nach Sachen, die sie kennt, etwa dem Wunder der Unbefleckten Empfängnis oder der Auferstehung«, grollte Mechthild. »Über so Weltliches wie Männer weiß Frau von Eschweih so viel wie ein Huhn übers Plinsenbraten«, sie schnaubte. »Und jetzt mach besser, dass du nach Haus kommst. Der Weg ist lang und der Tag ist kurz.«

Thalita lachte hell auf. »Wenn du das sagst, Mechthild. Doch du wirst Recht haben, schließlich muss ich mich für morgen sammeln«, sie zwinkerte der Alten zu.

Augenblicke später fiel die Eingangstür hinter ihr zu und ließ die alte Krähe und mich in der Halle zurück, sie grinsend – mich versteinert.

Die Zwiebeln unter meinem Messer trieben mir Tränen in die Augen. Alle Augenblicke holte die Alte die feinen Ringe ab und warf sie in eine Pfanne, wo sie aufzischten.

Auch der Ausblick aus dem Westfenster war noch trostloser als sonst. Die Konturen des grauen Tages verschwammen endgültig, während er langsam in die Nacht überging.

Wie so häufig starrte ich auf das von einem Mäuerchen umgebene Stück kahler Erde, das früher der Rosengarten meiner Mutter gewesen war. In der Mitte des Rechtecks auf einem gusseisernen Sockel stand eine Sonnenuhr – die niemals die Zeit anzeigte. Den Grund dafür bot der neben ihr aufragende halb verkrüppelte Baum, in dessen Schatten sie stand. Die Uhr war nicht das einzige Leblose inmitten der Mauern dort; auch die übrige Erde blieb jeden Frühling aufs Neue tot: Keine Rosenwurzel wartete hier auf die Wärme, keinerlei Samen; nicht einmal Unkraut. Die vormals elegant angelegten Beete waren absolut verödet.

Plötzlich tauchten dunkle Schemen in der fallenden Dämmerung auf und schlichen um die unverputzten Steine. Meine drei Hündinnen kehrten von ihren Streifzügen zurück. Wie immer wenn ich sie sah, musste ich lächeln; bis die Fensterscheibe sich endgültig in einen Spiegel verwandelte, der nicht nur mich zeigte, sondern auch die Alte. Wie sie mit hochgezogenen, knochigen Schultern am glühenden Herd hantierte, sah es aus, als versteckte sie unter ihrem Kleid Flügel. Mein Lächeln erstarb.

Sie warf mir einen Blick über die Schulter zu. »War das ein Priesterkragen, den der Junge trug, der Vater Gabriel heute begleitet hat?« Sonst mürrisch und schweigsam schien sie heute noch von ihrer vorigen Unterhaltung angeregt zu sein. »Schlimm muss es um das Kloster stehen, wenn es schon kleine Jungen zu Priestern macht«, fuhr sie geringschätzig fort und rührte die Brühe um.

»Davon, dass sie die Bestimmungen geändert hätten, wüsste ich nichts«, sagte ich.

Das schwarze Kopftuch ruckte in stummer Missbilligung. Nicht eine graue Strähne spähte darunter hervor. Mit einer Wendung des sehnigen Arms kippte die alte Frau die angebratenen Zwiebeln in die Suppe. »Trotzdem Narretei, so was. Viel zu früh. In Eile gefreit, in Muße bereut. Wie ich seinerzeit.« Ein paar kleine Winteräpfel polterten aus ihrer Schürze auf den Tisch vor mir. Sie gab mir einen Wink, sie zu schälen. Ihr Blick wurde unscharf, schweifte in eine andere Zeit. »Nein, Otfried wollte ich nie. Verheiratet hat man uns, wie man Vieh vor den Pflug zusammenspannt.«

»Ich weiß.«

»Nichts weißt du«, ihre Vogelaugen blitzten wütend auf. »Am allerwenigstens, wie du dich als Gutsherrin aufzuführen hast. Vorhin da –«, sie winkte ab. »Dabei hast du hier das blaue Blut ...«, das grimmige Murmeln verklang.

Ich schwieg, denn hierzu gab es nichts zu sagen.

»Gleichwohl. Gott setzt uns dahin, wo's ihm gerade passt, und da müssen wir dann das Beste draus machen. Auch *du*. Und es ist ja nicht so, dass du es nicht noch schlechter hättest treffen können, nicht?«, ruckartig drehte sie sich um und kehrte mit wütenden Schritten an den Herd zurück.

Wie immer musste ich sie für ihr schlechtes Gedächtnis bewundern; musste ich mich doch im Gegensatz zu ihr dazu zwingen, manches ins Dunkel der Vergangenheit zurückzudrängen, damit es mich nicht auffraß. Dennoch wusste auch sie von den Blutstropfen, die in das Wasserglas meines Lebens getropft waren; es besudelt hatten. Spiralenförmig fielen die Apfelschalen von meinem Messer. Wenn ich nur lange genug schwieg, würde sie sich wieder sich selbst zuwenden.

»Sieh mich an: Sieben Söhne habe ich geboren«, schnaufte sie tatsächlich einen Augenblick später, während ihre zu Vogelklauen verkrümmten Hände sich damit plagten, herabgefallene Zwiebelschalen aufzuheben. »Aber aufziehen durfte ich nur zwei Mädchen, die nicht mal mein eigen Fleisch und Blut waren.« Damit meinte sie meine Mutter und mich. Ein Unbedarfter hatte diese garstige kleine Frau tatsächlich einst als Amme eingestellt.

Wütend zischte unterdessen das Gänseschmalz auf, als sie ein paar Tropfen Wasser hineinschnippte. »Tja, der Mensch denkt und Gott lenkt«, die Apfelschnitze landeten im heißen Fett und über dem Zischen verstand ich kaum ihre nächsten Worte, was auch nicht nötig war, wusste ich doch ohnehin, was sie sagen würde.

»... tot«, beendete sie ihre Ausführung. »Alle verreckt, meine eigenen Kinder«, sie rüttelte an der Pfanne. »Das letzte hat das

Fieber geholt, das Otfried uns ins Haus geschleppt hat.« Das Herdfeuer gab ihrer runzeligen Haut einen Schimmer von Glut. »Und die gute Zeit, in der dein Oheim bei uns war, währte auch viel zu kurz. So ein guter Mann – ein richtiger Mann Gottes, so gewissenhaft und ernst. Nur ein wenig zu schwermütig. Aber wer wollte es ihm schon verdenken?«

Niemand. Nicht hier. Meine Finger rissen gedankenverloren Apfelschalen in kleine Fetzen. Gereizt schob ich sie von mir. Gleich würde sie noch zerknirscht zugeben, dass es letztlich ihre Schuld war, was aus meiner Mutter geworden war; dass sie die Rute weit weniger hätte schonen sollen, als diese noch klein und ihr Mündel gewesen war. Aber natürlich hatte sie Mitleid mit dem kleinen Ding gehabt, dessen ganze Familie von der Pest dahingerafft worden war. Es hatte wohl einen Vormund gegeben, weit weg in der Stadt – der aber nie kam, und so hatte eben Mechthild die Verantwortung für die kleine Erbin übernommen und sie dabei maßlos verzogen. Wenn sie bei diesem Teil der Geschichte anlangte, vergaß sie auch nie zu erwähnen, wie viel besser sie es dann entsprechend bei mir gemacht hätte. Nur zu wahr; so manche Narbe an meinen Beinen zeugte auch heute noch von ihrer entschlossenen Erziehung.

Wie auch immer, Priester Matthäus hatte sich ja meiner angenommen und war dieser Verantwortung bis zum Ende seines Lebens vor dreizehn Jahren peinlichst nachgekommen. Ganz sicher hatte ich nie Anlass, mich über zu wenig Strenge und Anleitung von seiner Seite zu beschweren; im Gegenteil gestaltete er die Erziehung meines Geistes noch peinlicher als Mechthild die meines Körpers.

Energisch schnitt diese derweil mit einem großen Messer Fleisch von den Suppenknochen. »Ja, er war ein besonderer Mann, Priester Matthäus. Und er wollte stets dein Bestes, das darfst du nie vergessen«, nachdenklich verrührte sie Fleisch und Äpfel in dem heißen Fett. »Und natürlich solltest du nicht enden wie sie.«

Nein. *Deine Mutter hat Gott etwas genommen und ich werde Gott etwas wiedergeben: Dich*, hatte er oft genug erklärt. Ich wünschte nur, ich hätte nur einmal den Eindruck gehabt, dass es ihm *schwerfiel*, mich Ihm zu geben. Stattdessen schien er die Meinung des Dorfes über mich geteilt zu haben. Und sie hatten ja auch alle Recht behalten ...

Die Alte hatte eine Weile geschwiegen, jetzt drehte sie sich zu mir um. »Du solltest dankbarer sein: Bei all den Dingen, die er dich schließlich aus all den heiligen Büchern gelehrt hat – die schwierigen Sprachen und das schöne Schreiben! Er wollte ein besonderes Leben für dich!«

»Ja«, die Knöchel meiner Hände traten weiß unter der Haut hervor. *Und das war es fürwahr geworden.* Ich konnte nur hoffen, dass jener Mann, der da kam, es nicht sogleich bemerken würde. *Es wäre besser für uns beide ...*

Die Alte bedeckte die brodelnde Suppe mit einem Deckel. Sie drehte sich noch einmal zu mir um. »Nur dumme Menschen nehmen nicht an, was sie sind. Und *dumm* bist du nicht, oder?«

Konnte sie es wirklich meinen – mein Erbe – und was es bedeutete? In der Tat. Mein Magen drehte sich um. Ich erhob mich von dem schartigen Tisch und verließ ohne Nachtgruß die Küche, die von Kochdünsten und der Verstocktheit der Greisin erfüllt war.

2. Fallende Federn

Würde der Abend doch niemals kommen! Würde *er* doch niemals eintreffen ...

Ich starrte auf die Eisblumen an der Scheibe. Die morgendlichen Sonnenstrahlen ließen sie auf dem Höhepunkt ihrer Schönheit aufleuchten und schmolzen sie zugleich; sie bildeten beim Herablaufen am Glas wundersame neue Muster, bevor sie sich auflösten. Wenn er nicht käme, würde mir zumindest auch die Ankündigung erspart bleiben, die ich Mechthild noch zu machen hatte und zu der mir schlicht die Worte fehlten. Die Anwesenheit eines *Mannes* unter unserem Dach stellte eine solche Unmöglichkeit dar, dass sie sich nicht umschreiben ließ. Dabei standen die Alte und ich sogar ausnahmsweise auf derselben Seite. Nur dass es in diesem Fall nichts änderte ...

Die Eisblumen waren fort, nur ein paar feuchte Schlieren krochen noch an der Scheibe hinab. Dahinter dräute wie immer, düster und öde, der Garten.

Nur, dass er diesmal nicht so verlassen war wie sonst. Plötzlich wurde ich dort einer Bewegung gewahr und lehnte mich ungläubig vor: Neben der Sonnenuhr hockte doch tatsächlich das

Mädchen von gestern! Und sie malte mit einem Stock Zeichen in die nackte Erde. Ich hob schon die Hand, um an die Scheibe zu klopfen, als ein Stoß in die Seite mich harsch an meine vernachlässigte Aufgabe erinnerte.

»Herrgott noch mal, wach auf! Mit dir ist ja heute überhaupt nichts anzufangen!« Mechthild schüttelte gereizt den Kopf. »Aufhalten!«, funkelte sie mich an und stopfte eine Wolke aus Federn in den Bezug, den ich ihr entgegenhielt.

Mühsam versuchte ich, mich auf die Arbeit zu besinnen. Sonst tat ich sie sogar gern: Die Federn waren sauber und das Einfüllen in die frischen Bezüge, die nach Seife dufteten, war einfach und angenehm – *märchengleich* geradezu; unzählige zarte Fläumchen stiegen dabei auf und tanzten in den einfallenden Strahlen, die auch das Kupfer der Töpfe sowie das Steingutgeschirr in den Regalen aufleuchten ließ; selbst der Staub glitzerte heute. Und die Alte glich mit all den Federn, die an ihr hafteten, einem alten mürrischen Huhn. Ich verbiss mir ein nervöses Lächeln und hielt ihr einen beigefarbenen Baumwollsack entgegen, nähte anschließend mit groben Stichen eine Federdecke zu.

Als Nächstes kamen die besseren blauen Bezüge dran, die üblicherweise für Aussteuern verwendet wurden. Sie wurden mit den besten weißen Gänsedaunen gefüllt. Die fertigen Betten anzufassen war, als berührte man Wolken. Die Alte pflückte mir ein blaues Kissen aus der Hand und hielt mir stattdessen ein einfaches hin, das ich zuheften sollte. Mit abrupten Bewegungen fegte sie die losen Federn auf dem Boden zusammen. Ich bückte mich gerade, um diese zusammenzuraffen, als plötzlich die Eingangstür unter dem Klopfer dröhnte. Überrascht sahen wir uns an: Es war noch nicht einmal Mittag und Thalita pflegte sonst erst zu einer späteren Stunde zu kommen; der Trank musste offenbar nicht die gewünschte Wirkung gezeitigt haben. Eilig half ich Mechthild, die Federn von ihrem Kopftuch und Kleid zu sammeln, und grummelnd machte sie sich auf den Weg zur Tür – die Federn würden sich sowieso im gesamten Haus verteilen. Doch ich hatte noch kaum den Besen zur Hand genommen, als die Küchentür schon wieder aufflog und eine gereizte Mechthild hereinstolzierte. »Du wirst verlangt«, spuckte sie mir förmlich entgegen. »Es muss schon die Hausherrin persönlich sein, also mach, dass du da raus kommst!«

»Ich?« Völlig verständnislos starrte ich sie an – bis mir endlich eine Ahnung mit eisigen Fingern ins Genick griff. Es war nicht möglich!

Und doch war er bereits in meinem Haus.

»Was ist? Versteinert? Man wartet auf dich!«, Mechthild schnappte mir den Besen aus der Hand und holte mit ihm aus, als wollte sie mich hinausfegen.

Zitternd setzte ich mich in Bewegung, atmete so flach, dass meine Rippen das Korsett kaum berührten, das ich am Morgen doch so fest geschnürt hatte.

Er war hier. Wo ich es einmal wusste, konnte ich seine beunruhigende Gegenwart sogar durch die Tür hindurch spüren. Ich sammelte mich mit aller Macht, trat hinaus. Nach all dem Licht der Küche lag die Halle jetzt im Finstern. Halb blind tappte ich vorwärts, bis ich seine dunkle Silhouette in der Nähe der Tür ausmachte. Ich wollte weitergehen, doch meine Beine versagten mir den Dienst.

»Guten Tag«, seine Stimme war sehr tief, sie erinnerte an ein Knurren und er verbeugte sich knapper, als es Sitte gewesen wäre. Allmählich gewöhnten sich meine Augen an den Dämmer – und der Anblick seines Gesichts ließ mich schaudern. Es lag keinerlei Höflichkeit in den grauen Augen in ihren tiefen Höhlen und kein Lächeln verzog die scharfen Züge. Diese strahlten etwas Rohes, Unregelmäßiges aus. Erst Augenblicke später begriff ich, dass es an der hässlichen Narbe lag, die sich von seinem linken Wangenknochen bis hinunter zur Kinnlinie zog. Außerdem trug er sein Haar nicht kurz, wie es längst der Mode entsprach, sondern in einem Zopf zusammengefasst, der ihm dunkel auf die Schulter fiel.

Lautlos wie ein Schatten war Mechthild an meiner Seite aufgetaucht. Unmutig musterte auch sie den Fremden. »Und – was will Er denn nun hier?«

Der dreiste Ton der Alten ließ den Blick des Mannes zu ihr hinüberschnellen. Sein Ausdruck blieb jedoch vollkommen unbewegt.

»Mechthild, das ist der Maler, der geschickt wurde, um das alte Fresko in unserer Kapelle zu restaurieren. Ich habe vergessen, dir aufzutragen, oben ein Zimmer für ihn herzurichten –«

»Wie? Fresken? Was ist das wieder für ein Blödsinn? Es gibt viel Wichtigeres zu tun und andere Handwerker dringender einzustellen. Haben dir die Bücher jetzt völlig den Verstand verwirrt?«

Unter meiner Furcht fühlte ich einen Stich von Scham. Welchen Eindruck häuslicher Gepflogenheiten wir da einem völlig Fremden boten!

»Der Abt war es, der es aufgetragen hat«, zischte ich. »Und sicher wäre es ganz im Sinne von Priester Matthäus. Denn es handelt sich um ein Geschenk zu seinen Ehren. Der Abt wünscht, dass die Kapelle in seinem Gedenken restauriert wird.« Dies war natürlich frei erfunden, doch die Wahrheit würde sie ja doch nicht begreifen und ihn ging sie nichts an. Unsicher sah ich zwischen der Alten und dem Fremden hin und her, versuchte abzuschätzen, woher ich den nächsten Angriff zu erwarten hatte.

Der Fremde musterte mich von oben herab. »Ich wünsche, mit jemandem zu sprechen, der in diesem Haus das Sagen hat. Ist jener Priester zugegen?«

»N-nein, nicht mehr. Die Entscheidungen – treffe nun ich hier.« Es fühlte sich an, als risse jemand gewaltsam an meinen Korsettschnüren.

»Sie?« Er gab sich keine Mühe zu verbergen, wie wenig angetan er von dieser Kunde war. Aus dem Augenwinkel konnte ich erkennen, wie sich in Mechthilds Gesicht etwas zusammenbraute.

Bevor sie aneinandergerieten, trat ich rasch auf die Tür zu. »Das Beste wird sein, wenn ich Sie sogleich zu Ihrem Arbeitsplatz führe.« Noch bevor jemand protestieren konnte, stieß ich die schwere Tür auf und ließ ihn hinaus. Atemlos raunte ich Mechthild zu, dass das Gepäck hinauf musste und dass sie das Zimmer des Priesters für ihn zurechtmachen sollte. Hastig warf ich sodann die Tür hinter mir zu und hoffte innbrünstig, dass sie zu überrascht war, um uns zu folgen.

Nach der Dunkelheit der Halle war es draußen fast gleißend hell. Einzig die Kleidung des Fremden schien das Licht wie ein dunkles Loch zu absorbieren. Im Gegensatz zu dem Wenigen, das ich über die aktuelle Männermode wusste, waren Mantel, Hose und sogar Hemd und Halsbinde – pechschwarz.

Doch was das betraf, hatte er heute auf meinen Hof Gesellschaft; hinter dem Brunnen verbarg sich wahrhaftig die kleine Göre von vorhin, gleichfalls in dunkle Lumpen gehüllt. Bevor er sie bemerkte – oder sie darauf verfiel zu betteln oder was auch immer Rotznasen wie sie taten –, eilte ich voraus in Richtung Pfad. Der Mann folgte mir.

Der Weg zur Kapelle nahm für gewöhnlich fünf Vaterunser in Anspruch, doch diesmal brauchte ich ganz gewiss keine vier, musste mich gar zügeln, um nicht noch mehr Abstand zwischen mich und die schweren Schritte hinter mir zu bringen. Er hätte mühelos aufschließen können, tat es aber nicht. Meinen natürlichen Trieb meisternd bezwang ich mich schließlich und verlangsamte meinen Schritt, bis wir auf einer Höhe waren. Doch auch jetzt begann er keine Unterhaltung. Bald hing das Schweigen so schwer zwischen uns wie ein nasses Laken.

»Sie kamen heut sehr früh an«, brachte ich schließlich mühsam heraus.

Kein Muskel zuckte in seinem Gesicht. Als ich schon daran zweifelte, ob er meine Worte überhaupt gehört hatte, sagte er endlich: »Nachts ist die beste Reisezeit. Man begegnet niemandem sonst und bleibt ungestört. Auf diese Weise lassen sich peinliche und nutzlose Unterhaltungen vermeiden«, sein Blick glitt vielsagend über mich hinweg.

Ich merkte, wie ich rot wurde, und senkte die Augen. Da erst fiel mir auf, dass ich noch immer voller Federn war. Nervös klopfte und strich ich im Gehen an mir herum, hinterließ in der frostigen Luft eine Spur aus tanzenden Federn. Der Fremde quittierte meine Anstrengungen mit einem geringschätzigen Seitenblick und heftete seine Augen wieder auf den Pfad vor uns. Trotz des zögerlichen Sonnenscheins, der sich durch die Äste tastete, war es so eisig, dass ich frierend die Arme vor der Brust verschränken musste.

Endlich – endlich – tauchte die dunkle Granitform der Kapelle mit ihren zwei Giebeln zwischen den Stämmen auf. Ich musste mich wiederum sehr zurückhalten, nicht zum Portal auf der Westseite vorauszueilen. Mit mehr Kraft als nötig riss ich die eisenbeschlagene Tür auf und trat ein, ohne auf den Fremden zu warten.

Mein Herzschlag beruhigte sich fast schlagartig wieder, hörte auf, in meinen Ohren zu dröhnen. Wahrscheinlich lag es an der Farbenpracht, in der man in der Kapelle badete. Die Motive der gotisch geschnittenen Buntglasfenster stellten Szenen aus der Bibel dar, wobei die Farbpalette im Eingangsbereich im dunkelvioletten Bereich lag, um sich in den Farben des Regenbogens von Fenster zu Fenster aufzuhellen, bis das Licht am Altar fast ungefärbt einfiel.

Ich kannte nicht viele Gebäude – tatsächlich war ich nie weiter als bis zum Dorf gekommen und selbst das lag schon dreizehn Jahre zurück – doch unter den Bauwerken, die ich gesehen hatte, war die Kapelle mit Sicherheit das harmonischste. Vielleicht, weil sie wie eine kleine Kathedrale geschnitten war – das hatte ich jedenfalls gehört. Um zum Altar zu gelangen, durchmaß man einen Mittelgang inmitten von Bänken zu beiden Seiten. Dort, wo in einer großen Kirche das Querschiff wäre, befanden sich hier vom Mittelteil ausgehend lediglich zwei kleine Giebel, die dem Grundriss aber immerhin seine typische Kreuzform gaben. Dort lagen unter steinernen Grabplatten die Gebeine meiner Vorfahren.

Hinter mir hörte ich den Fremden tief Luft holen. Sogleich hatte er mich überholt und mit wenigen langen Schritten den Mittelgang durchmessen, wobei seine Gestalt erst in Violett, dann Rot, Gelb, Grün und am Ende Blau getaucht wurde. Im kaum gefärbten Licht der Altarfenster blieb er endlich stehen und betrachtete regungslos das große Wandfresko. Er schien jede Elle davon in sich aufzunehmen: Gottes Antlitz, das aus einem brennenden Busch auf dem Berg Horeb herausflammte, sich Moses zuwendend, der sich in Anbetracht des göttlichen Sturms, der ihn erfasste, auf die Erde niederwarf und sein Gesicht verhüllte. Ich konnte mir vorstellen, was er fühlte. Nach all den Jahren schien mir das Gemälde noch immer *›Ich bin, der ich bin: dein Herr und dein Gott!‹* zuzurufen – wenn auch zugegebenermaßen immer leiser. Denn inzwischen verschwand es fast ganz unter dem Ruß von Hunderten von Kerzen und wo Feuchtigkeit in die Wand eingedrungen war, platzte bereits der Putz ab. Es war tatsächlich dem Verderben geweiht. Seltsam, dass mir dieser Umstand nie zuvor aufgefallen war – vielleicht lag es daran, dass mich dieser strenge flammende Gott mit seinem wallenden Haar stets an Priester Matthäus erinnert hatte. Gebeugt ließ ich mich in die hinterste Bank gleiten.

Nach einer kleinen Ewigkeit wandte der Fremde sich schließlich von dem Wandbild ab, betrachtete stattdessen den bunt gefluteten steinernen Boden, fuhr mit der Hand die blankpolierten Banklehnen nach, um schließlich in den Giebeln die Inschriften auf den Grabplatten zu studieren. Ich hätte schwören können, dass er meine Anwesenheit völlig vergessen hatte, als er plötzlich quer durch das Kirchenschiff das Wort an mich richtete: »Matthäus – ist das der Priester, von dem vorhin die Rede war?«

»Er war mein Oheim.«

»Und Iduna Ihre Mutter?«

Ich kreuzte abwehrend die Arme. Sogleich würde er nach meinem Vater fragen.

Doch das tat er nicht, fuhr lediglich konzentriert mit seiner Besichtigung fort. Endlich kam er durch einen der Seitengänge auf mich zu. In der Annahme, dass er seine Besichtigung beendet hatte, erhob ich mich. Doch statt mir Beachtung zu schenken, trat er an mir vorbei und schritt auf die Tür zu – um vor dem in dunkles Violett getauchten Türrahmen stehen zu bleiben.

»Wann ist das hier gemalt worden?« Mit der Hand folgte er einem unsichtbaren Verlauf an der verrußten Wand.

Zögernd ging ich näher. Tatsächlich hoben sich unter meinem suchenden Blick jetzt Rosenranken aus der nachgedunkelten und abblätternden Wand. Sie wuchsen zu beiden Seiten des Rahmens empor, um sich über der Türzarge miteinander zu einem Omega zu verflechten. Wenn ich die Augen verengte, konnte ich inmitten des Zeichens drei Rosenblüten erkennen, die fast schwarz wirkten.

»Der Stil, in dem sie gemalt wurden, unterscheidet sich grundlegend von dem des großen Freskos. Und sie scheinen mir auch sehr viel neueren Datums zu sein.« Der graue Blick entfernte sich von der Wand, nahm stattdessen mich ins Visier. »Sie dürften kurz vor Ihrer Zeit entstanden sein. Sie wissen wohl nicht, wer sie gemalt hat?«

Ich schüttelte den Kopf. Bis zum gegenwärtigen Augenblick hatte ich noch nicht einmal von ihrer *Existenz* gewusst! Der Fremde ließ seinen Blick am Rahmen empor wandern, bis hinauf zu dem Omega und den blutig anmutenden Rosenblüten. »Vielleicht ist es nicht mehr auf den ersten Blick erkennbar, doch dies ist eine sehr schöne Arbeit, die zu erhalten sich lohnen würde. Und da es ohnehin das Kloster ist, das für meinen Lohn aufkommt, werde ich sie im Anschluss an das Altarfresko restaurieren.«

»Nein.«

Das Wort stand ohne mein Zutun im Raum. Ich war selbst von meiner Kühnheit erschrocken.

»Wie meinen?« Der Fremde schien genauso überrascht. Mir ging durch den Kopf, dass er mich mit seinen grünlich grauen Pupillen, die von einem schwarzen Ring umgeben waren, an einen Wolf erinnerte. Außerdem war sein Blick stets so stechend, als befände er sich gerade auf der Jagd.

»Warum nicht?« Er wandte sich mir voll zu.

Um ihn nicht ansehen zu müssen, betrachtete ich angelegentlich die gewundenen Linien unter der Rußschicht. »Es geht nicht.«

»Das Kloster würde die Arbeit befürworten – und Sie wissen das. Wenn Sie wollen, werde ich aber offiziell die Einwilligung des Abts dafür einholen. Gewiss wird er meine Dienste gern für einige weitere Tage in Anspruch nehmen. Es gibt keinen Grund, es nicht zu tun.« Ein Muskel an seinem Hals zuckte gereizt.

Doch, den gibt es. Ich verschränkte die Arme fester gegen die Kälte. »Es ist mir nicht möglich, Ihr Angebot anzunehmen«, wiederholte ich steif und heftete meine Augen auf den Steinboden unterhalb der gemalten Stämme.

Einen Augenblick lang entgegnete der Fremde nichts, dann trat er einen Schritt auf mich zu. »Es geht nicht um das Kloster. Sie selbst sind dagegen, nicht wahr?«

Ungläubig blickte ich auf, direkt in seine verengten Augen. Er tat doch tatsächlich noch einen weiteren Schritt; und dann noch einen. Am Ende trennte uns keine Armlänge mehr. Ich starrte auf seine breite Brust, dann auf seine behandschuhten Hände und bekam kaum Luft. Seine Schultern zuckten plötzlich und ich schrie auf.

Statt des erwarteten Angriffs grinste er spöttisch. Nach Luft ringend wankte ich drei Schritte zurück. *Er tat es absichtlich. Er genoss es. Weil er trotz allem mein unsichtbares Mal sah ...*

Langsam hatte er sich genug über mich amüsiert und der geringschätzige Ausdruck, den er bisher für mich reserviert hatte, kehrte in sein Gesicht zurück. »Es ist dumm von Ihnen, dieses Angebot auszuschlagen.«

Solcherlei Ausdrücke in Bezug auf mich standen ihm natürlich nicht zu, doch ich ersparte es uns beiden, ihn auf das Offensichtliche hinzuweisen. »Es ist *meine* Entscheidung.«

»Ja. Warum man einer Frau auch niemals etwas Wichtiges überlassen sollte – sie wird stets die absolut absurdeste Verfügung darüber treffen.«

Er hielt mich für einfältig und verstockt, so viel war klar. Doch wenigstens spielte er nicht länger mit mir. Er zog ein kleines

Notizheft aus einer Tasche hervor und blätterte grimmig darin. »Ob Sie nun mit den Arbeiten einverstanden sind oder nicht, ich werde ein paar Dinge dafür brauchen. Und zwar spätestens zu morgen früh, ist das klar?«

Ich nickte schwach.

»Also gut, Sie beschaffen mir Folgendes: Holz. Eine größere Anzahl von Brettern und Pfählen, Nägel und ein Händepaar.«

Zum Kreuzigen?

Er musste diesen Gedanken von meinem Gesicht abgelesen haben, denn seine Mundwinkel zuckten verächtlich. Er ruckte ungeduldig mit dem Kinn zum Fresko hinüber, das die gesamte Wand bis zur Decke einnahm. »Um ein Gerüst zu bauen, *gute Frau.* Ich kann nicht fliegen.«

»Ja, natürlich«, stammelte ich. »Otfried wird Ihnen morgen früh dabei zur Hand gehen.«

Er nickte. »Das wäre dann alles. Ich werde noch bleiben, um mir Notizen zu den Arbeitsvorbereitungen zu machen. Sie haben gewiss noch woanders Wichtigeres zu tun.« Er schritt zurück zum Altarfresko, ohne mich eines weiteren Blickes zu würdigen. Noch einmal glitt dabei das gesamte Farbspektrum über ihn hinweg.

Wie unter Betäubung verließ ich die Kapelle. Mir war durchaus bewusst, dass er mich soeben buchstäblich hinausgeworfen hatte. Doch der Stich, den mir seine Verachtung versetzte, schmerzte kaum unter dem Balsam der Erleichterung, seine Gesellschaft verlassen zu können. Mich mit beiden Armen umfangend, rannte ich fast den Pfad zurück, hätte dabei um ein Haar eine Gestalt übersehen, die halb hinter einer Erle versteckt stand:

eine junge Frau. Ich wollte sie schon anrufen, als sie sich umdrehte und ihrerseits davon lief.

Schon der zweite ungebetene Gast in zwei Tagen! Vielleicht hätte ich sie verfolgen sollen, doch dafür war mir viel zu kalt. Stattdessen machte ich, dass ich nach Hause kam – so weit fort von diesem Mann, wie ich nur konnte.

Noch immer zitternd stieg ich die Treppe hinauf, um mein Schultertuch zu holen. Oben angekommen wollte ich mich nach rechts, zu meinem Zimmer wenden, als mich aus der Tür links daneben ein Sonnenstrahl blendete; die Tür zum Raum meiner Mutter stand halb offen. Jetzt fehlte nur noch eine zweite unverschlossene Tür und eine zerbrochene Scheibe war uns sicher! Ärgerlich wollte ich sie zuziehen, als mein Blick durch den Spalt auf etwas Fremdes fiel, das nicht zur Einrichtung gehörte. Ich stieß sie weiter auf. Das große Bett aus Walnussholz war mit frischem Leinen bezogen und an der Seite lehnten ein großer lederner Rucksack sowie ein Koffer: das Gepäck des Fremden, das doch ins Zimmer des Priesters gehörte!

Irritation breitete sich in mir aus, gerade wollte ich die Gepäckstücke nach nebenan befördern, als hinter mir eine Stimme ertönte: »Den Teufel werde ich tun, den Burschen schlafen zu lassen, wo der Priester seinen Atem ausgehaucht hat! Eher soll die Hölle zufrieren! Es reicht, wenn er hier schläft.« Mechthild stand hinter mir.

Ich öffnete den Mund, um etwas zu sagen, doch sie war noch nicht fertig. »Seit dreizehn Jahren die übelste Plackerei bei der Ernte und auf dem Hof, nur damit ja kein Mannsbild mehr in deine Nähe kommt – und jetzt lässt du *den* da ins Haus? Hast du den Verstand verloren? Hast du schon vergessen, was damals passiert ist?«

»Das habe ich nicht!«

»Dann wirst du deine Meinung wohl geändert haben. Nur erwarte nicht, dass ich dir auch diesmal wieder helfe, wenn –«

»Genug!« Ich stürzte an ihr vorbei und nach unten. Erst in der Abgeschiedenheit der Bibliothek ließ ich mich gegen die Tür fallen, sank an ihr herab. Meine Hände waren blau vor Kälte. Damit sie endlich aufhörten, zu zittern, setzte ich mich drauf.

Die Frau ist von Natur aus mit weniger Tugend und Würde ausgestattet als der Mann. Denn immer ist das ehrenwerter, was handelt, als das, was erleidet.

Sorgsam kopierte ich Wort für Wort von den angegebenen Passagen, die der Abt für seine Zitatsammlung angefragt hatte. Unter Priester Matthäus' Anleitung hatte ich bereits alle einschlägigen Briefe und Abhandlungen der Kirchenfürsten zum Wesen der Frau kennengelernt, sobald ich lesen konnte. Viele der Lehren hatte er mir schon damals am Beispiel meiner eigenen Schwäche und natürlich an jener meiner Mutter verdeutlicht.

Ich fragte mich nur zuweilen, ob beispielsweise Clemens Alexandrinus' These, dass schon das Bewusstsein vom eigenen Wesen bei der Frau Scham hervorrufe, bei allen Frauen zutraf. Thalita beispielsweise wirkte nicht, als sei sie sich ihrer Mangelhaftigkeit bewusst. Dabei war es doch eindeutig: *Femina est mas occasionatus* – die Frau ist ein verfehlter Mann.

Ich rieb mir die Augen; die Buchstaben begannen schon, vor ihnen zu tanzen. Vermutlich wegen des schwindenden Lichts. Ich war fast erleichtert, als vom Brunnen das quietschende Geräusch der Kurbel ertönte und mir einen Vorwand gab, aufzusehen. Es war der Fremde. Er zog soeben einen Eimer hinauf.

Erst jetzt fiel mir auf, dass sein von Bartstoppeln bedecktes Gesicht staubig und die Borte seines Mantels schlammig war. Ohne weitere Umstände schöpfte er mit beiden Händen Wasser aus dem Gefäß und trank. Lange. Erschöpft rieb er sich anschließend über die Augen. Er musste die halbe Nacht lang unterwegs gewesen sein. Ich merkte, wie ich auf meinen Lippen herumbiss.

Mit müden, langsamen Bewegungen wusch er sich anschließend den Staub vom Antlitz und goss sich dann das restliche Wasser über den Kopf, ohne darauf zu achten, dass die schwarze Halsbinde dabei durchnässte. Ein Gast verdiente wahrlich mehr Fürsorge!

Doch gerade, als ich mich erhob, um in der Küche nach Essen für ihn zu suchen, schüttelte er mit einer heftigen Bewegung die restliche Feuchtigkeit ab. Der gewaltsame Ruck vernichtete das friedvolle Bild eines erschöpften Mannes; plötzlich erinnerte er nur noch an einen seinen Nackenpelz schüttelnden Wolf. Ich sank wieder auf meinen Stuhl.

Wild war er – unberechenbar wie ein Keiler aus dem Wald – genau wie *sie*. Er war geboren, um anzufallen und zu reißen ...

Abrupt senkte ich die Augen. Er konnte für sich selbst sorgen. Er hätte ebenso gut selbst nach Verpflegung fragen können, wenn ihm etwas fehlte. Außerdem war er als Handwerker hier und nicht als *Gast*.

Doch schon ein paar Wimperschläge später ertappte ich mich schon wieder dabei, ihn misstrauisch aus meiner sicheren Höhle heraus zu beobachten. Und damit war ich nicht allein; auch von der anderen Seite des Hofes verfolgten dunkle Augen sein Tun. Ein schmaler Schatten schob sich an der Scheunenwand entlang und begaffte – genau wie ich – den Fremden wie eine Jahrmarktsattraktion.

Beschämt wollte ich endlich die Bibliothek verlassen, als sich plötzlich auch auf der gegenüberliegenden Seite des Hofes etwas regte: Soeben trabten meine drei Jagdhündinnen um die Ecke der Scheune. Sobald sie des Mannes gewahr wurden, senkten sie ihre mächtigen Köpfe und ihr Nackenfell stellte sich auf. Der Fremde, von ihnen abgewandt, bemerkte davon nichts.

Ich sprang zum Fenster, schon im Begriff, es aufzureißen, um sie zurückzurufen, doch der Griff klemmte – und im nächsten Moment war es zu spät: Sie befanden sich bereits im vollen Lauf!

Endlich drehte sich auch der Fremde um und sprang auf. Ich schrie etwas, aber Hof und Bibliothek schienen zwei verschiedenen Welten anzugehören, niemand hörte mich. Da hatten sie ihn auch schon fast erreicht. In Ermangelung einer besseren Waffe ergriff er den Eimer und schmetterte ihn der Leithündin vor die Brust; diese heulte auf, strauchelte im Lauf und ging zu Boden.

Die nächste Hündin, die ihn währenddessen erreicht hatte, bekam einen Tritt, der sie jaulend zwei Schritte weit fortschleuderte. Die dritte verzichtete von sich aus auf einen Angriff und machte einen weiten Bogen um ihn.

Sekunden später verließen die Hunde den Hof, so schnell, wie sie gekommen waren. Der Schwarzgewandete hob hingegen mit steifen Bewegungen den Eimer auf – und ich stand noch immer wie festgewachsen da, die Hand am Fenstergriff.

Wie es aussah, war der kleine Tumult auch in der Küche nicht überhört worden. Das Dröhnen der zufallenden Eingangstür kündigte Mechthild an. Und sogleich erschien sie tatsächlich auf der Bildfläche des Hofes; der Angriff der Hunde musste auch ihr unsere fehlende Gastfreundschaft vor Augen geführt haben. Nichtsdestotrotz baute sie sich wie gewohnt mürrisch vor dem Brunnen auf, wo der Fremde währenddessen einen weiteren Eimer nach oben zog.

»Weil dies heute Ihr erster Tag hier ist, will ich eine Ausnahme machen«, schepperte sie vernehmlich. »Sie können jetzt etwas Warmes in der Küche bekommen. Doch normalerweise gibt es feste Zeiten, zu denen wir gemeinsam essen, und Sie werden sich danach richten und pünktlich erscheinen.«

Das Gesicht des Fremden hatte einen noch düstereren Zug angenommen als eben. Er stellte den gefüllten Eimer auf dem Brunnenrand ab. »Wie Sie sehen, bin ich beschäftigt.«

Ich beugte mich hinter meinem Fenster unwillkürlich vor.

»Und darüber hinaus habe ich keine Neigung, mit Ihnen zu speisen.« Mit einem Schwall goss er den Inhalt des Fördereimers in jenen zweiten, den er soeben als Waffe benutzt hatte. »Aber ich erwarte, dass jederzeit etwas Essbares in der Küche für mich bereitsteht.«

Mechthild legte ungläubig den Kopf schief, die dünnen Brauen schossen hoch. »So? Sind Sie auch wirklich sicher, dass ich Ihnen nicht persönlich das Essen zur Kapelle hinausbringen soll, wann immer es Ihnen beliebt?«

»Das wäre unnütz, denn ich weiß selten im Voraus, wann ich Zeit zum Essen finde. Einzig der Fortschritt der Arbeit entscheidet darüber«, bemerkte er trocken.

Für einen Augenblick wirkte die Alte fassungslos, dann explodierte sie wie ein Topf, in dem sich zu viel Dampf gebildet hatte. »Ja, ist das nicht bedauerlich! Habe ich doch nichts Wichtigeres zu tun, als meinen Tag nach Ihren Grillen auszurichten!« Gerade holte sie Luft, um mit einer weiteren Tirade fortzufahren, als der Fremde sie erneut unterbrach.

»Mir ist vollkommen gleich, wonach Sie Ihre Tage ausrichten und auch, zu welchen Zeiten Sie essen. Ich bin hier, um eine Arbeit auszuführen, die von der Beschaffenheit des Tageslichts abhängt. Und so ordne ich mich ihm unter – aber mit Sicherheit nicht Ihnen.«

Die Alte schnappte nach Luft.

»Um es noch einmal klar auszudrücken: Mir ist gleich, wann Sie kochen oder wann der Rest von Ihnen isst. Aber von jedem Essen, das den Herd verlässt, stellen Sie für mich einen Teil beiseite, sodass ich darauf zurückgreifen kann, wann immer ich es will. Ich werde keine Arbeitszeiten auslassen, nur um mich Ihren häuslichen Gepflogenheiten anzupassen. In dem Fall müsste ich hier noch mehr Zeit zubringen, als ich ohnehin schon muss. Ganz zu schweigen davon, dass meine Zeit wertvoller ist, als die Ihre, und ich sie hier nicht vergeuden werde. Sagen Sie das auch ihr«, er nickte zu meinem Fenster hinüber. Ich zuckte zurück, Mechthild aber stand nur da, wie vom Donner gerührt.

»Haben Sie mich verstanden?«, der Fremde trat auf sie zu.

Widerwillig nickte sie.

»Gut. Und jetzt sagen Sie mir, wo ich meine Sachen finde.«

Die Alte wandte sich dem Haus zu, um ihm vorauszugehen.

»*Sagen*, Frau«, knurrte er unerbittlich. »Hör gefälligst zu! Oben, auf der Galerie?«

Sie nickte, geduckt wie ein Hund, der beißen will, sich jedoch nicht traut.

»Rechts oder links? Welche Tür?«

»Links. Die erste Tür.« Sie erschien mir plötzlich etwas geschrumpft.

»Vielen Dank«, er ging so nahe an ihr vorbei, dass sie zurückweichen musste und dabei stolperte. Fast wäre sie gefallen, doch er wandte nicht einmal den Kopf, sondern ging so selbstverständlich in mein Haus, als sei es seins.

3. Priester & Dirne

Ich hatte im Morgengrauen einen Kessel Wasser gekocht und Haferbrei aufgesetzt. Gerade saß ich mit einem Becher frisch aufgegossenen Tees am Tisch, als auf dem Hof der erste Schuss fiel – ich zuckte derartig zusammen, dass ich mir beide Hände verbrühte. Daraufhin fielen noch elf weitere Schüsse. Gerade tauchte ich meine Hände in kaltes Wasser, als der Fremde – noch mit der Pistole in der Hand –, eintrat, mit an Unhöflichkeit grenzender Knappheit nickte, sich einen Teller von dem Brei nahm und wieder die Küche verließ, scharfen Pulvergestank hinterlassend, der noch Ewigkeiten in der Luft hing.

Später, als ich längst am Pult in der Bibliothek saß, konnte ich beobachten, wie er mit Otfried in der Scheune verschwand. Einige Zeit später förderten sie gemeinsam einen beachtlichen Berg an Latten und Brettern aus ihren Tiefen. Diesen stapelten sie auf einen Karren und schoben ihn dann in Richtung Kapelle.

Wenig später trug der Wind dumpfes Gehämmer von den Bäumen herüber, das stundenlang nicht aufhören wollte. Überflüssig zu sagen, dass jeder einzelne Hammerschlag meine Konzentration in Stücke schlug.

Weil an ernsthafte Arbeit ohnehin nicht zu denken war, beugte ich mich zu Klio hinunter und tätschelte ihre raue Seite. Seit ihre Schnauze weiß geworden war, suchte sie an kalten Tagen immer öfter meine Gesellschaft im Haus, statt mit den anderen durch den Wald zu streunen. Dabei war sie früher, in ihrer Jugend, wilder als alle anderen zusammen gewesen. Priester Matthäus hatte sie zur Hasenjagd abgerichtet und sie hatte jahrelang regelmäßig langgliedrige Kadaver nach Hause gebracht. Ich war schrecklich erleichtert gewesen, als sie dafür zu alt wurde.

Endlich verklang das Hämmern. Tastend breitete sich Stille aus. Mit einem ergebenen Seufzen drehte ich mich wieder dem Manuskript auf meinem Pult zu. Es war so alt und fleckig, dass manche Passagen auf dem brüchigen Pergament kaum zu entziffern waren. Außerdem hatte die aufgeschlagene Seite ein Eselsohr. Ich glättete es mit Nachdruck – und die Ecke trennte sich fast widerstandslos ab, blieb an meinen Fingern haften. Ungläubig sah ich auf das abgerissene Dreieck. Ich konnte mich nicht erinnern, jemals zuvor ein ehrwürdiges Werk beschädigt zu haben – und dieses hier war *Augustinus!*

Was hätte nur Matthäus dazu gesagt? Nun, ich konnte es mir allzu gut vorstellen – *respektlos und verstockt*, hätte er mich genannt. Und *ignorant*. Denn man musste Augustinus noch vor allen anderen Kirchenfürsten ehren. Alle seine Ausführungen waren stets in höchstem Maße elegant und prägnant. In dieser Abhandlung beispielsweise ging es darum, dass das weibliche Geschlecht Gott ferner stand als der Mann. Der Teufel habe sich über die tieferstehende Frau Gewalt verschafft, und indem sich der Mann der Frau zuwende, wende er sich zugleich von Gott ab. Demzufolge musste der Mann die niedere Frau beherrschen, um sie auf den rechten Pfad zurückzuführen:

> *Und zur Frau sprach Er: Vervielfältigen will ich deine Betrübnis und dein Seufzen vermehren. In Betrübnis sollst du Kinder gebären, und immer wieder wird es dich zu deinem Manne ziehen, und er wird über dich herrschen.*

Als Priester Matthäus mir diese Lehren das erste Mal vorgelegt hatte, war ich noch ein Kind gewesen und die Vorstellung, einem anderen Menschen eines Tages derart untertan zu sein, hatte mich damals abgestoßen. Ich hatte noch nicht geahnt, dass mir dieser natürliche Zustand ohnehin nicht bestimmt war. Das begriff ich erst, als sich der Abgrund öffnete.

Wie auch immer, auch das war nunmehr Jahre her. Und es war nicht einmal die einzige Erleuchtung geblieben, was mich und mein Erbe anging; eine weitere sollte noch folgen, die endgültig keinerlei Zweifel mehr offen ließ.

Natürlich hatte ich beide Male mit Gott gehadert. Und doch tröstete mich seither ausgerechnet jene unter Augustinus' Thesen, die andere für gnadenlos hielten: dass der Mensch von Natur aus unrein war und es einzig Gott oblag, einigen Auserwählten die Gnade zu erweisen, sie zu erlösen. Demnach war ich nur *eine* von unendlich vielen Verdammten. Ein wenig verdammter noch als alle anderen vielleicht, doch wenigstens würde ich im ewigen Feuer nicht alleine brennen. Und dass schon jetzt jede Begegnung mit anderen Menschen für mich Hölle bedeutete – nun, daran hatte ich mich gewöhnt.

Ein plötzliches Klopfen riss mich aus meinen Gedanken. Klios Knurren legte nahe, dass es sich diesmal nicht um Hammerschläge aus der Ferne handelte. Und *er* war der einzige, der an meine Tür klopfen würde. Mein Rückgrat versteifte sich.

»Ja, bitte?« Vom langen Nichtgebrauch klang meine Stimme ganz rau. Dennoch musste er sie vernommen haben, denn die Tür schwang auf. Die Hündin knurrte noch lauter, ich griff in ihr Nackenfell und hielt sie mit meinem Gewicht nieder.

Der Fremde war an der Schwelle stehen geblieben, beachtete den Hund jedoch nicht weiter. Stattdessen nahm er den hohen Raum in sich auf: hunderte von Buchrücken auf Regalen, die selbst in die Zimmermitte vorstießen und sie mit dem muffigen Geruch nach Leim, Pergament und Leder füllten. Endlich fanden seine schweifenden Augen zu mir.

»Priester Jonas ist soeben angekommen«, sagte er. Ich fühlte seinen Blick über den braunen Filz meines hässlichen Kleides gleiten. »Er hatte mir noch einige Utensilien zu bringen, die ich im Kloster zurücklassen musste.«

Ich nickte. Die Aufmerksamkeit des Fremden kehrte zu den Regalen zurück und Klio ließ ihren Schädel seufzend auf die Tatzen fallen. Ich ließ sie los und richtete mich auf, wartete, dass die Tür sich wieder schloss.

Als fiele ihm soeben etwas ein, strich sein Blick noch einmal über mich hinweg. »Ich soll Sie übrigens fragen, ob Vater Jonas sich das Fresko in der Kapelle ansehen darf – er ist ein Anhänger religiöser Malerei.«

»Selbstverständlich«, sagte ich schnell. Doch obwohl nun alles gesagt schien, verharrte der Fremde weiterhin an der Schwelle.

»Welch beeindruckende Anzahl von Büchern«, sagte er dann langsam. »Doch soweit ich sehen kann nur geistliche Werke?«

»In der Tat.« *Was auch sonst?*

»Wie einseitig.«

»Wie bitte?« Ich merkte, wie mir mein Gesichtsausdruck entglitt.

»Nun, lesen Sie denn keine Geschichte? Keine Philosophie? Keine Poesie oder Belletristik vielleicht? Sie sind doch eine Frau.«

Dachte er vielleicht, ich sei *frivol?* »Ich bin in Grammatik, Rhetorik und Dialektik geschult«, entgegnete ich scharf. »Sowie in Arithmetik und Geometrie. Natürlich beherrsche ich auch Latein und Griechisch.«

»Natürlich«, murmelte er. »Aber was ist mit Musik und Astronomie?« Damit fragte er zielsicher nach den Künsten, die ich nicht erwähnt hatte. »Lebt Gott nicht auch im Klang und in den Sternen?«

Was sollte ich darauf sagen – Priester Matthäus hatte Musik für reine Zerstreuung und Ablenkung gehalten, Sterne hingegen waren für ihn lediglich zufällige Gebilde am Himmel, wie Brandflecken in einer Decke.

»Was lesen Sie da?«, er wies auf das Manuskript vor mir.

»Ich lese nicht. Ich übersetze und kopiere. Meist für das Kloster. Aus diesem Manuskript mit Texten von Augustinus kopiere ich gerade Zitate für eine kleine Sammlung.«

»Augustinus? Und Sie machen das freiwillig?«, staunend hob er die Brauen.

»Natürlich. Es ist ... erbaulich.« Als wüsste er, wer Augustinus war!

Er lachte plötzlich. Es war ein seltsamer, unangenehm harter Ton und seine Narbe verzerrte sich dabei. »Finden Sie? Offenbar haben Sie noch nicht viel über andere Religionen und Anschauungen gelesen.«

»Was denn für andere Religionen?«

»Schon gut«, er winkte hämisch ab. »Sie haben recht, es gibt nur diese eine, einzig wahre und Sie und Ihre Brüder im Geiste haben das Heil für sich gepachtet.«

Wenn es doch nur so wäre. Ich senkte den Kopf, damit er nicht sah, was ich dachte.

Eine Weile hörte ich nichts. »Sie sperren sich offenbar Tag für Tag hier ein«, sagte er dann unvermittelt. »Warum beschäftigen Sie sich nicht mit anderen Dingen, die Ihnen mehr Freude bringen könnten?«

»*Freude?*« Das Wort fühlte sich seltsam in meinem Mund an. Was maßte sich dieser Mann eigentlich an? »Nun, diese Arbeit *macht* Freude. Sie bildet und reinigt den Geist. Eine gewisse – Mühe – gehört dazu.«

»Offenbar setzen Sie Mühe mit Verdruss gleich. Würde mir ein Auftrag so viel Verdruss bereiten, wie es Ihnen bereiten muss, diesen Text zu kopieren, würde ich auf der Stelle die Kommission, wenn nicht sogar das Handwerk wechseln.«

Mein Zweifel und mein Unmut ob dieser Geisteshaltung schienen mir ins Gesicht geschrieben, denn er zuckte mit den Achseln. »Erhalte ich einen Auftrag, so prüfe ich, ob die Arbeit daran mir lohnend erscheint. Ist dies so, so wird mir keine damit verbrachte Minute lästig. Stellt sich jedoch heraus, dass das Gemälde von Natur aus fehlerhaft oder hässlich ist, breche ich die Arbeit daran umgehend ab. Das Leben ist viel zu kurz, um sich von der Torheit und dem Unvermögen anderer herabziehen zu lassen. Ich wähle nur Arbeiten, die mich erheben.«

Nun, Augustinus war eher dazu angetan, Frauen zu erniedrigen, das stimmte – doch gewiss, ohne dabei fehlerhaft zu sein. Denn genau darum ging es doch bei der Lektüre: Der Mensch *brauchte* Demut – und ich noch viel mehr als andere. Und wenigstens war die Buße dieser Arbeit so viel leichter zu ertragen als andere Formen. Das Kopieren war mit Sicherheit leicht zu bewältigen; Wort für Wort, Seite für Seite, Tag für Tag. Außerdem ließ es die Zeit so viel schneller vergehen, löschte sie förmlich aus. Wenn ich kopierte, vergaß ich mich selbst und alles um mich herum, trat ich aus der Welt zurück und verschwand – wie sollte man solch Zauberwerk *nicht* lieben? Nur noch selten kippte die Erleichterung darüber in eine dumme Form von Panik, dass mich die zahllosen stummen Worte irgendwann ersticken, mich all die Bücher eines Tages lebendig unter sich begraben würden ...

Sonderbarerweise flog mich diese irreale Angst ausgerechnet jetzt wieder an. Ich zögerte nur kurz. »Sagten Sie nicht, Vater Jonas wollte zur Kapelle?«, ich stand auf. »Ich – ich denke, ich werde ihn begleiten.«

Der junge Priester stand unter dem großen Kruzifix in der Halle und erweckte den Anschein, in tiefster Kontemplation versunken zu sein. So tief, dass er noch nicht einmal unser Kommen bemerkte.

»Guten Tag ... Vater Jonas!« Die ehrwürdige Anrede rollte etwas hölzern aus meinem Mund. Er drehte sich mit verklärtem Blick zu mir um. »Ah, guten Tag, M- äh ... Frau von Eschweih«, spitz hüpfte sein Adamsapfel über dem Priesterkragen.

»Ich hoffe, Sie haben nichts dagegen, dass ich Sie zur Kapelle begleite?« Wie so oft hatte ich meine Hände in den Filzfalten meines Rockes vergraben und fühlte plötzlich, dass ich vergessen hatte, den Riss darin zu stopfen.

»Oh, ähm, natürlich, das ist wunderbar. Ich wollte Sie ohnehin noch zu Ihrer Aquin-Übersetzung beglückwünschen!«, ein rosiger Hauch überzog seine allzu glatten Wangen.

»Sehr freundlich von Ihnen ... Vater.«

Ich hatte es befürchtet und es trat ein: Wir gingen zu dritt. An der Türe ließ ich den Priester vor und musste mich sehr darüber wundern, dass der Fremde seinerseits den Anstand besaß, mir den Vortritt zu lassen. Wir gingen über den Hof, am Westbrunnen und dem toten Garten vorbei und dann auf dem Pfad durch das Wäldchen zur Kapelle.

Die ganze Zeit referierte der junge Vater gestikulierend, welche Teile meiner letzten Übersetzung dem Abt insbesondere gefallen hätten. Beispielsweise heikle Stellen wie jene, an der Thomas von Aquin feststellt, dass Maria zwar in Erbsünde empfangen, jedoch nicht in Erbsünde geboren worden sei, und auch, dass die in ihr verbliebene Sünde gänzlich bei der Empfängnis Christi aufgehoben worden wäre.

»Wobei Ihre Übersetzung allerdings vermittelt, dass es gleichgültig sei, ob sie nun frei von der Sünde gewesen ist oder nicht«, bemerkte Vater Jonas, während er sich mit dem sicheren Überqueren der dicken Wurzelstränge mühte, die ständig den Pfad durchkreuzten.

»Gewiss kann meine Arbeit keinen Anspruch auf Vollkommenheit erheben«, murmelte ich, den Blick auf den Boden geheftet. Tatsächlich war es aber vielmehr Vater Jonas, der keinen Anspruch auf genaues Lesen erheben konnte. In meiner Übersetzung kam genauso deutlich wie im Original zum Ausdruck, dass die Frau bei der Zeugung eines Kindes von Natur aus als passiv anzusehen war. Aquin zufolge war sie lediglich eine Art von Gefäß, dessen Sünde die Reinheit Jesu ohnehin nicht beflecken konnte.

»Aber sonst fand auch ich Ihre Arbeit wirklich gelungen. Ich kann Ihnen nur empfehlen, dazu noch die Abhandlungen des Dominikaners Bonaventura zu studieren«, fügte Vater Jonas hinzu.

Hinter mir, wo der Fremde ging, meinte ich ein Schnauben zu vernehmen. Aber ich musste mich irren – denn wie sollte ein einfacher Handwerker auch wissen, dass Bonaventura zum einen Franziskaner und zum anderen der Vertreter einer völlig entgegengesetzten, sehr viel moderneren Sicht war? Dies war kaum ein Wissensgebiet, das sich aus dem Ausbessern von Wandbildern erschloss. Und dennoch umfloss mich die Argumentation des Priesters fortan nur noch wie seichtes Geplätscher, während ich jedes Knarren der schweren Stiefel hinter mir überdeutlich vernahm.

Über der Unterhaltung hatten wir die Kapelle erreicht. In der gleichen Reihenfolge, in der wir zuvor das Haus verlassen hatten, traten wir auch hier wieder ein. Kaum im Inneren angelangt, lobte Vater Jonas die gotischen Fenster, die es ihm angetan hatten, sowie den Grundriss der Kapelle insgesamt, der ihn an jenen der Klosterkirche erinnerte. Auch das gotische Fresko gefiel ihm, wobei ihn allerdings das neu errichtete Gerüst bei seinen Betrachtungen störte. Und so ging es in einem fort.

Ich hatte mich so leise wie möglich von ihm entfernt und ließ mich in einer der violetten Bänke nieder. Von dort aus wirkte der Altarraum wie eine Bühne für die zwei ungleichen Akteure: Während der junge Priester unverwandt umherging, hier und dort Dinge aufnahm und fortwährend seine Eindrücke erläuterte, ignorierte ihn der Fremde auf geradezu unverschämte Weise; er studierte sein Notizbuch, verglich Aufzeichnungen mit verstreut umherliegenden Notizen und Skizzen und erzwang sich gelegentlich zwischen dem Altar und den Bänken Durchgang, indem er sich rücksichtslos an dem Jüngeren vorbeidrängte. Einmal schob er ihn gar beiseite, als sei dieser nicht mehr als ein sperriges Möbelstück.

Um mich von den gereizten Manövern des Malers abzulenken, konzentrierte ich mich auf die Veränderungen, die in der kurzen Zeitspanne seit seiner Anwesenheit Einzug gehalten hatten. Zunächst sprang das vier Meter hohe Gerüst ins Auge, von dessen zwei Ebenen nun nahezu jede Partie des großen Freskos erreichbar war. Zwar sah es für meinen Geschmack ein wenig fragil aus, dennoch verfügte der Fremde gewiss über genug Erfahrung mit solchen Hilfsmitteln, um ein solches zweckdienlich zu konstruieren. Aber auch dezentere Veränderungen hatten Einzug gehalten. Die Messutensilien, die sich normalerweise auf dem Altar befanden, waren unachtsam an den Rand geschoben worden, und stattdessen übersäten nun verschiedene Tiegel, Flaschen, Zeichenmaterialien und Pinsel in allen Größen, und daneben

Hammer und Meißel, den steinernen Altar. Selbst die vorderen Bänke waren gänzlich von Papieren bedeckt, auf denen Skizzen und Zeichnungen zu sehen waren. Zwar hätte ich nur allzu gern einen genaueren Blick darauf geworfen, aber ganz gewiss wollte ich nicht riskieren, dem Fremden genauso im Weg zu sein wie Vater Jonas, der nicht einmal bemerkte, dass er sich mitten in dessen Wirkungsbereich befand. Interessiert nahm er gar einige der Skizzen von den Bänken auf, um sie achtlos an anderer Stelle wieder fallen zu lassen – worauf die Kiefernmuskeln des Fremden für einen Moment gefährlich hervortraten. Doch der Jüngere hob nur eine weitere Zeichnung auf. Bei dieser stutzte er. »Nanu, ist das nicht ein Rosenstock? Und das an diesem Ort?«, verwundert wandte er sich dem Fremden zu.

Dessen Augen hatten sich verengt. »Sie finden die Vorlage dafür dort hinten um den Türrahmen herum. Schauen Sie sie sich besser genau an, denn in zwei Jahren ist dort nichts mehr zu sehen. Die *Hausherrin* hat es so beschlossen.«

Vater Jonas spazierte zu dem Relikt hinüber. »Nun ja, freilich sehr hübsch«, er runzelte die Stirn in nachdenklicher Irritation. »Und doch ist es verständlich, warum Frau von Eschweih den Stock nicht erhalten will. Er ist viel unordentlicher gemalt als das Altarfresko ... und zudem passen solch üppige Motive ja auch kaum in eine Kapelle, wo man sich doch besinnen soll, nicht wahr? Es besteht gewiss kein Anlass, den vom Gebet gerade erhöhten Geist an der Schwelle vom Bild einer profanen, wuchernden Pflanze herunterziehen zu lassen.«

Der Fremde hatte sich bei diesen Worten langsam umgedreht. »Mit dem ersten Argument hätten Sie unter Umständen Recht.

Natürlich ist der Rosenstock nicht im Stil der Bibelszene hinter dem Altar gemalt, sondern freier«, er lehnte sich an eine der Bänke unter einem rosafarbenen Fenster. »Allerdings wundere ich mich doch sehr über Ihre zweite These: Eine Kapelle soll kein angemessener Ort für Rosen sein, Vater?«, er legte den Kopf schief, kreuzte die Arme vor der Brust und fixierte den jungen Mann, als würde er Maß nehmen. »Sie als Mann Gottes sind doch sicher mit der *Rosa Mystica* vertraut?«

Vater Jonas' blaue Augen blickten neugierig in die des Fremden. »Ist das vielleicht eine Rosensorte?«

Ich zuckte zusammen, er dagegen schien keinerlei Vorstellung davon zu haben, worauf das hinauslief.

Die Türklinke senkte sich knirschend, ich blickte kurz über die Schulter und sah eine kleine Hand im Türspalt auftauchen, bevor ein bleiches ungewaschenes Gesicht darin erschien – um gottlob sogleich wieder zu verschwinden. Als ich, meinen Schal um die Schultern straffend, mich wieder nach vorn wandte, bemerkte ich, wie der Blick des Fremden wachsam erst zum Eingang und dann zu mir zurückwanderte, um sich erst dann wieder dem jungen Priester zuzuwenden.

»Nein«, antwortete er. »Hier geht es nicht um Botanik. Mit dem Begriff *Rosa Mystica* wird im Allgemeinen die heilige Maria bezeichnet, weil sie in ihrer Reinheit als die dornenlose, also die perfekte Rose unter den Frauen gilt.«

Trotz der warmen Wolle um meine Schultern lief es mir kalt den Rücken hinunter, als sei ich es, die belehrt würde. Als ob er den Schauder fühlen könnte, warf der Fremde mir einen weiteren Blick zu, bevor er fortfuhr. »Allerdings haben Sie Recht damit, dass die Rose von der Kirche lange Zeit als unzüchtig betrachtet wurde. Galt sie doch schließlich als Blume der sinnlichen Aphrodite, der schönen Venus und sogar der germanischen Göttin Freya. Wussten Sie etwa, dass bei den alten Germanen wertvolle Schwerter als ›Rosen‹ bezeichnet wurden? Nein? Nun, zugegebenermaßen war sie zu allen Zeiten in erster Linie ein Symbol für die Liebe. Und zwar besonders für die erotische«, er bedachte Priester Jonas mit einem anzüglichen Grinsen. »Huren beispielsweise trugen in Städten lange Zeit Rosen als Erkennungszeichen.« Er hatte während seiner Ausführung die Breite der Kapelle durchmessen, lehnte nun am Grabstein meiner Mutter. Meine Nackenmuskeln spannten sich bis zum Zerreißen. Er warf erst mir, dann dem Priester einen kurzen Blick zu, bevor er seinen gemächlichen Rundgang wieder aufnahm.

»Aber das ist noch nicht alles«, seine Hand glitt über eine Kniebank. »Als Blume der Weisheit galt sie den Alchemisten und von den Ägyptern wurde sie Harpokrates, dem Gott des Schweigens, geweiht. Deshalb können Sie auch in größeren Kirchen, wie zum Beispiel Ihrer Klosterkirche, geschnitzte Rosen über den Beichtstühlen entdecken, Vater. Alles *sub rosa dictum*, bleibt geheim«, er drehte sich höhnisch dem Priester zu. »Sie wissen doch, das ist Latein und es bedeutet *das unter der Rose Gesagte*.«

Nervös zuckte der Adamsapfel des Jungen.

»Die Rose steht also für sehr viel mehr als nur für die Sinnlichkeit«, fuhr der Fremde fort. »Und in der Tat hat auch Mutter Kirche dies irgendwann zur Kenntnis genommen und sich endlich dazu durchgerungen, diese skandalöse Blume als Symbol für Maria anzuerkennen. Offiziell wurde es allerdings erst 1208, als der heilige Dominikus die Gebetsschnur in ›Rosenkranz‹ umbenannte, was Sie ja zweifellos wissen werden. Werfen Sie doch einen Blick auf die gemalten Rosenblüten, Vater Jonas.« Gerade hinten angekommen zeigte er in dem violetten Licht hinauf zu den Blüten über der Tür. »Sie sind rot. Und sie haben die gleiche Form wie die Blutflecken von der Stirn Christi. Hübsch gesehen von Ihren geistigen Brüdern, nicht wahr? Und wenn selbst Mutter Kirche die Rose inzwischen für sittsam und kontemplativ hält, dann können wir es doch auch, meinen Sie nicht, *Vater?*« Er war wieder zurückgeschlendert und stützte sich ein Mal mehr auf das Grab meiner Mutter. Ein breites ironisches Lächeln überzog sein Gesicht und verzerrte die Narbe, die sich hell von seinen Bartstoppeln absetzte. Der im Laufe der Rede dunkelrot angelaufene junge Priester lächelte zittrig.

Doch der Fremde war noch immer nicht mit seiner Belehrung am Ende. »Ach, und zu Ihrem vorhin geäußerten Zweifel, Vater, ob der Rosenstock am Eingang passend angebracht sei: Nun, ich finde schon! Und Generationen von sakralen Künstlern werden sich mir vermutlich anschließen. Denn gotische Kathedralen, Vater – und wie ich verstanden habe, mögen Sie diesen Stil, lobten Sie doch vorhin die Form der Fenster – gotische Kathedralen also besitzen gelegentlich Rosettenfenster über dem Eingang. Diese sollen unter anderem darauf verweisen, dass uns ewiges und vollkommenes Leben erst im Jenseits blüht. Sie sehen also, dass der Rose mannigfache und nicht zuletzt heilige Bedeutungen zugedacht werden. Daher sollten wir ihr nicht absprechen, gerade hier, an diesem Ort der Kontemplation, aufzutauchen. Oder sehen Sie das anders?«

Wie erschlagen folgten der Priester und ich dem Fremden stumm mit den Augen, während er nochmals die Breite der Kapelle durchmaß und sich nun zur Abwechslung gegen den schwarzen Granitstein Priester Matthäus' lehnte. Seine Augen bohrten sich in meine. »Dagegen ist das Altarfresko, über dessen Wert Sie sich immerhin alle einig zu sein scheinen, vom symbolischen Standpunkt weitaus fragwürdiger. Es befindet sich nämlich an der Ostwand und nimmt damit genau den Platz ein, an dem sich traditionellerweise ein Erlöserkreuz befinden sollte«, er zuckte mit den Schultern. »Statt mit einer in Aussicht gestellten symbolischen Erlösung werden wir hier also lediglich mit einem Gott konfrontiert, der uns ermahnt, ihn als übermächtig und unerklärlich hinzunehmen. Finden Sie das nicht auch bedauerlich, Vater?«

Dieser sah vollkommen verwirrt zu Boden. Ich erhob mich aus meiner Bank und trat in den Gang. »Wenn es nicht so selbstverständlich wäre, würde Ihnen Vater Jonas sicher darauf antworten, dass die *Ermahnung*, wie Sie es nennen, in Wahrheit dafür steht, dass sich Gott zu uns in Beziehung setzt. Indem er sich uns offenbart, enthüllt er auch seine Göttlichkeit und gibt uns damit das Versprechen, fortan bei uns zu sein.« *Im Guten wie im Bösen.*

Ich wandte mich dem Jüngeren zu. »Sie aber, Vater, haben heute bereits einen langen Weg zurückgelegt und müssen sehr müde sein. Daher schlage ich vor, dass Sie mich nun zurückbegleiten und eine Erfrischung zu sich nehmen, bevor Sie sich von einem der Fuhrwerke aus dem Dorf mitnehmen lassen«, ich berührte den noch immer unter der Wirkung der peinlichen Belehrung stehenden Jungen kurz am Ärmel und wies ihm den Weg hinaus. An der Tür konnte ich nicht widerstehen, einen

Blick über die Schulter zurück zu werfen. Der Fremde sah mir mit einem eigentümlichen Ausdruck in den Augen nach. Darin lagen Verachtung – und Bitterkeit.

Die Buchstaben wurden ein ums andere Mal unscharf, ich schaffte es einfach nicht, mich an ihnen festzuhalten; wann immer meine Augen über sie hinwegglitten, wichen sie tanzend zurück, verspotteten mich. Es war aber auch kein Wunder, denn in Gedanken fiel ich ein ums andere Mal in die Kapelle zurück und lauschte wieder und wieder dem arroganten Vortrag des Fremden – und fragte mich fortwährend, wie es überhaupt dazu hatte kommen können, dass ein *Handwerker* einen Priester belehrte …

Meine Überlegungen wurden von dem Geräusch des Klopfers unterbrochen. Mechthilds Altstimme und Thalitas Sopran erklangen in der Halle. Ich verließ mein Pult und begab mich zu dem Regal, in dem die dominikanischen Schriften standen. Als Ergänzung zum Augustinustext waren diese sehr nützlich; ihre Ausführungen konnten das Verständnis immens steigern – doch vor allem standen sie direkt neben der Bibliothekstür, wo jedes Wort zu hören war, das in der Halle gesprochen wurde. Mein seit kurzem so undisziplinierter Geist brannte anscheinend darauf, zu erfahren, ob Mechthilds angeblicher *Liebestrank* irgendeine Wirkung entfaltet hatte. Also senkte ich den Kopf – und lauschte.

Zunächst ging es eine ganze Weile tatsächlich lediglich um unsere Federbetten und ihre Preise auf dem Markt. Doch selbst durch die Tür hindurch konnte ich spüren, dass dieses Thema nur als Einleitung zu jenem diente, auf das die Frauen in Wirklichkeit zu sprechen kommen wollten. Endlich konnte Thalita nicht mehr an sich halten, »Mechthild, du ahnst ja nicht, wie deine Liebeskräuter gewirkt haben! Johan wird diesen Tag so bald nicht wieder vergessen«, mühelos durchdrang ihr helles Lachen die Tür. Sie begann, die unsittlichen Symptome aufzuzählen, die sich bei Johan gezeigt hätten. Als sie auch noch anhob, genau zu beschreiben, was sich anschließend abgespielt hatte, wich ich zurück, um die Derbheiten und ihrer beider Lachen nicht zu hören.

Schändlich, bösartig und infam – das waren sie! Was hätte Priester Matthäus nur zu diesem Hexenwerk gesagt? Und vor allem dazu, dass *ich* nichts dagegen unternommen hatte? Er selbst war nie davor zurückgezuckt, der Hüter seiner Mitmenschen zu sein – und von mir hatte er immer das Gleiche erwartet. Ausgerechnet von mir, *als hätte er nicht gewusst, wer ich war …*

Ich trat an mein Pult. Mit unsicheren Händen schenkte ich mir Wasser aus der Karaffe in ein Glas und trank es in einem Zug halb leer, trat weiter an das Nordfenster, um mich mit dem tristen Anblick des Hofes zu beruhigen. Nur, dass dieser gar nicht verlassen war, stattdessen zog ein inzwischen vertrauter, dunkler Umriss am Brunnen meinen Blick auf sich. Es surrte, als der Eimer in die dunklen Tiefen hinabfuhr.

Die Eingangstür ging auf und wieder zu. Thalita trat auf den Hof. In meinem Wasserglas erhob sich ein kleiner Sturm. Gern hätte ich mich abgewandt – aber genau, wie ich einst außerstande gewesen war, den Blick von Klio zu wenden, als sie einen fliehenden Hasen erfasst und mit einem spielerischen Kopfschütteln sein Genick gebrochen hatte, konnte ich mich nicht wegdrehen.

Doch zunächst wanderte die junge Frau knirschend über den Kies des Hofes auf den Fremden zu, ohne dass er aufgesehen hätte. Stattdessen säuberte er weiter Pinsel und Werkzeuge. Endlich am Brunnen angelangt, blieb sie vor ihm stehen. Sie hatte ihren Mantel trotz der kalten Witterung geöffnet und zwischen den Schößen schwangen drei Reihen gefältelter Röcke. Noch auffälliger war jedoch das tiefe viereckige Dekolletee, das von keinem Musselintuch bedeckt war, sowie der Schwall von weizenblonden Locken, die ihr skandalös offen über die Schultern wallten, während die Haube locker von ihrem Handgelenk baumelte.

»Man sieht selten neue Gesichter hier auf dem Hof«, sagte sie leichthin und warf kokett ihr Haar zurück. »Wollen Sie mir nicht verraten, wer Sie sind?«

Zwar war sie einige Fingerbreit größer als ich, dennoch überragte er auch sie um eine knappe Elle. Er sah kurz zu ihr hinüber, schrubbte aber weiter ungerührt seinen Eimer aus, in dem sich eine Art Lauge befunden zu haben schien, um endlich das schmutzige Wasser mit einem Schwall auszukippen – keinen halben Schritt von ihr entfernt.

»Und was geht das dich an?« Ohne eine Antwort abzuwarten, bückte er sich erneut nach ein paar Lappen, hob auch einen Hammer nebst anderen Werkzeugen auf und steuerte damit, ohne sich umzudrehen, auf die Scheunentür zu. Sie lachte nur auf und schlenderte ihm ohne Hast hinterher, verschwand, wie er, in der dunklen Öffnung der Scheune.

Grundgütiger! Was tat sie da nur? Urplötzlich zog es durch die Bleifassungen der Fenster und ich musste das Glas abstellen und die Arme um mich legen, um mein inneres Zittern zu unterdrücken. *Der Fremde war nicht Johan – hier machte sie der offenen Gefahr den Hof!*

Doch schon einen Moment später tauchten beide wieder in der offenen Tür auf. Ich war darauf gefasst, Spuren von Verwirrung oder Scham in ihrem Gesicht zu sehen – fand jedoch seltsamerweise nichts davon – stattdessen spielte vielmehr ein kokettes Lächeln um ihre Lippen und auf seinen scharfen Zügen fand sich sogar eine Spur von Amüsement! Das Paar blieb neben der Schuppentür stehen, fuhr in seiner anscheinend in der Scheune begonnenen Unterhaltung fort. Thalita lachte gelegentlich perlend auf, schien nun seine volle Aufmerksamkeit gewonnen zu haben. Gelegentlich wanderten seine Augen hinunter zu dem provokanten Ausschnitt, was sie jedoch keineswegs zu stören schien – im Gegenteil! Sie strahlte durchaus Zufriedenheit über ihre Wirkung aus; ihre hellen Augen blitzten und die Wangen waren von einem zarten Rot überhaucht. Ich spürte, wie auch die meinen anfingen zu brennen.

Die Natur ihres Gesprächs schien immer anzüglicher zu werden. Immer öfter ertönte ihr Gelächter und auch auf seinen Zügen erschien ein Ansatz von Heiterkeit, der, obgleich er zurückhaltend war, doch immerhin in einem beträchtlichen Kontrast zu dem grimmigen Ausdruck stand, den er sonst zur Schau trug. Seine Wolfsaugen in ihren tiefen Höhlen lauerten wie stets, doch schien Thalita keinerlei Angst vor ihnen zu empfinden, sie sogar zu suchen.

Ich traute meinen Augen kaum, als ihre weiße Hand mit einem Mal in einer fließenden Bewegung nach oben fuhr und an seinem dunklen Zopf zog, um dann zur Seite auszuweichen und zu flüchten. Der Fremde setzte ihr nach und hatte sie sogleich eingefangen. Er drückte sie gegen die Wand der Scheune und stützte sich mit gestreckten Armen von dem Holz ab! Für einen Herzschlag vereiste jegliches Gefühl in mir, ich hörte nur noch mein Herz rasen.

Unfassbarerweise schien Thalita jedoch auch diese spielerische Demonstration seiner körperlichen Überlegenheit Vergnügen zu bereiten. Sie lachte, tauchte dann mit einer flinken Bewegung unter seinen Armen hindurch und lief leichtfüßig einige Schritte von ihm fort, dass der Kies unter ihren Pantoffeln nur so wegspritzte. Am Ende winkte sie ihm schelmisch zu, bevor sie auf dem Weg zum Dorf verschwand.

Er sah ihr mit einem leichten Grinsen hinterher, wandte sich dann ab und schritt langsam in Richtung Kapelle. Auf der Höhe meines Fensters wandte er den Kopf und starrte mich geradewegs an. Diesmal gelang es mir, den Blick abzuwenden.

Als ich wieder hinsah, war er fort. Etwas drückte mir die Luft ab. Es war meine eigene Hand. Sie umklammerte die Knöpfe, mit denen mein Filzkragen wie immer bis zur Kehle hochgeknüpft war. Ich schnappte nach Luft – und zerrte ihn noch höher.

4. Wollust

Ich sah von der kaum beschriebenen Seite vor mir auf und rieb mir die Augen. Es war gerade erst Morgen und doch fühlte ich mich schon schrecklich müde. Ans Übersetzen war gar nicht erst zu denken – schon seit sechs Tagen nicht, seit er hier war. Selbst bei der bloßen Abschrift von Zitaten schlichen sich seit Neuestem Fehler ein, die mir noch nie zuvor unterlaufen waren und die ich mit einer Klinge wieder vom Papier schaben musste. Nachdem ich der Szene vor der Scheune beigewohnt hatte, war die Arbeit in der Bibliothek zu einem Auftürmen hohler Stunden bis in den Himmel verkommen. Dabei ließen noch nicht einmal die Zitate, die ich kopierte, einen Zweifel an dem, was ich gesehen hatte. Ich las noch einmal den letzten, soeben vollendeten Satz:

Denn das sind die Tage der Rache, dass erfüllet werde alles, was geschrieben ist.

Und davor:

Die Rache ist mein; ich will vergelten. Zu seiner Zeit soll ihr Fuß gleiten; denn die Zeit ihres Unglücks ist nahe, und was über sie kommen soll, eilt herzu.

Damit war natürlich ich gemeint … Ich versuchte dennoch, mich zu fassen, untersuchte mit zusammengebissenen Zähnen die Zeilen, ob sie so ebenmäßig waren, wie sie zu sein hatten. Täuschte ich mich, oder sah man selbst meiner Schrift seit Neuestem eine bestimmte Unruhe an? Würde *er*, als Restaurator, wohl eine Änderung in ihr erkennen?

Anklagend breitete sich plötzlich ein schwarzer Fleck in der nächsten Zeile aus; aus meiner untätigen Feder war Tinte auf das teure Papier geflossen. Aufgewühlt löschte ich den Fleck. So ging es einfach nicht weiter! Bis Ostern waren es schließlich noch ganze vierunddreißig Tage – genug Zeit, um den Verstand zu verlieren!

Normalerweise reservierte ich die wertvollen Stunden des Tages für die Schriften und tat die profanen Hof- und Hausarbeiten an den Abenden, wenn mein Geist ohnehin erschöpft war. Doch womöglich war es besser, wenn ich die Dinge in der nächsten Zeit umgekehrt anging. Vielleicht würde sich mein überreizter, buckelnder Geist wieder beruhigen und war eher wieder bereit, im Joch zu gehen, wenn er sich mit Profanerem beschäftigen musste. Zu tun gab es mehr als genug; bald kam die Zeit für die Frühaussaat und die Kartoffeln dafür mussten noch sortiert werden. Diese Aufgabe war so öde, wie ich es mir nur wünschen konnte; gewiss würde sie meine Emotionen gehörig abstumpfen.

Noch immer überreizt stakste ich aus der Bibliothek und dann quer über den Hof, hinüber zur Scheune. Vor der schiefen Tür zauderte ich kurz – konnte ich doch förmlich noch den Abdruck der zwei Körper an der Wand vor mir sehen – doch da war ich auch schon hindurch.

Die Scheune war fast so groß wie das Haus, nur um einiges dunkler. Ich tappte an dem Werkzeug und den Gerätschaften vorbei, die an eine Folterkammer erinnerten, und dann die drei Stufen zu dem abgesenkten Boden hinunter, wo wir, halb unter der Erde, Erntefrüchte lagerten. Wie immer erschauerte ich kurz, bevor ich mich an das Gefühl, in einer Gruft zu sein, gewöhnt hatte, mit den hier selbst am Tage herumhuschenden Mäusen und Ratten. Aber es geschah mir nur recht: Wer seinen Geist nicht zügeln konnte und keine hohen Arbeiten zu tun vermochte, musste eben mit den niederen vorlieb nehmen. Dennoch sah der Kartoffelberg vor mir entmutigend aus; es würde Stunden und Tage dauern, jede Knolle einzeln zu verlesen. Gerade wollte ich niederhocken, um damit anzufangen, als es über mir, auf dem Heuboden, raschelte und dumpf hallte, als schreite jemand über die Bretter.

»Mechthild?« Ich lauschte. »Otfried? Wer ist da?«

Niemand antwortete. Vor Jahren hatte sich schon einmal ein Wildschwein Zugang zu den Kartoffeln und Möhren verschafft – womöglich war es diesmal ein Fuchs, der ein Huhn über die Stiege nach oben verfolgt hatte?

So leise wie möglich huschte ich zurück. Als ich die Gerätschaften passierte, nahm ich einen abgebrochenen Axtgriff auf. So bewaffnet stieg ich leise die Stiege in der Mitte der Scheune hinauf.

Auf dem Boden war das Heu in unregelmäßigen Wehen aufgehäuft. Das Geräusch war nicht von der Westseite gekommen, wo der Heuboden endete und sich dafür das Stroh bis zur Decke türmte, sondern von Osten. In diesem Moment raschelte es noch einmal!

Ich umfasste meinen Knüppel fester und schlich nahe der Wand entlang weiter, wo es ein Durchkommen gab. Hinter dem nächsten Heuhaufen musste es sein.

Mit dem Stiel ausholend sprang ich vor – und konnte mich gerade noch zurückhalten, mein eigener Schwung holte mich fast von den Füßen. Erschrocken stieß ich die angehaltene Luft aus: Um ein Haar hätte ich ein Kind erschlagen!

Das Mädchen saß in einem Heunest, die Arme um die Knie geschlungen – und hinter ihr kniete die junge Frau, die im Wäldchen vor mir davongelaufen war; sie flocht der Jüngeren das Haar!

Beide sahen von unten zu mir auf, wie ich schwer atmend mit dem Knüppel über ihnen stand.

Ich ließ ihn endlich sinken. »Wer – was habt ihr hier zu suchen?«

Das Mädchen war vielleicht elf Jahre alt, oder zwölf. Aus dem Heu lugten schmutzige nackte Füße hervor und ihre Arme waren zerkratzt. Die junge Frau hingegen mochte vielleicht achtzehn Jahre zählen. Ihr Kleid war schon verblichen, mit einer hohen Taille. Ihr Haar war dunkel und wirr, sie trug keine Haube und ihre seidenbezogenen Pantoffeln, die schon halb auseinanderfielen, waren völlig unpassend für die raue Witterung. Beide sahen so abgerissen aus, als hätte sie schon etliche Nächte im Wald verbracht.

»Was ihr hier zu suchen habt?«, wiederholte ich lauter. »Ich sehe euch schon seit Tagen hier herumschleichen. Habt ihr euch jetzt wie Zecken hier festgesetzt?«

Sie sahen sich gegenseitig an, sagten aber nichts.

»Seid ihr mit Thalita gekommen?«, forschte ich weiter.

Die Ältere schüttelte den Kopf.

»Wer seid ihr? Seid – seid ihr verwandt?« Zumindest sahen sie sich sehr ähnlich.

»Ja.«

Ich atmete heimlich auf, dass die beiden immerhin sprechen konnten. Ihr Schweigen war mir schon unheimlich geworden. Zwei Schwestern, nichts weiter, sagte ich mir. Wahrscheinlich kamen sie aus irgendeinem bitterarmen Kaff und wollten sich möglichst weit fort davon als Mägde verdingen. Der Weg dahin war länger als sie gedacht hatten und ihnen war ihr mickeriges Brot ausgegangen, außerdem war es frostig und ihre Kleidung zu dünn. Solche Geschichten hatte ich früher oft gehört.

»Wie heißt ihr?« Der Himmel allein wusste, warum ich das wissen wollte. »Nun?«, ich sah die Jüngere an.

»Gret«, sagte sie. »Gretchen.« Sie klang lebhafter, als ich erwartet hätte. Eins jener Kinder, die immer rannten und niemals gingen.

»Und du?«

»Anne.«

»Woher kommt ihr?«

»Na, von hier«, sagte das Mädchen grinsend. »Woher sonst?«

Also aus dem Dorf. Das war gut möglich, sie waren beide zu jung, als dass ich mich noch an sie erinnern würde. Weit waren sie in diesem Fall nicht gekommen.

»Und wohin wollt ihr? In die Stadt?«

Die Ältere zuckte mit den Schultern. »Wir dachten, wir könnten vielleicht erst einmal hier bleiben«, sie lächelte. »Es ist schön hier und es kommen ja so viele Menschen her.«

»Zum Beispiel die schöne goldhaarige Frau und der junge Priester«, fiel das Mädchen ein.

»Und dieser große Mann mit der Narbe«, die Ältere strich der Schwester Heu von der Schulter. »Es muss wunderbar sein, so viel Besuch zu haben.«

»Das ist kein Besuch«, stellte ich richtig. Aber sie hatten recht, in der letzten Woche kamen und gingen hier – gegenüber den letzten dreizehn Jahren – wahre Menschenhorden ein und aus, diese beiden inbegriffen.

»Aber *wir* könnten doch dein Besuch sein«, die Kleine sah mich mit glänzenden Augen an. »Dein Haus ist groß genug.«

»Auf keinen Fall«, sagte ich schnell. »Und für euch bin ich Frau von Eschweih.« *Aus welchem Loch im Boden waren die beiden nur gekrochen, dass sie keinen Unterschied zwischen sich und mir sahen?* »Habt ihr denn gar keine Familie, die euch vermisst?«

»Wir haben doch uns«, Anne lächelte mich an.

Sie sahen sich in der Tat sehr ähnlich. Fast beneidete ich sie ein wenig, denn auch ich hatte mir früher Schwestern gewünscht, mit denen ich geheime Bünde eingehen und denen ich Geheimnisse erzählen konnte – aber diese Zeiten waren längst vorbei. Es war hingegen gut, dass sie sich gegenseitig hatten, denn ich musste sie wieder fortschicken. Es tat mir leid, denn es war noch bitterkalt und das durchgeriebene Leinenkleid der Jüngeren war viel zu kurz für ihr Alter – ganz zu schweigen davon, dass sie barfuß war, und das fast noch im Winter! – aber bleiben konnten sie auf keinen Fall. Dann würden sie Eier und Äpfel stehlen, vielleicht sogar Hühner. Manche Landstreicher brannten gar ganze Güter ab, weil sie in der Scheune Feuer entzündeten, um sich zu wärmen. Vagabunden waren wie Ratten, nur schlimmer. Außerdem war da noch Mechthild …

»Ihr könnt nicht bleiben. Wir haben gerade einmal genug für uns selbst, ich kann keine zwei zusätzlichen Mäuler stopfen. Heute Abend will ich euch hier nicht mehr sehen. Ist das klar?«

Sie sahen mich nur mit großen Augen an.

»Sonst hetze ich die Hunde auf euch!« Meine Härte tat mir gleich wieder leid und kurz erwog ich, ihnen etwas zu essen zu geben, aber bestimmt hatten sie sich ohnehin bereits an unseren Vorräten gütlich getan.

»Ihr verschwindet! Und zwar plötzlich!«, Schritt für Schritt zog ich mich wieder zurück, den Knüppel noch immer in beiden Händen, während sie von unten zu mir aufsahen wie Tiere.

Die Schwestern hatten mich derartig durcheinandergebracht, dass ich die Kartoffeln ganz vergaß. Gedankenverloren lief ich in die Küche und brühte einen Sud aus Ehrenpreis, Salbei, Baldrian und Johanniskraut auf. Mechthild, die am Herd stand, betrachtete die Zusammenstellung der Kräuter mit hochgezogenen Brauen – doch immerhin konnte sie nicht ahnen, was meine Unruhe ausgelöst hatte. Wo ich gerade einmal in der Küche war, verdonnerte sie mich sogleich zum Flicken eines großen Tischtuchs, das beim Waschen durchgerieben war. Derweil kochte sie Bohnen und Speck, was sie sonst kaum je tat, weil sie sagte, das sei Essen für *niedere Leuts* oder schlechte Zeiten. Kaum hatte ich das Tischtuch fertig, ließ sie mich absurderweise auch noch Servietten aus Batist säumen, die wir ja doch nie benutzen würden. Erst am späten Nachmittag machte sie sich murmelnd auf den Weg zu ihrem und Otfrieds Haus, um dort ihren eigenen Haushalt zu beschicken.

Kaum war sie weg, ließ auch ich die Näharbeiten fallen und sprang auf, lief zur Scheune hinüber und schob mich leise durch die Tür. Schließlich musste ich prüfen, ob meinen Anweisungen Folge geleistet wurde. So lautlos ich konnte, stieg ich hinauf zu ihrem Versteck. Nichts. Das Nest war leer. Ich wanderte noch weiter zwischen den Heuhaufen umher, bis hinüber zu der anderen Seite. Aber meine Drohung hatte anscheinend Eindruck gemacht, sie waren wirklich fort.

Gerade wollte ich aufatmen und das Ärgernis vergessen, als unten die Tür knarrte und unterdrücktes Lachen ertönte. *Also doch!*

Ich kauerte nieder, saß ganz still. Sollten sie ruhig hochkommen! Auf dieser Seite konnten sie mich nicht sehen, und sobald sie oben waren, würde ich hinunterlaufen und die Hunde rufen. Allein der Anblick der gewaltigen Hauer würde ihnen Beine machen! Ihnen würde ich schon noch beibringen, mich zum Besten zu halten!

Doch es stieg niemand hoch. Stattdessen taumelten sie, den Geräuschen nach, mehr als dass sie gingen, in Richtung Stroh. *Hatten sie sich etwa an Otfrieds Weinbrand vergriffen?* Irritiert lugte ich aus der sicheren Deckung eines Heuhaufens über den Rand des Heubodens nach unten – und schlug mir die Hand vor den Mund.

Es waren nicht die zwei Vagabundinnen. Sondern Thalita und der Fremde.

Schleppte er sie etwa gegen ihren Willen mit sich? Ich konnte es nicht genau sehen, nur dass er ihren Mund mit Küssen verschloss, während er ihre Kleider aufknüpfte und sie zugleich vor sich her zum Stroh drängte. Seine Hände bewegten sich schnell und fordernd – hart, denn sie quietschte auf, doch da hatten sie schon das Stroh erreicht und er drückte sie auf das nachgiebige Lager nieder, ohne ihren Widerstand zu beachten. Schwer sank sein Körper auf sie hinunter, hielt sie nieder.

Ihr Oberkleid war bereits aufgeknüpft und die Schnüre, die das Unterkleid banden, gelöst, roh zog er es nun nach unten und legte ihre volle Brust frei, knetete diese und biss in ihren Hals, dass ihr ein überraschter Laut entfuhr. Seine Hand arbeitete sich die Röcke hoch, Thalita wollte ihn aufhalten, hielt ihn am Handgelenk fest, aber es kostete ihn keine Mühe, sich durchzusetzen. Ihre Augen waren geweitet, doch als sie den Mund öffnete, um etwas zu sagen, hielt er ihn einfach zu, fuhr ihr gleichzeitig zwischen die entblößten Beine. Er löste seine eigenen Beinkleider, stützte sich dann ab und drang mit einer einzigen Bewegung in sie ein. Gedämpft von der Hand über ihrem Mund, schrie sie auf.

Sein Zopf fiel nach vorn, darunter spannten sich sein Hals und seine Schultern, die Muskeln unter dem schwarzen Hemd spielten, als er sein Gewicht verlagerte. Sie wollte ihn von sich stemmen, erreichte jedoch nur, dass er ihren Mund freigab, um sich besser abstützen zu können. Statt Gnade zu zeigen, griff er nur in ihre Locken und zog ihren Kopf zurück, biss noch einmal in ihren Hals. Sie holte nach seinem Gesicht aus, aber es war zwecklos, falls er die Schläge überhaupt bemerkte, beachtete er sie nicht. Plötzlich zog er sich zurück, drehte sie mit einer Bewegung herum, stieß ein Knie zwischen ihre Beine und drang von hinten in sie ein. Sie gab noch einen Schrei von sich, doch er stieß nur immer gröber in sie hinein, hatte jeden Anschein von Rücksicht aufgegeben, seine Bewegungen waren nunmehr roh.

Mir wurde grau vor Augen, mit beiden Händen suchte ich Halt im Stroh.

Mit einem Mal drückte sich sein Rücken durch, seine Schultern weiteten sich und sein Hals bog sich zurück. Seine Augen waren geschlossen, seine Züge wie in Schmerz verzerrt, die Narbe leuchtete weiß auf; für einen Moment schien er weit fort zu sein, als hätte sein Geist den Körper verlassen, sich schwebend über die beiden Leiber erhoben – ich fuhr zurück, als könnte dieser mich streifen, kauerte noch tiefer – da sank sein Kopf aber auch schon wieder nach vorn und er fiel über ihr zusammen, rollte dann im Stroh zur Seite.

Schwer atmend lagen sie nebeneinander. Langsam setzte sie sich dann auf, begann, ihre Kleidung zu richten. Die nackte Angst war aus ihrem Gesicht verschwunden. Jetzt betrachtete sie ihn nachdenklich, ein wenig vorwurfsvoll, als hätte er versäumt, ihr eine Ankündigung zu machen oder hätte eine grobe Bemerkung gemacht. »Du nimmst dir, was du willst. Ein Mann und kein Junge«, stellte sie endlich fest.

Er schnaubte. »Gehst du eigentlich immer so liederlich?« Spöttisch wickelte er sich eine Locke um die Hand. »Mit offenem Haar?«

»Bin ich dir nicht respektabel genug?«

»Du gehörst unter die Haube. Längst.«

Ihre Brauen hoben sich. »Willst du mir etwa eine aufsetzen?«

Sein Gesicht verzog sich. »Nein.«

Sie stand auf. »Ich muss jetzt gehen. Begleitest du mich?«

»Wozu?«

»Es ist spät und der Weg durch den Wald ist nicht sicher«, sie knöpfte ihren Mantel zu.

»Was ist schon sicher?«, er streckte sich. »Außerdem kann dir niemand etwas stehlen, das du schon lange vorher verschleudert hast.«

Sie öffnete den Mund, schüttelte dann den Kopf und wandte sich ab, die Scheunentür knarrte hinter ihr zu. Er blieb mit geschlossenen Augen liegen, bis er sicher sein konnte, dass sie fort war. Dann setzte er sich auf, richtete seine Hose, beugte sich vor und griff sich in die Schultern, stöhnte leise. Endlich stand er auf und stakste langsam hinaus.

Ich blieb. Noch sehr viel länger. Zum einen, weil mir die Beine den Dienst versagten und zum anderen, weil ich ihm um nichts in der Welt begegnen wollte. Außerdem mühte ich mich noch immer, mit dem fertigzuwerden, was ich gerade gesehen hatte.

Denn es war nur eine Frage der Zeit, bis es auch mich traf.

Warum ließ Gott mich nicht endlich vergessen?

Die Lampe ließ meinen Schatten wie einen friedlosen Geist über die Wände tanzen. Meine Füße waren längst so eisig wie die Dielen, die sie auf meinem ruhelosen Gang so lautlos wie möglich berührten. Das Letzte, das ich wollen konnte, war *ihn* zu wecken, falls er nachts nicht ohnehin wach war, weil die Dunkelheit seine dunklen Triebe befeuerte. Und er war nur eine Wand entfernt, so dass die Klinke jederzeit niedersinken konnte; genau wie sein Gewicht auf meinen Leib. Ich sah sie vor mir, seine Narbe, direkt vor meinen Augen, während er mein Hemd hochzerrte, um meinen Körper zu benutzen, wie er den ihren benutzt hatte: *wie die Rache des Herrn wie eine Blase über mir aufplatzen, mich in Pein ersticken ließ ...*

Zum hundertsten Mal schob ich meine zitternden Hände unter meine Achseln, um sie ruhig zu stellen, marschierte mit hochgezogenen Schultern weiter, mich selbst umarmend.

Nein, ich würde nicht schlafen. Nicht einmal eine volle Flasche Laudanum konnte mich jetzt dazu bringen, die Augen zu schließen – zumal ich ihn dann wieder und wieder hinter meinen Lidern würde sehen müssen: seine brutalen Hände, das blinde, reißende Stoßen, die Muskeln, die sich unter dem schwarzen Stoff spannten; den seelenlosen, kalten Blick ...

Ich presste mir die Hand vor den Mund, versuchte, jeden Laut zu ersticken. Zum ersten Mal in meinem Leben fehlte mir Priester Matthäus' flammende Moral, der Ingrimm, mit dem er den Fremden binnen Augenblicken aus dem Haus exorziert hätte, wenn dieser ihm den Funken einer Ahnung gegeben hätte, was er mit sich bringen würde – und ich wusste es ja genau.

Doch mein Oheim war fort. Alle Last trug nun ich. Also war ich nun diejenige, die tun musste, was zu tun war – der Schänder musste hinaus aus meinem Haus, gleich morgen – *nicht wahr?*

Mein Schatten an der Wand nickte wild sein Einverständnis. Doch das genügte nicht. Schließlich war es nicht an mir, zu entscheiden. Ich brauchte so dringend Weisung wie noch nie zuvor in meinem Leben; doch Matthäus war tot und Vater Gabriel schlief Stunden weit fort. Mir blieb also nur, den Rat des Allerhöchsten zu suchen, selbst, wenn es auf eine Weise war, die Ihm missfiel.

Widerstrebend ließ ich mich an meinem Sekretär nieder und öffnete die Lade, in der die Bibel lag. Als Kind hatte ich die Heilige Schrift oft auf diese Weise missbraucht, bis Priester Matthäus mich dabei ertappte und hart dafür züchtigte. Gott mochte mir verzeihen, wenn ich es jetzt wieder tat, doch diesmal war ich wahrlich in Not. Ich *musste* erfahren, was Er von mir erwartete.

So schlug ich mit geschlossen Augen das Buch auf, fuhr blind mit dem Zeigefinger über die Seite, um ihn schließlich verharren zu lassen. Gespannt beuge ich mich in dem schwachen Licht über den willkürlich gewählten Absatz.

Jetzt schauen wir in einen dunklen Spiegel
Und sehen nur rätselhafte Umrisse,
dann aber schauen wir von Angesicht zu Angesicht.
Jetzt erkenne ich unvollkommen,
dann aber werde ich durch und durch erkennen,
so wie ich auch durch und durch erkannt worden bin.

Entsetzt starrte ich auf den Vers nieder. Genau dies hatte ich befürchtet. Der Mann, der in mein Haus gekommen war und sich in meiner Scheune wie eine Bestie gebärdet hatte, sollte *bleiben*. Gott hieß mich ihn weiter dulden. *Weil genau dies zu seinem Plan gehörte.*

Langsam ließ ich die Seite wieder zufallen, fühlte mich noch verzweifelter als zuvor.

Satan war mitnichten zufällig in meinem Haus.

5. Gottes Antlitz

Ich zuckte zum dritten Mal hoch, sank dann müde wieder über dem Pult zusammen, während das Grau des hereinströmenden Nachmittags selbst noch die trübe Farbe meines Ärmels stumpfte, *ihn in tote Rinde verwandelte; Rinde, die sich von dem Stamm schälte, der unter ihr zerfiel, zerfressen von Käfern und Frost, nachdem scharfes Eisen ihn gefällt und von seinen Wurzeln getrennt hatte, umgeben von verstreut liegenden, zertretenen Pilzen ...*

Ich zwinkerte, um das Bild wieder loszuwerden. Solcherart Gesichte suchten mich neuerdings immer öfter heim. Seit ich nicht mehr schlief, glitten auch meine Tage allmählich in einen immer dichteren Nebel ab.

Gähnend legte ich meine ausgetrocknete Feder beiseite, fröstelte, denn mir war auch ständig kalt. Hätte die Bibliothek doch nur einen Kamin. Mit schweren Lidern sah ich hinaus auf den Hof, wo mein Befinden nur umso eindrucksvoller gespiegelt schien: Vor einer düsteren Wolkenkulisse jagten sich schon seit dem Morgen unzählige Hagelschauer – und das gerade einmal einunddreißig Tage vor Ostern.

Einunddreißig Tage. Es lief mir noch einmal kalt den Rücken hinunter; diesmal, weil mir bewusst wurde, dass mein Martyrium noch genau so lange dauern würde. Dabei fürchtete ich schon jetzt, nach zwei Tagen ohne Schlaf, dass mein immer weiter zerfasernder Verstand sich schon viel eher von der Realität lösen würde ...

Ich brauchte dringend etwas Ruhe, Wärme und ein wenig Frieden; einen Ort, an dem ich wenigstens für ein paar Stunden schwer zu finden sein würde. Und so einen Ort gab es. Es war eine Dachstube mit einer Feuerstelle und einem Spinnrad. Damit ich nicht einschlief und überrascht wurde, konnte ich einen endlosen Faden durch meine Hände gleiten lassen und derweil auf das Knarren der Stiege hören, die mich vor jedem Eindringling warnen würde. Alles, was es brauchte, war ein kurzer Lauf über den Hof, um Wolle zu besorgen. Meine Entscheidung war schnell getroffen. Augenblicke später prasselten auch schon die Hagelkörner wie Nadeln auf mich nieder, während ich, den Oberkörper eingehüllt in den Schal, am Brunnen vorbei und hinter die Scheune rannte. Kurz schoss mir die Frage durch den Kopf, wie der Fremde bei dieser Kälte wohl seine Hand mit dem Pinsel ruhig zu halten vermochte – doch meinethalben mochte er zu Eis gefrieren.

Unter unzähligen eisigen Hieben hatte ich die Scheune umrundet und war bei dem windigen Bretterverschlag angelangt, der sich an diese drängte, wie ein Lamm ans Mutterschaf. Ich zog die Tür auf und prallte auch schon gegen die ersten Säcke, die von den Balken hingen wie riesige Kokons. Hier lagerten wir die Rohwolle, da in der Zugluft die Motten fernblieben. Ich schüttelte mir den Hagel vom Schal und suchte nach einem kleineren Sack. Gerade wollte ich ihn vom Nagel heben, als ich plötzlich auf etwas Lebendiges trat: *eine Ratte!* Ich schlug mir die Hand vor den Mund, um nicht laut aufzuschreien. Mein Widersacher am Boden erlegte sich da weniger Selbstbeherrschung auf.

»Jesus Maria!« Ich holte tief Luft, mir zugestehend, mit meinem ersten Eindruck nicht ganz falsch gelegen zu haben. Von unten schauten Grets dunkle Augen zu mir hoch, neben ihr kauerte unweigerlich Anne.

Mein Schreck schlug in Wut um und ich stürzte schon vor, um eine von beiden kräftig zu schütteln. Nur die Vorstellung, ihre dünnen, vogelknochenähnlichen Oberarme könnten unter meinem Griff nachgeben, hielt mich schließlich zurück. Stattdessen funkelte ich die beiden von oben herab an. »Habe ich euch nicht befohlen, zu verschwinden? Was also tut ihr noch hier?«

»Es hagelt.«

»Aber erst seit *heute*. Die letzten Tage noch nicht!« Ärger ließ plötzlich die Blase aus angestauten Gefühlen in mir platzen. »Wie ich sehe, werde ich euch nicht los, außer, wenn ich euch eigenhändig in den Wald zerre und dort festbinde!«

Anne hatte schützend die Arme um ihre Schwester gelegt. »Ja, tun Sie das«, zischte sie. »Das passt zu Ihnen, denn Sie sind ihm wahrhaft ähnlich!«

»Wem?«

Abfällig spuckte sie knapp an meinem Rock vorbei. »Sicher, warum lassen Sie uns nicht im Wald verrecken? Ihr Oheim, der ehrwürdige Priester wäre sicher stolz auf Sie! Genauso stolz, wie er immer auf seine eigene *Gerechtigkeit* war. Denn wir sind Ihres

Dachs genauso wenig würdig wie all die Sünder seiner Vergebung, nicht wahr? Heil und Schutz sind nur für wenige Auserwählte bestimmt – und den Abschaum hält man sich besser vom Leibe. Nicht, dass das Himmelreich noch zu voll wird – von der eigenen Scheune ganz zu schweigen!«

»Wovon redest du ... um Himmels willen?«

»Von Ihrer Selbstgerechtigkeit«, ihre großen Augen waren verengt. »Davon, dass schon Ihr Oheim anderen die Rettung verwehrt hat, wo er nur konnte. Wie damals, als der Pfister auf dem Totenbett lag und er ihm die Absolution verweigerte. Nicht mal die Sterbesakramente hat er ihm gewährt, nicht wahr? Und *Sie* hätten das Gleiche an seiner Stelle getan. Sollen doch alle verrecken und dann am besten in der Hölle schmoren, damit ihr im Paradies vornehm unter euch bleiben könnt!«

Ich fuhr zurück, als hätte sie mir ins Gesicht geschlagen. Sie hatte Recht. Matthäus hatte einem Sterbenden einst die Absolution verwehrt. Es war ein Jahr vor seinem eigenen Tod gewesen, als er zum Pfister gerufen wurde, von dem alle wussten, dass er Unzucht mit einer verheirateten Frau aus dem Dorf getrieben hatte. Sehr gereizt war Priester Matthäus an jenem Abend heimgekommen und hatte sich viele Stunden lang in der Bibliothek eingeschlossen. Mechthild und ich waren damals auf Zehenspitzen herumgeschlichen, um seinen Zorn nicht auf uns zu ziehen. Die Tage darauf hatte die Alte mir unter vorgehaltener Hand zugezischt, das ganze Dorf sei in Aufruhr. Allerdings war das schon fünfzehn Jahre her – wie kam Anne nur dazu, mir nach einem halben Leben noch die Verfehlungen meines Oheims nachzutragen? »W-woher wisst ihr überhaupt davon?«

»Jeder weiß es.«

Eine eisige Windbö fegte durch die Ritzen in den Brettern. Ich senkte den Blick auf das improvisierte Lager der beiden, das aus Säcken bestand. Gret hatte sich mit Jute zugedeckt, die verrutscht war, als sie vor mir wegkroch; ein nacktes verschorftes Schienbein blitzte zwischen der Jute hervor. Mir wurde schon vom Hinsehen kalt.

»Also gut«, gab ich endlich auf. »Ihr kommt mit mir ... aber nur für eine Weile!« Wenn Mechthild kam, mussten sie wieder fort sein.

Beide sprangen so eifrig auf wie junge Hunde – ganz vergessend, dass ich sie noch vor Augenblicken bedroht hatte ... Ich pflückte meinen Sack vom Nagel und vertrat ihnen noch einmal den Weg. »Vergesst aber ja nicht, dass euch hier auf dem Gut niemand sehen darf. *Niemand*, versteht ihr? Schon gar nicht die Alte! Ich gehe vor und ihr kommt erst, wenn ich euch rufe.«

Und so geschah es. An der Tür zögerte ich kurz, ob ich sie wirklich so ins Haus lassen sollte – nicht ein einziger Fleck ihrer Haut war sauber –, aber selbst, wenn ich sie zwang, sich zu waschen, würden sie binnen Stunden doch wieder aussehen wie zuvor; außerdem war es eisig. Ich gab auf und ließ sie ein.

So folgten sie mir die breite Treppe hinauf, dann die schmalere in den zweiten Stock – und endlich die Wendeltreppe hoch. Gret hüpfte den ganzen Weg fröhlich von Stufe zu Stufe, während Anne züchtig ihr fadenscheiniges Kleid raffte. Am Ende des dunklen Flurs hatten wir die Spinnstube erreicht. Nur ein winziges Fensterchen waberte schmutzig grau im Hintergrund. Ich tastete mich in dem zugerümpelten Raum zum Kamin, fühlte blind nach dem Stapel alter Zeitschriften auf dem Boden, knüllte ein paar Blätter in die Feuerstelle. Noch ein paar trockene Zweige aus dem Korb, und der kleine Scheiterhaufen war fertig. Das Schwefelholz schabte über das raue Blatt zwischen meinen Händen und ließ Licht erstrahlen. Eifrig leckten die Flammen an dem dünnen Papier hoch und züngelten nach den Zweigen. Ich legte Ästchen und Scheite nach, bis lange Schatten über die Wände um uns tanzten. Erst als ich auch eine allzu reich verzierte Öllampe entzündete, wichen sie widerstrebend zurück.

Meine Besucherinnen standen noch immer verschüchtert in der Nähe der Schwelle. Anne in einem viel zu dünnem Kleid und Gret mit nackten, schmutzigen Beinen.

»Kommt schon herein!« Ich winkte sie näher, stieg über die Kufen eines Schaukelpferds ohne Schweif. Hier fanden sich Generationen ausrangierter Dinge versammelt; barocke Tischchen, überladene Lampen, zerbrochene Rahmen, ein verwaister Vogelkäfig und eine Wiege. Ein Sammelsurium aus vergangenen, bunteren Zeiten. Jedes Mal, wenn ich heraufstieg, war es mir geradezu peinlich, wie wohl ich mich inmitten dieses alten Ramschs fühlte. Aber vielleicht rührte die Behaglichkeit des Raums auch nur von der Feuerstelle.

Dennoch würden sie bald schon wieder in die Kälte müssen. »Eure Kleider bestehen ja nur noch aus Löchern«, bemerkte ich. »Ihr braucht neue.« In der Ecke stand ein Schrank voller ausrangierter Roben. Ich öffnete ihn und die Mädchen seufzten auf, als grüne, gelbe und blaue Seide zum Vorschein kam, außerdem nach Kampfer riechende Wollkleider und mottenzerfressene Schals.

Ich hielt Gret ein dunkelgrünes Kleid vor die Brust, das die passende Länge für sie hatte, und ihr Mund formte ein ehrfürchtiges O. Anne hatte derweil nach einem cremefarbenen Seidenkleid gegriffen. Ich schüttelte den Kopf. »Viel zu dünn. Nimm dieses«, ich reichte ihr eins aus dunkelblauer Wolle, das noch so gut wie neu war. Nur die Taille saß viel zu hoch, direkt unter der Brust, wie man es heute nicht mehr trug. Aber immerhin würde es sie warmhalten. Genau wie die alten abgeriebenen Stiefletten, die noch unten im Schrank lagen.

»Zieht euch um, wir wollen sehen, ob sie passen«, ich drehte mich um und ließ mich am Spinnrad nieder. Der letzte Wollbausch war noch nicht aufgebraucht. Ich nahm den Faden auf und betätigte das Pedal. Das Gespinst glitt erst unstet, dann zunehmend fein und regelmäßig durch meine Hände. Die Düfte nach Wolle, Nadelholz und Rauch stiegen mir in die Nase. Das Pedal unter meinem Fuß knarrte, das Rad surrte und gelegentlich ertönte das Knistern und Zischen der Scheite aus dem Kamin. Hinter mir flüsterten und kicherten die Mädchen, während sie sich umzogen. Ich merkte, wie sich meine Schultern langsam in der Wärme lösten. Fast war ich froh, sie mit hinauf genommen zu haben.

»Sehen Sie nur!« Gret drehte sich vor einem halb blinden Spiegel und auch Annes Kleid passte wie angegossen. Sie hatten sich noch farblich passende Wollschals umgelegt und wäre nicht der Schmutz in ihren Gesichtern und die zerzausten Haare, hätten sie wohl fast manierlich aussehen. Genau genommen, genau wie ich in ihrem Alter in diesen Sachen ausgesehen hatte – was jetzt schon ewig her zu sein schien; fast als wäre es in einem anderen Leben gewesen. *Fast.* Ich nickte zustimmend und sie lachten und führten einen kleinen albernen Tanz auf. Dann ließen sie sich auf dem Boden nieder und Anne begann, Gret das Haar zu flechten, wie ich es schon einmal beobachtet hatte. Dabei fiel ihr Blick auf den Zeitungsstapel, den Gret durchblätterte. »Sie haben so viele davon, aber alle sind mindestens dreizehn Jahre alt«, sie sah neugierig auf. »Lesen Sie sie denn nicht mehr? Wollen Sie sich keine Kleider mehr nach den neuesten Mustern nähen?«, ihre Augen glitten über den braunen Filz meines Kleides, dessen einziger Schmuck in einer Knopfleiste bestand, die es von oben bis unten teilte.

»Nein«, ich konzentrierte mich auf den Faden in meinen Händen. »Für solche Spielereien bin ich schon zu alt.« Mit einunddreißig hatte ich jedes Fug und Recht, das zu sagen. Auch wenn ich bereits damit aufgehört hatte, als ich in etwa so alt gewesen war wie sie ...

»Wollen Sie Ihrem Besuch denn nicht gefallen?«, Anne hob zwei feine Brauen.

»Er ist nur ein Handwerker, kein Besuch«, erinnerte ich sie.

»Außerdem gefällt ihm schon eine andere«, fiel Gret ein.

»Sei still«, Anne stieß ihre Schwester in die Seite.

»Aber warum«, wehrte sich die Jüngere. »Sie war doch auch da und hat es genauso gesehen wie wir!«

Oh Gott. Mein Faden wurde wulstig und dann wieder viel zu dünn. Meine Augen schossen hoch. »Ihr seid viel zu jung, um Derartiges mit anzusehen. Vergesst es wieder. Was er getan hat war ... *grauenhaft!*«

»Sie hat aber gar nicht geweint«, wandte Gret ein. »Ich glaube, sie fand es gar nicht so schlimm.«

Beim Allmächtigen, wer hatte ihnen beigebracht, dass alles, was ein Mann tat, richtig war?

Anne sah sogar verträumt drein. »Er muss sehr stark sein. Wenn er mich küssen würde –«

Mein Faden riss. »Was sagst du?«

Sie zuckte mit den Schultern. »Er ist wohl nicht schön vom Gesicht und er redet auch nicht viel, aber dafür spricht sein Körper umso beredter.«

»Wie meinst du das?« Ich vergaß ganz, einen neuen Faden zu ziehen.

Sie kämmte ihr eigenes, dunkles Haar mit den Fingern. »Nun ja, die meisten Menschen sprechen irgendwie ... von Geist zu Geist. Sie tun, als wären ihre Körper gar nicht da, obwohl es sie ohne ihre Leiber gar nicht gäbe«, ihre Stirn furchte sich. »Er ist anders. Sein Körper spricht lauter als sein Mund, als würde er einen direkt berühren. Ich kann es spüren. Wenn er da ist, ist da eine Art Geruch in der Luft –«

»Du hörst sofort auf, unter meinem Dach zu reden wie eine Dirne!«

Sie verstummte, sah mich nur wissend lächelnd an.

Gret hatte nach ihrer Gewohnheit die Arme um die angezogenen Beine gelegt, die diesmal von der grünen Wolle verhüllt wurden. »Soll man denn nicht die Wahrheit sagen? Wir mögen ihn eben. Und er tut uns auch leid –«

»*Leid?*« Sie hätte mich nicht mehr in Erstaunen versetzen können, wenn sie plötzlich in einem Lichtstrahl durch den Kamin aufgefahren wäre. »Warum das?«

»Er tut sich manchmal selbst weh, wenn er allein ist – ich meine, wenn er *meint*, er wäre es.« Sie bemerkte wohl, dass ich mir rein gar nichts unter ihrer Erklärung vorstellen konnte. »Haben Sie denn nie gesehen, wie steif er sich manchmal bewegt? Er muss Schmerzen haben. Manchmal zuckt er regelrecht zusammen und verzieht das Gesicht. Und neulich, als diese andere weg war, hat er sich in die Schultern gegriffen und sich dann regelrecht gekrümmt, als sei dort etwas wund.«

»Warum sollte er so etwas tun – sich selbst mit Absicht Pein zufügen?«

Gret schlug eine Seite in ihrer Zeitung um. »Manche brauchen ihn eben, den Schmerz.«

Plötzlich kam ich mir sehr dumm vor. »Männer wie er kasteien sich nicht selbst«, sagte ich schroff. »Wenn sie Bedarf nach Schmerzen haben, fügen sie sie anderen zu.«

Anne legte Gret ihre Zöpfe wie eine Krone um den Kopf. »Es ist nicht alles Schmerz, was wie Schmerz aussieht. Haben Sie nicht gehört, wie die goldhaarige Frau ihn gefragt hat, ob er mit ihr kommt? Ich wünschte, er würde einmal mich im Wald –«

»Du trittst ihm nicht unter die Augen! Hörst du?« Mich überlief es kalt, wenn ich nur daran dachte, er könnte auch nur einen einzigen Moment mit diesem naiven Mädchen allein sein. Sie hatte nicht die Erfahrung, zu deuten, was sie in der Scheune gesehen hatte. »Ihr seid beide viel zu jung, um euch Männern wie ihm auch nur zu nähern.«

»Aber nicht, um ihn zu *mögen*«, beharrte Gret. Mit ihrer Haarkrone sah sie seltsam würdevoll aus.

»Er ist *gefährlich.* Wie eine Wolf. Lauft ihm niemals hinterher, schon gar nicht in dunkle Scheunen. Davon hättet ihr nur das Nachsehen.«

Gret lächelte verträumt. »Wenn ich Sie wäre, würde ich ihm nachlaufen. Er ist groß und stark und es muss schön sein, wenn er einen hält. Wollen Sie denn nicht, dass er hier bleibt – und dass er *Sie* liebt und nicht diese Thalita?«

»Das ist keine *Liebe*. Er liebt niemanden. Er ist wie ein Hengst ... oder irgendein anderes wildes Tier.«

»Auch Tiere lieben«, sie sah auf ihre braunen Schienbeine unter dem grünen Saum. »Sehr sogar.«

»Auf ihre Art vielleicht. Aber nicht wie Menschen lieben sollten«, ich merkte, wie mir bei diesem Disput die Luft ausging. »Ich – ich schlafe nachts nicht mehr, damit er mich nicht überraschen kann.« Ich war selbst so überrascht von meinem Geständnis, dass ich vergaß, das Pedal zu treten.

»Wirklich?« Anne sah verständnislos aus. »Würde es denn etwas ändern, wenn Sie ihn kommen sähen? Ich meine, wenn Sie denken, dass er Sie –«

»Nein. Nichts ... Vermutlich würde es nichts ändern.« Mit einem Mal verstand ich selbst nicht, warum ich gedacht hatte, es würde einen Unterschied machen, wach zu sein. Dinge wurden nicht besser, nur weil man sie von weitem kommen sah.

»Jetzt aber Schluss«, fuhr ich auf. »Warum liest du uns nicht etwas vor, Gret?«

Gehorsam schlug sie eine neue Seite auf und fing an, zu lesen. Es ging in dem Artikel um die neue Freiheit der Frau und dass sie leicht fallende helle Stoffe tragen sollte, damit auch ihr Körper sich frei bewegen konnte.

Das Mädchen las nicht zu langsam und mit guter Betonung. Priester Matthäus musste anscheinend einen guten Nachfolger im Dorf haben, der den Kindern das Nötigste beibrachte. In der Zeitschrift ging es weiter darum, dass die Frau seit den Befreiungskriegen zur Gefährtin ihres Gatten avanciert sei und längst kein künstliches Schmuckstück mehr darstellte. Um ihrem Mann zu gefallen, sollte sie vielmehr beweglich sein, sowohl in Körper als auch im Geist. Diese Art von Freiheit entspreche dem Geist der neuen Zeit.

Freiheit. Gerade im Sitzen konnte ich die Enge meines Korsetts nur allzu gut spüren. Das war *meine* Art von Freiheit. Aber die Mädchen mussten noch sehr viel mehr erleben, um das zu verstehen. Hoffentlich würden sie nie Veranlassung haben, Kleider wie das meine zu tragen ...

»Plissées, das heißt Falten, Gretchen«, half Anne gerade leise, als das Mädchen sich mit einem französischen Wort mühte. Der Faden gelang mir wieder recht gut. Ich spann versonnen weiter. *Gret und Anne.* Mir war, als hätte ich diese Namen schon vor langer Zeit gehört, doch wusste ich nicht mehr in welchem Zusammenhang. Vielleicht würde es mir irgendwann wieder einfallen, wenn ich wieder Schlaf bekam.

Mir schien, dass ihre Gesichter nun unter all dem Schmutz weniger blass wirkten. Aber vielleicht lag es auch nur an dem rötlichen Feuerschein. Wenigstens würden sie ein kleines bisschen weniger frieren, wenn sie weiterzogen.

Plötzlich fiel mir auf, dass es draußen ganz dunkel geworden war. Ich erhob mich. »Ihr müsst gehen. Und denkt daran, dass euch niemand sieht.« Ich zögerte kurz. »Geht für heute Nacht wieder ins Heu. Dort ist es warm. Und morgen, wenn das Wetter besser ist, könnt ihr nach Hause – oder wohin ihr auch immer wollt.«

Sie standen gehorsam auf und knicksten mit gesenkten Augen.

Wenig später saß ich am großen Tisch in der Küche und schälte Rüben. Mechthild stand am Herd. Wenn ich an die Mädchen in meinen alten Kleidern dachte, kamen mir die Szenen aus dem Spinnzimmer fast schon wieder unwirklich vor – Anne hatte vollkommen Recht, ich musste wieder schlafen.

Mechthild brummte etwas.

»Wie?«

»Heut wird in der Halle gegessen«, wiederholte sie und drehte sich wieder dem brodelnden Kessel zu.

»Was sagst du?«, verständnislos blickte ich von den Rüben zu ihrem Rücken, von dem die Wolle schlotterte.

»Mit dem Maler. Er wird kommen. Du gedenkst heut mit ihm zu speisen, hab ich ihm gesagt. In der Halle.«

»Das hast du nicht!«

»Doch, natürlich. Bist ja schließlich kein Tier, das –«

»Ich esse hier!«, fuhr ich auf. »Hier in der Küche, wie sonst auch!« Wand an Wand mit ihm wieder die Augen zu schließen, war eine Sache – doch ich konnte niemals Brot und Wein mit ihm teilen!

»Oh nein. Nicht heut. Was hätte Priester Matthäus dazu gesagt, dass seine Nichte wie einfaches Gesinde am Herd hockt? Der Maler ist nicht blind, weißt du? Musst dich wenigstens ein einziges Mal deinem Stand nach aufführen, das ist doch ein anständiges Haus hier.«

»Ich *kann* nicht!«

Die Alte drehte sich um und kniff die Augen zusammen. »Er wird weiterziehen. Und reden. Von dem Hof, von uns und von den Sitten hier. Und ich lass nicht zu, dass vom Haus des Priesters schlecht gesprochen wird. Und deshalb wirst du dich für einen Abend aufführen, wie es von dir erwartet werden kann! Du magst von mir aus sonst im Stall beim Vieh schlafen, aber nicht jetzt, wo er hier ist«, sie donnerte eine Handvoll beißend stinkender Zwiebeln vor mir auf den Tisch. »Soll er sich vielleicht als etwas Besseres fühlen, weil er in der Halle isst und du in der Küche?« Sie nahm mein Messer auf, das mir entglitten war, und drückte es mir zurück in die starre Hand. »Nein!«

Der Rest der Arbeit verlief in verbissenem Schweigen. Hernach schubste sie mich mit den angerichteten Platten in die Halle. Jede einzelne setzte ich so laut auf dem Tisch ab, dass sie es bis in die Küche hören musste. Bei dem letzten Gang drehte ich mich in der Tür um, in den Händen zwei Karaffen mit rotem Wein, der früher zu Messen verwendet worden war. »Dein geschätzter Priester Matthäus«, sagte ich. »Der heilige Mann, den du doch so sehr verehrt hast – wäre es nicht seine Aufgabe gewesen, dem Pfister damals die Sterbesakramente zu geben?«

Für einen Moment malte sich pures Erstaunen in dem faltigen Gesicht am Herd. »Ja, freilich! Und er hat sogar noch viel mehr getan! Das ganze Dorf war in Aufruhr, weil er dem alten Ehebrecher die Absolution erteilt hat. Viele haben ihm damals zu große Nachsicht vorgeworfen, ich selbst hab' ihn damals nicht verstanden«, die Alte schüttelte den Kopf. »Wie du nur jetzt darauf kommst ...«

»Er – er musste nicht aufhören, die Messe im Dorf zu lesen, weil sie ihn zu streng fanden?«

»Zu streng? Nein.« Sie dachte nach. »War wohl eher so, dass es sich mit den Jahren veränderte, wie Gott und er zueinander standen. Vielleicht hatten andere zwischen ihnen keinen Platz mehr«, sie hob die Schultern und wandte sich dann ab.

Keinen *Platz?* Verwirrt setzte ich meinen Weg zum Tisch fort. Auch Mechthild erschien in der Tür, als ich die Karaffen auf dem Tisch absetzte. Die Hände über der Schürze gefaltet, nickte sie mehrmals, während sie die Wirkung des weiß gedeckten Tisches in sich aufnahm, in dessen Mitte der schwere silberne Leuchter mit den zwölf Kerzen stand und feierliches Licht über Platten und Speisen warf.

»Wie zu seiner Zeit«, murmelte sie und nickte vor sich hin, als hätten sich die Bänder in ihrem alten Nacken gelöst.

Dann ertönten auf der Treppe die schweren Tritte des Fremden und sie verschwand. Nicht in der Lage, ihm entgegenzusehen, rückte ich den Wein noch näher an sein Gedeck, schob das Messer gerade. Als er sich über den Mosaikboden näherte, entfernte ich mich hastig von seinem Tischende. Ein Schritt, noch einer und noch einer. Ich war an meinem Platz. In ausreichendem Abstand von ihm. *Hoffentlich* ...

Seine Schritte erreichten das andere Ende des Tisches, ich wartete jedoch vergebens auf das Geräusch des Stühlerückens. Vorsichtig schaute ich auf – und sah direkt in seine spöttischen Augen in ihren dunklen Höhlen. Sobald er meinen Blick aufgefangen hatte, verbeugte er sich ironisch und nahm endlich Platz.

Metall klirrte auf Metall, als sich jeder von uns von den Gerichten auftat. Längst zitterten meine Hände vor Anspannung. Ich suchte nach Wasser und fand keins. Gegen meine Gewohnheit nahm ich einen Schluck des dunklen Weins. Die Düfte von Kartoffeln, gedünstetem Gemüse und Brot wurden von dem schweren Geruch des geschmorten Hammelfleisches überlagert, dieser mischte sich mit dem erkalteten Rauch aus dem Kamin. Aber da war auch noch etwas Anderes. *Sein Geruch*. So hatte Anne es genannt. Dabei war es weniger ein Geruch, denn eine Resonanz in der Luft, die von ihm ausging. *Wie das Vibrieren einer sehr großen Glocke, die unter einem längst verhallten Schlag noch nachbebte*. Genauso, wie ich bebte, wenn ich an ihn im Stroh dachte ...

Ich zerteilte mein Fleisch, das versilberte Messer klirrte furchtbar laut auf dem Porzellan. Es hafteten zwar Gewürze an dem Braten, doch ich schmeckte sie nicht. Jede einzelne Speise auf meinem Teller mutete an wie Sägespäne und wollte mir im Hals steckenbleiben, jeden zweiten Bissen musste ich mit dem schweren Wein hinunterspülen.

Den Geräuschen vom Fuß der Tafel zufolge sprach der Fremde den Gerichten hingegen voller Eifer zu. Verstohlen warf ich ihm einen Blick zu. Er war voll und ganz auf das Essen konzentriert, bemerkte nicht, dass ich ihn beobachtete. Entgegen seinem sonstigen rauen Benehmen, aß er kultiviert, als verkehrte er in größeren Häusern, und dennoch war sein Benehmen entspannt, als sei er allein. Die Karaffe neben seinem Gedeck hatte sich bereits merklich geleert und es schien, als wäre die Wärme des Weins in seine bleichen Wangen gestiegen; weiß zeichnete sich einzig die Narbe von ihnen ab. Jung schien er mir für einen Restaurator, vielleicht Mitte dreißig, dabei hatte ich die diffuse Vorstellung gehabt, dieser Berufsstand bestünde nur aus Männern mittleren Alters. Die Augen in den dunklen Höhlen glitten ruhig durch den Saal, nahmen alle Einzelheiten auf; ich suchte umsonst nach dem brutalen, starren Zug, den er in der Scheune angenommen hatte; hier nahm er nur auf, anstatt an sich zu reißen.

Mit einem Mal bemerkte ich, dass mittlerweile ich zum Gegenstand seiner Betrachtung geworden war. Seine Züge verzogen sich zu einem Grinsen. »Mir ist durchaus bewusst, dass meine Gesellschaft weit unter Ihrer Würde ist. Wenn ich verspreche, den Abscheu in Ihrem Gesicht weiterhin als gegeben anzusehen und wegzuschauen, könnten Sie womöglich Ihr Essen genießen, ohne sich weiterhin darauf konzentrieren zu müssen, ihn zur Schau zu tragen?«

Mir blieb fast der Bissen im Halse stecken. »Ich würde nie – ich meine –« Mein Gestammel schien ihn nur noch mehr zu amüsieren. Ich räusperte mich. »Offensichtlich legen Sie Wert darauf, einen gewissen Ruf zu verteidigen, was Ihren Umgang mit dem weiblichen Geschlecht angeht. Ich würde Sie ungern enttäuschen, indem ich Ihnen anders entgegentrete, als Sie es sich aufgrund dessen erhoffen.«

Das Geräusch, das er ausstieß, war einem Lachen sehr ähnlich, seine Narbe trat noch stärker hervor, als sich seine Züge entsprechend verzogen. »Mein Ruf beruht darauf, ein Feind der Bigotterie zu sein. In Wahrheit tue ich allen Weibern einen Gefallen, die tugendsam tun, aber in Wahrheit nichts mehr ersehnen, als dass ihnen jemand die Entscheidung für ihr eigenes Tun abnimmt. Auf diese Weise können sie sich weiter darauf berufen, vollkommen unschuldig daran zu sein.«

Meine Augen mussten sich bei seinen Worten vor Entsetzen und Ungläubigkeit geweitet haben, denn er lachte schon wieder. »Auch in Ihrem Hause klingt die Wahrheit offenbar ungewohnt?«

»Nur die Ihre«, presste ich hervor.

Er hob spöttisch die Brauen, schien jedoch schon wieder das Interesse an unserer Unterhaltung verloren zu haben, denn er beachtete mich nicht länger, sprach stattdessen noch einmal dem Mahl und dem Wein zu. Ich hingegen bekam keinen Bissen mehr runter. In mir ballte sich inzwischen nicht nur Angst, sondern auch Wut gegen diesen Mann zusammen, der dort an meinem Tisch saß und mich beleidigte.

»Wie lange werden Sie noch für Ihre Arbeit brauchen?«, brach es aus mir heraus.

Er antwortete so lange nicht, dass ich mich fragen musste, ob meine Worte überhaupt all die Gegenstände auf dem Tisch überwunden hatten. Ich wollte die Frage gerade wiederholen, als er sein Glas hob, den Kopf zurückneigte und es austrank; hell und scharf bewegte sich dabei sein Adamsapfel über der schwarzen Halsbinde.

Bedächtig setzte er anschließend das leere Glas ab. »Das«, antwortete er endlich, nachdem er sich erhoben und knapp verbeugt hatte, »lässt sich unmöglich voraussehen.«

Seine Schritte hallten auf dem Boden, während er zur Treppe schritt, über deren Geländer, wie ich nun bemerkte, sein Mantel gebreitet war. Er nahm ihn auf und verließ anschließend das Haus.

Schon als die Tür zufiel, krümmte ich mich zusammen. Das Mahl bekam mir keineswegs. Während ich das Geschirr abtrug, musste ich gegen einen Krampf ankämpfen, der mich anfiel wie ein Wolf.

Der Hagel schlug auf mich ein und ich stolperte ein ums andere Mal über die Wurzelstränge. Es *war* dumm von mir, so spät noch zur Kapelle zu gehen, doch wenn ich es nicht tat, wäre er beim nächsten Licht wieder dort und ich würde lange auf die Beantwortung meiner Frage warten müssen. Dabei hielt ich allein die Vorstellung, dass er irgendwo auf meinem Grund und Boden weilte, kaum noch aus. Ich musste erfahren, wie lange ich seine Gegenwart noch ertragen musste. *Sofort.*

Mein Stiefel blieb an etwas hängen und um ein Haar wäre ich lang hingeschlagen. Warum war es auch schon so entsetzlich finster? Und warum hatte ich statt der bloßen Kerze in meiner Tasche nicht eine Lampe mitgenommen? Wenn ich mir einen Knöchel verrenkte, bot ich schließlich ein noch leichteres Opfer – wobei ich selbst unversehrt nicht hoffen konnte, ihm zu entkommen, sobald er einmal beschlossen hatte, seine Thesen an mir zu praktizieren. Und der Moment *würde kommen*. Ich hatte von Anfang an geahnt, welche Gefahr in ihm wohnte, hatte es in der Scheune gesehen – und dennoch waren seine Worte am Tisch wie Dolche gewesen, die allen restlichen Zweifel fortgeschnitten hatten, den ich so sorgsam gepäppelt hatte wie dünn nachwachsende Haut über einer Wunde. Insofern war es eigentlich sinnlos, den Zeitpunkt zu erfahren, wann er gehen würde – und doch wollte ich ihm wenigstens dieses Wissen entringen; als könnte mir etwas, das er mir willentlich vorenthielt, ein Quäntchen Erleichterung bringen.

Endlich wuchs die Kapelle schwarz inmitten all der anderen Schwärze empor. Der Hagel prasselte auf das Dach ein, prallte leise klirrend von den dunklen Scheiben ab. Nein, er war ganz gewiss nicht hier, musste ins Dorf gegangen sein, wie ich vermutet hatte. Unwillkürlich atmete ich auf.

Ein Zweig peitschte mir ins nasskalte Gesicht. Ich hatte ihn nicht kommen sehen. Wie ich diese Finsternis hasste! Sie fühlte sich stets an, wie vorzeitig ins Grab gezerrt zu werden. Andererseits war er nur ihretwegen in diesem Moment nicht hier, also war sie meine Verbündete. Ich zog endlich die Tür auf und schob mich hinein. Als sie hinter mir wieder zufiel, hallte selbst ihr Dröhnen seltsam ungewohnt in meinen Ohren nach. Es musste an dem Gerüst und all den Dingen liegen, die er hier hineingetragen hatte. So schaffte er es, selbst den Hall mit seiner grauenhaften Essenz zu beschmutzen!

Doch er *war nicht hier.* Ich biss die Zähne zusammen, tastete mich zur letzten Bank vor und von dort den Mittelgang entlang und immer weiter. Die Finsternis war absolut. Obwohl ich tastend ging, schlugen meine Absätze viel zu hallend auf den Steinen auf. Selbst die Stille rings herum schien viel zu laut, als lausche außer mir noch jemand auf jeden Ton. Das mussten meine Nerven sein.

Ich stieß mit der Schuhspitze gegen einen Stein; den Altar. Dann war es nicht mehr weit bis zum Gerüst. Noch ein paar Schritte und ich fühlte unter meinen ausgestreckten Fingern das Holz des Pfostens. Es war geschafft.

Wenn nur der Geruch nicht wäre. Außer dem Duft von feuchten Steinen, etwas Säuerlichem und Farben hing diesmal auch noch etwas Anderes in der Luft; ein Gemisch von Leder und etwas tierähnlichem, schwererem – *sein* Geruch. Ich erschauerte. Dabei war es nicht verwunderlich, dass der Raum nach ihm stank, verbrachte er doch die meiste Zeit hier drin. Nur ein Blick auf das Fresko und ich würde alle Fenster aufreißen, Kälte oder nicht – mochte er morgen sehen, wie die Eisesluft seinen Händen bekam.

Ich nestelte mit bereits klammen Fingern die Kerze und ein Schwefelholz aus meiner Tasche, riss dieses an der Wand an. Eine Flamme entsprang der Dunkelheit, flackerte und beanspruchte endlich den Docht, wuchs. Die pechartige Schwärze wich zurück. Da war er, der Pfosten, und dahinter die Wand. Er hatte sie nicht nur mit Lauge vom Ruß gereinigt und abplatzende Teile weiter unten abgeschlagen sowie neu verputzt, sondern es trat sogar schon ein Teil des Bildes klar und deutlich aus der neblig hellen Fläche hervor; als hätte jemand Raureif von einer Scheibe gerieben. Fasziniert hob ich die Kerze.

»Ich wusste, dass Sie kommen würden.«

Beim Klang der tiefen Stimme hinter mir setzte mein Herzschlag für einen Moment aus. *Er durfte doch gar nicht hier sein! Er hatte in der Dunkelheit nichts verloren!*

Ich fuhr herum, die Kerze flackerte, erlosch um ein Haar. Aber auch als die Flamme sich wieder erholte, schaffte sie es kaum, seine schwarz gewandete Gestalt aus den Schatten zu heben. Der Fremde saß vorgebeugt in der ersten Bank, die Ellenbogen auf seine Knie gestützt. Er hob den Kopf. »Irgendwann kommen sie alle.«

»Ich – ich wollte nur sehen –«

»Natürlich.« Das eine Wort triefte vor Ironie. »Aber jetzt, wo Sie einmal hier sind, werden Sie doch wohl nicht so unhöflich sein, gleich wieder zu gehen.«

Ich merkte, dass ich mich unwillkürlich Richtung Gang bewegt hatte, überwand mich und blieb stehen. »Wie – wie weit sind Sie?«

»Schauen Sie doch selbst nach. Sie stehen direkt davor.«

Es war nicht leicht, ihm den Rücken zu kehren, doch ich schaffte es. Er hatte bei der Ausarbeitung ausgerechnet mit Gottes Antlitz begonnen. Dieses tauchte wie aus dem Nebel aus der gereinigten Wand, starrte dabei jedoch nicht länger Moses, sondern nun *mich* an. Und Jahwes Züge waren nicht länger würdevoll ausdruckslos wie zuvor, sondern nunmehr flammend vor Zorn! Gottes Ausdruck war so wütend, die Drohung in seinen Augen so unmittelbar, dass ich für einen Moment selbst den Fremden vergaß. Was hatte ich nur getan? Was mochte Seinen Zorn nur so furchtbar erregt haben? Doch in Wahrheit wusste ich es längst, wusste *genau*, was ich verbrochen hatte, und mein Entrinnen vor der Strafe und die Sicherheit vor Seinem Ingrimm waren nur auf Zeit gewesen. Alles lag nun klar auf der Hand – besonders, dass meine Flucht nun ein Ende hatte: *Sein Henker war längst hier ...*

Ich musste rückwärts gegangen sein, denn mit einem Mal prallte ich gegen einen Körper – und schrie auf.

Das Gesicht des Fremden, jetzt direkt über mir, verzog sich erst in Verachtung und dann in einem spöttischen Grinsen. »So entsetzt? Sind Sie nicht genau deswegen hier? Ist es nicht das, wozu Sie mich konsultierten, als Sie mich an Ihren reich gedeckten Tisch einluden?«

Hinter mir dräute die Wand mit dem zornigen Gott, vor mir der Fremde. Ich war zwischen beiden gefangen, die Kerze zitterte in meiner Hand.

Meine Angst stachelte ihn nur weiter an. Er drängte mich gegen den Pfosten. »So angststarr wie ein Reh. Dabei wussten Sie in Wahrheit doch genau, was Sie taten, als Sie sich auf den Weg hierher machten – und Sie wissen es immer noch.«

»Nein! Nein –«

»Doch.« Seine Narbe zuckte dunkel in dem bleichen Gesicht. »Nur zugeben werden Sie es nicht. Denn Ihr Geschlecht besteht aus einer Ansammlung feiger Geducktheit, Scheinheiligkeit und Bigotterie. Sie begehren nichts mehr, als sich in Verkommenheit zu wälzen und sich in Wollust zu verströmen – nur darf es keiner erfahren. Keine von Ihnen hat auch nur einen wahren Knochen im Leib«, seine Augen waren hart. »Darum braucht man sich bei den Gefühlsaufwallungen eines Weibs auch nie zu fragen, welche Empfindungen dahinter stehen, sondern vielmehr, was es damit bezweckt. Und je tugendsamer, desto verlogener. Selbst im Beichtstuhl werden Sie noch fromme Seufzer ausstoßen und beteuern, gegen Ihren Willen genommen worden zu sein, ist es nicht so?«, sein Ausdruck war angewidert.

»Ich beichte nicht. Meine Sünden trage ich allein.« Der erste Satz war fast tonlos aus meinem Mund gekommen, doch mit dem zweiten gewann ich meine Stimme zurück. Ich würde zwar die Strafe ertragen – jedoch auf keinen Fall erdulden, der Heuchelei bezichtigt zu werden – nicht von *ihm*. »Und was Sie über Frauen sagen, ist verlogen und obszön! Sie wollen damit einzig Ihren kranken Trieb rechtfertigen und sich von Ihrer Schuld freisprechen, die Sie ganz allein tragen, wenn Sie einer Frau Gewalt antun!«

»Solcherlei Reden habe ich schon oft gehört«, seine Mundwinkel zuckten. »Nur dass jedes Wort davon Lüge ist. Weil ihr sie liebt, die sogenannte *Gewalt*. Denn seltsamerweise waren die *anderen* Lippen derjenigen, die dies beteuerten, in aller Regel im Nachhinein stets umso feuchter vor Vorfreude.«

Ich schnappte nach Luft. »Ihre Obszönität ist widerwärtig! Haben Sie kein Schamgefühl?«

»Scham?«, er zog die Brauen hoch. »Ich soll mich schämen? Wofür? Für die Wahrheit? Für die Tatsache, dass wir alle nieder sind? Wenigstens stehe ich zu meinen Trieben und mache mich nicht besser, als ich bin. Ich besteige keine hohen Rösser, um anschließend umso tiefer zu fallen. Aber keine Sorge, Ihnen werden Ihre Scheinheiligkeit und Verlogenheit schon noch vergehen. Gleich werden Sie wissen, worum sich in Wahrheit alles dreht – um das *Fühlen*. Um einen steifen Schwanz und eine feuchte Möse; einzig um das Eintauchen und Vergessen in diesem einen Moment …«, seine Stimme war immer rauer und leiser geworden.

Mir wurde schlecht. Aber bevor ich auch nur den Mund öffnen konnte, traf sein Atem kalt auf meine Hand und die Welt versank im Nichts – er blies einfach die Kerze aus! Ich wollte fliehen, doch der Pfosten drückte hart in meinen Rücken und hielt mich damit an Ort und Stelle. Immerhin gab er mir auch gleichzeitig Halt, denn ohne ihn hätten meine Knie wohl längst unter mir nachgegeben.

»Zu spät«, murmelte er. »Sie sind entsetzlich reizlos, doch ich bin bereit. Heben Sie Ihren Rock –« Eine Hand griff nach dem Filz meines Kleides.

Ein Ton stand plötzlich zwischen uns – unterdrückt und entsetzt. Er musste aus meiner Kehle gekommen sein.

Er lachte, es roch schal nach Wein. »Bis zum letzten Moment, nicht? Verdammter Priester im Kleid.«

»Lassen Sie mich gehen.« Meine Stimme war kaum ein Flüstern. »Bitte!«

Zur Antwort umspannte eine harte Hand meinen Hals. Meine Schlagader pulsierte immer schneller dagegen wie die eines gefangenen Vogels. Für einen Moment war es, als hielte er den Schlag meines Herzens – als hielte er mein ganzes Leben in der Hand; ein Druck und es war vorbei – und ich konnte fühlen, dass auch er es spürte und dass er diese Macht *genoss!* Doch er ließ wieder los, ergriff mich stattdessen bei den Schultern, drehte mich einfach um, stieß mich gegen den Pfosten, dass mein Gesicht an splitteriges Holz schrammte. Seine Hände spannten mich ein wie ein Schraubstock, sein Mund senkte sich auf meinen Hals; ich spürte eine heiße Zunge, daneben raue Stoppeln, die meine Haut ritzten. Dann seine Hände, die nach unten griffen, anfingen grob meinen Rock zu raffen. Kalte Luft, die von unten gegen meine Beine schlug ...

»NEIN!« Diesmal hallte die ganze Kapelle von meinem Schrei wider. Irgendwo her kam die Kraft, mich gegen ihn zu werfen, dass er im Dunkeln stolperte. Ich raste an ihm vorbei und den Gang hinunter, hinaus. Ich konnte all den langen Weg zurück nicht anhalten, nicht, bis ich wieder im Haus und dort in meinem Bett war. Dort drückte ich mich gegen die Wand, zog die Decke bis zum Hals hoch und starrte die Tür an. Die ganze Nacht.

6. Sturz

Wieder und wieder tauchte ich meine bereits roten Hände in die Lauge, das weiße Leinen über die Rillen des Waschbretts walkend. Das Wasser im Bottich war fast unerträglich heiß, dafür stachen lauter kleine Kältenadeln in meine bloßen Unterarme. Die Sonne schien, und doch lag durchscheinender glitzernder Frost auf den Wiesen. Ständig musste ich kochendes Wasser aus dem großen Kessel nachgießen, der über dem Feuer hing. Unterwäsche und Laken schwammen träge vor sich hinkochend in ihm herum, während sie darauf warteten, auf das Waschbrett geworfen zu werden.

Mit einem aufgeweichten Finger strich ich mir eine Strähne aus der Stirn, die sich im aufsteigenden Wasserdampf kräuselte. Ansonsten war die Luft auf dem Hof trocken und kristallklar und ich spürte die Sonne im Genick. Das erste Mal seit drei langen Tagen. Denn es hatte allein schon eine Nacht und einen Tag gedauert, bis ich nicht mehr zitterte, und noch eine weitere Nacht, bis ich mich am hellichten Tage wieder aus meinem Zimmer traute, um Otfried anzuweisen, sofort einen Riegel an meiner Zimmertür anzubringen. Nachdem ich anschließend wie ein Stein geschlafen hatte, hatte ich endlich zu der kalten Ruhe gefunden, die mich jetzt erfüllte. Der Fremde sollte kommen und tun, was er zu tun hatte. Es hatte keinen Sinn, noch einmal vor ihm zu fliehen. Denn was mir bestimmt war, würde mich letztendlich einholen; nur deshalb war er hier und nichts, was ich tat, konnte aufhalten, was kommen musste. Sollte er also kommen. Ich war nunmehr bereit.

Ich hob das Leinen, das ich gerade über die Rillen gerieben hatte: Das Hemd war strahlend weiß, nicht der kleinste Schmutzrand am Kragen. Auch den Heuboden hatte ich heute früh leer vorgefunden. Alles ging seinen Gang. Ich atmete langsam durch, ließ das Hemd zurück in die Lauge fallen, sah mich nach den Kartoffelschalen um, die wir zum Stärken benutzten. Offenbar hatte ich sie in der Küche vergessen. Ich wischte mir die aufgerauten Hände trocken, rührte ein letztes Mal die Wäsche mit dem Holzlöffel um. Mir die Ärmel wieder über die Arme streifend, schritt ich gerade zum Haus, als jemand in größter Eile durch das Wäldchen heranhastete. Ich kniff die Augen zusammen und erkannte Otfried. Seine dürre gebeugte Gestalt bewegte sich so schnell vorwärts, wie er es nur vermochte. Eisige Finger der Angst griffen in mein Genick. Ich raffte die Röcke und rannte ihm meinerseits entgegen. Als wir aufeinandertrafen, war Otfrieds Gesicht vor Anstrengung rot und die Adern an seinem Hals geschwollen.

»Was ist denn los?«, stieß ich hervor. »Was ist geschehen?«

Er beugte sich vornüber, um leichter atmen zu können, und ich stützte ihn.

»Der Maler ...«, er rang nach Luft. »Unfall ... in der Kapelle.«

»Der Fremde?« Ich fühlte gar nichts. »Was ist passiert?«

»Das Gerüst – unter ihm zusammengebrochen ... liegt dort verletzt.«

»Was?« Mein Mund blieb offen stehen. Das konnte nicht sein. *Das ergab überhaupt keinen Sinn.*

»Mädel«, Otfried griff nach meinem Arm. »Er liegt dort in seinem eigenen Blut!«

Mein eigener Herzschlag erfüllte mit einem Mal meine Ohren. Im nächsten Wimpernschlag rannte ich auf das Haus zu, stolperte fast über den Rock, stieß die Türen auf und stürzte in die Küche.

Die Alte war vom Tisch aufgesprungen. »Jesus, Maria und Josef! Fallen die Franzosen wieder bei uns ein oder bist du jetzt völlig verrückt geworden?«

Die kalte Luft von draußen ließ die Federn ihres halb gerupften Huhns aufwirbeln.

»Mechthild, ein Unfall! Du musst sofort hin –«

Sie machte einen Schritt auf mich zu. »Was ist? Wer verletzt?«

Jetzt hastete auch Otfried durch die Tür, Mechthilds Schultern sackten ein Stück herab. »Also keiner von euch. Wer dann?«

»Der Maler. Er ist gestürzt – vom Gerüst –«

»So?« Die Alte ließ sich wieder am Tisch nieder und fuhr fort, den fast kahlen Körper weiter zu bearbeiten.

Zwei Herzschläge lang konnte ich sie nur anstarren. »Um Himmels willen! Er braucht deine Hilfe!«

Sie rupfte in aller Seelenruhe weiter. Auch Otfried trat nun vor, beugte sich beschwörend über den fleckigen Tisch. »Niemand weiß, wie lange er dort schon liegt. Vielleicht sind Adern verletzt – willst du's dir nicht ansehen?«

Die Alte gab dem Huhn einen Stoß, dass es aus dem sauber durchtrennten Hals rot heraussickerte. »Blutet er am Bauch?«

Otfried schüttelte den Kopf. »Nein, wohl an der Brust. Es muss aber tief gehn, bei all dem Blut –«

»Na, denn. Hätt' er eine Bauchwunde, dann wär's schon zu spät. Aber so wird er's schon machen.«

Auch ich beugte mich über den Tisch. »Hörst du denn nicht, dass er viel Blut verloren hat? Und außerdem entzünden sich solche Wunden zumeist! Du *musst* ihm helfen!«

Sie schaute nur kurz auf. »Muss ich nicht. Warum holt ihr nicht die Frau des Tischlers? Sie versteht sich auf Verletzungen. Oder warum schafft ihr ihn nicht gleich ganz rauf ins Dorf. Wäre ohnehin das Beste.«

»Nur dass er kaum ausschaute, als ob er noch so lange durchhält«, murmelte Otfried. »Geschweige denn aufsteh'n könnt.«

Etwas bohrte sich noch tiefer in meine Eingeweide. »Geh schon mal zu ihm«, ich schob den Alten auf die Tür zu. »Wir kommen gleich nach.«

Der alte Mann eilte wieder hinaus, sein Weib hingegen fuhr ungerührt mit dem Huhn fort.

»Mechthild!«, fuhr ich auf. »Soll er denn sterben, nur weil er dich beleidigt hat?«

Mit einem energischen Schnitt öffnete sie den Bauch des Vogels, und räumte mit einem Handgriff die Innereien aus. »Nein, sagte ich. Und dabei bleibt's. Ich hab zu tun«, sie nahm ein Beil und hackte dem Huhn mit einem Schlag die Beine ab. »Hilf du ihm doch! Weißt doch bestens, wie's geht. Oder hast du Angst, dir die Hände schmutzig zu machen? Dann lass ihn halt liegen.«

Einige Herzschläge lang stand ich unentschlossen, stürzte dann zum Kräuterregal und schüttete aus den verschiedenen Tonbehältern zerriebene Kräuter in ein Leinentuch. Aus dem Kessel goss ich kochendes Wasser in eine Flasche und rupfte schnell einen Stapel Verbände und saubere Tücher aus dem Eckschrank. Alles zusammen fegte ich in einen großen Korb. Ich verbrühte mich fast, als ich heißes Wasser in einen Eimer schüttete. Zittrig schnappte ich nach Korb und Eimer und wollte gerade loseilen, als Mechthild mir den Weg verstellte. Ich erstarrte.

Mit einem Blick auf den Korb schüttelte sie den Kopf. Ehe ich reagieren konnte, hatte sie ihn mir entrungen und eine Flasche Branntwein und Nähzeug hineingeworfen, bevor sie ihn mir wieder in die Hand drückte.

Ich war schon fast aus der Tür, als ich sie schnarren hörte, ob ich wenigstens an Decken gedacht hätte. *Nein, zum Teufel!* Um ein Haar rutschte mir der schwere Eimer aus der feuchten Hand. Ich hastete zurück und zog zwei Wolldecken aus einem Schrank unter der Galerie. Endlich war ich auf dem Weg aus dem Haus, so schnell der Eimer mit dem kochenden Wasser es gerade noch erlaubte. Die paar hundert Meter zur Kapelle schienen sich diesmal bis ins Unendliche zu ziehen. Gelegentlich musste ich einen Fluch unterdrücken, wenn mir das heiße Wasser gegen die Röcke schwappte.

Endlich, *endlich,* stand ich schwer atmend vor der Kapellentür. Und konnte plötzlich nicht eintreten, Panik verstellte mir den Weg. *Er war wüst und schlecht und einzig zu dem Zweck gekommen, zu beenden, was sie angefangen hatten.* Fast vergessene Schmerzen regten sich wieder in meinem Unterleib, meiner Brust; ich ließ um ein Haar den Eimer fallen, stand einfach nur da und konnte nicht weiter. Bis mir Otfrieds Ausruf wieder in den Sinn kam – *er liegt dort in seinem eigenen Blut!* Die Furcht lockerte ihren Griff soweit, dass es mir gelang, mich durch die Tür zu schieben. Sofort sprangen mir die Überreste des Gerüstes am anderen Ende der Kapelle ins Auge. Die hinteren Pfosten der Konstruktion standen noch aufrecht, die vorderen hingegen waren zusammengebrochen. Und nicht weit von den Trümmern, von Otfried flankiert, lehnte an der Wand zusammengesunken der Fremde. Sein Gesicht war kalkbleich, kontrastierte noch mehr als sonst mit der Schwärze seines eigenartig glänzenden Hemdes. Es brauchte die Länge eines Herzschlags, bis mir aufging, dass es Blut war, was es zum Glänzen brachte. *Blut.* Endlich sprang eine Weiche in mir um und ich warf die Tür hinter mir zu und eilte hinein.

Otfried hatte Recht, er wirkte benommen. Möglich, dass er zusätzlich zum Blutverlust auch noch übel gestürzt war. Aber wenigstens blickte er auf, als ich neben ihm niederkniete.

»Sie? Was wollen Sie denn hier? Wollen Sie mir beim Verrecken zusehen?«

Ohne zu antworten löste ich mit fliegenden Fingern seine Halsbinde und knöpfte die wenigen Knöpfe auf, riss den Rest des durchweichten Hemds auseinander. Die Haut darunter fühlte sich viel zu kalt an. Womöglich lag er schon Ewigkeiten hier. In jedem Fall musste dieser Zustand sofort ein Ende finden und Ersatz für das nasse Hemd musste her. Es war so kalt, dass jeder Atemstoß weiße Dunstwolken in die Luft malte.

»Otfried, hol sofort Kleider zum Umziehen aus seinem Zimmer. Vor allem etwas Warmes und noch mehr Decken.«

Der Alte eilte wie befohlen. Ich legte dem Fremden derweil, so gut es ging, die mitgebrachte Decke um die Schultern, damit er nicht noch mehr Wärme verlor. Daraufhin setzte ich ihm die Branntweinflasche an die Lippen. Kurz hoben sich seine Brauen, dann nahm er einige kräftige Schlucke. »Ah, anscheinend verstehen Sie sich doch ein wenig auf die Pflege von Verletzten.«

Ich teilte die Hemdschöße, die an seiner Haut klebten. Sein Oberkörper war mit gerinnendem Blut bedeckt und quer über seiner linken Brust klaffte ein tiefer Riss im Fleisch, aus dem noch immer Blut heraustrat. Fest drückte ich eine Leinenkompresse dagegen.

»Wenn Otfried zurückkehrt, müssen wir Sie hinüber auf den Altar schaffen, dort kann ich Ihnen besser helfen.«

Er lachte auf. Ich fühlte, wie ich zurückzuckte.

»Ich versichere Ihnen, dass ich mich von niemandem wie ein Opfertier auf den Altar legen lasse. Hier geht's mir bestens!«

Auch Dummheit sollte zu den Todsünden zählen! Die Untugenden dieses Mannes waren fürwahr zahllos!

»Na schön«, aufgebracht drückte ich seine Rechte auf die Kompresse, »wenn es Ihnen so gut geht, gehen Sie mir gefälligst zur Hand!«

Tatsächlich drückte er zu, wie geheißen. Ich tauchte ein Tuch in das heiße Wasser und begann, ihm das Blut vom Oberkörper zu waschen. »Die Wunde ... Wie –«

Er nickte zu den Trümmern des Gerüsts hinüber. Aus dem noch aufrecht stehenden Pfosten ragte auf Mannshöhe ein wuchtiger Nagel wie ein überdimensionaler Dorn aus dem Holz. Ich musste den Blick davon abwenden.

Ich setzte ihm nochmals die Branntweinflasche an die Lippen und er bedachte mich mit einem fast schon dankbaren Blick. Dennoch färbte sich die Kompresse unter seiner Hand so rasch purpurrot, dass man dabei zusehen konnte. Eilig packte ich die Kräuter aus. Mit Hilfe des Nelkenwurzpulvers bereitete ich einen Umschlag, der das Blut stillen würde. Es wurde auch höchste Zeit; als ich seine Hand kurz anhob, um die Kompresse auszutauschen, wirkte diese bereits kraftloser als noch Augenblicke zuvor. Ich gab ihm noch einen größeren Schluck von dem Branntwein. Mein schweifender Blick blieb an dem Fresko hängen. Gottes Antlitz starrte noch immer mit dem gleichen Zorn auf mich nieder wie in jener Nacht – und doch lag mein Henker jetzt wehrlos vor mir, war ganz in meiner Hand – ich verstand gar nichts mehr ...

Der Fremde musste meinen emporwandernden Blick verfolgt haben. »Das erste Mal, dass ein Gerüst unter mir zusammenbricht. Ihre verdammten Latten müssen morsch –«

»Keineswegs! Nicht meine Latten, sondern Ihre Konstruktion war fehlerhaft. Jeder hätte Ihnen sagen können, dass das Gerüst zu schmal war. Einzig verwunderlich, dass es so lange gehalten hat!«

Erstaunt sah er zu mir auf, die Augen bereits glasig vom Alkohol. Die Zeit war gekommen. Ich holte tief Luft, während ich ihm noch eine letzte Dosis Branntwein verabreichte. Sobald ich die Flasche von seinen Lippen abgesetzt hatte, zog ich seine Hand mitsamt der Kompresse von der Wunde und ließ einen Schwung des hochprozentigen Branntweins über das freiliegende Fleisch spülen. Der Fremde bäumte sich vor Schmerz auf, gab jedoch keinen Laut von sich, dagegen zerdrückte er fast meine Hand. Um nicht zu schreien, biss ich mir auf die Lippen und entzog sie ihm, als er wieder zurückgesunken war.

»Sie hätten mich ruhig vorwarnen können«, nach einem vorwurfsvollen Blick schloss er erschöpft die Augen.

»Wozu? Damit Sie sich unnötig im Voraus verspannen?«, ich wischte den herablaufenden Alkohol von seiner Brust. Diese neue Wunde war nicht seine erste. Mehrere weiße Wülste überzogen bereits die dunkel behaarte Haut unter dem Brustbein.

»Sie waren Soldat?« Bevor er antworten konnte, setze ich ihm nochmals die Flasche an die Lippen. Am allerliebsten hätte ich ihm die ganze Zeit den Mund verstopft. Doch ihn erwarteten bald schon weitere Schmerzen. Und Mechthild hatte mir beizeiten beigebracht, dass ein weiser Heiler niemals den Geist eines Verletzten außer Acht ließ. War dieser zu entsetzt über eine Verwundung, konnte es geschehen, dass er floh und die Seele mit sich nahm. Je mehr ich seinen Verstand also mit anderen Dingen beschäftigte und mit Alkohol benebelte, desto besser.

»Nein«, antwortet er, als ich die Flasche abgesetzt hatte. »Ich hatte lediglich einen gestrengen Vater und Lehrmeister in meiner Jugend.«

Einen *Schlächter* schien mir. Aber das geschah ihm nur recht. Ich krempelte meine Ärmel hoch und wusch mir die Hände mit dem Branntwein. Er beobachtete mich dabei.

»Was ist mit Ihren Armen passiert?«

Ich hielt inne. Die unregelmäßigen Narben an meinen Unterarmen waren schon so alt, dass ich sie schon gar nicht mehr sah. Mir lag schon auf der Zunge, dass ihn das nichts anging, doch er war so blass, wie er vor mir an der Wand lehnte, so schwach wie ein Kind fast – womöglich war es ohnehin zu spät –, da konnte ich ihm zuguterletzt auch ein wenig Menschlichkeit entgegenbringen, auch wenn er das Gegenteil verdiente. Also betrachtete ich die Innenseiten meiner Unterarme, all die Narben, die die helle Haut entstellten. Ich ließ mich von ihnen durch die Oberfläche der Zeit hinunter zu den grauenhaften Augenblicken ziehen, die ich längst in die Tiefe meines Geistes verbannt hatte, hörte wieder die Steine heransurren, die mich genauso getroffen hatten wie die hasserfüllten Rufe. Ich zwang mich, die Äste unter meinen Füßen knacken zu hören, sah den Blutdurst in den Augen meiner aufschließenden Verfolger – und blickte dann in seine.

»Als ich noch ein Mädchen war, bin ich zum Dorf hinuntergegangen, um andere Kinder zum Spielen zu finden. Am Dorfrand stieß ich tatsächlich auf einige ...« Die Erinnerung an die gierige Meute jagte schon wieder meinen Herzschlag hoch. »Doch – doch das Spiel war einseitig. Sie jagten mich und bewarfen mich mit Steinen –«, ich hielt ihm wieder die Branntweinflasche hin, doch er schüttelte den Kopf. Sein Blick nötigte mich, fortzufahren.

Nach kurzem Widerstreben gab ich nach. »Priester Matthäus hatte mich davor gewarnt. Er hatte mir gesagt, ich sei keine von ihnen. Aber ich habe ihm nicht geglaubt. Das Wort ›Bastard‹ bedeutete mir noch nichts. An jenem Tag habe ich es sehr oft gehört. Von Kindern, die nicht älter waren als ich – und die jemanden sterben sehen wollten ...« *Und sie hatten ihren Willen bekommen, wenn auch anders, als sie es sich vorgestellt hatten.* Ich unterdrückte den Drang, die Ärmel wieder herunterzustreifen, Gänsehaut hatte sich um das Narbengeflecht herum gebildet. Die Bilder in meinem Kopf wurden unerträglich, ich musste sie wieder tiefer unter die Oberfläche drücken, damit sie nicht über mich herfielen, mir die Luft abdrückten. »Aber wie Sie sehen, haben sie es nicht geschafft, mich zu steinigen«, stieß ich endlich hervor und holte tief Luft. »Ich hatte also Glück. Mehr ist dazu nicht zu sagen.«

Wie gebannt war der Blick des Fremden auf mich gerichtet, seine eigene Wunde hatte er anscheinend völlig vergessen. »Sie leben«, sagte er endlich. »Doch Glück hatten Sie nicht.«

Nein, das hatte ich nicht. Dieser Tag würde mich bis ans Ende meines Lebens verfolgen. Damals war das Tor zur Hölle aufgegangen. Doch das würde er nicht verstehen. Selbst wehrlos wie er hier lehnte, schien jeder Zoll seines Körpers damit zu prahlen, dass er immer Jäger gewesen war, und niemals Gejagter. Mit einem Mal platzte eine Blase aus Wut in mir. »Sie hätten es damals besser gemacht, nicht? Ihnen wäre ich nicht entkommen. Und wären Sie nicht so schwer verletzt, würden Sie jetzt gewiss –«

Sein Blick zuckte fort. Mein Ausbruch hätte mir leidtun sollen, doch das tat er nicht.

»Ich habe vieles getan, was ich nicht hätte tun sollen«, sagte er schließlich rau. »Und ich tue es immer noch. Ich bin nicht stolz darauf. Aber Sie –«

»Ach, seien Sie still.«

Sein Hemd war nass, es raubte ihm kostbare Wärme. Ich zog die zerrissenen Schöße auseinander und er neigte sich mit schmerzverzerrtem Gesicht vor, um mir zu helfen. Ich zerrte an dem nassen Stoff und dieser gab mit einem Ruck nach, gab plötzlich Schultern und Rücken frei. Halb über ihn gebeugt blieb ich mitten in der Bewegung hängen, vergaß zu atmen.

Die Haut von den Schultern abwärts war vollständig verbrannt, rötliche und braune Wülste von zerstörtem Gewebe zogen sich über seinen breiten Rücken wie Widerschein von tanzenden Flammen. Kaum ein Fleck war unversehrt. Längst verschlossen wirkte die verbrannte Haut dennoch roh und empfindlich. Ich zuckte zurück.

Er lehnt sich wieder gegen die kalte Wand. »Mein Vater«, antwortete er auf meine nicht ausgesprochene Frage. Seine Worte kamen schwerfällig, seine Augen waren endgültig glasig von Blutverlust und Alkohol. Ich las in ihnen Bitterkeit, aber auch Resignation ... gar *Schwäche?* Es war, wie durch ein verstecktes Fenster zu tief in ihn hineinzusehen. Peinlich berührt wandte ich mich ab und entzündete eine Kerze, um die Nadel sauber zu brennen. Ich musste zwinkern, um die andere Kerze nicht noch einmal vor mir zu sehen. Doch da sprach er schon weiter.

»Normalerweise benutzte er einen Lederriemen. Er verlor oft die Kontrolle über sich. Selbst gegen meine Mutter. Alles konnte seine Wut auslösen. Doch dieses eine Mal war der Riemen nicht zur Hand. Nur der Schürhaken.«

Unwillkürlich wanderte mein Blick zu der Narbe auf seiner Wange. Er nickte, »erst dies und dann stieß er mich in den Kamin. Meine Kleidung fing sofort Feuer.«

Ich konnte es vor mir sehen. Die Nadel in meiner Hand war herabgesunken.

»Besonders abstoßend; Brandnarben, nicht?«, er lächelte als er den Ausdruck in meinen Augen sah. Ich starrte auf seine nackte Schulter an der kalten Wand. Noch einmal beugte ich mich über ihn und zog die Decke wieder hoch. Dabei streiften meine Fingerkuppen das vernarbte Fleisch und ich zog schnell die Hand wieder weg. Sein Blick verhärtete sich. Rasch trat ich von ihm fort.

Noch einmal säuberte ich die Nadel mit Alkohol, ließ dann einen Faden durch das Nadelöhr gleiten. Er beobachtete mich dabei. »Haben Sie so etwas eigentlich schon einmal gemacht?« Erstaunlich, wie klar seine Stimme wieder klang.

»Natürlich.« Dass ich meine Erfahrungen bisher nur mit vierfüßigen Patienten gesammelt hatte, behielt ich für mich. Ich kniete neben ihm nieder. So sanft ich konnte, drückte ich die angeschwollene Haut um die Wunde auf seiner Brust zusammen. Seine Rippen hoben sich unter meinen Händen, als er vor Schmerz tief Luft holte. Ich musste ihn ablenken.

»Gewiss haben Sie nun eine bessere Beziehung zu Ihrem Vater?«

Er hob an, zu antworten, da stach ich, so behutsam ich konnte, die Nadel durch seine Haut. Er zuckte zusammen, wandte jedoch nicht den Blick von meinem Gesicht. »Er ist tot.«

»Aber Ihre Mutter ist doch noch am Leben, nicht wahr? Ist sie wohlauf?« Ich führte einen neuen Stich. Er zuckte diesmal kaum, nur seine Kiefermuskeln traten hervor. »Ich weiß es nicht. Ich habe sie seit Jahren nicht gesehen.«

»Dann muss sie wohl weit fort leben.« Noch ein Stich.

»Nein, keineswegs«, er lächelte bitter.

Darauf wusste ich nicht, was ich sagen sollte. Doch er fuhr von alleine fort. »Als sie mich in die Lehre gab, machte sie meinem Meister klar, dass es nicht erforderlich sei, dass ich zu Besuch nach Hause kam.«

»Ist das lange her?« Die Nadel fuhr erneut durch die geschwollene Haut.

»Ich war damals zwölf.«

Ich blickte ihn fragend an, doch er wandte seine Augen ab. Eine an Gewissheit grenzende Ahnung stieg in mir hoch. »Sie – Sie haben –«

Obwohl die Nadel gerade müßig in meiner Hand ruhte, zuckte er wieder zusammen, als hätte ich sie grob in sein Fleisch gestochen. Ausdruckslos starrte er mich an, schloss dann die Augen. Doch die Spannung wich nicht von seinen Zügen.

»Er war betrunken und er wütete wieder«, begann er, um sogleich wieder zu stocken. Er öffnete wieder die Augen. »Noch schlimmer als sonst. Also zielte ich mit einer Pistole auf ihn. Nur damit er ... abließ.«

»Die Waffe ging los«, hörte ich mich sagen. Es war keine Frage.

Wir schwiegen.

»Ich wäre ohnehin bereit dazu gewesen«, sagte er leise. »Vielleicht hätte ich im nächsten Moment aus freien Stücken auf ihn gefeuert.« Seine Augen waren gequält. »Und es macht auch keinen Unterschied. Er ist tot.« Seine Stimme war immer leiser geworden. »War es das, was Sie hören wollten?«, fuhr er mich plötzlich an. »Gehen Sie! Lassen Sie mich endlich in Ruhe, ich will Ihre barmherzige Hilfe nicht!«

Nichts hätte ich lieber getan, doch ich blieb.

Er starrte mich an. »Gehen Sie«, wiederholte er. Er wollte sich aufsetzen, mich fortschieben, hatte jedoch nicht die Kraft dazu. Die Decke rutschte abermals von seinen Schultern, sie fielen wieder gegen die eisige Wand zurück. Ich hätte etwas tun sollen, doch ich konnte nicht.

Er schloss die Augen, atmete durch. »Vatermord. Die Sünde aller Sünden. Die am lautesten zum Himmel schreit.«

»Alle Menschen fehlen, das ist unser Schicksal.« Meine gemurmelte Entgegnung war ohne mein Zutun aus meinem Mund gekommen. Ich war im Haus eines Priesters groß geworden.

»Kommen Sie mir nicht wie ein Pfaffe von der Kanzel! Mord. Diese Sünde ist von allen die unverzeihlichste und das wissen Sie so gut wie ich.«

Ja ...

»Haben – haben Sie gebeichtet?«, ich konnte ihn kaum ansehen.

»Wozu?«, fragte er schroff.

»Weil manchmal nur die Beichte Absolution bringt. Nur der Absolute kann die Last von uns nehmen, die Menschen nicht von uns nehmen können. Nur Er kann das Unverzeihliche verzeihen und die Sünde zurücknehmen.«

»Also gut: Ich *bekenne*«, er lachte bitter. »Aber ich kann bekennen, was ich will, bleibe ich doch ohnehin der Unerlöste.«

»Manche sagen, dass wenn man sich vorstellt, die Schuld sei ein Stein, der ins Wasser fällt, die Beichte die Kreise der Schuld aufhalten kann –«

»Steine«, sagte er verächtlich. »Wasser. Kreise. Verzeihung von etwas Unverzeihlichem. Glauben *Sie* vielleicht an all diesen Blödsinn, Priester im Kleid?«

Ich sah auf die Nadel in meiner Hand hinunter.

»Nun?«

Ich zuckte mit den Schultern. »Manche sagen, Reue sei genug.«

»Reue?«, er schnaubte verächtlich. »Für etwas, das schon eine halbe Ewigkeit her ist? Wie soll ich dafür noch etwas fühlen? Mich überhaupt noch erinnern? Nach inzwischen – was? Vierundzwanzig Jahren, drei Monaten ...«, seine Kehle arbeitete, »und neun Tagen?«

Ja. Ich verstand.

»Was glauben *Sie?*« wiederholte er. »Machen Sie den Mund auf! Glauben Sie wirklich, dass es Vergebung gibt?«

Ich zuckte mit den Schultern, wusste nicht, wo ich hinsehen sollte. »Manche sagen, sie sei die Grundlage für Reue. Dass wir keine Reue spüren könnten, wenn wir die Vergebung nicht schon besäßen.«

»Sie sollen mir sagen, was *Sie* denken – nicht was Ihre Bücher schwadronieren!«

Mein Blick zuckte weg. »Das ist völlig unwichtig.«

»Ich will, dass Sie es aussprechen!«

Ich musste schlucken. »Wir – wir sind alle verdammt. Es ist Adams Sünde. Nur ein paar wenige unter uns sind auserwählt und ihnen wird vergeben. Der Rest von uns muss mit der Hölle in uns selbst leben. So ist Sein Wille.« Meine Kehle wurde immer enger. »Wir tun, was wir können. Weniger wäre nicht genug. Doch wir sind, was wir sind, Er hat uns so gemacht. Genau wie die Dinge, die uns in den Abgrund reißen, ohne dass wir eine Wahl haben. Mit dieser Ungnade und dem Schmerz müssen wir leben. Auch das ist Sein Wille.«

Seine Augen weiteten sich. Ich konnte ihn einfach nicht ansehen, beugte mich vor, zog endlich die Decke um seine Schultern wieder hoch, schützte ihn vor der Kälte der Wand. Dabei berührte ich ein Mal mehr seine zerstörte Haut. Sie war viel weicher, als ich angenommen hatte. Ich fühlte die Verwachsungen und Narben und konnte meine Hand nicht wegziehen. Auch mich zierten viele Male, doch den Schmerz einer so entsetzlichen Wunde konnte ich mir noch nicht einmal vorstellen. Seine Kehle arbeitete.

Mit einem Mal ging mir auf, was ich da tat, und ich zog die Hand schnell wieder zurück. Es war längst Zeit für den letzten Stich. Ich führte abermals die Nadel durch sein Fleisch, doch er schien sie diesmal überhaupt nicht zu spüren, sah mich unverwandt an.

»Was haben *Sie* getan?«, flüsterte er plötzlich.

»Ich ... Nichts!«

Es war die Wahrheit. Und sie war es auch wieder nicht.

»Garnichts.« Ich schnitt den Faden ab.

Er folgte mir mit den Blicken, während ich mit den restlichen Kräutern fahrig einen Umschlag bereitete. Hinein legte ich geriebene Kummerblume, die eine schmerzstillende Wirkung hat, Kapuzinerkresse und Salbei gegen Fieber und Ringelblume für eine schnelle Heilung. Vorsichtig legte ich den Umschlag auf seine vernähte Wunde.

Er sah jetzt noch bleicher aus als zuvor und sehr müde. Doch noch waren wir nicht fertig. Ich nahm die Verbände auf und kniete neben ihm nieder. »Legen Sie Ihren Arm um mich.« Ich unterdrückte ein Schaudern, biss die Zähne zusammen.

Gehorsam legte er seinen rechten Arm um meine Schultern und auch ich umarmte ihn mit meiner Rechten, die Linke auf den Umschlag über der Wunde pressend, und zog ihn von der Wand hoch. Sein Körper lag schwer in meinem Arm und roch nach Blut, Schmerz – und Mann. Es war widerwärtig. Während ich den Verband um seinen Oberkörper führte, fühlte ich, wie ich rot wurde. Er bemerkte es. Sein Atem streifte meinen Hals. Einen Moment war ich sicher, er würde etwas Obszönes von sich geben, doch er wandte nur den Kopf ab. Erleichtert steckte ich endlich das Ende der Binde fest.

Seine Haut fühlte sich mittlerweile viel zu kalt an und auch die Hitze des Branntweins war aus seinen Wangen gewichen. Er erschauerte vor Kälte. Ich sah mich nach der zweiten Decke um und stellte dabei fest, dass neben uns, zusammengefaltet, Kleidung zum Wechseln und weitere Decken auf dem Boden lagen. Otfried musste hier gewesen sein, ohne dass ich es bemerkt hatte. Rasch knüpfte ich ein frisches Hemd vom Stapel auf und gemeinsam zogen wir es ihm an. Auch dieses war schwarz, wenn auch ausgeblichen, als hätte es zu lange in der Sonne gelegen.

Ich wickelte ihn in die Decken, so gut es ging, half ihm, sich wieder an die Mauer zu lehnen. Er wirkte jetzt restlos erschöpft. Die Behandlung musste seine Lebensgeister viel zu sehr geschwächt haben – insbesondere der Disput – aber es war nicht mehr zu ändern.

»Es ist nur eine Fleischwunde«, sagte ich fahrig. »Wenn wir Ihren Verband wechseln und Sie sich schonen, sind Sie in ein paar Tagen wieder so gut wie neu.«

Er öffnete nicht einmal die Augen.

»Wenn Otfried kommt, werden wir Sie so bald wie möglich ins Haus befördern«, murmelte ich, mehr zu mir selbst, wollte schon aufstehen.

Unerwartet schüttelte er den Kopf.

»Wie?« Ich sah ihn irritiert an.

Seine Lider hoben sich mit Anstrengung. »Ich bleibe hier. Ich muss weiterarbeiten.«

Ich kam nicht umhin, ihn ungläubig anzustarren. Dieser Mann musste entweder vollkommen verrückt oder besessen sein! »Hören Sie, es ist einfach zu kalt hier! Sie gehören ins Haus, in ein warmes Bett –«

»Wenn es nicht gerade Ihres ist, das Sie anbieten, lassen Sie's gut sein«, sagte er schroff.

Natürlich. *So* sah seine Dankbarkeit aus. Ich presste die Lippen zusammen.

»Sie haben mir geholfen«, setzte er noch einmal an. »Aber jetzt werden Sie gefälligst jede weitere Einschätzung meiner Befindlichkeit mir überlassen. Ein paar Decken mehr werden schon reichen. Mehr brauche ich nicht«, er hielt meinem Blick ungerührt stand.

Hier würde er sich kaum erholen. Doch ohne sein Einverständnis würde er nicht zu bewegen sein. Außerdem war er gefährlich – wie sehr, ahnte ich erst jetzt. Und so nickte ich. Ich drückte mich von den eisigen Steinen hoch und räumte zusammen, was ausgebreitet um mich auf dem Boden lag. Seine Augen waren wieder geschlossen.

Auch mich musste seine Pflege erschöpft haben, denn ich fühlte nichts. Ich griff nach dem Korb und ging durch die immer dunkler werdenden Regenbogenfarben zurück, wollte gerade diesen Ort verlassen, als seine Stimme unerwartet noch einmal ertönte: »Sie werden es mir noch sagen – was Sie getan haben?«

Violett lag meine Hand auf der Messingklinke.

»Sie schulden es mir.«

Ich schuldete ihm nichts dergleichen. Außerdem war er betrunken, sicher vergaß er es wieder.

Kaum auf dem Pfad zerrte ich die Branntweinflasche mit dem Rest bernsteinfarbener Flüssigkeit hervor, warf den Kopf zurück und trank.

7. Verbände

Wieder stand ich vor der Kapellentür, diesmal in aller Frühe. Und es war fast genauso schrecklich wie das letzte Mal. Diesmal fürchtete ich zwar nicht, dass er mich überwältigen würde – dazu war er im Moment einfach noch zu schwach – doch was für seinen Körper galt, galt noch lange nicht für seinen Geist. Denn *dieser* blieb eine bewegliche Bedrohung; das hatte er mir sogar am Tag zuvor halbtot bewiesen. Welche impertinenten Fragen würde er mir heute stellen? Und welche messerscharfen Schlüsse konnte er dieses Mal aus meinen widerwilligen Antworten ableiten? Würde er schon wieder zu deuten wissen, was ich gar nicht aussprach? Ich erschauerte. All das durfte sich nicht wiederholen. Keine unpassenden Fragen, keine stummen Antworten: keine Dispute mehr. Ich durfte einfach nichts mehr von mir preisgeben, das er verzerren und gegen mich richten konnte. Nichts.

Aber womöglich war meine Sorge um künftige Konversationen ohnehin hinfällig? Immerhin konnte er mutmaßen, ich hätte ihn zu all den grauenhaften Offenbarungen genötigt, um mich an seinen Narben zu ergötzen, mich an seinen schwärenden Wunden zu berauschen? Und ganz sicher hasste er mich für die

Nadelstiche, die den versteckten Eiter in ihm hatten aufbrechen lassen. Dabei wünschte ich nichts mehr, als dass die Tür zu all seinen schrecklichen Ungeheuern verschlossen geblieben wäre; dass er nicht mit mir geteilt hätte, wofür es keine Erlösung gab. Doch dafür war es zu spät. Ich holte ein letztes Mal tief Luft und drückte die Klinke nieder.

Er war auf. Halb aufrecht lehnte er an der mit Kissen gepolsterten Wand. Unwillkürlich fühlte ich Erleichterung, denn noch am Abend zuvor war er zwischen fieberglühendem Schlummer und todesgleicher Ohnmacht hin- und hergependelt, bis er vor Mitternacht endlich in tiefen Schlaf gefallen war.

Eben dieser Schlaf hatte ihm anscheinend Erholung geschenkt, denn während ich auf ihn zuschritt, konnte ich mich davon überzeugen, dass sein Gesicht bereits weniger fahl wirkte denn zuvor. Auch waren weder die dicke Matratze noch die Decken verrutscht und es ging ihm wieder gut genug, dass er in sein ledernes Buch schreiben konnte. Erst als ich auf wenige Schritte heran war, schlug er es zu und legte es beiseite. Dazu nutzte er selbstvergessen die Linke und zuckte unweigerlich zusammen.

»Es geht Ihnen besser«, bemerkte ich, weil ich nicht wusste, was ich sonst sagen sollte. »Sie haben kein Fieber.« Ich stellte meinen Korb auf dem Altar ab und fing an, ihn auszupacken.

»Wie kommen Sie darauf?« Er sagte es so harsch, als hätte ich mich ihm plump genähert.

»Nun, das sehe ich an Ihren Augen und an der Farbe Ihrer ... Haut.« Bevor mein Blick wieder wegzucken konnte, bemerkte ich, wie er den seinen peinlich berührt senkte; fast als hätte er die aufdringliche Berührung meiner Hand auf seiner Schläfe gefühlt.

»Haben Sie starke Schmerzen?« Meine Hände flatterten über den Altar, ordneten automatisch eine Flasche mit Sud, Verbände und Kräuter an.

Er schnaubte. »Was glauben Sie denn? Aber es wäre seltsam, wenn es nicht so wäre, meinen Sie nicht?«

Da hatte er Recht. »Wichtig ist, dass es Sie nicht am Ruhen hindert. Da gibt es allerdings genug starke Mittel, die Abhilfe bringen. Ich werde Ihnen noch heute –«

»Nein. Ich werde nichts nehmen, das mich benebelt. Ich muss einen klaren Kopf behalten.«

Ich merkte, wie meine Brauen schon wieder hochschossen, doch ich protestierte nicht. *Keine Diskussionen mehr.* »Gut. In dem Fall bleibt es bei Weidenrinde. Ich habe bereits etliche in Ihren Sud gerieben. Sie wird nur kaum stark genug sein, um –«

»Geben Sie mir doch wieder Branntwein –«

»Nein.«

Meine Vorbereitungen waren abgeschlossen. Die neue Kompresse war fertig. Den Umschlag in der Hand stand ich noch immer unschlüssig da, sah auf die zerstoßene grünlich-graue Masse nieder. Ich hatte diesmal auch zerdrückten Knoblauch unter die Kräuter gemischt, der die Wunde reinigen würde, damit sie sich nicht entzündete. Nur dass Knoblauch auf rohem Fleisch ähnlich brannte wie Alkohol.

»Können – können Sie Ihr Hemd ausziehen?«

Er nickte unwillig. Wieder hob er den linken Arm und zuckte erneut zusammen. Schließlich zog er es langsam über den Kopf.

Seinem stechenden Blick ausweichend, näherte ich mich ihm mit der beißenden Kompresse. Ich kniete neben ihm nieder, konzentrierte mich auf das Lösen des Verbands. Wenn da nur nicht sein Geruch wäre und diesmal auch noch die ungewöhnliche Wärme seiner Haut. *Die Klarheit seiner Augen musste mich getäuscht haben, ganz sicher fieberte er noch.*

»Dieser Priester Matthäus«, sagte er plötzlich. »Er ist noch reichlich präsent hier, und das, obwohl er schon dreizehn Jahre tot ist. Wie aber kommt es, dass Ihre Mutter so gar keine Spuren in diesem Haus hinterlassen hat?«

Aber das hatte sie doch! Ich starrte ihm kurz in seine viel zu nahen Augen und sah dann schnell wieder weg. »Das geht Sie nichts an.«

»Haben Sie außer ihrem Grabstein auch noch andere Andenken an sie?«, regte er sich.

Mit zusammengebissenen Zähnen wickelte ich weiter ab.

»Bin ich etwa nicht länger würdig, dass Sie mit mir sprechen?« Die raue Stimme neben meinem Ohr wurde schneidend. »Jetzt, wo Sie alles wissen?«

Ich war kurz davor, den Verband fallen zu lassen. *Doch er konnte mir nichts tun.* Nicht mit dieser Wunde. Dazu war er einfach zu schwach. Ich biss mir auf die Lippen.

Plötzlich fuhr seine Rechte hoch, packte mich vorn am Kleid, zog mein Gesicht direkt vor das seine.

Ich schnappte nach Luft, versuchte, mich von ihm wegzustoßen, doch sein Griff war eisern. Seine Augen waren kaum eine Handbreit von den meinen entfernt und glichen jetzt noch mehr Wolfsaugen. »Antworten Sie mir«, sagte er leise.

»Lassen Sie mich los!«, ich zog und zerrte immer wilder, aber ohne die geringste Auswirkung. *Vor mir brannten mit einem Mal andere, blaue Augen, bohrten sich in die meinen, dass ich kaum noch Luft bekam.*

»Zeigen Sie etwas mehr Mut, den braucht man im Leben. Sie müssen Ihre Haut schon teurer verkaufen«, da waren sie wieder, seine Pupillen, das Schwarze in ihnen auslaufend, das Graue fast verschluckend.

Mut? Er wusste nichts von mir. *Garnichts!*

Er sollte schwach sein wie ein Kind, doch sein Handgelenk war aus Stahl. »Loslassen! Sonst werden Sie diese Kapelle nicht lebend wieder verlassen, das schwöre ich Ihnen!«, knirschte ich.

Er fing unvermittelt an zu lachen. »Sie wissen wahrlich nicht, womit Sie mir drohen sollen, nicht? Jedenfalls fürchte ich weniger um mein Leben, als Sie sich vorstellen können.« Sein Atem aus nächster Nähe war schal. Er war viel zu nah. Meine Widerwehr schwand, genau wie allmählich auch meine Sinne.

»Lassen. Sie. Mich. Los.« Die Worte hatten kaum noch Kraft.

»Sprechen Sie dann wieder mit mir?« Seine Augen ließen nicht ab.

Ich nickte schwach. Ich konnte nicht anders.

Seine Hand löste sich langsam von der Knopfleiste unterhalb meines Halses. Ich wich endlich zurück, versuchte, meinen Atem und mein Zittern zu kontrollieren, zog mein Kleid langsam glatt.

»Sie fassen mich nie wieder an«, meine Stimme klang noch immer wie etwas, das sich losgerissen hatte. »Schwören Sie es!«

Er lächelte bitter. »Wozu? Würden Sie mir auch nur ein Wort eines solchen Schwurs glauben?«

In der Tat nicht ... Ich sah auf den Umschlag nieder, den ich ihm immer noch vorenthalten konnte.

»Sie bestehen auf Sicherheiten?«, alle Heiterkeit war aus seinem Blick gewichen. »Ich werde nichts beschwören, denn wie Sie inzwischen ja wissen, bin ich nicht immer Herr meiner Affekte. Aber soweit es in meiner Macht liegt, werde ich diese künftig zu zügeln versuchen, was Sie angeht. Seien Sie also einstweilen unbesorgt.«

Ich nickte. Das musste genügen. Ich fasste mich, beugte mich vor, wickelte weiter. Schließlich musste es getan werden.

»Also?«, seine Brauen hoben sich. »Vertreiben Sie mir die Langeweile. Was genau nehmen Sie ihr übel?« Er bestand anscheinend tatsächlich darauf, in meinem Leben herum zu wühlen.

Ich presste die Lippen zusammen, zwang mich dann, zu antworten. »Nun, vielleicht, dass sie mit ihrer Leichtfertigkeit unser beider Leben verwirkt hat?«

»Wieso verwirkt? Sie leben doch?« Er ließ die Fragen wie Vorwürfe klingen.

»Wie Sie gestern schon sagten: In der Tat, ich *lebe*.« Der Verband verhakte sich. Ich murmelte einen leisen Fluch. Er grinste.

»Wie war Ihre Mutter?«

»Ich weiß es nicht. Sie starb bei meiner Geburt.« Ich atmete durch den Mund.

»Was hat denn der Priester, ihr Bruder, über sie gesagt?«

»Nicht viel.« Tatsächlich hatte Matthäus kaum je viel über sie gesprochen. Ich konnte seinen Hass auf sie jedoch daran erkennen, wie er mich manchmal an den Schultern ergriff und schüttelte und dann abrupt fahren ließ, wenn er ihr Gesicht in meinen Zügen erkannte. Als würde die bloße Berührung einer Unberührbaren ihn – einen Gottesmann – verbrennen.

»Sie wollten mir doch antworten?«, sein Blick wurde wieder drohend.

»Ich sollte niemals so werden wie sie«, übersetzte ich mühsam die dunklen Bilder aus meiner Erinnerung. »Alles, was sie war, hat er gehasst.«

»Und woher wissen Sie das?«

Ich durfte wirklich nicht in diese merkwürdigen Augen sehen. »Weil – weil er alles, was ihr gehört hatte, verbannte.« In den zweiten Stock. Die weiß verhängten Möbel dort waren großzügig und schön – im Gegensatz zu allem anderen, das wir unten nutzten, das dunkel und hart war.

»Offenbar war sie es dann, die den Rosenstock in der Kapelle in Auftrag gegeben hat«, sagte er leichthin.

»Wie bitte?«, mein Blick suchte aus Versehen den seinen – und zuckte wieder weg.

»Ganz einfach, die Darstellung ist *sinnlich*. Und ich habe – nun, ich habe sein Zimmer gesehen. Ich meine ... er muss von spartanischem Gemüt gewesen sein.«

»Vielleicht. Wie auch immer.« Eine Strähne aus seinem halb aufgelösten Zopf strich an meiner Wange entlang. Irgendwie hatte ich angenommen, sein Haar sei härter, wie Hundehaar.

»Nicht nur vielleicht. Wenn Ihre Mutter das Gegenteil ihres Bruders war, so war sie eine sehr sinnliche Frau.«

Ich tat ihm nicht den Gefallen, zu fragen, worauf er hinauswollte.

Doch er fuhr auch so fort. »Und im Gegensatz zu dem, was Sie gelehrt wurden, sind unsere Sinne nicht immer schlecht. Letztendlich sind sie es sogar, auf die wir uns als Einziges verlassen können. Sie belügen uns sehr viel weniger über die Welt als alle unsere vorgefassten Vorstellungen.«

Er musste den Anflug von Skepsis in meinem Gesicht bemerkt haben.

»Nicht ich sage das übrigens, sondern Hume. Sie haben nicht zufällig von ihm gehört? Nein? Natürlich nicht. Er war Philosoph. Und er stellte fest, dass wir sehr vielen Irrtümern aufsitzen und viel zu leichtgläubig sind – besonders in Bezug auf all die Glaubensdogmen, die uns eingetrichtert wurden und die Sie so unermüdlich verfechten.«

Ich glaubte ihm kein Wort.

»Wir können uns also nur auf das verlassen, was wir mit eigenen Augen sehen können. Und auf die Logik. Selbst wenn kein Schluss absolut sicher ist. Der Rosenstock aber fällt mit Sicherheit in die Lebenszeit Ihrer Mutter«, beharrte er. »Die Konsistenz der Farbe beweist es.«

»So?« Der Verband fiel endlich von seinen Rippen. Erleichtert zog ich die Kompresse von der Wunde. Immerhin hatte der Ausfluss die richtige Farbe. Kein Eiter. Nur die Schwellung um die Naht schien sich noch nicht recht entscheiden zu können, ob sie aufflammen sollte oder nicht. Der Knoblauch war die richtige Wahl gewesen. Ich hob die neue Kompresse auf und presste sie mit einer schnellen Bewegung gegen die Wunde. Diesmal gönnte ich ihm das Brennen.

Tatsächlich wurde sein ganzer Körper ein Mal mehr zu Stein unter meiner Hand. Er ergriff reflexartig mein Handgelenk. Einige Augenblicke starrten wir uns gegenseitig mit vor Schmerz verzerrten Gesichtern an.

»Und Ihre Mutter wird Sie wohl kaum freiwillig verlassen haben«, presste er schließlich hervor.

»Wie?«

»Sie kennen sie nicht und hassen sie doch zu sehr, um ihr auch nur eine gute Tat zuzugestehen. Doch gewiss ist sie nicht freiwillig gestorben.« Er wurde sich seines Griffs bewusst und ließ mein Handgelenk wieder los.

Ich rieb es unauffällig. »Vielleicht wäre mein Leben auch nicht besser geworden, selbst wenn sie geblieben wäre.« Den größten Fehler hatte sie schließlich schon neun Monate zuvor begangen, als sie sich einem Mann an den Hals geworfen hatte, der nicht einmal lang genug geblieben war, um ihr seinen Namen zu nennen ...

»Ich denke doch. Sie hätte zu Ihnen gestanden. Anders als *er*, der Priester.«

Wie konnte er schon wieder von alledem wissen? Abrupt stand ich auf, um den neuen Verband zu holen. »Das glaube ich nicht. Sie war egozentrisch, hat stets getan, wonach ihr war. Ganz gleich, was es nach sich zog – sie kannte keine Rücksicht.«

»Behauptete *er*, nicht wahr? Warum haben Sie ihm eigentlich jedes Wort geglaubt?«

»Nun, weil er stets Recht zu haben pflegte, vielleicht.« Ich kniete wieder neben ihm nieder, fixierte seine Schultern.

»Einzig, weil Sie ihm immer Recht *gaben*. Dabei darf man niemals blind glauben. Niemandem. Das sagt wiederum Hume. Da«, er ruckte mit dem Kinn zur Seite, wo halb bedeckt von Zeichenpapier drei zerfledderte Bücher lagen. »Nehmen Sie die da mit. Ich leihe sie Ihnen. Versuchen Sie es mal mit Philosophie, anstatt mit der Pfaffenlehre. Sie werden überrascht sein.«

Ganz sicher würde ich nichts lesen, das *ihm* zusagte. Ich begann, den frischen Verband zu wickeln.

Doch auch diesmal blieb er nicht still. »Wie kommen Sie überhaupt darauf, dass Ihre Mutter so schlecht war – abgesehen von dem einen Fehler?«

Ich atmete durch den Mund. Der Knoblauch und die Kräuter schienen seinen Geruch nur zu verstärken, anstatt ihn zu überlagern. »Es war ihr grundsätzlicher Zustand. Ich habe es Ihnen doch schon gesagt. Wir sind alle schuldhaft gemacht. Die Schuld ist ein Teil von uns. Sie kommt von innen, lässt sich nicht eliminieren. Meine Mutter war lediglich nur noch schuldiger als die meisten anderen –«

»Halt«, begehrte er auf. »Gestern sagten Sie noch, die Sünde sei uns *vererbt*. Wenn dem so ist, ist sie jedoch nicht Teil von uns, nicht Teil unseres Wesens. Und wenn wir Fehler begehen, ist dies nur Teil unseres Erbes und nicht unsere Natur. Warum also verurteilen Sie sie so unversöhnlich über ihren Tod hinaus?«

Fast hätte ich vergessen, den Verband weiter zu wickeln: An ihm war ja ein richtiger Theologe verloren gegangen! Allerdings ließ er außer Acht, dass die Theologie eine Wissenschaft war, die von theoretischen Festlegungen lebte – während meine Gefühle nichts dergleichen gehorchten.

»Weil – weil sie mir nun mal ein übles Dasein auf Erden hinterlassen hat!« Es kam platter heraus, als ich wollte, aber ich konnte einfach nicht denken, solange ich ihn dabei schon wieder umarmen musste. Immerhin stand er zu seinem Wort und hielt die Arme weit vom Körper abgespreizt, um mich nicht zu behindern. Mir fiel jetzt erst auf, dass sie vor Anstrengung leicht zitterten.

Anscheinend war die kleine Machtdemonstration vorhin doch nicht so spurlos an ihm vorbeigegangen, wie er mich glauben machen wollte – und er war nicht aus Stahl.

»Einzig, weil sie vor der Zeit weggeholt wurde – wiederum nicht durch ihre Schuld. Sie hätte Ihr Leben gewiss völlig anders für Sie gestaltet, als es der Priester tat.«

»Das ist eine haltlose Vermutung. Wie auch alles andere, das Sie sagen!« Heftiger, als nötig, steckte ich das Ende der Baumwolle fest. Ich stand schnell auf, entfernte mich von ihm.

»Ist es nicht«, ertönte seine Stimme ruhig von unten. »Sie war es schließlich, die Ihnen Ihren Namen gegeben hat: *die Dornenlose*. Der Priester hätte Sie allenfalls Magdalena getauft.«

Ich merkte, wie sich meine Augen weiteten. *Er kannte meinen Namen!* Und diesmal mochte er Recht haben. Vor meinem inneren Auge erschien das Taufkleid, das ich einst in einem der Schränke gefunden hatte. Es war über und über mit feinen Stickereien bedeckt – und Mechthild hatte einst erwähnt, meine Mutter hätte es selbst genäht. *Stunde um Stunde musste sie die Blumen und Vögel in den Stoff gestickt haben, als wollte sie das Paradies darin für mich bannen ...*

Seine Mundwinkel hoben sich befriedigt, als er den Wandel in meinem Ausdruck bemerkte. »Und auch sie trug einen besonderen Namen«, bemerkte er. »Iduna. Weist auf einen germanischen Ursprung hin. Den Sagen nach war die Göttin Iduna im Besitz goldener Äpfel, die ewige Jugend schenkten.«

»Und ist doch so früh gestorben«, sagte ich leise.

»Dafür wird sie in Ihrer Erinnerung ewig jung bleiben.«

Das würde vielleicht stimmen, wenn ich überhaupt Erinnerungen an sie hätte. Plötzlich fiel mir auf, dass längst Gänsehaut seinen nackten Oberkörper überzog. Kein Wunder. Ich griff nach seinem schwarzen Hemd und ließ mich auf die Knie nieder. Doch bevor ich es raffen konnte, wurde mir der Stoff aus den Händen gezogen.

»Hören Sie nicht? Ihre Bücher rufen längst nach Ihnen. Gehen Sie.« Ein Schatten seines bissigen Spotts war wieder auf seine Züge getreten, nur dass er jetzt ziemlich müde wirkte.

»Wie Sie meinen.« Ich erhob mich. Rasch trat ich zum Altar und holte die Flasche mit dem noch warmen Sud. »Trinken Sie ihn gleich. Ein wenig sollte er gegen die Schmerzen helfen und auch wärmen.« Ich hielt sie ihm hin. Bevor er sie jedoch annahm, streckte er mir die drei Bücher hin. Schweigend legte ich sie in den Korb. Derweil hatte er einen Schluck genommen und verzog angewidert das Gesicht. »Pfui Teufel! Was ist das? Gülle?«

Er sollte mich nicht auf Ideen bringen. »Es braucht nicht zu schmecken. Trinken Sie es einfach. Otfried bringt Ihnen bald Essen und ich komme am Abend wieder, um den Verband zu erneuern.« Ich wollte mich endgültig abwenden.

»Das ist nicht nötig.«

Verwundert drehte ich mich wieder um.

»Eine neue Kompresse genügt. Ich kann mich ab jetzt selbst verbinden.«

In dem Fall nahm er erhebliche Schmerzen in Kauf – doch mir sollte es recht sein. »Wie Sie meinen.«

Erleichtert, endlich gehen zu können, nahm ich den Korb auf. »Also dann – gute Besserung.«

»Ihnen auch.«

»Wie bitte?«

»Es gibt viele Quellen für Verbitterung. Die Tragik ist, dass die meisten nie versiegen. Man muss einfach aufhören, willentlich daraus zu schöpfen.«

Ich starrte ihn schon wieder dumpf an. Sein Oberkörper war vor Kälte inzwischen fast so weiß wie der Verband. Doch er lächelte schon wieder sein wölfisches Lächeln. »Apropos: war da nicht noch etwas Anderes, das Sie mir erzählen wollten?«

Beim Allmächtigen. Nicht *das*.

Ich hielt den Atem, wartete auf Worte, die so unnachgiebig waren wie seine harte Hand. Doch Augenblicke vergingen und zwischen uns streckte sich nur Stille wie ein langsam tauender Teich.

Ich ergriff den Korb und floh.

Ich lief noch immer, selbst, als die Tür längst hinter mir zugefallen war und ich mich auf dem Pfad zwischen den Stämmen befand. War nicht *er* verletzt und hatte nicht *ich* die Mittel, ihm Linderung zu geben oder auch höllische Qualen zu bereiten? Hätten die Machtverhältnisse zwischen uns also – wenigstens im Moment – nicht ganz anders gelagert sein müssen? Und doch waren sie es nicht ...

Ich war so durcheinander, dass es mich überhaupt nicht wunderte, Anne hinter derselben Erle auftauchen zu sehen wie schon beim ersten Mal, als ich sie gesehen hatte. Nur dass sie diesmal nicht vor mir weglief, sondern auf mich zu kam. Das Blau meines eigenen Kleides leuchtete mir zwischen den Stämmen entgegen.

»Wie geht es ihm?«, fragte sie ohne Gruß.

»Gut. Sehr gut«, murmelte ich. »Kein Fieber. Er ist völlig klar.«

»Fein!«, sagte sie heiter. »Dann ist ja alles gut.«

»Keineswegs! Da, nimm das«, noch immer aufgewühlt griff ich in den Korb und drückte ihr die drei Bücher in die Arme. Anscheinend hatte er die Umschläge abgerissen, damit er weniger an ihnen zu tragen hatte, und sie waren von Flecken übersäht und fielen halb auseinander. Sobald ich sie los war, musste ich mir die Hände am Rock abwischen.

»Was ist das?«, wollte Anne wissen.

»Die sind von ihm. Lies sie, wenn du willst. Ich habe es auf jeden Fall nicht vor.«

»Warum nicht?«

»Darum.«

»Und was ist mit Ihrem Arm?«

Ich merkte erst jetzt, dass ich unter dem Ärmel fiebrig meinen Unterarm betastete. »Oh, nichts.« Ich strich dennoch unwillkürlich den Filz hoch, um die Haut im Licht zu betrachten. Zu *vergleichen*.

Anne zischte mitfühlend im Angesicht all der Narben, die wie geheime Zeichen über meine winterbleiche Haut verstreut waren. Ich strich über die Wülste. Sie fühlten sich tatsächlich anders an als seine. Als hätte meine Haut sich nach der Verletzung gleich einem Panzer verhärtet – dagegen war die seine dort, wo ich sie unter den Fingerkuppen gespürt hatte, unnatürlich weich geblieben. Vielleicht weil die Verbrennung zu groß gewesen war, um zu heilen. Noch immer schien sie teilweise zu verwachsen, sich zusammenzuziehen. Plötzlich verstand ich das teilweise Ergrimmen seiner Züge und auch das abrupte Zucken der Schultern, als versuchte er, das Ziehen darin abzuschütteln.

Stotternd erzählte ich Anne von meinen Beobachtungen.

Sie legte den Kopf schief. »Klingt nach Brot im Ofen. Sobald es aufgeht, muss die Kruste aufbrechen, damit es darunter wachsen kann.«

Etwas verwundert nickte ich.

8. Laudanum

Was für ein Garten! Ich wandelte unter schattenspendenden Bäumen und inmitten von allerprächtigsten Blumen dahin. Die Vögel sangen und Löwe und Lamm lagen beieinander. Ich ließ mich unter einem blühenden Baum nieder und weidete meine Augen an all der Schönheit und dem Frieden um mich herum.

Eine durchscheinende, ätherische Erscheinung kam auf mich zu. Zuerst dachte ich, sie sei ein Engel, doch dafür kam sie mir zu vertraut vor. Sie lächelte und streckte mir die Hände entgegen. Sie waren nicht leer, hielten etwas, das sie mir anzubieten schien; einen Apfel – aus purem Gold!

Gerade wollte ich nach ihm greifen, als Priester Matthäus hinter einem Baum hervorsprang und ihr die Frucht aus der ausgestreckten Hand schlug. Der Apfel fiel nieder und zersprang in tausend Stücke, als sei er aus Glas. Die Scherben spritzten in alle Richtungen; sie trafen meine Mutter, ihn – und auch mich. Und wo die goldenen Scherben aufschlugen, verwandelten sie Knochen und Fleisch in goldenes Porzellan, das seinerseits Sprünge bekam und auseinanderfiel. Meine Mutter und Matthäus zerbrachen zu klirrenden Scherbenhaufen – und auch an meinem Arm lief ein

Sprung hinauf, der sich verästelte, bis hauchfeine Brüche meinen ganzen Körper zeichneten. Ich zerfiel ...

»Oh mein Gott!« Ich griff mir an die Schulter, ertastete aber nichts. Es war nur ein Traum – vielmehr ein Albtraum.

Im Dunkeln noch immer meinen Arm umklammernd, setzte ich mich auf. Von Matthäus hatte ich schon oft geträumt – von *ihr* hingegen noch nie. Anscheinend hatten die hartnäckigen Inquisitionen des Fremden sie so fest in meiner Gedankenwelt verankert, dass ich sie jetzt selbst im Schlaf sah – *sie und ihre goldenen Äpfel*. Unwillkürlich lief mir ein kalter Schauer den Rücken hinunter, schließlich hatte der Fremde vom ewigen Leben gesprochen und hier träumte ich vom überspringenden Verfall ...

Vielleicht lag es daran, dass der Tod in den letzten drei Tagen seine Sense nur allzu dicht über *ihm* geschwenkt hatte, dem Fremden. Durch dessen eigene Schuld wohlgemerkt. Er hatte sich standhaft geweigert, andere Mittel als die bisher verabreichten Kräuter zu sich zu nehmen, und das, obwohl es jeden Morgen offensichtlicher wurde, dass ihm etwas fehlte. Seine Augen hatten jeden Tag hohler aus bläulich violetten Höhlen zu mir hochgestarrt und seine ohnehin schmalen Wangen waren eingefallen, die Haut hatte sich an die Knochen darunter geschmiegt, als wollte er den Sensenmann selbst imitieren. Lange hatte ich gegrübelt, wo der Grund dafür lag, denn eine Entzündung war es nicht, die ihn so krank machte, er fieberte nicht. Und doch war am dritten Tag sogar sein sonst so scharfer Blick verschwommen und unstet umhergeirrt wie eine Motte im Flug. Die Symptome waren eigentlich leicht zuzuordnen – kannte ich sie doch selbst – und doch hätte ich derlei Leiden eigentlich nicht mit ihm in Verbindung verbracht: Er fand nachts keinen Schlaf.

Der Lebensfunke war und blieb ein Geheimnis. Das war etwas, das ich gelernt hatte, als ich Mechthild früher ins Dorf begleitet hatte, wenn sie zu Kranken gerufen wurde. Bei manchen loderte er wild, obwohl sie ganze Gliedmaßen verloren – und bei anderen flackerte er vor sich hin und erlosch, obwohl sie kaum mehr als einen Schnupfen hatten.

Es war der Geist, der dabei ausschlaggebend war. War er ruhelos, steckte er unweigerlich den Körper damit an und beide konnten binnen Tagen dahinsiechen – und sterben. Manchmal half es daher nur, den gepeinigten Leib für eine Weile von dem Joch der Seele zu befreien.

Die Fensterkreuze warfen scharf umrissene Schatten auf die Dielen. Es war Vollmond, ein wunderschönes Rund strahlte vom dunklen Himmel. Weil es so vollkommen war, stand ich auf, legte mir ein Tuch um und setzte mich in eine der Fensterlaibungen. Der Mond hatte mich schon immer getröstet, ganz gleich wie schlecht es mir ging. Heute schien er so hell, dass ich bei seinem Licht hätte lesen können, wenn ich gewollt hätte.

Aber was sollte ich schon lesen? Augustinus war mir dieser Tage fremd geworden, überhaupt alles, was mit altehrwürdigen, starren, toten Worten zu tun hatte – mir ging es dieser Tage vielmehr um das *Leben* und seine Erhaltung. Ich wollte mit eigenen Augen sehen, ob die Schatten im Gesicht des Fremden noch immer so tief, ob seine geschwollenen Lider noch entzündet waren, fühlen, ob sich die fahlen Schläfen noch heiß anfühlten – was natürlich nicht in Frage kam, auch wenn er jetzt schlafen musste ... Da ich ihn ohne sein Wissen eingeschläfert hatte.

Ich hatte seine Abneigung gegen starke Mittel nicht vergessen. Aber wie die Dinge standen, konnte ich ihr auch nicht länger Sorge tragen. Seine Schlaflosigkeit hatte ihn eindeutig in Gefahr gebracht; was auch immer sie ausgelöst hatte. Und so hatte ich heute Mittag seinen Sud mit Laudanum versetzt. Ich hatte gefürchtet, er könnte es schmecken; doch als ich nach einer Weile wiedergekommen war, war die Flasche leer gewesen und er hatte so still dagelegen, dass ich sein Handgelenk fühlen musste, um herauszufinden, ob er überhaupt noch lebte. Glücklicherweise schlug sein Puls dort so ruhig und stark, wie ich es mir nur wünschen konnte. Noch bis vor ein paar Stunden hatte er in friedlichem, tiefem Schlummer gelegen.

Wovon er wohl träumte?

Ich merkte, wie mein Gesicht heiß wurde. Es ging mich nichts an. Gewiss war es nichts Gutes. Außerdem zählte einzig, dass er in ein paar Wochen, zu Himmelfahrt, schon wieder weit fort sein würde. Und dass das neue Altarbild alles sein würde, das er hinterließ. Ich wusste selbst nicht warum, aber neuerdings hegte ich tatsächlich die Hoffnung, dass er nicht geschickt worden sei, um mein Henker zu sein. Auch wenn sich mir bislang entzog, welcher von Gottes unergründlichen Missionen sein Kommen sonst geschuldet sein konnte. Doch gleichwohl; mochte der bittere Kelch nur an mir vorrübergehen, mochte sein Aufenthalt in meinem Haus eines Tages zu einem der vielen Träume verblassen, an die man sich am Morgen kaum noch erinnert ...

Ich stand abrupt auf, um ins Bett zurückzukehren. Und gefror. Denn eine Bewegung aus dem Augenwinkel hielt mich fest: Aus dem Schatten des toten Gartens löste sich eine unförmige Gestalt; ein seltsamer, vierbeiniger Umriss stieg über das Mäuerchen, blieb dann neben dem Krüppel stehen, vom hellen Mond wie mit Silber übergossen. Halb entsetzt, halb fasziniert, beugte ich mich näher an die Scheibe – und erkannte endlich, was er darstellte.

»Das kann doch nicht wahr sein –« Im nächsten Moment hatte ich nach meinen Stiefeln gegriffen, war hineingefahren, aus meinem Zimmer hinaus und tastete mich die Treppe hinunter. Wenig später befand ich mich inmitten der bleichen Szenerie, die ich gerade eben noch von oben betrachtet hatte. Der Kies knirschte leise unter meinen Sohlen – leise, aber doch nicht lautlos genug, als dass die beiden mich nicht kommen hörten; sie drehten sich zu mir um.

»Es ist mitten in der Nacht – was tut ihr hier?« Meine Stimme klang unnatürlich laut in der Stille.

»Nichts Besonderes«, Gret zuckte gelangweilt mit den Schultern. Sie war gerade dabei, mit einem Stock Linien in die kahle Erde zu ziehen.

»In letzter Zeit kann anscheinend niemand mehr schlafen.« Anne lächelte lasziv von der Mauer zu mir hoch. »Muss am Vollmond liegen.« Sie hatte die Beine angezogen und die Arme um die Knie geschlungen.

»Ihr seid immer noch da«, stellte ich müde – und überflüssig – fest. Ich zog mein Tuch enger um meine Schultern und ging näher, um die Zeichnung auf der Erde zu betrachten. Diese offenbarte sich als ein in Quadrate unterteiltes Kreuz. Gret hüpfte soeben von einem zum nächsten; sie spielte *Himmel und Hölle*. Lachend sah sie auf. »Machen Sie mit, es macht Spaß!«

»Ein andermal.« Ich ließ mich neben Anne auf die Mauer sinken. »Ihr habt gar nicht vor, zu gehen. Stimmt's?«

Die junge Frau lächelte noch immer. »Sie merken doch kaum, dass wir da sind. Was stört es Sie? Schauen Sie doch einfach weg, wenn wir uns durch Zufall begegnen.«

Ich schnaubte. »Es ist nicht einfach, Zecken zu übersehen, die sich im eigenen Fleisch festgebissen haben.« Zumal andere sie ganz bestimmt nicht übersehen würden; selbst jetzt horchte ich unwillkürlich nach Mechthilds Kate, obwohl diese viel zu weit weg stand, als dass sie von diesem nächtlichen Treiben Wind bekommen konnte.

Mit einem Mal fiel mir die seltsame Formulierung auf, die Anne gebraucht hatte. »Was meintest du damit, dass in letzter Zeit *niemand* schlafen kann?«

Sie zuckte mit den Schultern. »Nun ja; wir, Sie – und er auch nicht. Zumindest, bis Sie ihm das Laudanum gegeben haben, stimmt's?«

Die Kälte der Steine stieg unversehens durch mein Nachthemd empor. Sie musste mich durch die Küchenfenster beobachtet haben. Doch das an sich war noch nicht das Schlimmste. »Wie kannst du wissen, ob er nachts wach ist? Hatte ich euch nicht verboten, ihm nahezukommen?«

»Das tun wir ja auch nicht«, sie drehte sich von mir fort. »Man kann nachts von außen sehen, ob Licht in der Kapelle ist.«

Ich wollte mich gerade wieder beruhigen, da setzte sie hinzu: »Und wenn man zum Fenster hochklettert, sieht man ihn in sein Buch schreiben oder zeichnen.«

»Ihr seid –« Ich kam nicht dazu, weiter zu wettern, denn etwas Flaches, das sie im Schoß gehalten hatte, verrutschte. Irgendetwas an seiner Form kam mir verdächtig bekannt vor.

»Was hast du da?«

»Nichts.« Sie schob es zurück, zog die Beine noch enger an, so dass der Gegenstand geborgen wie in einem Nest lag. Mit einem seltsamen Augenaufschlag sah sie zu mir herüber. »Wussten Sie eigentlich, dass seine Mutter sich damals geweigert hatte, seine Verbrennungen zu behandeln? Sie hat sich davor geekelt. Selbst die Wunde in seinem Gesicht hat sie verabscheut.«

»Hast du uns etwa belauscht?« Doch selbst dann hatte er nie ein Wort hierüber verloren.

»Belauscht? Woher denn. So etwas tut man doch nicht«, ihre Augen glänzten eigentümlich in dem mondbeschienenen Gesicht.

Ich hatte längst geahnt, was sie dort an sich gedrückt hielt – jetzt wusste ich es.

»Gib es mir!« Ich streckte die Hand aus. »Her damit! Sofort!«

Sie zögerte erst, legte dann den Gegenstand auf die Steine zwischen uns nieder. Es war das in Leder geschlagene Buch des Fremden.

»Dazu – dazu hattet ihr wirklich kein Recht!« Fast traute ich mich nicht, es aufzuheben, als könnte es nach mir schnappen. Endlich tat ich es. Der Einband war sehr glatt unter meinen Fingern, er musste das Leder unzählige Male in den Händen gehalten haben. Die Empörung verschlug mir immer noch fast die Sprache, ich musste tief durchatmen. »Wie kommt ihr dazu, meine Gäste zu bestehlen?«

»Nun ist er also doch ein Gast?«

»Ganz gleich, was er ist – was wolltet ihr damit überhaupt?«

»Es als Orakel benutzen zum Beispiel!«, rief Gret herüber. Sie hüpfte das Kreuz jetzt auf einem Bein ab. »Fragen stellen und dann die passende Antwort darauf suchen!«

Demnach war mein heimliches Spiel verbreiteter, als ich dachte.

»Am besten taugt es aber dazu«, Anne legte ihr Kinn auf ihre angezogenen Knie, »es einfach zu lesen. Dazu sind Tagebücher doch da, nicht wahr? Um mehr über den zu erfahren, der sie geschrieben hat. Und besonders über das, was er von einem selbst hält«, sie lächelte zu mir hoch. »Oder würde Sie nicht interessieren, was er über Sie schreibt?«

Gott helfe mir – fast hätte ich danach gefragt. Obwohl ich doch längst wusste, was er in mir sah; was das anging, hatte er seiner obszönen Zunge keinerlei Zaum angelegt. Gerade noch rechtzeitig biss ich mir auf die Lippen. »Wie – wie lange habt ihr es schon?«

»Seit er schläft. Vorher war er ja immer wach, so dass er es gemerkt hätte«, rief Gret vorlaut.

Ich gestattete mir vorsichtig, erleichtert zu sein. In diesem Fall konnten sie mit der Lektüre nicht weit gekommen sein. Soweit ich mich erinnerte, war die Schrift des Fremden spinnwebfein und klein – selbst bei Vollmond war sie kaum zu entziffern, dazu war schon Kerzenlicht vonnöten.

»Nun, in dem Fall hättet ihr euch den Diebstahl sparen können, denn ich sorge dafür, dass er sein Eigentum gleich wiederbekommt«, sagte ich grimmig.

»Wir haben es nur *geliehen*«, betonte Anne. »Aber wollen Sie nicht selbst darin lesen? Eigentlich haben wir es eigens für Sie mitgebracht«, sie lächelte heiter. »Wir kennen es ja schon.«

»*Was?* Sagtet ihr nicht –«

»Wir haben es bei ihm in der Kapelle gelesen«, Gret übersprang jetzt ein Feld, in das sie zuvor einen Stein geworfen hatte. »Da gibt es ja genügend Kerzen. Wir haben uns einfach hinter den Grabstein Ihrer Mutter gehockt. Keine Sorge, wir waren ganz leise und er hat tief und fest geschlafen.«

Ich spürte, wie sich mir die Nackenhaare aufstellten. *Grundgütiger!* Bei all dem Papier dort hätten sie mit Leichtigkeit die ganze Kapelle abfackeln können – und er wäre bei lebendigem Leibe verbrannt, im Schlaf gefangen ...

»Sie *sollten* es lesen«, beharrte Gret. »Wussten Sie zum Beispiel, dass außer Ihnen nur seine Mutter weiß, dass er seinen Vater getötet hat?«

»Nein«, antwortete ich tonlos. Das hatte ich nicht gewusst.

Die Mädchenstimme plätscherte immer weiter. »Und wussten Sie auch, dass vor Ihnen noch niemand seinen verbrannten Rücken berührt hat? Außer einem Arzt, meine ich. Keine andere Frau jedenfalls.«

Konnte dies wahr sein? *Und falls es so war?* Fein stieg der Geruch des Leders zu mir empor, erinnerte mich an den Geruch seiner Haut. Ich schob es unter die Wolle des Umschlagtuchs, wandte den Kopf ab.

»Nicht einmal Thalita«, bestätigte Anne, als könnte sie meine Gedanken lesen. »Auch wenn ihm einiges an ihr gefällt.«

Natürlich gefiel sie ihm, ich hatte ja gesehen, wie sehr ...

Anne schüttelte den Kopf. »Es ist nicht nur ihr Körper, falls Sie das meinen. Er mag an ihr, dass sie sich nimmt, was sie will. Aber das heißt nicht, dass er ihr trauen würde. Nicht, seit seine Mutter ihn so verließ –«

»Sei still.« Er war, wer er war, doch seine Geheimnisse gingen mich nichts an. Und ihm geschah jetzt nur deshalb Unrecht, weil ich ihn eingeschläfert hatte, so dass er sich nicht dagegen wehren konnte, bestohlen zu werden. »Ganz sicher werde ich sein Tagebuch nicht lesen. Und ihr hättet es auch nie tun dürfen. Wir sollten niemals erfahren, was drin steht, es gehört ihm allein. Ich hätte schon wieder gute Lust, euch dafür in den Wald zu jagen!«

»Aber warum denn?«, Gret blieb im letzten Feld des Kreuzes stehen. »Hätte er nicht gewollt, dass es jemand liest, hätte er es ganz bestimmt auch nicht aufgeschrieben. Vielleicht wollte er sogar, dass *Sie* es erfahren, wo er doch auch so viele Sachen von Ihnen wissen will. Er fragt Sie doch ständig etwas.«

Ich wollte lieber gar nicht erst hören, woher sie das schon wieder wusste.

Anne schwang ihre Beine von der Mauer und richtete sich auf. »Sie sollten wirklich einiges von dem wissen, was da drin steht. Schließlich wohnt er noch eine Weile unter ihrem Dach. Und solange werden Sie ihm nicht länger Unrecht tun wollen«, sie sah mich vielsagend an.

»*Unrecht?*« Langsam konnte ich meinen Ärger nicht mehr zügeln. »Nicht *ich* bin der Wüstling von uns beiden! Und ich weiß inzwischen mehr als genug von ihm, das könnt ihr mir glauben! Ich weiß es aus seinen eigenen Worten – und sehe es noch viel genauer in seinen verkommenen Taten!«

»Was wäre das denn genau?«

»Was das wäre?«, mein Atem überschlug sich. »Dass er *ein Vatermörder und Vergewaltiger ist!*« Ich fühlte einen kurzen, heftigen Stich, der von meinem Gewissen herrühren musste, doch wenn sie sein Tagebuch gelesen hatten, wussten sie ohnehin schon alles.

»Aber kennen Sie denn auch die Gründe dafür? Wie es dazu gekommen ist? Und wie er damit lebt?«, Anne neigte sich vor.

»All das ist vollkommen unwichtig!«, fuhr ich auf. »Einzig unsere Taten sind es, die Zeugnis ablegen. Sie sind das einzige, das unser wahres Wesen dokumentiert. Alles andere sind ... Rechtfertigungen! Gründe sind nichts Anderes. Worte ändern nichts an dem, was wir sind. Von der Wiege bis zur Bahre.«

»So?« Anne schlug geziert ein Bein über das andere. »Hume sagt, dass zu jeder Wirkung eine Ursache gehört. Nichts ist *einfach so* oder unwandelbar, alles ändert sich stetig und Erfahrungen verändern den Menschen. Und wie sollte man überhaupt sein, was man ist, wenn es das Selbst gar nicht gibt?«

Das wurde ja immer besser! »Was redest du da für einen Blödsinn? Ganz gewiss gibt es das Selbst!«

»Tatsächlich? Und woraus besteht es wohl? Können Sie es anfassen? Nein? Betrachten vielleicht? Auch nicht? Das können Sie nicht, weil das unwiderrufliche Selbst eine Täuschung ist. Unser Ich besteht lediglich aus einer langen Reihe von Einzeleindrücken, einem Miteinander von Empfindungen.«

Ich versuchte, zu begreifen, was sie da sagte, schaffte es aber nicht. Es widersprach allem, was mir je beigebracht worden war. »Und – und was ist dann mit unserem Schicksal? Der Vorherbestimmung?«, brachte ich endlich heraus.

Sie zuckte mit den Schultern. »Nichts. Denn es gibt nichts dergleichen.«

»Und *Gott?*«

»Hume sagt, dass wir Gott gar nicht erfassen können. Und dass unsere Vorstellungen von ihm allesamt das Produkt unfruchtbarer Anstrengungen der menschlichen Eitelkeiten sind, welche in Gegenstände einzudringen sucht, die dem Verstand unzugänglich sind.«

Mein Mund stand offen. Diese Worte waren wie ein Schlag ins Gesicht – nicht speziell meins, sondern vielmehr in das der gesamten Geistlichkeit. *Aber gleichzeitig bargen sie eine so unvorstellbare Chance, ein so atemberaubendes Versprechen …*

Doch das konnte nicht sein. Priester Matthäus hätte all das auf der Stelle abgetan. Ich schüttelte den Kopf. »Dies ist eine … Theorie. Aber nichts als ein Gedankenspiel. Die Wirklichkeit bleibt eine andere.«

»Und die wäre?«

»Dass ein guter Mensch gut handelt und Gutes wirkt. Immer.« Ich fühlte mich auf einmal sehr müde.

»Und doch wiegt zuweilen die Intention schwerer als die Handlung selbst.«

»Woher hast du diesen Blödsinn schon wieder? Was am Ende aller Tage bleibt, ist die Tat allein. Sie überdauert alles andere.« Ich hatte genug von diesem Diskurs. Er führte nirgendwo hin. Außerdem musste ich noch das verfluchte Tagebuch zurückbringen.

»Also gut«, Anne hielt mich mit einer Geste zurück. »Hat es aber kein Gewicht, dass er sich Ihnen anvertraut hat? Dass er Ihnen die Wahrheit gestanden hat? War das nicht gut und ehrlich?«

Ich schloss kurz die Augen. »Er war betrunken und verletzt und ich habe ihm noch zusätzliche Schmerzen zugefügt. Diese haben etwas in ihm aufgebrochen. Unter Folter haben Menschen schon zu allen Zeiten Dinge gestanden, die ihnen sonst niemals über die Lippen kommen würden. Es hatte nichts mit mir persönlich zu tun.«

Anne schüttelte den Kopf. »Sie sind entschlossen, kein einziges Argument zuzulassen, das Ihre vorgefasste Meinung ändern könnte. Auf diese Weise kann es nichts geben, das Sie ihm gewogener machen könnte. Dabei tun Sie ihm Unrecht. Er hat ein Gewissen. Und er bereut vieles.«

Das tat ich auch. Es änderte jedoch nichts an dem, was wir waren. Und was das in seinem Fall war, hatte er mir jüngst schon wieder vorgeführt. Ich konnte seinen eisernen Griff noch immer spüren. Doch derlei war nichts für schwärmerische Mädchenohren. Sie sollten so lange wie möglich in ihrer Naivität schwelgen dürfen.

Mittlerweile war es spät geworden. Der Mond war ein gutes Stück auf seiner Bahn weitergewandert. Höchste Zeit, ihm sein Eigentum zurückzugeben.

Nur eins musste ich vorher noch klären. Ich stand auf, machte einen Schritt vor und beugte mich so weit über die junge Frau, dass sie sich zurücklehnen musste. »Ihr geht nie wieder zur

Kapelle, hörst du: *Nie wieder!* Gafft auch nicht länger durch die Fenster, verstanden? Sonst könnte eins eurer gestohlenen Abendessen euch womöglich genauso ins Traumland schicken wie ihn. Nur *länger.*«

Annes Augen weiteten sich. Sie nickte. Auch Gret hatte ihr Spiel beendet, stand bewegungslos da.

»Ich bringe das Buch jetzt zurück ... Und gnade euch Gott, wenn er euren Diebstahl schon bemerkt hat!«

Sie zogen es vor zu schweigen.

Momente später befand ich mich auf dem Pfad zwischen den Bäumen. Auch ich hätte gern geglaubt, dass der Fremde besser war, als er schien. Und neumodische Philosophien als Konstrukte einer Märchenwelt bargen einen großen Reiz. Natürlich ließen solcherlei Ideen die Mädchen romantische Geschichten spinnen. Doch letztlich änderte sich die Welt nicht davon, dass man sie in fadenscheinige Phantasiegebilde hüllte. Die Wahrheit darunter blieb massiv genug. Und diese lautete, dass unsere Seelen unveränderlich blieben, so wie Er sie gemacht hatte. Ihre Beschaffenheit verrieten wir der Welt mit jeder einzelnen unseren Taten, von unserem ersten Tag an bis zum letzten.

Vor der Kapellentür zog ich das Buch unter meinem Tuch hervor. Das Leder hatte meine Wärme aufgenommen, fühlte sich lebendiger an denn je.

Und wenn nun alles, was sie sagten, bloßer Schwärmerei entsprang? Wenn dies nun nichts weiter als sein Notizheft war? Fast ohne mein Zutun öffnete sich der Deckel, gab den Blick auf zwei Einträge frei. *Herwegh*. Dies musste sein Nachname sein. Und dahinter *30. April 1788* –, wohl sein Geburtstag. Es *war* sein Tagebuch.

Nachdenklich klappte ich das Buch wieder zu und öffnete stattdessen die Tür. Während sich meine Augen noch an die Dunkelheit gewöhnten, streifte ich meine Stiefel ab. Der eisige Boden entsandte bei jedem Schritt scharfe Stiche in meine Füße. Von außen leuchtete der Mond durch die Fenster, versilberte die Umrisse der Bänke, fiel auf den Altar und sein Lager.

Mit angehaltener Luft näherte ich mich den zerrauften Wolldecken, unter denen sich die Umrisse seines reglosen Körpers abhoben. Bleich lag sein Gesicht auf dem Kissen. Vorsichtig legte ich das Buch auf die Steine neben ihm nieder und wollte mich wieder zurückziehen, hielt dann jedoch inne. Wenn ich mich nicht bewegte, war es *totenstill*. Die Gestalt vor mir rührte sich nicht.

Mit einem Mal verzagt kauerte ich nieder, rutschte näher. Das hohlwangige Gesicht erschien kalkweiß im Licht des Mondes, die Decken über seiner Brust bewegungslos. Ich duckte mich noch näher, erkannte noch immer keine Lebenszeichen. Eine Welle aus kalter Glut spülte über mich hinweg.

Schließlich nahm ich allen Mut zusammen und streckte eine Hand nach der Ader an seinem Hals aus. Diese pochte, wenn auch sehr langsam. In diesem Moment zuckte sein Kinn zur Seite und die Lider flatterten. Ich fuhr zurück. Doch sein Kopf rollte in die vorherige Position zurück. Seine Schulter, von der die Decke herabgerutscht war, zuckte. Sicher fror er. Doch wenn ich die Decke hochzog, konnte er aufwachen. Und dann würde er mich sehen und wissen, weshalb ich gekommen war ...

Ich wich schon zurück, da kam ein leiser schmerzlicher Laut aus seiner Kehle. Sie lag bloß, ein Hemdknopf hatte sich gelöst, ich sah sein helles Schlüsselbein, das verletzliche Pochen zwischen den Knochen ... Mit einem Mal beschämt streckte ich die Hand aus, richtete mit zusammengebissenen Zähnen die obersten Decken, hüllte ihn gegen die Kälte darin ein. Er lag bewegungslos, nicht einmal seine Lider flatterten.

Auf dem Weg hinaus vergaß ich fast meine Stiefel. Ich war zu müde, sie wieder anzuziehen. Die Senkel in der Hand ging ich den Pfad barfuß über die knorrigen harten Wurzeln zurück. Beim öden Garten prangte noch immer das Kreuz in der kahlen Erde. Ich verwischte es mit den Füßen.

9. Zerrspiegel

Am nächsten Tag verschlief ich das allererste Mal in meinem Leben, tauchte erst gegen zehn langsam aus einer ohnmächtigen, bleiernen Schwere auf. Mein Kopf schmerzte, wie nach starkem Wein. Ich zerbrach das Eis in der Waschschüssel, wusch mich hastig und kämpfte mich in mein Kleid. Unten erwartete ich, mich vor einer unleidlichen Mechthild rechtfertigen zu müssen – doch als ich in die Küche stürzte, leuchtete weder Feuer aus dem Herd, noch war Brei gekocht. Die Küche war kalt und leer. Die Alte schien beschlossen zu haben, sich für die Dauer der Anwesenheit des Malers selbst zu beurlauben – obwohl wir beide wussten, dass ihr das nicht zustand. Darüber hinaus war er schon seit Stunden ohne Frühstück und frische Umschläge.

Mit fliegenden Fingern hantierte ich, um das Herdfeuer zu entfachen, die dürren Flämmchen leckten nur gelangweilt am Anzündholz herum, um sogleich wieder zu ersterben. Mir entfuhr gerade ein Fluch, als es an der Hintertür pochte. Ich fuhr herum. Es war Gret. Nach kurzem Zögern entriegelte ich. Sie strahlte mich fröhlich an. »Oh, noch kein Feuer?« Mit ein paar Handgriffen hatte sie die dünnen Scheite umgelegt und kurz darauf flackerte es hell aus der Öffnung. Sie wischte sich die Hände am Kleid ab. »Wie geht es ihm heute?«

»Ich weiß nicht. Ich war noch nicht bei ihm. Wo ist denn Anne?« Ich spähte suchend aus dem Fenster.

»Ach, die schläft noch.«

Die glückliche Vagabundin. Ich rührte Hafer und Wasser zu einem Brei in einem Topf zusammen und stellte einen Kessel mit Wasser auf. Endlich glitt ich hinter den Tisch und presste mir die Finger auf die noch immer pochenden Schläfen. *Wie gern ich die Stirn in die Unterarme gelegt und noch für zwei Stunden die Augen zugemacht hätte ...*

Gret ließ sich mir gegenüber auf einen Stuhl fallen. Selbst durch den Nebel aus meinem Kopfgrimmen hindurch konnte ich erkennen, dass eine Wolke auf ihrem sonst unbeschwerten Gesicht lag.

»Nun?« Ich hob fragend die Brauen.

Ihr Blick rutschte immer wieder unsicher von meinem Gesicht ab. »Wir – wir wollten Sie gestern nicht verärgern.«

»Schon gut. Es war nicht recht von euch, es zu lesen, aber wir wollen nicht länger davon sprechen.« Ich stand auf und löffelte ein paar Kräuter zum Wachwerden und gegen das Dröhnen in meinem Kopf in einen Becher. Hätte es welche gegeben, die mich die ganze vergangene Nacht vergessen ließen, hätte ich auch die genommen. Schwärmerische Narretei war das letzte, was mir fehlte. Müde beugte ich mich über den Kessel mit dem Wasser. Es wollte einfach nicht sieden.

Vom Tisch waberte derweil nur Stille herüber, was umso seltsamer anmutete, da Grets Mund sonst selten still stand.

Endlich blubberten Siedebläschen vom Boden des Kessels hoch. Ich goss einen Schwung kochendes Wasser in meinen Becher und drehte mich seufzend um. »Jetzt rede schon. Was ist los?«

Sie drückte die Lippen aufeinander, als fechte sie einen stillen Kampf gegen sich selbst. »Soll – soll ich also doch? Sie sagten doch eben –«

Ich nickte gottergeben.

»Es ist nur, er ist nicht so schlecht, wie er Ihnen gerade erscheint. Er will es manchmal wirklich anders machen, weiß dann aber nicht wie, so dass es wieder gerät wie zuvor ... na ja, schlecht eben; weil er es nicht anders kennt. Das stand alles in seinem Buch«, mit ineinander verknoteten Fingern sah sie treuherzig zu mir auf.

»Und das soll eine *Entschuldigung* sein?« Ich stellte meinen Tee mit Nachdruck auf den Tisch und setzte mich. »Jeder Mensch muss sich trotz allem bemühen. Sich zurückzulehnen und zu posaunen, dass man es nun mal nicht besser wissen kann, ist wirklich ... anmaßend!«

»Aber das ist er überhaupt nicht! Wirklich nicht!« Sie sah fast verzweifelt aus. Doch in dem Fall gab es nichts zu diskutieren, wusste ich es doch eindeutig besser. Zu laut hallten seine Worte noch in mir nach; über die Wahrheit und wie er mir meine Scheinheiligkeit schon austreiben würde – während die schwarzen Schatten der Kapelle die Arroganz in seinen Zügen nur um so deutlicher herausgemeißelt hatten ...

Ich schüttelte mich und legte die Hände um den heißen Becher. »Doch. Aber das kannst du unmöglich verstehen. Das sind Erwachsenendinge.«

»Wie etwas zu trinken, das so übel stinkt?« Gret beugte sich vor, fächerte sich mit der Hand den duftenden Dampf zu und verzog das Gesicht.

»Unter anderem«, ich hätte fast gelächelt.

»Kann man denn arrogant sein und sich gleichzeitig selbst hassen?«

Etwas an den Worten stieß mir seltsam auf, es waren nicht die eines Kindes. »Hat Anne behauptet, er würde das tun?«

Sie schüttelte den Kopf. Gerade wollte ich fragen, woher sie die Formulierung denn hatte, als sich ihr Gesicht in Konzentration verschloss, als ob eine Blende vor ihren Augen niederginge.

»Ich bin schlecht«, begann sie mit einem abwesenden Ausdruck. »Ich bin gezeichnet von meiner Schlechtigkeit, häufe Schlechtes auf Schlechtes, mehr und mehr. Ich berausche mich daran, besaufe mich damit, bis es mir hochkommt.«

Es war ihre Stimme und doch *seine* Worte! Fast konnte ich sein tiefes Knurren hören ...

»Denn habe ich nicht schon die größte aller Sünden begangen, bei der sich jedem Menschen die Haare sträuben? Warum also so tun, als wäre ich gut? Muss es nicht auch die Schlechten geben? Warum sich dagegen wehren? Es bringt Erleichterung, aufzugeben. Dem Sog nachzugeben. Ich schlage, ich spotte, ich hure. Na und? Wer bin ich? Ein Niemand. Das zu denken, fällt mir leichter, als damit zu leben, was ich wirklich bin. Kann man sich selbst restlos verabscheuen? Kann man jedes Stück Fleisch, das man ist, hassen, jedes Gefühl, das man verspürt, verachten, jeden Gedanken, den man denkt, widerlich finden? Ja. Jede meiner Fasern lehnt sich dagegen auf, mir anzugehören. Doch ich kann nicht ändern, ein Sohn Kains zu sein. Nur dass das Mal, das mir ins Gesicht gebrannt wurde, mich nicht schützt, sondern mich verdammt und für immer verbannt. Ich bin ein Wanderer ohne Heimat. Und es gibt keine Menschenseele, die freundlich von mir denkt.«

Einige Augenblicke lang war ich sprachlos. »Du – du kannst auswendig, was er geschrieben hat?«, fragte ich endlich.

»Ich sehe einfach die Seite vor mir und lese davon ab.«

»Aber es war doch mehr als eine, die du gelesen hast – wie viele Seiten kannst du auf diese Weise vor dir sehen?«

Sie zuckte mit den Schultern. »Viele. Aber sehen Sie? Er ist nicht stolz auf sich selbst. Jedenfalls nicht immer.«

Nein, offensichtlich war er das nicht. Diese Worte waren vielmehr grauenhaft bitter. Und etwas Anderes schien noch in ihnen mitzuschwingen, ein Leiden, das ich ebenfalls nicht mit ihm in Verbindung gebracht hätte, und doch schien es fast so ...

»In der Nacht, als er mich in der Kapelle angetroffen hat –«, hörte ich mich sagen, »als er mich ... umarmen wollte – warum hat er es da getan?« Ganz gewiss war dies kein Thema für Gret, doch sie hatte nun mal alles gelesen – und ich musste es wissen.

Sie dachte nach. »Er war überrascht von ... all Ihrem Theater und Pathos. Und er fand, Sie bräuchten eine Lehre. Außerdem hat er gestaunt, dass –« Sie sah weg.

»Dass?«

»Dass er ihn bei Ihrer trockenen Spröde überhaupt hochbekommen hat. Aber er erklärt es damit, dass sein Appetit nicht kleiner geworden ist, auch wenn die Provinz nur Ausschuss bietet.«

Mir war einen kurzen, gütigen Moment lang, als spreche sie eine andere Sprache. Doch da setzte auch schon mein Verstand ein und ich spürte, wie mir alles Blut aus dem Gesicht wich. *Welch menschenverachtende Abwertung! Was für eine durch und durch verrottete Natur!*

Das Mädchen war in sich zusammengesunken, sah jetzt sehr klein und sehr unglücklich aus.

Eine Weile konnte ich nichts sagen. Doch hier war sie, die Wahrheit. Ich hatte sie ja hören wollen.

Gret versuchte ein zittriges Lächeln. »Das ist aber noch nicht alles. Zuletzt –«

Plötzlich zog Gestank durch den Raum. Ich sprang auf. Es war der Brei, der angebrannt war. Ich zog den Topf vom Feuer, zog einen Löffel durch den Brei und fand den Boden schwarz vor. Gewiss sollte ich ihm neuen kochen, aber nach dem, was ich gerade gehört hatte, verspürte ich nicht die geringste Lust dazu. *Er sollte froh sein, dass ich nicht hineinspuckte.* Lieblos schöpfte ich ein paar schwarz gesprenkelte Kellen in eine Holzschüssel und schüttete anschließend die Kräuter für ihn in einem Tiegel zusammen.

Vom Tisch war seit geraumer Zeit nichts mehr zu hören. Das Mädchen sah noch elender aus denn zuvor.

Ich stockte kurz in meinen Vorbereitungen. »Was ist denn jetzt noch? Was ziehst du für ein Gesicht?«

»Ich hätte es Ihnen nicht sagen sollen. Er ist wirklich nicht immer so. Er hat noch so viel Anderes geschrieben.«

»Das kann ich mir lebhaft vorstellen.« Ich fegte Verbände, Tiegel und die eingeschlagene Schüssel mit dem widerlichen Angebrannten in den Korb.

»Gib den Rest von dem Brei den Hunden – falls sie ihn überhaupt fressen wollen«, rief ich über die Schulter. »Du selbst kannst dir neuen aufsetzen, wenn du hungrig bist. Ich bin gleich wieder zurück.«

Diesmal riss ich die Tür der Kapelle heftiger auf als nötig. Mitten am Tag war er natürlich wach und schrieb, gegen die Wand gelehnt – höchstwahrscheinlich schon wieder irgendwelche Obszönitäten. Ich presste die Lippen zusammen, während ich auf den Altar zustrebte.

Er sah auf und legte das Buch zur Seite. Der übliche Spott trat in seine Augen. »Kommen Sie doch noch? Bringen Sie es nicht über sich, mich endgültig meinem Schicksal in Dunkelheit und Kälte zu überlassen?«

Er sollte mich bloß nicht in Versuchung führen.

Ich packte den Korb aus und reichte ihm wortlos Schüssel und Besteck, wobei ich mich so weit von ihm entfernt hielt, wie ich nur konnte.

»Heute so stumm? Hatten Sie keine gute Nacht?« Er deckte die Schüssel ab und nahm einen Löffel voll. Sein Gesicht verzog sich ob des Geschmacks, doch er kaute weiter, ohne ihn zu kommentieren.

»Meine Nächte gehen Sie nichts an! Genauso wenig wie meine Tage. Und ich habe nicht länger vor, mich von Ihnen erpressen zu lassen.« Mit wütenden Fingern bereitete ich seinen Umschlag.

Seine Brauen hoben sich in übertriebenem Staunen. »Oh, ich verstehe. Ich sehe ein, ich bin zu weit gegangen. Ich bitte um Verzeihung! Ich hätte Ihnen nicht zu nahe treten sollen –«

»Das sind Sie aber.« Ich trat noch einmal auf ihn zu und ließ den Umschlag und die frischen Verbände auf die Decke seiner Lagerstatt fallen.

»Wie bitte?«

»Was bezwecken Sie eigentlich mit all Ihren impertinenten Fragen?«, funkelte ich auf ihn nieder.

»Nun, ich hatte nicht geahnt, dass die Qualität Ihrer Nachtruhe von so intimer Natur –«

»Was sollten die Inquisitionen nach meiner Mutter? Warum wühlen Sie überhaupt in meiner Vergangenheit herum? Um noch mehr Nährboden für Ihren Spott und Ihre Verachtung zu finden? Andere hätten Sie nach Ihren Übergriffen und Frechheiten ganz sicher in Ihrem Blut liegen lassen. Aber anscheinend reicht es Ihnen nicht, dass ich Sie dennoch zusammengenäht und verbunden habe! Denn statt dankbar anzunehmen, dass man Ihnen hilft, sezieren und demütigen Sie Ihr Gegenüber nur immer weiter, nicht? Sie sehen durchaus scharf dabei, haben Sinn für jede Einzelheit – denn das ist ja Ihr Beruf –, aber in Wahrheit sind Sie nichts als ein vergifteter Spiegel, der alles verzerrt, und am Ende nur das Allerhässlichste zurückwirft. Weil Sie einst einen großen Fehler begangen haben, müssen Sie auch fortan alles entweihen und verächtlich machen, was Ihnen über den Weg läuft ...« Mir ging die Luft aus, ich starrte nur noch wütend auf ihn nieder. Wenn ich erwartet hatte, dass er auf meinen Ausbruch reagierte, wurde ich enttäuscht. Er erwiderte meinen Blick wortlos, das Gesicht völlig unbewegt. Seine Augen wirkten dabei sehr dunkel. Ein Mal mehr fiel mir auf, dass das Schwarze in ihnen seltsam weich auslief – er hatte wirklich Wolfsaugen, menschliche Augen sahen anders aus. Wir starrten uns wortlos an, bis ich es nicht mehr aushielt. »Hören Sie auf, sich selbst und mich zu beschämen!«

Endlich senkte er den Blick. Anscheinend war es mir endlich gelungen, ihn zu treffen. Und länger ertrug ich seine Gegenwart auch nicht. So schnell ich konnte, rauschte ich hinaus.

Als ich wieder in die Küche kam, saß Gret noch immer am Tisch. Diesmal zog der Duft frisch gekochten Breis durch den Raum und sie schob gerade eine leere Schale von sich. Wortlos brühte ich mir einen neuen Tee auf und ließ mich ihr gegenüber fallen. Mit um den Becher geschlungenen Fingern sah ich in das Grau hinter dem Fenster. Mir vorzustellen, wie meine harschen Worte noch immer in der kalten Luft der Kapelle hingen, wollte mir jedoch keine Erleichterung bringen. Wie sollte auch Übles, das man mit Üblem vergalt, schon Gutes bewirken? Das hatte es noch nie getan.

»Du – du hast ihm weh getan«, sagte Gret leise.

Mir fiel durchaus auf, wie sie mich ansprach, aber ich fühlte mich zu kraftlos, um sie zu korrigieren. Der Zeiger der Sonnenuhr ragte scharf auf wie ein erhobener Zeigefinger. »Jemandem wie ihm kann man nicht weh tun.«

»Und du bist noch trauriger als vorher.«

Ich schüttelte stumm den Kopf. Am liebsten hätte ich sie weggeschickt, andererseits wollte ich jetzt jedoch nicht allein sein. Mein Blick fiel auf einen Korb, in dem Bügelwäsche wartete. Ich stand auf und trug ihn zum Tisch. Gret fing von sich aus an, die Stücke nach Größe vorzusortieren, während ich die angesengte Bügeldecke über den Tisch warf und zwei eiserne Ochsenzungen in die Herdglut legte, damit sie heiß wurden. Sie holte sich einen Topf mit Wasser und fing an, die Leinenstücke zu besprenkeln. Anscheinend kam sie aus einem anständigen Haus, wo man mit Wäsche umzugehen verstand.

Was jedoch nicht hieß, dass sie wusste, wann es besser war zu schweigen. »Er ist nicht nur so«, fing sie schon nach kurzer Zeit wieder an. »Er hat auch sehr Schönes geschrieben. Und jetzt ist er – gut.«

Darauf konnte ich nur laut auflachen, erschrak fast selbst ob des bitteren Tons. All der Tee half mir heute nicht. Mein ganzer Körper fühlte sich an wie Blei. Wahrscheinlich brütete ich nach der letzten Nacht etwas aus. Vor allem war ich es müde, ständig über den Maler zu diskutieren. Je mehr ich über ihn erfuhr, desto schlechter ging es mir damit. »Es ist nicht ein guter Knochen in ihm. Seine Seele ist *krank*. Mit dem Mord an seinem Vater hat es schon in jungem Alter bewiesen und seither fährt er mit Verdorbenheiten aller Art fort.«

Gret hatte die Wäsche in zwei säuberliche feuchte Haufen auf dem Tisch geteilt. »Aber es gibt doch auch gute Gründe, Schlechtes zu tun?« Kleinere Stücke lagen nun auf der einen Seite, Laken und Tischtücher auf der anderen.

»Nein, die gibt es nicht.«

»Und wenn ein Arzt –«

»Das tut er nur, um am Ende die Heilung zu erreichen. Es ist etwas vollkommen Anderes.« Endlich fingen die Ochsenzungen an zu glühen. Ich holte eine davon mit einer Zange heraus und schob sie ins Bügeleisen. Probehalber fuhr ich damit über den Rand der Decke. Die Hitze war richtig, ich begann, kleinere Stücke, Servietten und Kragen zu bügeln.

Gret spielte mit einem Spitzensaum. »Sein Vater hatte ihm doch das Gesicht und den Rücken verbrannt.«

»Das war grausam von ihm. Aber deshalb hatte er noch lange kein Recht, ihn dafür zu töten. Dafür reicht kein Grund der Welt aus.« Trotz des schwierigen Gesprächs glitt mein Eisen leicht über das Leinen, sauberer Geruch verbreitete sich in der ganzen Küche.

»Kein einziger? Und wenn der Vater seine Mutter angegriffen hatte? Wenn er ihr dasselbe antun wollte wie zuvor ihm?«

Mein Eisen stockte. »Wie kommst du darauf?«

»Sein Vater war betrunken und er ist auf seine Mutter losgegangen. Er hat ihr angedroht, dass sie auch brennen soll. Weil er ihr glattes verlogenes Gesicht leid war.«

»Er – du meinst –«

»Herwegh hat es für *sie* getan. Er hat die Waffe gegen den Vater erhoben, um seine Mutter damit vor ihm zu beschützen.«

»Und sie schickte ihn danach dennoch fort?« Ich konnte es kaum glauben. »Obwohl er die Verbrennungen selbst erlitten und sie dann davor beschützt hat? Noch als *Junge?*«

»Sie sagte ihm, er sei abgrundtief schlecht. Dass er krank sei und dass es jemanden wie ihn gar nicht geben dürfte, dass er ein Fehler der Natur sei.«

Einen Moment lang gerann mir das Blut in den Adern vor lauter Grauen. Doch was sie sagte, war so schauderhaft, dass es ganz sicher nicht wahr sein konnte. Gret war noch ein Kind und

Kinder hatten nun mal eine blühende Phantasie. »Gib zu, das hast du erfunden!«

Sie warf mir nur einen vorwurfsvollen Blick zu, bevor ihr Gesicht sich wieder verschloss, als konzentriere sie sich auf eine Schrift, die nur für sie selbst sichtbar war. »Was für ein kranker Geist«, begann sie leise zu zitieren. »Und schon so früh. Warum habe ich es nicht einfach zugelassen, dass er sie entstellt oder verbrennt? Ich hätte ihr Schreien aushalten sollen, hätte wissen müssen, dass es so viel leichter war, als ihr Schweigen danach. Denn sie wollte Erlösung, aber nicht mit mir zusammen den Preis dafür zahlen. Als hätte ich es nicht allein für sie getan! Die größte Liebestat meines Lebens brachte mir was ein? Dass sie sich von mir lossagte und mich verdammte. Ob sie schon vorher gewusst hat, dass sie mich dazu bringen könnte? Mit ihrer falschen Zärtlichkeit, mir vorgaukelnd, dass sie mich liebte, dass wir uns gegenseitig beschützen müssten? Mir ihre Verzweiflung vorspielend; auf allen Vieren, das Gesicht schluchzend gen Boden gedrückt, als wollte sie in die Erde zurückkriechen, weil sie nicht länger ertrug, was er ihr antat. Welch Schauspiel! Aber es war nicht umsonst. Wenigstens hat es mich gelehrt, dass sie alle so sind. Verlogen und jederzeit auf ihren Vorteil bedacht. Tatsächlich hat sie mir einen großen Gefallen getan, als sie dem dummen Knaben damals sein kümmerliches Herz herausriss. Für diesen Gefallen will ich ihr sogar verzeihen; mir nicht länger wünschen, dass sie im innersten Kreis der Hölle mit mir zusammen schmort, an der Seite von Judas und Brutus, der größten Verräter. Zu kostbar war ihre Lehre: Trau nie, glaube nie, hoffe nie. Such nie nach dem, was du einst hattest. Es war alles eine Illusion. Wenn auch eine kostspielige. Ich Tropf wollte sie retten und habe meine Seele dafür verpfändet.«

Guter Gott. Nicht seine Tat war schlecht gewesen – *ihr Verrat* war es, der ihn schlecht gemacht hatte! Danach musste er glauben, dass nichts, das er tat, gut sein konnte!

»Pass auf!«

Grets Ausruf kam zu spät, es roch längst angebrannt und ich starrte auf den bogenförmigen Umriss, den ich in einen weißen Kragen gebrannt hatte. »Verdammt!«

Gret schüttelte den Kopf. »Nein, *du* bist nur unachtsam!«

Zur Antwort kam nur ein leiser Laut aus meiner Kehle. Ohne darüber nachzudenken, knüllte ich den verbrannten Kragen zusammen und warf ihn ins Herdfeuer. Als die Flammen das verdorbene Leinen erfassten, wurde es schwarz, dann durchscheinend, zog sich zusammen. Ich sah zu, wie es schrumpfte, und sah dabei doch anderes, schwarz gefärbtes Leinen brennen.

Gret schwieg dazu. Still beendeten wir die Arbeit und sie legte Stück für Stück, das unter meinem Eisen hervorkam, zusammen. Am Ende half sie mir, den Korb in die Halle zu einem der großen Schränke zu tragen und die Stücke fortzusortieren. Dabei fiel ihr ein anderer Stoff ins Auge. »Was ist denn das?« Sie zog ihn heraus.

Es war mein Taufkleid. Alle Säume waren über und über mit Blumen und Tieren bestickt; noch reicher, als ich es in Erinnerung hatte. Wo ich es jetzt wieder vor Augen hatte, wunderte ich mich nicht länger, dass ich meine Mutter im Traum im Paradies gesehen hatte. Sanft nahm ich Gret das Hemdchen aus der Hand und verstaute es wieder.

Sie sah auf die Verbände hinunter, die noch im Korb lagen. »Gehst du später wieder zu ihm?«

»Ja.« Und dieser Gang würde mir alles andere als leicht fallen. Doch mir blieb nichts Anderes übrig. Das hatte ich ihr zu verdanken. Fast hätte ich die Hand ausgestreckt und ihr die wirre Haarkrone gezaust.

Diesmal trat ich sehr viel leiser ein denn zuvor. Herwegh hatte sein Lager zum ersten Mal verlassen und saß in der vordersten Bank, den Kopf in die Hände gestützt. Etwas in seiner vorgebeugten Haltung ließ mich denken, er hätte Schmerzen. Doch als ich leise näher kam, bemerkte ich, dass er lediglich vollkommen in den Anblick des Altarbilds vertieft war. Natürlich, was sonst. Woran sollte er auch sonst denken, wenn nicht an seine Arbeit? Er war so versunken, dass er förmlich zusammenzuckte, als ich endlich neben ihm stand.

»Was machen Sie hier?« Er sah nur kurz auf, um sogleich seinen Blick abzuwenden. »Haben Sie keine Angst, ich könnte wieder auf allem herumtrampeln, was Ihnen heilig ist?«

Ich verkniff mir eine Antwort und stellte meinen Korb ab, packte Flasche, Schüssel, Verbände und Tiegel aus. Diesmal hatte ich einen nahrhaften Eintopf für ihn gekocht und ihn mit Kräutern gewürzt. Doch statt dem Mitgebrachten – oder mir – Beachtung zu schenken, zog er es vor, auf den Boden zu starren.

Vorsichtig trat ich an ihm vorbei und setzte mich ein gutes Stück entfernt von ihm in die Bank. Offensichtlich machte die kalte Luft ihm endlich zu schaffen, denn er hatte zum ersten Mal seinen schweren Mantel umgelegt.

Mein Räuspern klang viel zu laut. »Ich möchte ... zurücknehmen, was ich gesagt habe.«

Er studierte weiterhin den kalten Stein.

»Ich hätte Sie nicht derartig angreifen dürfen, auch wenn Sie sich mir gegenüber einer schwerwiegenden Verfehlung schuldig gemacht haben. Es war dennoch falsch, es Ihnen so mit Worten heimzuzahlen. Ich hatte kein Recht dazu.«

Als ich schon dachte, er würde gar nicht mehr antworten, sagte er: »Vielleicht wäre es besser, wenn Sie für die Dauer des Auftrags Ihren Knecht mit Botengängen schickten.«

Ich merkte, wie sich meine Hände in den Rock krallten. »Sie nehmen meine Entschuldigung nicht an?«

Seine Kehle hob und senkte sich. »Nein.«

Ich wusste einen Moment nicht, was ich sagen sollte. »Ich – ich würde wirklich gern zurücknehmen, was ich gesagt habe.« Ich starrte auf sein abweisendes Profil.

Seine Mundwinkel senkten sich. »Das ist unmöglich. Man kann nicht zurücknehmen, was man einmal gesagt hat. Außerdem wollen Sie es nur tun, weil Sie es für Ihre christliche Pflicht halten und nicht, weil Sie es nicht gemeint hätten.«

»Sagen Sie mir nicht, was ich meine!«

Er sah mit geweiteten Augen auf – und ich biss mir auf die Zunge. Dieser Mann brachte mich wirklich dazu, mich neuerdings fortgesetzt auf die sonderbarste Art zu betragen!

Bevor ich noch andere Unhöflichkeiten von mir geben konnte, stand ich auf und trat zum Altar, wo der Korb stand. »Sie – Sie sagten selbst, man müsste aufhören, aus den Quellen der Verbitterung zu schöpfen!«

Er lachte. »Was für weise Worte. Man sollte sie in Psalter drucken.«

Das Kind war längst in den Brunnen gefallen. Er würde mir nicht verzeihen. Ich warf einen letzten Blick auf seine reglose, von mir abgewandte Gestalt, nahm dann den Korb auf und ging durch die dunkler werdenden Farben zum Ausgang zurück.

Vor der Tür drehte ich mich noch einmal um. Herwegh hatte wieder sein Gesicht in den Händen vergraben.

Er hatte Recht, man konnte nicht zurücknehmen, was man einmal gesagt hatte; aber dafür konnte man es *ergänzen*. Ich räusperte mich. »Sie sind ... Vieles. Doch nicht abgrundtief schlecht. Es gibt keinen Bedarf, Derartiges zu glauben.«

Er war innerlich zerstört, respektlos und der meisten Werte verlustig gegangen. Doch ein selbstsüchtiger Mörder war er nicht. Dennoch konnte ich diese Einsichten nicht aussprechen, ohne dass er von einem ganz anderen Vergehen erfuhr ...

Sein gewölbter Rücken wurde hart, als zöge sich das Narbengeflecht zusammen. Er stand auf, trat zum Altar und nahm die Flasche mit dem Sud auf, zog den Korken heraus, setzte an und trank. Er sah mich die ganze Zeit über an, bis er den bitteren Sud bis zur Neige ausgetrunken hatte. Danach wandte er sich brüsk ab.

Leise schloss ich die Tür hinter mir. Diesmal war kein Laudanum im Trank verborgen gewesen. Naiv hatte ich bei seiner Zubereitung gehofft, meine Entschuldigung wäre ebenso geeignet, ihm wieder Ruhe zu schenken wie die Medizin.

10. Internes Wirken

Sehr früh am nächsten Morgen stand ich ein Mal mehr vor einer Tür. Nur war es diesmal die von Mechthilds Kate. Jemand musste schließlich Herwegh das Essen bringen und ich durfte es nicht mehr sein.

Sehnsüchtig sah ich zu dem kleinen Anbau hinüber, der Otfrieds Werkstatt beherbergte. Dort reparierte er Werkzeug und flocht Körbe, hatte er früher auch die eine oder andere Holzfigur für mich geschnitzt. Wie viel lieber hätte ich mich dort auf einen Schemel gehockt und ihm beim Arbeiten zugesehen – aber es war früh und gegenwärtig würde er im vorderen Katen noch zusammen mit der Alten am Frühstückstisch sitzen. Also blieb nur die Flucht nach vorn, direkt in die Drachenhöhle. Ich klopfte.

»Wer stört?«

Ich trat ein.

»Wen haben wir denn da?«, Mechthild rührte gerade in einem Topf über dem Feuer. Statt auf einem Herd stand der Kessel auf rechteckigen Steinen, die die Feuerstelle bildeten. Darüber hingen unzählige Kräuterzöpfe und -büschel, die ihre Hexengestalt würdig umrahmten. »Welchem Umstand verdanken wir deinen hohen Besuch? Bekommst du dein eigenes Herdfeuer nicht an?«, ihre dünnen Brauen wanderten die faltige Stirn hinauf.

»Durchaus«, ich machte einen Schritt in den verrauchten Raum hinein und nickte Otfried grüßend zu, der wie vermutet am Tisch saß. »Doch da der Prophet nicht mehr zum Berg kommt – bin ich jetzt eben hier.«

»Ach?«, sie zog die Mundwinkel nach unten und wiegte spöttisch den Kopf. »Dann hätte ich für mein Ausbleiben wohl um Urlaub ersuchen sollen, während die Hausherrin sich anderweitig mit Gesinde amüsiert?«

»Ich habe dich lediglich bei deiner Aufgabe vertreten, einem Verletzten Erleichterung zu bringen. Und seit Neuestem vertrete ich dich zusätzlich auch noch dabei, sein und mein Essen zu kochen. Sag du mir, was Priester Matthäus davon hielte, dass seine Nichte ihren eigenen Herd kehren muss, während ihre Magd nach eigenem Gutdünken ausbleibt.«

Ihr Gesicht ballte sich zu einer Faust und sie drehte sich murmelnd wieder ihrem Topf zu. Ich konnte mich eines kleinen Gefühls von Genugtuung nicht erwehren. Was Mechthild anging, war auf Priester Matthäus selbst nach dreizehn Jahren noch Verlass.

»Solange der Maler da ist, tut es jedoch nicht not, dass du ganze Tage kommst. Drei Stunden über Mittag sollten genügen. Den Rest mache ich«, fügte ich hinzu.

Sie rührte stumm weiter; ein gutes Zeichen. Ich atmete durch und wandte mich Otfried zu. Wären wir allein, hätte ich mich zu ihm an den Tisch gesetzt und er hätte mir etwas von seiner heißen Milch in einen Holzbecher gefüllt, vielleicht hätten wir über das Pflanzen von Bohnen in diesem Jahr gesprochen oder dass wir bald die Schafe scheren würden. Doch wie auch bei den anderen vier Malen, die ich im Laufe meines Lebens in diese Hütte gekommen war, bot mir Mechthild auch diesmal keinen Platz an, sondern ließ mich wie eine Bittstellerin an der Türe stehen. »Otfried, bringst du dem Maler wieder morgens und abends sein Essen und die Verbände? Es wird nicht für lang sein.«

»Mach ich.« Der Alte schenkte mir einen freundlichen Blick, seine Kiefer mahlten unter dem drahtigen Bart stetig graues Brot. »Ich hätte ja auch nicht damit aufgehört, wenn die Frau nicht –«

»Ach, scher dich raus«, fuhr Mechthild ihn an. »Geh deine Spaten bestielen.«

Mit einem entschuldigenden Blick hob er die Schultern, stand dann auf und bewegte sich steif an Mechthild vorbei wie ein knorriger Baumstamm; sie selbst mit eingezogenem Kopf noch um zwei Haupteslängen überragend.

Die Alte wartete, bis die Tür hinter ihrem Mann zufiel. »So, du brauchst mich also«, sagte sie dann in den brodelnden Brei hinein. »Für drei Stunden am Tag, hm?«

Die Wahrheit war, dass sie bei all der Arbeit im Haus auch die restliche Zeit nicht weniger abkömmlich war als sonst. Doch käme sie wie bisher, würden sich die Schwestern weiterhin verstecken müssen – und nach dem Zerwürfnis mit Herwegh hatten sich neuerdings Fragen bei mir aufgetan.

Die Alte warf mit gefurchter Stirn einen Blick über die Schulter. »Wie kommt's überhaupt, dass das Mannsbild noch immer so siech ist? Währt es nicht schon an die sieben Tage?«

Womöglich zählte sie sogar die Stunden, so sehr, wie sie ihn hasste. »Bei seiner Wunde bedeutet das nichts. Wir müssen froh sein, dass sich nichts entzündet hat«, sagte ich. Der Rauch von der Feuerstelle biss mir mittlerweile in die Kehle und durch die spinnwebverklebten winzigen Fenster fiel noch kein Licht ein, so dass die rußigen Wände allmählich anfingen, mich zu erdrücken. Ich machte einen Schritt zurück, auf die Tür zu. »Er – er macht aber gute Fortschritte.«

»So, macht er die?«, Mechthild drehte sich zu mir um und hielt mich mit ihrem zusammengekniffenen Blick an Ort und Stelle. »Oder könnte er womöglich noch bessere machen, wenn du ihm *noch passendere Mittel* geben würdest?«

»Er *bekommt* die Passendsten! Was sollte ich ihm denn sonst geben?«

Sie musterte mich, als wäre ich simpel. »Na, Anderes, das bewirkt, dass er länger bleibt. Damit er durch die Pflege Gelegenheit bekommt, zu sehen, was ihm sonst verborgen bliebe.«

Das konnte doch nicht ihr Ernst sein! »Ich helfe ihm, so gut ich kann, seine Nöte zu lindern«, sagte ich scharf. »Wie kannst du überhaupt auf Derartiges anspielen? Und wollte ich, dass er bliebe, würde ich wohl umso mehr Anstrengungen unternehmen, seine Schmerzen zu lindern.«

»Schmerzen hat man immer, auf die eine oder andere Art«, sie kostete ihren Brei vom Löffel und füllte dann zwei Schalen, ohne mir eine anzubieten. »Doch wenn einem die Federn eines Vogels gefallen, ist es manchmal besser, seine Flügel zu stutzen, damit er nicht fortfliegt. Man will ja nicht, dass er auf anderer Leute Teller landet.«

»Er ist kein Vogel! Und mir ist gleich, wo er landet. Wäre es nicht so, würde ich ihm aber zumindest die Freiheit lassen, zu wählen, wohin er will.«

Sie grinste in sich hinein. »So etwas Dummes kannst aber auch nur du ersinnen, Täubchen.«

Ihrer Widerborstigkeit zum Trotz hielt die Alte noch an diesem Vormittag Wiedereinzug in meine Küche. Noch vor Mittag waberten Kochdünste unter allen Türen hindurch und krochen mir in die Nase, während ich – als Parodie meines früheren pflichtbewussten Selbst – am Pult saß und lustlos mit der Feder über das Papier kratzte.

So kurz vor Ostern gab es Geflügel und kein Lamm; aber auch dieser Duft war mir zu schwer. Stattdessen versank ich geradezu in Phantasien von frischem Brot. Irgendwann wurden diese so übermächtig, dass ich mich wie eine Schlafwandlerin auf der langen Kellerstiege wiederfand. Ich tastete mich nach unten, zu dem Bord, in dem wir den Trog mit Sauerteig aufbewahrten. Misstrauisch nahm ich eine Nase voll des säuerlichen Geruchs. Der Teig schien noch nicht gekippt zu sein, obwohl er mittlerweile weit über die übliche Woche hinaus stand. In letzter Zeit gerieten die Dinge bei uns aber auch wirklich arg durcheinander. Ein Glück nur, dass es hier unten so kalt war, dass sich alles buchstäblich ewig hielt. Einiges genau genommen eher viel zu lang ... Ich kletterte die Stiege so schnell wieder hoch, wie ich konnte.

Es war einfach kein guter Ort. Und erst recht nicht, seit wir Priester Matthäus dort unten die angemessenen drei Tage aufgebahrt hatten, als er tot war. Seither träumte ich immer wieder, dass wir vergessen hätten, ihn zu bestatten, und er aus der Dunkelheit dort unten nach mir rief.

Und damit wäre er wohl nicht einmal der erste Geist unserer Familie. Es sollten schon etliche Eschweihs hinuntergestiegen sein, um nach einem sagenhaften Familienschatz zu suchen, der dort versteckt sein sollte – und natürlich hatte keiner von ihnen je wieder hochgefunden. Denn das Gewölbe war riesig. Man sagte, es unterkellerte das ganze Haus, den Hof, die Scheune – und womöglich den halben Wald. Als Halbwüchsige hatte ich mir einst vorgenommen, es mit einer Lampe zu erkunden, allerdings war mir schon nach zehn Schritten vor Angst schlecht geworden und ich war wieder hinausgelaufen. Wer weiß, was ich da unten gefühlt hatte, ohne es zu sehen. Seither ging ich niemals weiter als bis zu den Borden, wo der Teig ruhte.

Kaum drückte ich mich mit dem klobigen Trog durch die Küchentür, schossen Mechthilds dünne Brauen vor Überraschung in die Höhe. Zu spät ging mir auf, dass es klüger gewesen wäre, sie selbst darauf kommen zu lassen, dass es Zeit war zu backen. Doch nun war es zu spät. Unter ihren giftigen Blicken schüttete ich also Mehl und Molke zu dem Teig und verrührte die Masse. Währenddessen schrubbte sie weiter ihre Töpfe und Pfannen mit Sand.

Eine Weile arbeiteten wir stumm nebeneinander her. Die Stille war der übliche Rahmen für unser Beisammensein, höchstens gelegentlich einmal von ihrem Gekeife unterbrochen, doch diesmal ging mir so viel im Kopf herum, dass ich es nicht einmal ihr gegenüber für mich behalten konnte.

»Sag, Mechthild, denkst du manchmal über Schuld nach?«

Sie warf einen misstrauischen Blick über die Schulter. »Was faselst du da wieder?«

»Ich meine, verjährt sie? Kann man sich je mit sich selbst aussöhnen, wenn die Tat unwiderruflich und gravierend war? Wenn man es jedoch nicht gewollt hat?«

Ihre scharfkantigen Schultern ruckten unter dem schwarzen Stoff, als trete jemand ein Pedal, das sie auf und ab bewegte. »Nein«, spuckte sie in die Pfanne, die sie gerade schrubbte. »Das ist der Preis, den Gott uns für unsere Untaten auferlegt. Wir zahlen ihn zu Recht.«

»Aber wie soll man denn für immer damit leben?«

Sie zuckte mit den Achseln. »Man denkt eben so wenig daran, wie es geht.«

»Und wenn das nicht geht?«

»Pah! Es geht. Das lernt man.«

Ich legte den Löffel beiseite und begann, den Teig im Trog zu kneten. Warum sprach ich die Alte auch auf so etwas an? Und doch war sie mehr als doppelt so alt wie ich, musste irgendeine Art von Weisheit in ihrem Leben gesammelt haben. Die menschliche Natur war ihr in der Tat nicht fremd – zumindest wenn es darum ging, die Schwächen anderer einzuschätzen, und ihnen ihren Willen aufzuzwingen. Vielleicht stellte sie sich nur stur, weil sie annahm, ich spräche von mir selbst? Dass sie mir keinerlei Milde entgegenbrachte, wusste ich inzwischen hinlänglich. Vielleicht musste ich die Frage anders stellen.

»Wenn ein Mensch an sich nicht schlecht erschaffen, sondern lediglich von einem anderen dazu gemacht worden wäre – etwa durch Lügen und Grausamkeit – denkst du, dieser Mensch könnte dann noch umkehren? Könnte er dann immer noch gut werden und seinen Frieden wiederfinden? So wie Gott es gewollt hätte?«

Sie zuckte zusammen, als hätte ich sie von hinten mit etwas beworfen. Langsam drehte sie sich dann mit hochgezogenen Schultern und verengten Augen zu mir um. »*Was?* Was soll die blödsinnige Frage? Wenn es Gott nicht gefallen hätte, was mit diesem Tropf passiert, hätte Er es wohl kaum zugelassen, oder?«

»Schon«, ich stützte mich tiefer in den Teig, der härter war als sonst. »Doch wenn es ein guter Mensch ist und Gott ein Einsehen mit ihm hat und seine Pläne für ihn ändert – könnte er dann nicht die Zerstörung hinter sich lassen und das, was ihm jemand angetan hat, von sich werfen?«

Sie drehte sich wieder weg. »Nein.«

Ich fühlte fast so etwas wie Entsetzen ob ihrer fatalistischen Gewissheit. Aber womöglich hatte ich mich nur erneut unzulänglich ausgedrückt. »Wenn nun aber die Natur dieses Menschen stark ist? Wenn sie nur fehlgeleitet war durch menschliche Irreführung und Verrat?«

»Nein, sage ich! Hast du vielleicht den Apfelbaum vergessen?«

Das hatte ich natürlich nicht. Vor Jahren hatte sich ein Apfelbaum am Waldrand halb unter einen vorspringenden Felsen gesät. Bedingt durch das Hindernis war er völlig krumm gewachsen, um unter dem Stein hervorzukommen. Ich hatte ihn durch Zufall gefunden und Mechthild damals gezeigt – unwillkürlich *gerührt*, weil er trotz der Bürde über ihm so stark und unbezwingbar erschien, als könnte ihn nichts aufhalten. Jeden Herbst hatte ich stolz seine Früchte, kleine saure Äpfel, nach Hause getragen. Bis ein langer und nasser Winter kam und nach dem Frost allerorts die Erde taute und aufweichte. Eines Morgens fand ich ihn entwurzelt, wie gestrandet zur Seite geneigt; sein eigenes, übel verteiltes Gewicht hatte ihn schlicht aus der Erde gezogen. Die Wurzeln hatten nackt zum Himmel gewiesen – und waren erfroren.

»Was einmal schief wächst, wird niemals wieder gerade«, murmelte Mechthild in die dreckigen Töpfe. »Einmal krumm, immer krumm. Es gibt im Leben kein Zurück. Außerdem sind wir alle schlecht. Die einen mehr, die anderen weniger. Und wir werden es immer bleiben.«

Ich sah auf den Teig nieder, fand ihn in der Tat zäh. Sie musste Recht haben. Wahrscheinlich hatte ich mich von Kinderphantasien anstecken lassen. Schließlich blieb auch ein scharf gemachter Hund für immer verdorben.

Und doch hatte ihm noch niemand die Wahrheit gesagt. Was würde geschehen, wenn jemand endlich den Fels der Lüge von ihm hob? Wohin würde er dann wachsen?

»Aber man entwickelt sich doch, Mechthild?« Ich knetete immer fester, bis meine Hände weh taten. »Ist es nicht so, dass der Mensch sich verändert?«

»Oh ja, freilich, der Mensch verändert sich. Er bekommt weißes Haar, Falten, er wird hässlich, schwach und er schrumpft.«

»Aber im Inneren? Wird man da nicht weiser, wenn man ... Neues erfährt?«

»Weiser?« Sie lachte keckernd. »Alle Menschen, die ich kenne, waren in ihren Köpfen ihr Leben lang gleich. Man ist froh, wenn man manch Strafe entgeht und man bedauert, wenn man erwischt wird. Aber im Ganzen bleibt das Leben, wie es ist.«

»Dann – dann würdest du nichts ändern, im Nachhinein?«

Sie war halb von mir abgewandt, doch ich sah, wie ihre Äuglein in meine Richtung zuckten und dann wieder fort. Ihre Schultern hoben sich, senkten sich dann wieder. Einen Moment sah es so aus, als betrachte sie etwas lang Vergangenes und als gestatte sie sich einen neuen Gedanken, der Milde zuließ. Doch dann sah sie wieder auf die Töpfe nieder und schüttelte mit zusammengekniffenen Augen den Kopf. »Es gab für alles einen Grund. Es gibt nichts zu bereuen.«

Bevor ich darauf etwas sagen konnte, ließ sie scheppernd einen Deckel fallen und wischte sich die knorrigen Hände an der Schürze ab. Im nächsten Moment war sie ohne ein weiteres Wort verschwunden.

Perplex starrte ich ihr hinterher, bis mir aufging, dass sie anscheinend ihre Zeit als erfüllt betrachtete. Kopfschüttelnd wischte ich mir das Mehl von den Händen und scheuerte zu Ende, was sie angefangen hatte. Und wo ich einmal dabei war, konnte ich nicht aufhören. Ich räumte den Ofen aus und bereitete das Brennholz vor, fegte und feudelte, wischte und polierte – als könnte jederzeit ein unangekündigter Besucher hereinplatzen und den jahrealten Dreck in den Ecken meiner Küche beanstanden.

Ich war gerade dabei, auf allen Vieren unter dem Tisch zu schrubben, als es an der Hintertür pochte. Endlich!

Insgeheim hatte ich schon den ganzen Nachmittag auf Grets Kommen gewartet. Denn so absurd es auch war: Auch wenn der Maler mich wiederholt angegriffen hatte, sowohl mit seinen Händen als auch mit Worten – litt ich doch darunter, ihn verletzt zu haben. Und ich hoffte, dass das Mädchen mir mit einer neuen Passage aus seinem Tagebuch einen neuen Teil von ihm erschließen konnte, der mich seine Unerbittlichkeit besser ertragen ließ.

Eilig stand ich auf und öffnete die Tür – um dahinter nicht Gret sondern Anne vorzufinden. Meine Enttäuschung hinunter schluckend ließ ich die junge Frau ein. »Wo bleibt denn heute deine Schwester? Wechselt ihr zwei euch neuerdings damit ab, mich bei Laune zu halten?«

Anne lachte. »Ach wo, sie hat im Heu gerade ein Nest mit jungen Mäusen entdeckt und kann sich gar nicht von ihnen trennen. Wie Kinder eben sind.« Sie sog die Düfte der Küche ein. »Gebratenes Huhn, Kartoffeln und Brotteig?«

Ich nickte. »Das Brot muss allerdings noch gehen.« Weil ihr der Hunger ins Gesicht geschrieben stand, bot ich ihr Mechthilds Essen an. Selbst wenn noch fünf von ihrer Sorte kämen, würde für den Maler noch mehr als genug da sein.

Während sie aß, räumte ich Lappen und Besen fort. Meine fieberhafte Geschäftigkeit war verpufft. Stattdessen war ich im Zwiespalt: Einerseits drängte es mich, jemandem von meinem Fehler zu erzählen, andererseits wollte ich nicht, dass ausgerechnet sie davon erfuhr. Anne war längst kein Kind mehr und ich ertrug es nicht, dass sie über mich richtete. Unschlüssig wrang ich den schweren Lappen.

»Sie sind ganz blass«, bemerkte sie unvermittelt. »Haben Sie sich heute schon einmal hingesetzt? Schon etwas gegessen?«

»Mir ist nicht danach«, ich kippte das graue Wasser zur Hintertür hinaus.

»Weil er Sie nicht sehen will?«

Fast hätte ich das Gleichgewicht verloren. Etwas wackelig stellte ich den Eimer ab und schloss die Tür.

»Bitte setzen Sie sich doch zu mir.«

Zögerlich ließ ich mich ihr gegenüber nieder. Wenn ich ihr so zusah, wie sie in aller Ruhe das Fleisch teilte, jedem Bissen nachschmeckend, lasziv geradezu, beneidete ich sie fast. Ganz sicher wäre auch ich weniger *trocken, spröde und reizlos*, wenn ich mich nicht zwischen dem Schreibpult und den Erfordernissen des Guts aufreiben müsste. Sie hingegen konnte in Muße fremde Tagebücher lesen, in den Tag hinein schlafen und sich zusammen mit Gret über haarsträubende Einträge mokieren, von denen sie nicht einmal ahnte, was sie in anderen Menschen anrichteten ... Außerdem war sie über ein Jahrzehnt jünger und frischer als ich.

»Du – du kannst mir nicht aus dem Gedächtnis vorlesen, was er geschrieben hat, wie Gret«, warf ich ihr plötzlich vor, als sei es etwas, das sie mir willentlich vorenthielt.

»Nein«, sie schüttelte sanft den Kopf. »Ich habe diese Gabe einst besessen, aber verloren. Auch bei Gret verblasst sie schon.«

»Aber du hast sein Tagebuch ebenfalls gelesen und weißt noch dem Sinn nach, was dort stand?«, überlegte ich laut.

»Gewiss«, sie legte das Besteck gesittet auf dem Teller nieder. »Doch wenn Sie eine ... *Meinungsverschiedenheit* hatten, befindet sich des Rätsels Lösung auf den Seiten, die wir noch nicht gelesen haben. Sind Sie sicher, dass er keines weiteren Schlafmittels bedarf?«

Ich biss die Zähne zusammen.

Anne betrachtete mich mit schiefgelegtem Kopf. »Mittlerweile bereuen Sie, es nicht gelesen zu haben, nicht wahr?«

Ich schüttelte heftig den Kopf, konnte sie dabei jedoch nicht ansehen. Und einen Moment später war es auch schon um meine Fassung geschehen. »Was geschah, nachdem sich der Schuss gelöst hatte? Wie ist er so geworden? *Wer ist er?*«

Sie musterte mich wiederum nachdenklich. »Zwei dieser Fragen kann ich Ihnen nicht beantworten«, sagte sie dann bedächtig. Sie lehnte sich auf der Bank zurück. »Ich kann Ihnen nur nacherzählen, was ich gelesen habe. »Alles, was er des Aufschreibens für wert befunden hat.«

Ich nickte – viel zu eifrig. Ich hatte mich vorgelehnt, als hätte ich Angst, die Entfernung zwischen uns zu groß werden zu lassen. »Fang ganz vorn an.« Mich räuspernd richtete ich mich wieder auf. »Und erinnere dich genau.«

Sie sah nachdenklich vor sich hin. »Seine Aufzeichnungen beginnen erst kurz nachdem er zu seinem Mentor in die Lehre gekommen ist. Vielleicht hat jener ihn sogar dazu ermutigt, auch mit Worten zu malen, nicht nur mit dem Pinsel. Am Anfang ist seine Schrift noch viel unfertiger als später.«

Ich musste daran denken, dass er damals sowohl sein Zuhause als auch seine Familie verloren hatte. Als halbes Kind noch. »Wie erging es ihm dort?«

Der Schalk war vollständig aus ihren Augen gewichen. »Mäßig. Da war sein Rücken, der langsam heilte, die Narben und das

Ziehen, mit dem er bis heute leben muss – außerdem hatte sein Körper auch sonst noch einiges zu bewältigen. Ich glaube, er galt mit zwölf noch als klein und zart.«

»*Zart?*«

»Zart. Wie Sie sehen, hat sich seither Einiges getan. Aber auch sonst war das Haus des Künstlers eine völlig neue Welt für ihn.«

»War dieser Mensch nicht gut zu ihm?« *So wenig gut, wie ich zu ihm gewesen war?* Ich merkte, wie sich mein Rückgrat versteifte. »Oh, doch. Er tat, was er konnte. Gregor Sillabus war gewiss ein gütiger und gebildeter Mensch. Und in vielen Dingen war er ihm eher ein Vater, als der, der schon tot war.«

»Nur dass er es nicht war. Ich meine, er war nicht sein Vater.«

»Nein. Das machte die Dinge schwierig. Sillabus hatte schon fünf Söhne. Und Herwegh wurde nie Teil seiner Familie. Dazu war er zu ... verletzt. Sie wussten von seinem Rücken, jedoch nicht von dem Schuss und sie kannten seine Mutter nicht. Er teilte jahrelang Tisch und Bank mit ihnen, war aber sehr in sich gekehrt und hielt alle auf Abstand. Mit der Zeit hielten sie ihn für finster und roh. Dabei kann man herauslesen, wie sehr er sich wünschte, einer von ihnen zu sein – ich meine, wenn man die bissigen Äußerungen eines Halbwüchsigen überliest. Es half auch nicht gerade, dass er all die Zeit die Bilder mit ansehen musste, die sie malen lernten, ihre Erfolge miterlebte.«

»Malte er denn nicht?«

»Nein. Seine Mutter hatte bestimmt, er sollte Restaurator werden. Und so lernte er wiederherzustellen, während alle anderen um ihn herum Neues schufen.«

»Hätte er es nicht auch probieren können?«

»Das tat er. Aber nur heimlich, er zeichnete. Sillabus pflegte zu sagen, ein Künstler sei jemand, der gelernt hatte, sich selbst zu vertrauen. Und eben das konnte er nicht. So wurde ihm stattdessen beigebracht, zu imitieren, ohne aus sich selbst zu schaffen. Niemand traute ihm einen eigenen Stil zu. Er war der schwierige fremde Sohn, der nie einer von ihnen sein würde, der ihre Wärme und Freundlichkeit nicht teilte. Er tat, was man ihm sagte, doch er überraschte niemanden.«

Nicht mehr.

Ich konnte nicht länger ruhig sitzen, stand auf, entzündete das Feuer im Ofen, stellte dann den Trog auf den Tisch und deckte ihn ab. Einen Moment lang betrachteten wir beide den schwellenden Teig, die aufbrechende trockene Kruste darüber, und dachten gewiss das Gleiche. Dann zerbröselte ich sie mit den Händen, fing an, ihn erneut zu kneten. »Gab es nicht auch ... *Gutes?* Dinge, die ihn glücklich gemacht haben, ein wenig zumindest?«

Anne sah vor sich hin. »Bücher«, sagte sie dann. »Er liebte Bücher.« Sie sah meinen arbeitenden Händen zu. »Sillabus hatte eine ansehnliche Bibliothek, er sammelte alle mögliche Literatur, alle Wissensgebiete. Bis zum Ende seines Aufenthalts dort hatte Herwegh alles davon gelesen.«

Ich dachte an den interessierten Blick, mit dem er am zweiten Tag an der Schwelle der Bibliothek gestanden hatte. »Was las er am liebsten?«

»Fast alles.« Anne beugte sich vor und riss einen Fitzel von meinem Teigklumpen ab, spielte damit. »Doch vor allem Philosophie, Mythologie und Geschichten, die lange vor unserer

Zeit spielten. Germanische Sagen hatten es ihm besonders angetan. Über raue Zeiten, Kämpfe und wilde Götter, als die Männer noch Helden und die Frauen noch tatkräftig waren. Er mochte die Geradlinigkeit dieser Epen.«

Mir fiel die Aufwallung von Abneigung und Verachtung in seinem Gesicht ein, als ihm auffiel, welche Art von Literatur *mich* umgab. »Warum verachtet er den christlichen Glauben so sehr?«

Anne runzelte die Stirn, als fiele ihr nichts ein, dann leuchteten ihre Augen unvermittelt auf. »Seine Mutter!«

»Wie?«

»Ziemlich weit am Anfang schreibt er, sie hätte einst damit geliebäugelt, dass er ein Priester würde, ihn eine Weile auf eine vorbereitende Schule geschickt. Sie sagte, dann müsste sie niemals eifersüchtig auf andere Frauen sein.«

»Das ist ja wirklich –«, angewidert hielt ich im Kneten inne. *Was für ein grauenhaftes Weibsbild!* Doch ihr größtes Vergehen war und blieb der Verrat an ihm. Was für eine Art von Frau brachte derlei zuwege? Vielleicht hatte er aus diesem Grund eine Mutter für mich ersonnen, die mich noch übers Grab hinaus liebte. Hätte die seine nur einen Bruchteil dieser Art von Zuneigung für ihn aufgebracht!

»Nach Herweghs Worten war sie sehr schön, aber schwach«, fuhr Anne fort. »Und sie verstand sich als religiöse Frau. Bis zu dem Unfall musste er sie regelmäßig in die Kirche begleiten.« Sie lächelte merkwürdig vor sich hin.

»Was ist?«, fragte ich.

Sie beugte sich vor. »Stellen Sie sich nur vor, sie hätte ihn wirklich zu einem gemacht – zu einem *Priester!*«

Ich sah ihn einen Moment lang in einer Soutane, eine Hostie in der Hand und ich erschauerte. Das Bild war pure Blasphemie. Wie hatte er mich noch gleich genannt? *Priester in einem Kleid.*

Als könnte Anne Gedanken lesen, wiegte sie den Kopf. »Es gibt niemanden, über den er nur Gutes gesagt hätte. Selbst über Sillabus und seine Söhne schrieb er oft Übles. Sie alle sind heute übrigens berühmt. Er verfolgt ihre Wege, sammelt aus der Ferne Neuigkeiten über sie – jedoch ohne sie jemals wieder aufzusuchen.«

»Warum nicht? Hat er sich mit ihnen überworfen?«

»Sozusagen«, Anne wirkte plötzlich betreten.

»Was ist geschehen?«

»Sillabus hatte nicht nur fünf Söhne, sondern auch eine Tochter«, sagte Anne langsam.

»Oh, nein.« Ich schloss die Augen.

»Doch. Er war siebzehn und sie vierzehn. Und an einem bestimmten Punkt ging es anscheinend mit ihm durch. Er beschreibt es nicht genau.«

»Er hat sie *vergewaltigt?*«

»Nein, so kann man es nicht nennen. Das Mädchen – Klara – hat es wohl auch gewollt. Zu Anfang zumindest. Es hört sich nur so an, als hätte sie es sich irgendwann anders überlegt, als es ... zu spät war. Ich könnte mir vorstellen, dass ein Junge seines Körpers noch nicht so Herr ist wie ein Mann – « Anne hatte einen Stern geformt und zerdrückte ihn wieder in ihrer Hand.

»Allmächtiger«, flüsterte ich. »Von Kindesbeinen an ein Vergewaltiger.« Er hatte es selbst gesagt: *Nicht immer Herr meiner Affekte!* »Dieser Mensch ist roh. Innen wie außen! Nicht mehr als ein brünstiges Tier –«

»Nein, nein«, Anne schüttelte den Kopf. »Das verstehen Sie falsch. So war es nicht. Er hegte durchaus zarte Gefühle für sie. Er tat es aus *Sehnsucht*. Sehnsucht nach Berührung«, sie sah vor sich hin. »Nach Wärme und Trost. Nach der Nähe eines anderen Körpers. Er war sehr einsam.«

Plötzlich wurde es still in mir. Ich atmete langsam aus. *Einsam*. Da war sie, die Antwort auf meine frühere Frage, die Bestätigung meiner Ahnung – und diesmal war sie nicht von seinen jahrzehntelang aufgerichteten Blenden wie Stolz und Anmaßung verzerrt. Die Wahrheit war, dass die Einsamkeit ihm zuweilen so schlimm zu schaffen machte wie sein Rücken. Und – *bei Gott* – wie sich das anfühlte, wusste ich wohl ...

»Geht es Ihnen nicht gut?« Anne sah fast besorgt aus.

»Doch, natürlich. Sprich weiter.«

»Nun, er wurde rausgeworfen und musste jahrelang auf der Straße überdauern. Dies war die Zeit, von der er schrieb, es hätte damals nichts Übles gegeben, das ihm nicht zugestoßen wäre.«

»Was meint er damit?«

»Ich – ich weiß nicht.«

Aber plötzlich wusste *ich* es. »Was – jemand – *ihn?*« Ich wollte jedoch nicht, dass Anne auf diese Weise an ihn dachte. »Was geschah weiter?«, fragte ich schnell.

»Er schlug sich, um zu überleben, lernte, der Stärkere zu sein. Mit anderen rauen Gesellen kalkte er Häuser. Irgendwann stahl er eine Pistole.«

»Um – ?«

»Nur um damit zu üben, wie er es heute noch tut. Als Erinnerung daran, den einen Fehler niemals zu wiederholen.«

»Jemanden zu töten?«

»Jemandem zu *vertrauen*.«

Ich merkte, wie meine Augen sich weiteten, nickte langsam.

»In dieser Zeit übernahm er Humes Lehren. Besonders die von der Bedeutung der Sinne.«

»Dass sie allein zählen? Dass nichts Anderes gilt? Ist das wirklich das, was dieser Philosoph lehrt?«

Anne schüttelte den Kopf. »Es ist nur das, was ihm Erleichterung verschaffte, wonach er leben konnte. Denn es stimmt, dass Hume schreibt, dass man sein Wesen und seine Neigungen nicht verdrängen und verleugnen soll. Doch darüber hinaus schreibt er noch viel mehr: dass der Mensch natürliche Güte besitzt und dass der menschliche Grundzustand durchaus moralisch ist. Doch um das anzunehmen, muss man sich selbst als gut betrachten«, sie hob vielsagend die Brauen. »Dabei schreibt Hume voller Einsicht in die menschliche Natur«, setzte sie hinzu. »Sie sollten ihn wirklich lesen.«

Mühsam trennte ich den Teig in zwei Teile. »Was genau lehrt er denn?«

»Oh, vieles. Darunter dass man alles prüfen soll, was man sieht, und dass es besser sei, selbst das sicher Erscheinende nur unter Vorbehalt anzunehmen.«

Diese Aussage kannte ich bereits von Herwegh. »Aber warum?«

»Weil die Wirkung von so manchem Ding interne Ursachen hat. Beispielsweise wissen wir nicht, was genau von Wasser uns darin ertrinken lässt. Und wir wissen auch nicht, was es am Brot ist, das uns nährt. Nur die Wiederholung bestimmter Tätigkeiten bringt uns zu sich wiederholenden Ergebnissen und demzufolge zu bestimmten Schlüssen. Doch selbst für diese gibt es keine Garantien in der Zukunft.«

»Für manches Ding fehlt uns der rechte Sinn, es zu fassen?« Ich formte die Teile zu runden Laiben.

Sie zuckte mit den Schultern. »Vielleicht sollen wir auch gar nicht alles fassen können. Aber dennoch sind unsere Sinne bei dieser Aufgabe verlässlicher als unsere vorgefassten Vorstellungen und Erwartungen. Denn diese sind es, die uns vor allem narren.«

»Ja ja«, ich nickte. »Und was war das über die Moral?«

»Hume sagt, wir besäßen eine natürliche Moral. Wir drängten von Natur aus zum Guten hin. Unsere Freiheit sei zwar eingeschränkt, doch innerhalb unserer Grenzen würden wir versuchen, moralisch zu handeln.«

»Gilt das ... für alle? Auch für die, die bereits gescheitert sind?« Ich hielt inne. »Können wir das Gute wieder lernen?«

Anne zuckte mit den Schultern. »Sicher. Der Mensch lernt mit jeder Erfahrung neu. Er ist gleich einem Schiff, dessen Bauteile Sie austauschen können – genug neue Planken und das ganze Schiff ist neu. Ich werde Ihnen die Bücher heute Abend auf die Schwelle legen, dann können Sie es selbst nachlesen, es steht auch noch viel Anderes Interessantes drin.«

»Ja, gut«, murmelte ich. Es war nicht so, dass mir bisher irgendetwas unschlüssig vorgekommen wäre – nur dass Mechthilds Argument mit dem Apfelbaum eben *noch* schlüssiger war. »Denkst du wirklich, dass wir uns erneuern können? Die Muster, die Verwachsungen unserer Seele, wahrhaft begradigen?«, fragte ich zweifelnd.

Anne dachte nach. »Nun, zunächst mal lässt sich etwas wie die Seele überhaupt nicht beobachten. Aber der Rest – ja. Ich denke, man kann sich verändern. Mit jeder neuen Erfahrung.«

»Auch aus sich selbst heraus, ohne fremde Hilfe?«

»Nun – nein, –« Bevor sie fortfahren konnte, dröhnte die Eingangstür unter dem Klopfer. Wir zuckten beide zusammen und ich beeilte mich, meine bemehlten Hände an der Schürze abzuwischen. »Warte hier. Komm mir nicht nach.« Ich hastete in die Halle.

Vorsichtig öffnete ich die Tür einen Spalt weit: Ausgerechnet Thalita!

»Guten Tag«, sie lächelte und schob sich an mir vorbei. »Ich sehe, Sie backen gerade. Ich wollte Sie auch gar nicht lange aufhalten.«

Mir fiel auf, dass sie sich herausgeputzt hatte. Ihre Locken wallten wieder unter der Haube hervor und sie trug unter ihrem Mantel diesmal ein hellrotes, leicht fallendes Kleid.

»Sie wünschen?« Ich knetete meine Schürze.

»Mir kam lediglich zu Ohren, Ihr Gast hätte einen Unfall gehabt. Er sei gestürzt«, sie hantierte verlegen an einem Säckchen, das sie um das Handgelenk trug. »Nun, und da wollte ich fragen, ob ich ihn wohl besuchen dürfte.« Ihr Blick huschte die Treppe hinauf, anscheinend vermutete sie, dass er oben lag.

»Was, *jetzt?*« Auch mein Blick lief die Treppe hinauf. »Es ist schon ... spät.«

Verunsicherung glitt über ihr Gesicht. »Nun ja ... Ich könnte ganz schnell allein hinaufgehen. Sehen Sie, ich habe ihm ein wenig Apfelschnaps mitgebracht – der schön von innen durchwärmt. Es tut ihm sicher gut. Sie brauchen sich auch gar nicht selbst zu bemühen –«

»In seinem Zustand?« Ich kreuzte die Arme. »Auf gar keinen Fall!«

»Und ohne den Schnaps?« Sie sah treuherzig auf. »Wenn ich ihn nur für einen Moment lang sehen dürfte?« Ihr Blick erfrechte sich schon wieder, hinaufzulaufen.

»Das geht nicht«, ich trat vor, verstellte die Treppe. »Er schläft gerade. Und er braucht sehr viel Ruhe«, ich trieb sie mit einem weiteren Schritt zurück Richtung Ausgang.

»Geht es ihm denn nicht gut?«

»Doch, doch. Ausgezeichnet. Er wird schon sehr bald wieder auf den Beinen sein. Vielleicht sogar schon in einer Woche.«

»In einer *Woche?* Ist er denn noch so schwach?« Sie sah erschrocken aus.

»Die Wundheilung kann heikel sein. Da hilft manchmal nur Zeit«, mit allem Nachdruck öffnete ich die Tür. »Guten Abend!«

Auf der Schwelle warf sie mir einen letzten überraschten Blick über die Schulter zu. Ich schloss ihr die Tür mitten ins Gesicht.

Langsam ging ich in die Küche zurück; verstand selbst nicht, was da gerade geschehen war.

Anne saß noch immer – oder mittlerweile wieder – am Tisch. »Eine Woche?« Sie hob amüsiert die Brauen. »So lange?«

»Mindestens.« Hitze schlug mir aus dem Ofen entgegen, als ich die Laibe hineinschob. Gewiss glühte mein Gesicht nur deshalb.

11. Dank

Vorsichtig wischte ich über die hohe Stirn, Wassertropfen rannen an den bleichen Schläfen hinab, benetzten die feinen, eingefallenen Züge. Ich säuberte den Lappen im Wasser, wrang ihn aus, bevor ich über die grauen Schatten unter den Augen wischte, dann über die gerade Nase und dann über die staubigen Augen selbst. Als Nächstes kam der kantige Bart. Ihn bekam ich nie ganz sauber; immer gab es feine Einschnitte, in denen Schmutz steckenblieb. Am schwierigsten war jedoch die Dornenkrone. Diese war aus scharfkantigem Draht geflochten und die Stacheln durchbohrten den Lappen und stachen mir in die Hände. Knapp zwei Meter über dem Boden war es auch nicht ungefährlich, mit dem Eimer auf der wackeligen Leiter zu hantieren; entsprechend hasste ich auch die Arbeit, den überlebensgroßen Heiland zu waschen. Aber jemand musste es tun und so überwand ich mich Jahr für Jahr kurz vor Ostern zu dieser Aufgabe.

Kreuz und Haupt hatte ich hinter mich gebracht, es blieb noch der ausgemergelte Körper. Wie jedes Mal wünschte ich, der verblichene Ockerton, den er trug, würde weniger eindringlich an sterbendes Fleisch erinnern. Gerade die Meisterschaft, mit der dieser Jesus aus dem Holz befreit und die hölzernen Gliedmaßen koloriert worden waren, machte mir die Arbeit besonders verhasst – er war einfach zu *lebendig* in seinem ewigen Tod. Am schlimmsten waren die Nägel, die sich durch Hände und Füße bohrten. Jedes Mal, wenn ich das durchstoßene Holz auswischte, wurde mir schlecht bei der wieder aufflackernden Erinnerung daran, was für Bestien Menschen doch waren und was sie ihren Nächsten anzutun vermochten.

Doch wie immer in den letzten drei Tagen, wenn etwas Ungutes drohte, mich zu vereinnahmen, konnte ich mich auch diesmal ablenken – mit David Hume. Denn in den Nächten hatte ich mittlerweile jedes seiner drei Bücher gelesen und machte es mir seither zum Zeitvertreib, seine verschiedenen Theorien und Thesen an althergebrachten Fakten meines Lebens zu erproben.

Da war beispielsweise das Kruzifix und die Gründe, die Matthäus dazu bewogen hatten, es aufzuhängen.

Er hatte seit der Hetzjagd im Wald nie wieder mit mir gesprochen, es indes drei Tage später an der Wand anbringen lassen. Natürlich war ich immer davon ausgegangen, dass er mich damit dauerhaft daran erinnern wollte, welche Grausamkeiten die menschliche Natur hervorzubringen imstande war und dass es als Mahnmal für mich gedacht war.

Doch wenn ich nun Hume zu Rate zog, konnte der Fall auch anders liegen. Seinen Theorien nach zählte nicht, welches *Bild* ich von Matthäus hatte; dass ich *glaubte*, Schuld und Einsicht wären in seinem Leben zentral gewesen, dass für ihn immer nur der alttestamentarische Gott Jehowa gezählt hätte, der stets

Auge um Auge gefordert hatte – Humes Ansatz nach zählte vielmehr nur, was man *sah*. Und *sichtbar* war fortan das Kreuz, an dem der sich opfernde Heiland hing, dessen Lehre einzig für Mitgefühl und Vergebung stand. Bedeutete dies demnach, dass unter Matthäus' Schweigen ein heimlicher Wandel stattgefunden hatte? Auf den ersten Blick kaum glaubhaft! Aber tatsächlich faszinierte mich unter den Thesen Humes am meisten jene, die von der Wandelbarkeit des Geistes sprach. Sie besagte, dass der Geist im stetigen Fluss war; dass er nur aus einem wilden Reigen von Wahrnehmungen bestand, die sich gegenseitig beeinflussten, indem wir den Eindrücken, die auf uns einstürmten, sofort bestimmte Vorstellungen unterlegten, die wiederum die folgenden Eindrücke färbten – dass also *alles* an diesem Gebilde wandelbar war – und somit auch eine grundlegende Veränderung im Nachhinein möglich.

Welch reizvolle Vorstellung! Nur dass sie mich nicht ganz zu Ende zu überzeugen vermochte, wenn ich darüber nachdachte. Denn wenn der Gegenstand der Wirklichkeit und unsere Vorstellung davon sich so sehr bedingten, dass beides miteinander verschmolz, ja eins wurde – wie sollten wir da im Nachhinein diese so von unserer Wahrnehmung geformte Vergangenheit – und damit uns selbst, denn wir waren ja ihr Produkt – je verändern können? Wurde sie nicht vielmehr ausgerechnet durch die wiederholte Betrachtung im Lichte unserer Vorstellungen im Laufe der Zeit starr und starrer, über die Jahre der dieser festgelegten Perspektive immer unveränderlicher – und wir dadurch auch, wie dadurch auch unsere Zukunft? Demnach blieb der Apfelbaum tatsächlich krumm.

Nein, es blieb dabei, das Kreuz war ein Mahnmal.

Ich blieb an einem winzigen Splitter hängen, löste den Lappen und machte weiter. Die Glieder hatte ich geschafft, nunmehr blieb nur noch der staubige Torso Jesu. Beiläufig wischte ich am sehnigen Hals hinunter, in die Vertiefung am Schlüsselbein, dann über die Schultern. Leicht verlegen – warum fiel es mir überhaupt auf? – kam ich nicht umhin, zu bemerken, dass Christus sehr viel schmächtiger war als Herwegh. Die hölzernen Schultern und Brust unter meinem Lappen waren schmaler, die Muskeln flach, während die tägliche Arbeit auf den Gerüsten Sehnen und Muskeln aus dem Fleisch des Malers herausgemeißelt, seinen Körper zu einer markanteren Landschaft geformt hatte. Nein, Herwegh glich unserem Heiland wenig. Schon leiblich nicht, und vom Geist noch weniger. Selbst so misshandelt wie Christus würde er vermutlich mit einem Ausdruck von Ingrimm und Verachtung auf jene hinunterschauen, die sich um sein Kreuz versammelt hätten, ohne ihnen die Genugtuung zu geben, ihn verwundbar zu sehen.

Ein Tropfen rann hinunter zum Herzen, netzte dort die herausgemeißelte, rotbraun gefärbte Vertiefung. Natürlich erinnerte mich auch diese an eine andere, echte Wunde, so dass ich durch das tote Holz hindurch Herweghs lebendige Haut sah. Ob der Schnitt gut verheilte? Oder fühlte sich die Narbe noch immer heiß an? Er würde es mir kaum sagen, selbst wenn ich ihn aufsuchte und danach fragte. Ich wusste lediglich von Otfried, dass er sich recht waghalsig betrug, was seine Heilung anging; jedes Mal wenn der Alte zugegen war, arbeitete er wie der Leibhaftige auf dem neuen Gerüst – als ob die frische Narbe nicht wieder aufreißen könnte! Er sollte sich so beeilt haben, dass das Fresko nahezu *fertig* war!

Dabei war gerade einmal die Hälfte der Zeit verstrichen, blieben noch ganze zwanzig Tage bis Ostern. Anscheinend musste ihm die Arbeit hier dem Martyrium des Ewig-Sterbenden gleichkommen, dass er es so eilig hatte, fertig zu werden. Doch bald war es vollbracht. Er und alles, was er mitgebracht hatte, würde gehen. Höchstens ein leiser Missklang, ein kleiner Stich des Gewissens würde zurückbleiben, über den sich jedoch Erleichterung breiten würde – weil ich ihm ohnehin nicht helfen konnte. Unsere Vergangenheit blieb eben doch, was sie war, und die Lüge seiner Mutter, die aus einer selbstlosen Tat eine Niederträchtigkeit gemacht hatte, hatte ihn bereits verformt und verdorben.

Hume mochte in seinen Traktaten zur menschlichen Natur noch so sehr darauf bestehen, dass der Mensch grundsätzlich gut war und dass er selbst da, wo er fehl ging, jederzeit bereit war, dazuzulernen und umzudenken – doch im wahren Leben traf das einfach nicht zu; meine eigenen Erörterungen der Vergangenheit und auch Herweghs brüske Zurückweisung meiner Entschuldigung bewiesen es. Und wer war ich schon, dass er mich als Autorität anerkennen würde? Warum sollte *irgendetwas*, das ich sagte, ihn aufrichten können? Meine Worte hatten bisher noch immer stets das Gegenteil an ihm bewirkt, wozu sie intendiert gewesen waren. Er würde einzig und allein seine Wut über den Diebstahl des Tagebuchs an mir auslassen ...

»Das Waschen von Wunden scheint Ihnen ja grauenhaft zu fehlen?«

Ich wäre fast von der Leiter gefallen. Wasser spritzte aus dem Eimer und die Füße der Leiter tanzten auf dem Boden, bis Herwegh hinzutrat und die Stangen festhielt.

Langsam ausatmend blickte ich, noch immer wackelig, zu ihm hinunter. Er sah bleich und erschöpft aus, wie er zu mir hoch sah. Mit einem Mal dauerte er mich so sehr – es *musste* doch möglich sein ...

Ich öffnete den Mund – doch es kam kein Ton heraus.

Er ließ zögernd die Leiter wieder los und trat zwei Schritte zurück. »Ich wollte Ihnen lediglich Bescheid geben, dass ich wieder ins Haus gezogen bin. So mache ich keine Umstände mehr.«

»Es sind keine ... Ich meine, es ist gut, dass es Ihnen wieder besser geht. Alles heilt demnach – gut?«

Statt einer Antwort verbeugte er sich knapp.

Herweghs Blick glitt von mir zu dem gepeinigten Jesus und dann wieder zurück. Kurz wirkte er unangenehm berührt, doch da flackerte es auch schon wieder ironisch in seinen Augen auf. »Ihr angestaubter einsamer Heilsträger dort oben hat Ihre Zuwendung wahrhaft nötig. Vergessen Sie auch ja kein *Glied*«, sein Mund verzog sich und die Narbe in seinem Gesicht zuckte. Ich merkte, wie mir das Blut aus dem Gesicht wich. Mein Drang, ihm Gerechtigkeit widerfahren zu lassen, schwand wieder.

»Sollten Sie aber anschließend einen Moment der Muße erübrigen«, hob er an, »möchten Sie sich vielleicht etwas in der Kapelle ansehen, das ich Ihnen hinterlassen will. Lassen Sie sich Zeit, denn ich gehe für ein paar Stunden aus. Sie werden dort also ungestört sein.«

»Sie –«, ich stockte. »Etwas hinterlassen – *mir?*« Meine Hand drückte den Lappen so fest zusammen, dass schmutziges Wasser meinen Unterarm entlang lief.

»Wie ich gerade sagte.« Er trat noch einen Schritt zurück. Sein Blick glitt noch einmal über den matt glänzenden Jesus und dann über mich. Kurz sah es aus, als wollte er noch etwas sagen, dann nickte er lediglich noch einmal, machte auf dem Absatz kehrt und verließ das Haus.

Verspätet hob ich die Hand, um ihn aufzuhalten. Ich hätte ihm sagen sollen, dass Thalita nach ihm gefragt hatte. Jetzt würde sie es selbst tun und er würde erfahren, dass ich sie willentlich von ihm ferngehalten hatte.

Langsam stieg ich von der Leiter hinunter, stellte den Eimer ab. Ich war noch nicht ganz fertig, aber meinethalben mochte Christus' weißer Lendenschurz auch noch das kommende Jahr weiterstauben. Nichts konnte mich jetzt noch von der Kapelle fernhalten.

Bei Gott, das Fresko *war* fertig! Ich konnte kaum fassen, welche Fortschritte es gemacht hatte; Herwegh musste seit unserem Zerwürfnis Tag und Nacht daran gearbeitet haben! Ich stand davor und folgte jeder Linie, jedem Farbübergang; bestaunte das weiße Erstrahlen des Gewands Moses' inmitten der kargen Landschaft und wie leuchtend das Feuer um Jahwes Körper zuckte. Der ganze Hintergrund war aufgefrischt und strahlend, kleine Einzelheiten stachen daraus hervor, wie um den Blick zu dem flammenden Gott hinzuleiten, der auch die größte Veränderung vollzogen hatte: Herwegh hatte nicht nur das Feuer und jede Falte seines Gewands herausgearbeitet, sondern vor allem sein Gesicht neu modelliert. Ich erkannte ihn, der zwischenzeitlich so wütend auf mich hinunter gestarrt hatte, kaum wieder: Seine Züge strahlten jetzt vor allem Entschlossenheit und Ruhe aus – als wolle er mit seiner Erscheinung nicht länger eine Drohung aussprechen, sondern nunmehr ein untilgbares Versprechen geben. Herwegh hatte mit seinem Pinsel eine erstaunliche Wandlung bewirkt: Wohin ich auch schaute, erzählte das alte Bild doch eine neue Geschichte; kleine Blumen und Pflanzen fanden sich in der Wüste rings herum und Vögel bewohnten den vorher leeren Himmel. Selbst nach endlosen Minuten fiel es mir schwer, mich davon loszureißen. Erst die Neugierde löste mich davon; ich musste wissen, was er mir hinterließ.

Nur erwies sich das Geschenk als unauffindbar: Das Krankenlager war abgebaut und auch Altar und Bänke waren von Pinseln, unzähligen Skizzenblättern und Tiegeln freigeräumt – wirkten jetzt fast ungewöhnlich leer.

Was aber, wenn er genau das hatte ausdrücken wollen: dass das Schlechte, das ich ihm gegeben hatte, alles Gute aufwog und dass es absolut nichts gab, das er mir schuldete? Dass jeder von uns lediglich seine Pflicht getan hatte – und nicht mehr? Wollte er, spöttisch wie immer, so auf eine Leere hinweisen, auf ein Versäumnis meinerseits? Wie auch immer, musste es seinem Hohn geschuldet sein, dass er mich dazu eigens in die Kapelle bestellt hatte. Womöglich lachte er gerade mit Thalita darüber, wie ich eifrig nach einer Gabe suchen musste, die es gar nicht gab ... Außer natürlich, das Geschenk bestand ausschließlich in der Wandlung des göttlichen Gesichts auf dem Fresko. Ich drehte mich noch einmal um und musste zugeben, dass er große Kunstfertigkeit eingesetzt hatte, um etwas umzukehren, das zuvor eine so verstörende Wirkung gehabt hatte. Ja, das Geschenk war – nicht klein. *Und dennoch kleiner als erhofft.*

Ich wandte mich zum Gehen. In dem Moment fiel mein Blick auf den Ausgang. Ich erstarrte für einen Moment und ging dann – etwas unstet – darauf zu. Denn durch die volle Länge des Kapellenschiffs strahlte mir etwas völlig Neues entgegen; etwas, das ich mir in einem derartigen Strahlen nicht einmal hatte vorstellen können: der Rosenstamm.

Selbst als ich direkt davorstand, konnte ich fast nicht fassen, was ich da sah. Er hob sich derart plastisch und leuchtend aus der Wand heraus, als müssten sich die schweren Blüten von ihren zarten Stängeln lösen und vor mir zu Boden fallen.

Bald beugte ich mich vor, bald trat ich zurück; bestaunte voller Ehrfurcht das blättrige Gebilde. Ich konnte kaum glauben, dass ich die schattierten Knospen nicht zwischen meinen Fingern reiben konnte, dass die scharlachroten riesigen Blüten nur nach Kalk, Leinöl und Farbe rochen und nicht nach dem Öl von Rosen! Ich hatte noch nie Blumen – geschweige denn Bilder – voller derartiger Lebendigkeit, Schönheit und Fülle gesehen! Lange hatte ich schon keine solche Freude mehr gefühlt wie bei diesem Anblick. Ich fühlte mich im Sehen *erhoben*. In diesem Moment musste ich Herwegh Recht geben, was seine Theorie über die Sinne anging: Vollkommene Schönheit zu sehen brachte – Glück.

Doch war das noch nicht alles, was ich fühlte. Denn durch die strahlenden Formen und Farben konnte ich zugleich sehen, wie er Stunde um Stunde in der Kälte gestanden, diese neue Gestalt aus der Wand gehoben hatte. Und hierbei hatte er nicht gespottet und er war nicht anzüglich gewesen, sondern still. Die Zerbrechlichkeit der Zweige hatte er mit Subtilität dargestellt und für die wunderbaren Rotübergänge hatte er Feingefühl aufgebracht. Gefühle, die er sonst verbarg. Hier hatte er sie in diesem Stamm verewigt, sich selbst hineingemalt und damit mehr gesagt, als bloße Worte des Dankes es vermochten.

Für einen Moment stiegen mir Tränen in die Augen und ich musste sie wieder zurückzwinkern. Um weiter schauen zu können, *nur immer weiter schauen ...*

Erst die Dunkelheit entwand meinen Augen geduldig nach und nach die Tiefe und dann auch die Umrisse der Blüten. Noch immer berauscht, und gleichzeitig niedergeschlagen, in meinem Schal noch immer den aufdringlichen Duft des Leinöls mit mir tragend, ging ich endlich durch die Nacht nach Hause.

»Er ist so wunderschön.« Ich stützte meinen Kopf in die Hände.

»So? Und warum weinst du dann?« Gret hatte sich aus dem Stapel mit Schmierblättern eine Seite genommen und malte mit meiner besten Feder darauf herum.

»Ich weine gar nicht –«

»Weil er bald geht, Dummkopf.« Anne schlug mir gegenüber die Beine übereinander und trommelte mit harten Nägeln auf die

Tischplatte. »Das Fresko ist fertig und der Rosenstamm ist Herweghs Abschiedsgeschenk. Morgen ist er fort. Ohne zu wissen, was er erfahren muss, da Frau von Eschweih bei seinem Anblick doch regelmäßig ihre Zunge verschluckt –«

»Es gibt nichts zu sagen«, fiel ich ihr ins Wort. »Nichts, das er von mir annehmen würde. Ihr wisst doch, dass er mir niemals zuhören würde. Außerdem hat er es selbst gesagt: Der Rosenstamm ist etwas, das er *hinterlässt*, sein Abschied. Damit begleicht er seine Ausstände, da er mir auf keinen Fall etwas schuldig bleiben will, nichts weiter! Du hast doch gehört, dass er sich halb umbringt, nur um vor der Zeit fertig zu werden, um keine Minute länger als nötig hier zu verbringen.«

»Womit er ja nur tut, worum du ihn gebeten hast, nicht?«, Gret sah nicht einmal von ihrer Zeichnung auf. »Du hast ihm doch gesagt, er soll sich beeilen. Und jetzt macht er, was du willst. Ist doch sehr fein von ihm, oder? Aber ich zeichne dir auch was. Zur Erinnerung.«

»Vielen Dank.« Mit einer Grimasse griff ich mir in den starren Nacken. Ich musste mich verrenkt haben, als ich fast von der Leiter gefallen wäre. Seither schmerzte mein Genick immer schlimmer, ich fragte mich schon, wie ich damit schlafen sollte. Eigentlich sollten wir alle schon im Bett oder im Heu liegen, es war längst nach Mitternacht. Ich stand auf, zog zum hundertsten Mal den Vorhang einen Spalt weit auf und sah in die Dunkelheit hinaus. Er war noch immer nicht zurück. Dafür tickte die Uhr auf dem Schrank immer lauter. Jedes Ticken, wie ein Tropfen von einer undichten Zimmerdecke. Bald mussten wir in all den zusammengetropften Minuten ertrinken.

Seufzend zog sich Anne ebenfalls ein Schmierblatt heran. Statt mit Tinte zeichnete sie mit einem dünnen Stück Kohle mit langen feinen Strichen vor sich hin. Meine Beschreibungen von den Fresken hatten sie anscheinend beide inspiriert. Hätte ich etwas zeichnen müssen, hätte ich ein Blatt mit Kohle geschwärzt und es ›Nacht‹ genannt.

»Warum bist du so traurig?« Gret musterte mich unter ihrer wie immer etwas zerzausten Haarkrone hervor. »Er hat dich doch beschenkt. Er ist dir also nicht mehr böse. Morgen kannst du zu ihm gehen und dich bedanken.«

»Vielleicht. Ich bin nur heute – sehr müde. Weil ich schlecht geträumt habe.« So viel war immerhin wahr. Ich ließ mich wieder auf den Stuhl fallen.

»Wovon?«

»Von Priester Matthäus.« Ich rieb mir die Augen. »Er hat mir die Hände gebunden und mich vor eine Art Gericht gestellt. Ich trug sogar ein kratziges Büßerhemd aus Nesselstoff. Er warf mir irgendetwas vor und der Richter auf dem Thron sah sehr ernst drein. Dann stieß er mich in eine Zelle und schlug die Tür hinter mir zu. Und als ich auf meine Hände hinuntersah, waren sie plötzlich verschrumpelt und gekrümmt – die Hände einer alten Frau. Da stand ein Eimer mit Waschwasser, und als ich mich darüber beugte, war ich zu einer Greisin geworden, fast kahl ...«

Gret schüttelte sich. »Das ist aber ein hässlicher Traum!«

Anne sah von ihrer Zeichnung auf. »Nur dass es keiner ist.«

»*Was?*«

»Die Zelle haben Sie ja schon. Sie sitzen bereits drin. Und auch das frühe Welken wird kommen.« Sie sah ernst drein und fuhr fort. »Der Traum zeigt Ihnen nur Ihre Wirklichkeit in ein paar Jahren.«

»Ich – ich weiß nicht, was du mir damit sagen willst. Und ich will es auch nicht erfahren. Ich bin müde.« Vielleicht sollte ich mich wirklich hinlegen. Dem Gefühl nach war mein Nacken jetzt schon hundert Jahre alt.

Sie schob Blatt und Kohle beiseite. »Es ist ganz einfach. Sie vertrocknen. Nicht von heute auf morgen, aber mit jedem Tag mehr. Sehen Sie mich gefälligst an! Sie werden dieses große leere Haus vielleicht behalten, aber Sie werden niemals Leben darin sehen, niemals das Lachen kleiner Kinder auf dem Hof hören. Und vor allem werden Sie allein bleiben. Grauenhaft einsam und allein. Für immer.«

Sie hatte Recht. Nicht nur er kannte die Einsamkeit.

»Ein Immer, das sich sehr lang hinziehen wird«, bohrte sie weiter in der Wunde.

»Sei still!« Ich starrte auf meine grauen Hände.

Doch ihre Stimme floss immer weiter. »Wie lange leben Sie schon so? Über dreißig Jahre? Und womöglich werden es noch einmal, vielleicht sogar noch zweimal so viele. Und jedes einzelne davon wird Ihnen ewig vorkommen. Denn in all der Zeit wird nie wieder jemand kommen, um Sie zu berühren. Nicht wie er. Niemand wird Ihnen je wieder so nahe kommen –«

»Ich – ich *werde* berührt.« Meine Knöchel verschwammen. »Täglich!«

»Ich meine nicht da«, ihre Hand wies auf meinem Arm. »Sondern dort«, sie streckte sie nach meinem Herzen aus. Abrupt stand ich auf, drehte mich weg.

Sie hatte Recht. Alle ihre Worte trafen ins Schwarze. Ich war schon immer allein gewesen und würde es immer bleiben.

Die Stille, die plötzlich fiel, enthüllte, dass ich laut gedacht haben musste. Die beiden starrten mich voller Mitgefühl an.

Mit einem Mal riss sich die lange in Schach gehaltene Verzweiflung in mir los. »All die Schriften«, wütend wies ich auf die uns umgebenden Bücher, die in ihren Borden saßen, wie lauernde Kobolde. »Ich habe sie alle gelesen, aber sie wollen mir einfach nicht sagen, wie ...«, ich driftete ab. Mit brennenden Augen wandte ich mich wieder dem Spalt im Vorhang zu, versuchte, durch die Spiegelung hindurchzusehen, hielt mich an dem dicken Stoff fest.

Eine Weile war es still. Dann fing Gret an zu sprechen. Und es waren wieder seine Worte, die aus ihrem Mund fielen.

»Das Urteil. Niemand hat es je gesprochen und dennoch steht es da wie die Schrift an der Wand. Es wurde keine Strafe verhängt, keine Buße. Und dennoch ist sie endlos. Denn sie kommt von innen. Nichts schmerzt ärger, als das eigene Urteil über sich selbst.« Gret verstummte.

Gerade, als ich mich ihr wieder zuwenden wollte, fuhr sie leise mit einem Nachtrag fort: »Sie kennt meine Schuld. Und sie ist ihr nicht fremd. Auch sie hat getötet.«

Ich zuckte zusammen.

»Er ahnt, dass Sie ihn verstehen können. Und dass Sie seine Bürde leichter machen könnten.« Es war Annes Stimme, ganz dicht neben mir, fast als wäre sie in meinem Ohr. Sie musste direkt hinter mir stehen. »Geben Sie ihm endlich Gewissheit. Lassen Sie ihn morgen nicht gehen.« Ihre Worte waren kaum hörbar, aber mir war, als würde sie mich anschreien. »Um sich zu ändern, braucht es jemand Anderes. Zeigen Sie mehr Mut –« *Seine Worte!*

»Nein.« Ich wandte mich ab. »Es ist gut, dass er geht.«

12. Übermalungen

Niemand näht einen Flicken nicht eingelaufenen Tuches auf ein altes äußeres Kleid; wenn er es tut, so reißt das neue wegen seiner vollen Stärke von dem alten ab, und der Riss wird schlimmer. Auch gießt niemand neuen Wein in alte Weinschläuche; wenn er es tut, bringt der Wein die Schläuche zum Bersten, und der Wein geht samt den Schläuchen verloren; sondern man gießt neuen Wein in neue Weinschläuche.

Ich hatte es doch gewusst. Das Orakel fasste es nur in Worte. Alles Zweifeln und Zaudern war müßig, ganz gleich, was die Schwestern mir einzureden suchten – selbst was seine Wandbilder sagten. Jene alten Kleider, auf denen kein neuer Flicken halten würde, waren natürlich wir – Herwegh und ich. Keiner von uns war noch zu flicken, das Gewebe der Vergangenheit ließ sich nicht erneuern. Wenn wir es versuchten, würden die Risse lediglich nur noch größer werden. Die Heilige Schrift bestätigte nur, wovon ich ohnehin überzeugt war. Es war also gut, dass er ging. Je eher, desto besser.

Ich klappte die Bibel wieder zu, merkte, dass ich wieder leer vor mich hinstarrte. Weil mir das Warten allmählich unerträglich wurde. Schon gestern hatte ich seinem Abschied entgegen gebangt und seit Morgengrauen zogen sich die Stunden so mühsam hin wie Ackerfurchen in einem steinigen Feld. Die ganze Nacht hatte ich nach den richtigen Worten in mir gegraben: die ihn meines Dankes versichern und ihn angemessen verabschieden würden – ohne weiteren Groll, den Weg unter seinen Stiefeln ebnend. Doch Minuten und Stunden tropften zu einem ganzen Meer zusammen und er tauchte nicht auf, obwohl seine Arbeit doch beendet war. Allmählich wusste ich wirklich nicht mehr, womit ich mich beschäftigen sollte, wurde es immer müder, auf den Klang seiner Schritte zu lauschen.

Mein Blick fiel auf die Blätter, die Gret und Anne mit Zeichnungen bedeckt hatten. Auf Grets großem Bogen waren einzelne Motive wild verstreut. Sie hatte einfach drauf losgezeichnet, die Formen waren klar umrissen, die Dinge schwarz oder weiß. Da war das Haus, die Sonnenuhr, die Hunde, die Kapelle, die Bäume und der Pfad – und in der Mitte des Blattes prangte Herwegh am Brunnen: Haar und Kleidung tintenschwarz.

Anne hatte ihren Bogen dagegen ganz anders gefüllt. Sie hatte die nächtliche Bibliothek in Kohle festgehalten – allerdings verlassen. Bei ihr warfen die Möbel dunkle Schatten und die Bücher in den Regalen waren nur angedeutet; als stumme Wächter einer Leere. Einzig das Ziffernblatt der Uhr schien bei ihr lebendig, die Zeiger zeigten auf kurz vor Mitternacht, man konnte das Ticken förmlich hören.

Vielleicht hatte ich Klio und Erato genau aus diesem Grund mit in die Bibliothek genommen, um nicht mehr von diesem furchtbaren Geräusch verfolgt zu werden. Stattdessen hörte ich lieber ihrem Schnarchen, Atmen und Grunzen, dem gelegentlichen Klopfen ihrer Schwänze auf den Dielen zu. Ich beugte mich zu ihnen hinunter und strich über raue Flanken.

Plötzlich reckte Erato den Kopf und weitete die Nüstern, Klio dagegen fuhr hoch und knurrte. Jemand schien sich der Tür zu nähern. Am Ende *er?*

Hastig schob ich die Bibel unter einen Stapel von Papieren, als könnte man ihr ansehen, wozu ich sie nur Augenblicke zuvor missbraucht hatte, und räusperte mich. »Kommen Sie herein!«

Die Tür ging tatsächlich auf und Herwegh trat ein.

Die Hunde bellten, Krallen kratzten übers Parkett, ich hatte alle Hände voll zu tun, sie zu beruhigen. Als ich endlich zu ihm aufsah, waren seine Augen vollkommen ausdruckslos. »Ich komme, um mich zu verabschieden.«

»Ich weiß«, trat ich die Flucht nach vorn an. »Sie haben Ihren Auftrag erfüllt. Und sogar viel mehr als das. Beide Wandbilder sind – außergewöhnlich. Ich möchte Ihnen meinen Dank aussprechen. Und Ihnen weiterhin alles Gute wünschen.« Ich schloss verzweifelt die Augen. Meine Worte waren – anders als die anmutigen Gebilde, die ich in unzähligen nächtlichen Stunden ersonnen hatte – so schmucklos und hart wie Kreuze. Aber immerhin hatte ich gesagt, was es zu sagen gab. Jetzt gab es kein Zurück. Er würde sich knapp verbeugen, sich dann umdrehen und für immer mein Haus verlassen.

Nur dass er es nicht tat, denn seine Augen waren auf mein Pult geheftet. Er betrachtete die Bilder der Schwestern.

»Sie zeichnen?«, fragte er.

»*Zeichnen?* Oh, nein, nein. Ich zeichne nicht.« Ich wollte die Blätter zusammenschieben, doch er war schon mit drei Schritten herangekommen und musterte mit großer Aufmerksamkeit die Bilder, fast schon hungrig. Ich musste die knurrende Klio am Nackenfell niederhalten.

Besonders gründlich studierte er Grets Blatt. *In dessen Mitte so augenscheinlich seine eigene Person prangte.* Ich erwartete schon, dass er diesen Umstand ironisch kommentierte, doch er nahm lediglich alle Einzelheiten in sich auf, studierte jedes Detail.

Die Stille wurde allmählich lastend. Ich suchte nach ein paar unverfänglichen Worten. »Der Auftrag ist nun beendet. Sie müssen erleichtert sein«, sagte ich kurzatmig. »Werden Sie sogleich woanders erwartet?«

»Nein, meine nächste Kommission winkt erst nach Ostern.«

»Oh.« Dann entstammte seine Eile tatsächlich nur dem Wunsch, mein Haus so früh wie möglich zu verlassen. Warum nur fühlte sich dieser Abschied dann aber so drückend für mich an, als ob die hohe Decke gleich über uns hereinstürzen würde?

Anscheinend fühlte auch er etwas Ungewöhnliches, denn anstatt der Situation ein Ende zu bereiten, verharrte er noch immer an Ort und Stelle.

Ich hielt die Stille nicht mehr aus. »Sie haben den Rosenstock so lebendig neu erstehen lassen«, verscheuchte ich sie schon wieder nervös. »Ich habe noch nie zuvor solche Blüten gesehen.«

»Mir war, er sollte so sein.« Er zuckte mit den Schultern, als zwickten ihn die Narben. »Außerdem hat mich etwas Anderes darauf gebracht«, er sah von den Bögen auf. »Etwas, das ich in Ihrem Haus gefunden habe. Bisher dachte ich nicht, dass es Sie interessieren würde, doch womöglich sollten Sie es trotz allem sehen.« Seine Brauen wanderten fragend in die Höhe, sanken jedoch sogleich wieder herab, als sei er sich bereits einer abschlägigen Antwort gewiss.

Mein Mund öffnete sich auch schon, um diese hervorzustammeln. Heraus kam jedoch: »Zeigen Sie es mir.«

»Wirklich? Es ist oben, im Zimmer Ihrer Mutter. Sie wissen schon, dort wo das große Bett steht.« Seine Mundwinkel zuckten. »Sind Sie auch sicher, dass Sie sich dort ganz allein mit mir hinauf trauen?«

Er musste sich wie immer über mich lustig machen. Ich verstand immer weniger, warum ich mich überhaupt auf derlei einließ. Er ging die ersten Schritte voraus, ließ mich jedoch an der Tür vor. Auch an der Treppe ließ er mir erneut den Vortritt. Als ich mich aus dem Augenwinkel nach ihm umsah, wirkte er jedoch nicht ironisch dabei, sondern völlig abwesend, als sei ihm diese Art der Höflichkeit so geläufig, dass er sich ihrer nicht einmal bewusst war. Im Geiste schien er längst oben bei seiner – womöglich trotz allem existierenden – Entdeckung zu sein.

Ich hatte auch keine Zeit, weiter über sein Betragen – oder meinen Leichtsinn – zu philosophieren, denn sobald er die Tür oben für mich aufgestoßen hatte, weiteten sich meine Augen: Nicht nur das große Bett war etwas von der Wand abgerückt, sondern mitten im Zimmer standen auch die zwei Ungetüme von

Schränken, die zuvor die Alkoven ausgefüllt hatten. Sie waren so schwer, dass ich nicht angenommen hatte, dass sie je wieder zu bewegen wären.

Herwegh durchquerte den Raum und ging neben dem Bettkopf in die Hocke. Er wies auf eine Stelle an der Wand dicht über dem Boden. »Hier. Erst dachte ich, es müsste eine Motivtapete sein, die übermalt worden war. Aber dazu schien mir der Farbauftrag unter dem Weiß zu unregelmäßig.«

Ich folgte ihm, beugte mich vor. Tatsächlich war dort, wo er hinwies, schwache Umrisse einer Ranke und ein Rest von Grün zu erkennen, als sei der Tüncher unaufmerksam gewesen und habe verpasst, die weiße Farbe bis ganz nach unten zu verstreichen. Ich fragte mich, was Herwegh veranlasst hatte, das Bett überhaupt abzurücken, sodass er auf diesen Fund stoßen konnte.

»Sehen Sie diesen Grünübergang?«, fuhr er fort. »Der gleiche wie beim Rosenstock in der Kapelle. Was hier übermalt wurde, stammt von derselben Hand«, er richtet sich wieder auf.

Mir hatte es die Sprache verschlagen. Ich starrte auf die kleinen Fragmente und versuchte sie mit dem prachtvollen Rosenstock in der Kapelle in Verbindung zu bringen.

»Kann man sehen, wie alt die Malerei ist?«, fragte ich schließlich.

»Nicht genau. Zwanzig bis fünfunddreißig Jahre. Ich bin mir jedoch ziemlich sicher, dass sie schon kurze Zeit nach dem Auftrag übermalt wurde.«

Welche Art von Sinn ergab das? Warum ließ jemand einen Raum mit kostbaren Fresken verzieren, um sie dann so kurze Zeit später wieder zu übermalen? Waren die Motive nicht geglückt?

»Wäre es möglich, sie wieder so weit herzustellen, dass man mehr von der Malerei erkennen kann?«, überlegte ich.

Herwegh zuckte mit den Schultern. »Man könnte sogar mit Leichtigkeit ihren Ursprungszustand wiederherstellen. Der Maler hatte wenig Ahnung und hat statt Kasein- Ölfarben verwendet, auf denen der Kalk ohnehin schlecht haftet. Man müsste nur die brüchige Tünche abtragen und das darunter Bestehende auffrischen. Es wäre um einiges leichter als beim Altarfresko.«

»Was würden wir in dem Fall wohl zu sehen kriegen?«, sann ich.

»Ein Wandgemälde. Und zwar ein großes. Mindestens über diese zwei Wände«, er umfasste die Wand hinter dem Bett und jene, die die Alkoven umgab, mit einer Geste. »Außerdem bin ich mir sicher, dass sich einige der Ornamente auch in dem Stuck wiederfinden, der oben unter der Verkleidung verborgen ist.«

»Stuck?« Verständnislos suchte ich die Wandkanten ab und fand – wie auch schon die letzten einunddreißig Jahre lang – nichts als sauber vernagelte gestrichene Leisten, die lediglich unregelmäßige Wandübergänge kaschierten.

»Der, der vernagelt wurde«, beharrte Herwegh. »Es war wohl leichter, ihn zu verkleiden, statt ihn abzumeißeln.« Er bemerkte meinen Zweifel. »Soll ich es Ihnen beweisen?«

»*Beweisen?*« Ich maß den Abstand zwischen Boden und Decke vielsagend mit den Blicken. Der Raum war über drei Meter hoch. »Ich dachte, Sie könnten nicht fliegen?«

»Mit der Hilfe einer Bettstatt schon.« Er ließ sich grinsend auf dem Bett nieder und streifte seine Stiefel ab. »Auch wenn Sie von dergleichen nichts halten.« Er lockerte auch noch seine

Halsbinde. Ich musste mich arg zusammenreißen, um ihm nicht die Genugtuung zu geben, endlich doch noch zu fliehen – umso mehr, als dass er als Nächstes aufstand und auch noch ein langes Messer hinten aus seinem Gürtel hervorzog. Einzig das Unwirkliche der Situation hielt mich noch im Raum.

Er wandte sich daraufhin jedoch nicht mir, sondern dem Bett zu, stieg kurzerhand drauf und zog sich dann mithilfe eines der Bettpfosten auf den geschwungenen Bettkopf empor, den er langsam bis zum höchsten Punkt hochbalancierte – der immerhin an die zwei Meter maß – von dort konnte er mit dem Messer tatsächlich die Leisten erreichen.

Er warf mir einen Blick über die Schulter zu. »Sie werden sich hinterher nicht beschweren? Die Blende soll wirklich ab?« Er verlor um ein Haar das Gleichgewicht. Ich schlug mir die Hand vor den Mund. Doch da hatte er sich auch schon wieder gefangen. Das Messer fuhr zwischen Leiste und Wand, der Verband zeichnete sich hart unter seinem Hemd ab.

Wenn nur die Wunde nicht aufriss! Ich musste mir auf die Zunge beißen, um es nicht herauszuschreien; doch er bewegte sich nicht wie unter Schmerzen. Vielmehr beachtete er jetzt weder die Wunde, noch mich, hantierte stattdessen selbstverständlich und sicher. Und so löste sich einige Augenblicke später auch schon die gelockerte Leiste. Sie krachte neben dem Bett nieder und gab – wie angekündigt – einen barock anmutenden, breiten, mit Rosenranken bedeckten Stuckstreifen frei. Ich schnappte nach Luft.

»Nun?« Er sprang wieder auf das Bett hinunter, und zog seine Stiefel wieder an. »Was sagen Sie, ungläubiger Thomas?«

Sprachlos hob ich die Hände. »Ich weiß nicht, was das zu bedeuten hat! Warum ist der kostbare Stuck verkleidet? Und was sollte das Wandbild überhaupt darstellen?«

»Na, einen Garten, natürlich. Genau genommen einen Rosengarten, nehme ich an. Darum finden sich die Blüten auch im Stuck wieder. Die Wirkung muss opulent gewesen sein.«

Wenn ich mir den wunderbaren Ausschnitt ansah, musste ich ihm Recht geben. »Wer würde so etwas nur zunageln und übermalen?«

»Sagen Sie es mir.«

»Priester Matthäus.« Es war überhaupt keine Frage. Niemand sonst hätte solch ein Sakrileg an der mutmaßlichen Schönheit des Raumes zustande gebracht.

Herwegh betrachtete den Widerschein der Empörung auf meinem Gesicht. »Gibt es sonst noch irgendwo im Haus Übermalungen dieser Art?«

Ich schüttelte den Kopf. »Kaum.« Noch einmal musterte ich die kleinen Fragmente unten an der Wand – und musste mir eingestehen, dass ich sie selbst bei nächster Betrachtung wohl lediglich für Dreck gehalten hätte. »Ich weiß nicht«, gab ich schließlich zu. »Ich habe noch nie danach geforscht.«

Er nickte und sah mich plötzlich direkt an. »Lassen Sie mich danach suchen.«

»Sie meinen *überall?*« Furcht kroch in mir hoch. Ich hatte das Haus noch nie den Blicken eines Fremden preisgegeben. Und nun wollte er *alles* sehen? Ich merkte, wie ich meine Lippen zerbiss. *Nein, das durfte nicht sein!*

Leinen und Wollstoff rauschten. Ich musste mich bewegt haben. Auch Herwegh erhob sich, mit schon wieder versteinernden Zügen.

»Der zweite Stock wird seit einer Generation nicht mehr benutzt«, ich stieß die Tür für ihn auf. »Wollen wir dort anfangen?«

Freilich wunderte ich mich erneut über mich selbst – doch was sollten andererseits ein paar weitere Minuten seiner Anwesenheit schon noch ausmachen? Und die Frage, die er aufgeworfen hatte, *musste* beantwortet werden. So folgte ich seinen energischen Schritten von Raum zu Raum, zeigte nur gelegentlich auf verborgene Nischen. Doch die meisten fand er ohnehin selbst.

Ich war jahrelang nicht mehr in den großen, verhängten Räumen des Obergeschosses gewesen und es war ein wenig, wie die Welt meiner Kindheit neu zu entdecken. Die Räume hier oben waren großzügiger geschnitten, strotzten voller verspielter Nischen und Erker, die dem massiven Mauerwerk von außen nicht anzusehen waren. Die meisten Wände trugen alte Seide in immer noch strahlenden Farben und in fast allen Zimmern prangten Gipsornamente an Decken – im Gegensatz zu dem unteren Stock, der nur mit Kargheit prunkte.

Herwegh durchmaß Raum für Raum sicher und konzentriert, navigierte sich beiläufig durch die geisterähnlich verhängten Möbel, erfühlte manch Holzverzierung durch die Laken hindurch, deckte auch einige wenige ab, um ihre Formen freizulegen. Im

Südsalon glitten seine Blicke beifällig über die elegant blass grünen Wände, fast liebevoll strichen seine Hände zuweilen über besonders filigrane Zargen. Eins wurde mir auf dieser Erkundung klar: Er verstand sich auf das, was er tat. Jede einzelne seiner Gesten bewies es.

Manches Mal, wenn ich die Anspannung auf seinen Zügen gesehen hatte, wenn er schrieb oder zeichnete, hatte er mich an Priester Matthäus erinnert. Doch hier ging mir endlich auf, dass seine Beziehung zu seiner Arbeit sich vollkommen von der meines Oheims unterschied: Priester Matthäus war von Gott besessen gewesen und seine Hingabe hatte ihn gequält und ihn elend gemacht – Herwegh hingegen *liebte* die Schönheit. Seine Hände wurden geschickt und behutsam, wenn er Ornamente berührte; Einzelheiten, die niemandem sonst auffallen würden, ließen seine Augen aufleuchten. Selbst sein Gang wirkte leichter und sogar sein Gesicht weniger bleich, während er geschwungene Kommoden und Intarsien bewunderte: Schönheit machte ihn glücklich. Sogar ich fühlte einen Abglanz dieses Gefühls, während ich ihm folgte. Auch wenn es mich schon wieder schwermütig machte.

Der letzte Raum oben war der große, mit goldgelber Seide ausgeschlagene Westsalon. Die Farbe der Tapeten ließ selbst bei Regen die Sonne in ihm scheinen.

Hinter mir glitt Stoff über Stoff. Herwegh musste eins der Laken zurückgeschlagen haben.

»Wie schön!«, hörte ich ihn murmeln. »Was für ein elegantes Stück, und noch dazu in so gutem Zustand.«

Neugierig drehte ich mich um. Er hatte eines der alten Sofas aufgedeckt und folgt nun mit der Hand der wellenförmig gebogenen Lehne. Alles an diesem Möbelstück war geschwungen: Eine Seitenlehne war höher als die andere, die Beine waren fein gedrechselt, außerdem war es mit glänzendem rosa- und cremefarbenen Seidenstoff bezogen.

»Diese englischen Settees sind selten geworden. Keiner importiert sie mehr, seit einfachere Möbel in Mode gekommen sind. Ich habe schon ewig keins mehr gesehen«, er umrundete das Sofa. »Finden Sie nicht, dass es einen geradezu zum Lesen einlädt? Oder zu anderem Müßiggang? Ach ja, ich vergaß – aus genau diesem Grund wird es wahrscheinlich verbannt worden sein. Schließlich lenken weltliche Dinge von der Arbeit ab, nicht wahr?«

Ganz recht. Ich musste den Blick senken, weil dies genau meine Antwort gewesen wäre – oder die Priester Matthäus'. Man stellte doch Möbelstücke nicht deshalb auf, weil sie hübsch anzusehen waren – und schon gar nicht, wenn sie einen verleiteten! Der Priester hatte schon gewusst, warum er nur ungepolsterte Stühle in die Bibliothek gestellt hatte. Dort fand sich kein Möbelstück, das nicht geradlinig und funktional gewesen wäre. Und dunkel.

Herwegh hatte sich indessen einer Reihe von Gemälden zugewandt, die verhüllt an der Wand lehnten. Ohne zu fragen enthüllte er eins nach dem anderen und brachte so unterschiedliche Landschaften zum Vorschein: Hügel und Haine, schattige Seen – und auch düstere Waldszenen. Auf einem Bild war ein zerklüfteter Berggrat zu sehen, ein anderes zeigte einen Wasserfall inmitten von Felsen. Er verweilte vor jedem einzelnen, ging vor manchen in die Hocke, um Details zu studieren, betrachtete andere aus der Entfernung. Die Landschaften absorbierten ihn genauso, wie seine eigene Arbeit es tat.

Als Kind hatte ich ebenfalls viel Zeit mit diesen Bildern verbracht. Stets hatte eins von ihnen meine jeweilige Stimmung zurückgeworfen. Umso merkwürdiger fühlte es sich nun an, ihn in Betrachtung meiner vielen geheimen Spiegel zu sehen.

»Sie sind alle von holländischen Malern«, bemerkte er irgendwann. »Man erkennt es an der Lichtführung. Und an den vielen Weißtönen. Sie waren schon immer Meister der Stille und des Lichts.« Er wandte sich zu mir um. »Sie lieben diese Bilder doch – wie kommt es da, dass nicht eins davon in der Halle hängt?«

Kurz fragte ich mich, wie er diesmal von meiner Beziehung zu den Bildern wissen konnte – mein sprechendes Gesicht musste mich schon wieder verraten haben. »Mein Oheim hat die Bilder vor Jahren abhängen lassen«, ich strich über einen der vergoldeten Rahmen. »Er hatte nur für religiöse Kunst etwas übrig. Genau genommen nur für Kruzifixe. Den Christus, der jetzt über dem Kamin hängt, schenkte er mir zu meinem zwölften Geburtstag.« Der drei Tage nach der Jagd gewesen war.

»Ich verstehe«, Herwegh wirkte leicht aus dem Gleichgewicht gebracht. »War dies sein Haus?«

»Nein, als Priester hatte er keinen weltlichen Besitz. Haus und Grund gehörten meiner Mutter. Von ihr erbte ich alles am Tag meiner Geburt. Priester Matthäus fungierte lediglich als Vormund bis zu meiner Volljährigkeit.«

»Es war immer Ihres und Sie haben ihn in all dem nie aufgehalten?«, er umfasste die verhängten Formen mit einer irritierten Handbewegung. »Wenigstens jetzt, so lange nach seinem Tod, könnten Sie doch alles wieder in Besitz nehmen!« Er wirkte verärgert, als sei ihm unbegreiflich, wie ich etwas so Zwingendes so lange unterlassen konnte.

»Sicher«, murmelte ich. Weil er nicht wissen konnte, dass dies nicht viel nützen würde. Ich wandte mich ab und sah aus dem Fenster. Mein Blick fiel prompt auf die tote Sonnenuhr. Auch wenn die Sonne jetzt schiene, würde sie doch weiterhin beschattet sein, der Baumkrüppel nahm ihr jedes Licht. Genau wie mir. Ob ich das Sofa nun aufstellte, oder nicht, auch um mich herum bliebe es dunkel. Denn mein Vermächtnis war nur zum Schein der Schlossgarten, den er zu sehen glaubte – in Wahrheit war es ein unfruchtbares, totes Stück Erde, in dem nichts wuchs. Sogar noch vergifteter als das seine.

Ließen wir also die Laken weiterhin die Formen verhüllen, die besser unbesehen blieben. Manchmal war es einfach weiser, nichts aufzuheben, nicht nachzuschauen. Weiterzugehen. Eben *nicht daran zu denken.*

Über meinen verworrenen Gedankengängen und seiner zunehmenden Schweigsamkeit war die Besichtigung der Räume im zweiten Stock zu Ende gegangen. Das Spinnzimmer unter dem Dach zeigte ich ihm natürlich nicht. Stattdessen kehrten wir in den ersten Stock zurück und fuhren dort mit dem Zimmer des Priester fort, das fast dramatisch mit der Opulenz der eben erlebten Farben und Formen kontrastierte; neben einer schmalen Bettstatt befanden sich nur eine Betbank, ein schmalbrüstiger Schrank und ein Waschtisch in dem großen Raum. Als einziger Schmuck hingen ein raues Holzkreuz und eine Miniatur von

Matthäus in jungen Jahren verloren inmitten der gekalkten Wände. Herwegh schaute sich nur kurz um, betrachtete selbst das Bild, auf dem der Priester als junger Mann mit wallender dunkler Mähne abgebildet worden war, eher desinteressiert, und schien die Mönchszelle nur allzu schnell wieder verlassen zu wollen, als fliehe er vor einer Version eines Lebens, das ihn fast ereilt hätte. Auch in den angrenzenden Räumen entdeckte er wenig, das ihn reizte. Lediglich in dem letzten Raum, der gemeinsam mit dem Zimmer meiner Mutter das meine umschloss, weckten Wandpaneele sein Interesse. Ausgiebig untersuchte er dort Zierleisten.

Ich sah kaum hin. Mich beschäftigte indes, wie ich ihn davon abhalten konnte, auch noch mein Zimmer zu betreten. Denn in mir sperrte sich alles dagegen, ihm den Raum auszuliefern, in dem die Wände mit meinen Gedanken ausgeschlagen waren und meine Träume jede Nacht zur Decke empor stiegen – und vor allem erinnerte er in seiner Kargheit nur allzu sehr an die Zelle des Priesters, was mich plötzlich mit Scham erfüllte. Nein, er durfte den Raum keinesfalls sehen!

Doch einstweilen war er noch immer mit der Untersuchung der Wände beschäftigt. Seine Hände glitten über Zierleisten an der fliederfarbenen Tapeten entlang, um an einem bestimmten Punkt Druck auszuüben. Staunend musste ich im nächsten Augenblick beobachten, wie in der vormals glatten Wand der Umriss einer Tür erschien, die im nächsten Moment aufschwang und den Blick auf mein Zimmer freigab: Weiß leuchtete die Wäsche von meiner einfachen Bettstatt herunter ...

Ich hatte nicht bemerkt, dass ich mich bewegt hatte, war gegen ihn getaumelt, als wollte ich den Durchlass zu meinem privaten Raum vor ihm schützen. Seine Augen waren den meinen ein Mal mehr viel zu nah, sein Geruch, vermengt mit meinen Kräutern, drängte sich in meine Nase, ich sah bereits vor mir, wie er mich zu meinem eigenen Bett drängte und mich darauf niederdrückte. Und da waren tatsächlich seine Hände an meinen Schultern, schlossen sich – hielten mich fest ... Jedoch nur so lange, bis ich wieder festen Stand hatte. Im nächsten Augenblick hatte er sich wieder fortgedreht und die geheime Tür wieder zugezogen, durch die er schon all die vergangenen Nächte in mein Zimmer hätte eindringen können, sofern er davon bereits gewusst hatte – und sein keineswegs überraschter Blick, mit dem er mein fassungsloses Gesicht streifte, legte genau dies durchaus nahe.

Auf dem Weg nach unten musste ich mich zusammenreißen, mich nicht nach ihm umzudrehen, ihn nicht anzustarren: Nichts wäre einfacher für ihn gewesen, als sich Zugang zu meinem Raum zu verschaffen, genauso wie meine Verwirrung auszunutzen – und auf beides hatte er verzichtet! Sein Hunger musste anderweitig restlos gestillt worden sein, dass sein grässlicher Appetit derart geschwunden war ...

Überhaupt schien er sehr in sich gekehrt, kaum er selbst. Selbst die kurzen Anwandlungen von Ironie oder Irritation waren fast bemüht erschienen, ansonsten wirkte er fast geistesabwesend.

Doch womöglich beschäftigten ihn die Andeutungen des Verdeckten genauso wie mich. Ich wurde das Bild der übermalten Ranke nicht mehr los, fragte mich ein ums andere Mal, wie *ganze Wände voll* von Rosen wohl wirken mussten. Schon die Vorstellung war überwältigend. Dabei wusste ich doch genau, wie gefährlich jedes Bisschen Vergangenheit war; dass schon dieser Rest Gefahr bergen konnte. Ich durfte einfach nichts Unerhörtes wollen – nicht einmal Außergewöhnliches *denken* ...

Wir waren unterdessen in der Halle angelangt, die mit ihren silbergrau eingeschlagenen Wänden kalt wie ein Eispalast wirkte. Ich unterdrückte einen Schauer.

Herwegh ließ seinen neuen, merkwürdig ruhigen Blick umherschweifen, zuckte dann mit den Schultern. »Unter den Tapeten wird kaum etwas verborgen sein. Das wär's also. Außer Sie verstecken noch weitere geheime Räume vor mir.« Eine seiner Brauen hob sich leicht.

»Bis auf den Keller kennen Sie alles«, rutschte mir heraus. Sobald die Worte im Raum standen, wusste ich, dass sie ein Fehler waren.

»Es gibt einen Keller?« Er merkte tatsächlich geradezu auf.

»Ein Gewölbe«, präzisierte ich nervös. »Doch wir nutzen nur noch den vordersten Teil davon. Der Rest ist ... gefährlich.«

Natürlich hatte ich prompt wiederum das Falsche gesagt. Seine Augen leuchteten auf. »Ich werde dennoch –«

»Nein! Es ist ein übler Ort. Sie dürfen nicht hinunter – nie!« Ich stand plötzlich nur noch eine Armlänge von ihm entfernt. »Schwören Sie es!« Fast hätte ich nach seinem Hemd gegriffen.

Sein Gesicht wurde ganz leer. Schließlich nickte er.

Diesmal war er es, der zwei Schritte zurücktrat. »Ich werde ohnehin keine Gelegenheit mehr haben, hinunterzusteigen. Mein Auftrag ist nun abgeschlossen.« Seine Augen glitten über mein Gesicht, wie vorher über die tapezierten Wände, auf der Suche nach etwas Verborgenem. *Sie stand zwischen uns, die Antwort, die ich ihm bisher verweigert hatte.* Ich merkte, wie mein Atem stockte. Doch er blieb stumm, fragte nicht. Ich zwang mich, wieder Luft zu holen.

Es gab nichts mehr zu sagen. Der Abschied war da. Er deutete eine knappe Verbeugung an. Jetzt würde er seine Sachen holen, sich umdrehen und für immer gehen.

Ich will, dass Sie bleiben und die Malerei wieder herstellen.

Ich fragte mich, ob ich die Worte wirklich gehört hatte – und aus wessen Mund sie dann wohl gekommen waren. So, wie er mich anstarrte, mussten sie aus dem meinen gefallen sein.

Die Überraschung in seinen Augen war nichts gegen die, die ich fühlte.

13. Aus Ihren Händen

Drei Tage gingen dahin, in denen ich mich schockiert von meinem Leichtsinn und meiner Torheit in der Bibliothek einschloss, zwischen Panik und dumpfem Brüten hin- und herpendelnd. Zum Nachmittag des dritten Tages stand ich am Fenster und betrachtete Pfützen, die sich in silberne Teller verwandelt hatten und keimende Blätter, die Edelsteinen glichen. Draußen war die Sonne durch die Wolken gebrochen und goss nach einem langen Winter nun endlich den Frühling über uns aus. Vor allem tauchte sie die Welt draußen in so mildes, warmes Licht, dass es mir unmöglich war, sie weiter nur durch die Scheibe anzuschmachten. Ich hungerte so sehr danach, sie auf meiner Stirn zu spüren, dass auch eine Rechtfertigung schnell zur Hand war.

Zum ersten Mal ohne Schal lief ich in die Scheune hinüber und suchte so leise wie möglich – die Schwestern hatten es sich angewöhnt, wenn Mechthild im Haus war, im Heu zu schlafen –, Gießkanne, Eimer, Spaten, Schaufel und Samensäckchen zusammen. Ich füllte den Eimer am Brunnen und eilte dann mit abgewandtem Blick am toten Garten vorbei, zu meinem Kräutergarten, in dem es schon eifrig wucherte.

Dort stellte ich meine Gerätschaften am niedrigen Zaun ab, begutachtete die Veränderungen, die sich in den letzten Tagen unbemerkt von mir vollzogen hatten: Überall war es wie wild aus der Erde gesprossen und jetzt, wo die Sonne da war, brach geradezu Anarchie in den gerecht angelegten Reihen aus. Die zarteren Pflanzen mussten geschützt werden, damit sie nicht erbarmungslos untergingen, die wuchernden hingegen in ihre Schranken gewiesen – ein Garten bedurfte schließlich wie jede Schöpfung einer waltenden Hand.

Mit dem Jäten fing ich an. Brennnessel, Giersch, Minze und die Dornen der Hundsrose übertrieben es leicht, wenn man ihnen keine Grenzen setzte. Zitronenmelisse, Petersilie, Schnittlauch, Liebstöckel, Salbei, Rosmarin und ihre Brüder und Schwestern kamen hingegen nur dann wieder, wenn sie Platz zum Atmen hatten.

Ich versank in meinem Tun. Es war wundervoll warm und schon nach ein paar Reihen knüpfte ich die Knopfleiste am Hals bis zum Hemdausschnitt auf und krempelte die Ärmel auf. Ein lauer Wind wand mir lose Haare aus dem Knoten und umspielte damit meinen Hals. Der Boden war nach dem Winter stur und ich musste mit der Spatenschneide Klumpen für Klumpen wenden und brechen. Doch auf diese Weise lockerte sich nicht nur die Erde, sondern auch meine Schultern und mein Rücken – und zuletzt spürte ich sogar genug Gelassenheit für eine vorsichtige Bestandsaufnahme des Status quo.

Es war in der Tat Wahnsinn gewesen, Herwegh weiter zu beschäftigen. Und meine Kühnheit – und Dummheit! – nahmen mir noch immer den Atem. Allein mir *vorzustellen*, was in dem

Zimmer neben dem meinen jetzt vor sich ging, was unter schützenden Schichten freigelegt wurde – und von wem –, raubte mir völlig die Ruhe. Doch wie hätte ich damit leben sollen, es nicht zu tun? Nicht herauszufinden, was Matthäus so sorgsam vor mir verborgen hielt? Zumal Herwegh genauso darauf zu brennen schien, unter die Tünche zu sehen, wie ich. Seit er den Auftrag zugesagt hatte – mit nicht mehr als einem Nicken –, war er wieder im Zimmer meiner Mutter verschwunden – und blieb verschollen. Ich sah ihn noch nicht mal morgens, wenn ich den Brei fürs Frühstück kochte. Nur an gelegentlich achtlos abgestelltem Geschirr in der Küche war abzulesen, dass er sich noch hin und wieder, offensichtlich zu den unüblichsten Zeiten, mit Nahrung versorgte. Wie es um seinen anderen Hunger stand, wusste ich nicht. Wahrscheinlich stillte er seine Bedürfnisse wieder bei Thalita, jedenfalls fiel der Besen, den ich gegen die unsichtbare Tür meines Zimmers gelehnt hatte, niemals um.

Insofern waren wir anscheinend zu einer für den Moment stabilen Waffenruhe gelangt und mir blieb einzig, das erstaunliche Ergebnis der Enthüllung abzuwarten – und auch, den Schwestern die Verlängerung seiner Anstellung beizubringen, was sich bis jetzt einfach nicht ergeben hatte – ein fast zu glimpflicher Ausgang für die Kühnheit, mit der ich mich über alle mir bekannten Regeln hinweg gesetzt hatte ...

Beim Umgraben der Erde und all dieser Tatsachen wurde mir allmählich leichter ums Gemüt. Nach der letzten Reihe tat es mir fast leid, dass ich schon fertig war. Andererseits war das Lockern des Bodens bloße Vorbereitung. Erst die neuen Samen in der Erde würden Wachstum und Leben bringen. Ich hatte es schon immer geliebt, die Körner aus den verschiedenen Säckchen in die Rillen rollen zu lassen, sie wie Kinder zur Nacht mit einer dunklen Decke zuzudecken, damit sie groß und stark wurden. Dann stellte ich mir vor, wie die Wärme der Sonne sie durch die Schwärze hindurch berührte und verwandelte, so dass sie aufbrachen und sich emporwanden, um zu dem zu werden, was sie waren – aus einem Antrieb, den allein die Kraft verstand, die dieses unendlich große und uns doch selbstverständliche Wunder des Lebens bewirkte.

Erstaunlich fand ich auch immer wieder, wie wenig sie dazu brauchten. Eigentlich nur, nicht behindert zu werden. Daher streute ich immer auch ein paar Knoblauchzehen und Zwiebeln in ihre Nachbarschaft, die mit ihrem scharfen Geruch Schädlinge fernhielten. Ich griff in das jeweilige Säckchen und holte zwei Händevoll heraus.

»Im Dreck zu wühlen liegt Ihnen also? Ich hatte mich schon gefragt, welche Arbeit Ihnen wohl zusagen könnte.«

Vor Überraschung die heisere Stimme hinter mir zu hören, ließ ich eine der Handvoll Zwiebeln fallen, musste daran denken wie vor gerade einmal drei Wochen Haarnadeln aufs Mosaik geprasselt waren. Seither hätte sich nicht mehr verändert haben können, doch auch diesmal fühlte ich mich ertappt. Meine Hand fuhr hoch zu meinem unanständig aufgeknöpften Ausschnitt, hielt ihn zusammen.

Ich drehte mich um und sah im ersten Moment nichts; Herwegh hatte die Sonne im Rücken.

»Ja«, beantwortete ich seine Frage, zwang mich, die Knöpfe wieder loszulassen. Was es zu sehen gab, war für seine Begriffe vermutlich ohnehin lachhaft wenig. »Es ist schön, den Pflanzen beim Wachsen zu helfen. Damit wird man selbst ein wenig zum Teil des großen Ganzen, des ewigen Kreislaufs.«

»Des *ewigen Kreislaufs?*« Ich konnte seinen Gesichtsausdruck nicht gegen die Sonne erkennen, doch sein Ton klang höhnisch. »Und doch ist Ihr persönlicher ewiger Kreislauf etwas sehr Exklusives, an dem längst nicht alle teilhaben dürfen, was?« Er wies vielsagend auf den Haufen der schon ausgejäteten Pflanzen. »Wie treffen Sie Ihre Auswahl? Lassen Sie nur die Nützlichsten und Besten zu? Ordinäres Unkraut hat jedenfalls kein Recht darauf, in Ihrer Prozession des Lebens mitzumarschieren.«

Ich hatte mich in Gedanken bereits an den zurückgezogenen, unsichtbaren Herwegh der letzten Tage gewöhnt und seine plötzliche streitlustige Gegenwart erschreckte mich. Und irritierte mich auch nicht zuletzt – denn wie hätte ich ihn in der Zwischenzeit verärgern können, da wir uns in den vergangenen Tagen nicht ein Mal gesehen hatten?

Ich bückte mich rasch nach den Zwiebeln, ließ sie zurück in meine Tasche rieseln, und beschloss, mich diesmal nicht von ihm kleinmachen zu lassen – zumal hier.

»In meinem Garten gibt es kein Unkraut«, stellte ich richtig, so ruhig ich konnte.

»Und was ist dann das, was Sie da ausgerissen haben?« Ich konnte sein Gesicht weiterhin gegen die Sonne nicht erkennen, doch er klang noch immer angriffslustig.

»Wuchernde Pflanzen, für die kein Platz mehr ist. Die Reihen sind begrenzt.«

»Ist es aber nicht ein großer Zufall, dass ausgerechnet Brennnessel und Löwenzahn bei Ihnen über sind?« Er musste die zuoberst liegenden Blätter erkannt haben. »Sie geben Ihrem Tun vielleicht einen schönen Namen, aber letztendlich merzen Sie das Unkraut in Ihrem *Paradiesgarten* genauso aus wie alle anderen.«

»Sehen Sie genauer hin«, ich wies auf ein Beet, in dem sich gezackte Blätter regten. »Dort wächst er unbeschadet, Ihr Löwenzahn. Wie könnte ich auch auf ihn verzichten – er ist harntreibend. Und dort in der anderen Reihe sehen Sie Giersch. Er eignet sich für Umschläge gegen Gicht. Gilt Vogelmiere nicht auch als Unkraut? Und doch hilft sie bei Hautkrankheiten und hartnäckigem Husten. Spitzwegerich ist gut bei Bronchitis und Hirtentäschel stillt das Blut. Und die Dornenranken da werden später Blätter treiben, die hervorragend gegen Durchfall helfen. Alles sogenanntes *Unkraut*. Und alles hat seinen Platz hier. Es darf ihn nur so behaupten, dass es andere nicht verdrängt.«

Herwegh schwieg. Hinter seiner Stirn schien es zu arbeiten. Als überlegte er, ob es möglich war, dass ich all das nur vorbereitet hatte, um ihn zu täuschen.

»Es gibt keine Pflanze, die keine Heilwirkung hätte«, versuchte ich zu erklären, was auch viele andere nicht verstanden. »Man muss nur ihre Natur kennen, um sie entsprechend zu nutzen.«

»*Nutzen*.« Endlich schien er in meinen Worten schon wieder auf etwas zu stoßen, das er missbilligen konnte. »*Aus*nutzen. Darum geht es doch letztendlich. Sie zerkochen oder zerreiben alles, bis Sie endlich das Mark herauspressen können, ist es nicht so? Der Rest kommt auf den Misthaufen.«

Allmählich bekam ich das Gefühl, dass wir über unterschiedliche Dinge sprachen. Außerdem entnervte es mich, blind gegen die Sonne zu sein. Ich trat zwei Schritte zur Seite – und zuckte fast zurück. Er sah aus, als hätte er die letzten drei Tage nicht geschlafen. Seine Augen waren rot und lagen in noch tieferen Höhlen als sonst, und er wirkte beängstigend fahl. Selbst die Narbe trat wieder deutlicher inmitten dunkler Bartstoppeln hervor. Er wirkte fast so erschöpft, wie er es kurz nach dem Sturz gewesen war. Sein Zustand alarmierte mich, zumal ich keinen Schimmer hatte, was ihn plagte. Bis auf Bitterkeit gaben seine Züge jedoch nichts preis, die kausalen Kräfte, die in ihm walteten, hielt er wie immer vor mir verborgen.

Er starrte mich noch immer provozierend an, wartete auf Antwort.

»Hält – hält man nicht alle Pflanzen wegen ihres Nutzens?«, bemerkte ich jetzt unsicherer.

»Rosen nicht.«

Erschöpft oder nicht, er lag falsch. »Sehen Sie jene Ranken? Hundsrosen. Die Hagebutten, die sie im Herbst ausbilden, helfen großartig gegen Erkältungen.«

Er schüttelte gereizt den Kopf. »Ich meinte die Zierpflanzen unter ihnen. Die *Schönen*.«

Ganz langsam dämmerte mir, was ihn beschäftigen könnte. »Sie meinen, ich nutze alles in einer Weise ... wie man Mist zum Düngen nutzt, ihn aber ansonsten für scheußlich hält?«

Bei meinen Worten wurde sein Gesicht noch düsterer, doch er nickte.

»So ist es aber nicht.« Ich beugte mich nieder, zog vorsichtig eine junge Brennnessel aus dem Boden und hielt sie ihm hin. »Diese Pflanze schätze ich von allen am meisten. In *all* ihren Eigenschaften.«

Er sah auf meine Hand nieder. »Umgekehrt dürfte das nicht zutreffen. Sie wird Sie übel dafür stechen, dass Sie sie ausgerissen haben.«

Als Antwort setzte ich die Pflanze wieder ein und hielt ihm meine unversehrte Hand hin.

Er schüttelte ungläubig den Kopf. »Wie machen Sie das?«

Ich zuckte mit den Schultern. »Von allem, das man umsorgt, lernt man irgendwann, es zu handhaben. Auch wenn das Lernen zuweilen länger dauern kann«, setzte ich mit einer kleinen Grimasse ehrlich hinzu.

Der Geist eines Lächelns erschien auf seinem Gesicht.

Ich zwang mich weiterhin, heiter zu wirken. »Aber wen wundert's? Wenn man so viel zu bieten hat, wie die Donnernessel, tut man gut daran, für Abschreckung zu sorgen.«

»Donnernessel?«

»Donnernessel, weil sie natürlich gegen Donner, Blitze und gegen Hexen hilft«, ich zwinkerte. »Daneben hängt es davon ab, welche Teile Sie von ihr verwenden. Suchen Sie sich etwas aus: Sie reguliert den Blutdruck, heilt Nierenkrankheiten, wirkt bei Rheuma und Gicht. Die Blätter helfen bei der Wundheilung und natürlich reinigt sie das Blut.« Am liebsten hätte ich ihm sofort einen Trank davon kredenzt. Doch inzwischen war ich mir ziemlich sicher, dass nicht sein Körper der Medizin bedurfte. Ich zögerte kurz. »Manche reizen mit ihr bestimmte Körperregionen und nutzen sie so als ... Aphrodisiakum.«

Überraschung überzog kurz sein Gesicht, dann grinste er, diesmal schon etwas weniger fragil.

»Daneben finde ich sie aber auch *schön*«, gab ich zu. »Sehen Sie diesen kräftigen gezackten grünen Mantel? Und haben Sie je ihre Blüten beachtet? Später im Sommer sind sie violett und wunderschön zart. Wer sie nicht schätzt, muss blind sein«, ich ließ der kleinen Pflanze einen Strahl Wasser aus der Kanne zukommen.

»In diesem Fall gibt es wohl fast nur Blinde auf der Welt.« Sein Anflug von Heiterkeit war so schnell verflogen, wie er gekommen war.

Ganz offensichtlich war es mehr als Ablenkung, dessen er bedurfte. *Nur wessen?* Er schien unempfänglich für das heitere Wuchern um uns herum und hatte offenbar auch keine Verwendung für die warmen Strahlen der Sonne. Wie wünschte ich mit einem Mal, seine Bedürfnisse zu kennen und ihm so einfach helfen zu können wie meinen Kräutern! Aus einem irrationalen Impuls heraus schöpfte ich mit einem Napf frisches Wasser aus dem Eimer und bot es ihm an.

Einen Moment lang malte sich Verwunderung auf seinen Zügen, dann nahm er das rohe Holz entgegen, wobei er den Gegenstand betrachtete, als hätte er noch nie etwas Ähnliches gesehen. Er hob es mit beiden Händen zum Mund und trank das Wasser in wenigen Schlucken aus. Mit einem Nicken gab er mir die Schale zurück.

Es mochte Einbildung sein, aber es kam mir vor, als wäre durch den Trank etwas Farbe in seine bleichen Wangen zurückgekehrt.

Ich wartete darauf, dass er sich nun verabschiedete, doch er ließ seine Augen über ein paar Reihen schweifen, die von großen Feldsteinen zersetzt waren. Unvermittelt griff er nach dem Spaten. »Lassen Sie mich Ihnen ein wenig helfen. Ich kenne derart Arbeiten noch von früher.«

Mein Erstaunen verbergend nickte ich.

Er stellte sich mit dem Spaten weniger geschickt an als mit seinen Pinseln. Aber er machte seine Unbeholfenheit mit roher Kraft wieder wett und brachte jene großen Feldsteine aus dem Boden, für die ich nicht stark genug gewesen war.

»In wessen Garten haben Sie früher gearbeitet?«, fragte ich, während ich Zwiebeln und Knoblauch zwischen die anderen Pflanzen setzte.

»In dem meiner Mutter«, er warf seinen Zopf nach hinten. »Es war jedoch nur ein kleiner Streifen Erde vor den Fenstern.«

»Was zog sie?«

»Gar nichts. Sie kaufte zu Anfang des Jahres immer Blumen, die zum Ende des Jahres stets starben. Nutzlose Pflanzen, die in Ihrem Garten niemals einen Platz hätten.« Er sah von den ausgegrabenen Steinen zu mir auf.

Dazu schwieg ich. Ich wollte ihn nicht schon wieder betrüben. Mein suchender Blick fiel auf das keimende Johanniskraut.

»Sehen Sie«, sagte ich leichthin. »Wir haben genau die richtige Zeit hierfür. Nach dem langen Winter ergibt das Blümchen dort einen kräftigenden Sud, um den Körper für das kommende Jahr stark zu machen. Ich bereite um diese Zeit jeden Tag eine Kanne davon, von der sich jeder von uns sich in der Küche bedienen kann. Vielleicht möchten Sie auch davon probieren?«

Tatsächlich war es viel zu früh für die gelben Blüten des Sonnenwendkrauts, die erst im Juli kommen würden. Außerdem wirkte es keineswegs so, wie ich gerade behauptet hatte, sondern hellte vielmehr einen gequälten Geist auf. Mochte der Herr mir meine Notlüge verzeihen, doch mir schien, Herwegh bedurfte seiner Wirkung dringend – jedoch ohne zu erfahren, wie sichtbar mir seine Not war.

Er warf einen Blick auf die Keimlinge und nickte. »Ich werde davon nehmen.« Währenddessen legte er aus den Feldsteinen eine Einfassung an den Rand eines erhöhten Beets, welche die Erde gut an Ort und Stelle halten würde und zudem schön aussah.

Ich war erstaunt – und fühlte mich überraschend beglückt. Als hätte er mir etwas geschenkt. Wobei es nicht die Steineinfassung war, die mich freute. Wie war das nur, dass ein Zusammentreffen mit ihm großen Aufruhr und Leid bedeuten konnte – daneben aber auch *so etwas?* Mit einem Mal war es, als könnte ich in ihn hineinsehen und ein Durchblitzen des Zartgefühls, der Verwundbarkeit, in ihm erkennen, die er doch so ängstlich hütete. Diese Empfindsamkeit, die sich sonst nur in seinen Bildern zeigte. Und bei der Betrachtung fühlte ich mich selbst fast wie verwandelt. Wie *neu*. Das war es.

Mir fiel auf, dass er die Steine schon sehr viel geschickter handhabte als zuvor. Offenbar lernte er schnell. Als ich ihn so aus dem Augenwinkel beobachtete, sah er noch einmal auf. »Sie

Hexe! Ich weiß nicht, wie Sie es machen, aber inzwischen haben Sie mich soweit, dass ich bald alles aus Ihren Händen nehmen würde«, er lächelte sein spöttisches Lächeln und auch ich merkte, wie sich mein Gesicht verzog.

»Aber wenn es soweit ist, werden Sie dafür sorgen, dass mir meine Vertrauensseligkeit genauso zum Verhängnis wird wie denen da, was?«, er wies auf die ausgerissenen Pflanzen.

Ich musste schnell das Gesicht abwenden, gab vor, mir sei etwas ins Auge geflogen, damit er den Ausdruck darin nicht sah.

»Sie sind schnell geworden. Man sieht, die Nadelarbeit liegt Ihnen im Blut.«

Niedergeschlagen betrachtete ich das Leinen im großen Stickrahmen vor mir. »Ich weiß nicht. Verglichen mit dem Altarfresko und dem Rosenstock finde ich mein Bild doch recht hölzern.«

In der Tat; ich stickte. Als hätte das Abtragen der Tünche im Zimmer meiner Mutter noch anderes freigelegt, hatte ich immer wieder mein Taufkleid hervorgeholt und über die eingestickten Blumen gestrichen – bis Nadel, Faden und Stoff von selbst aus dem Nähkorb hervorgekommen waren und ich den ersten Stich tat. Am Anfang hatte ich die Nadel kaum führen können. Jedes Mal wenn ich zugestochen habe, hatte ich lebendige Haut gefühlt. Aber glücklicherweise waren die Erinnerungen mit der Zeit verblasst.

Die einzige Schwierigkeit daneben war gewesen, dass ich kein Motiv gewusst hatte; konnte es doch kaum ein Garten werden, wenn ich bis auf Hundsrosen kaum je andere Blüten in den

Händen gehalten hatte. Irgendwann hatte ich mich stattdessen für eine Bibelszene entschieden, für die Marienverkündigung, auch wenn ich selbst nicht wusste warum. Doch sobald ich es einmal beschlossen hatte, fing alles an sich zu fügen. Als Vorlage für die Gesichter Marias und des Erzengels hatte ich Illustrationen in Manuskripten gefunden und selbst für das Rosettenfenster im Hintergrund entdeckte ich ein passendes Motiv in einem alten Druck. Nur für Marias Hände gab es keine Vorgabe. Am Ende fiel mein Blick auf die Spiegelung der Vitrine und ich nahm meine eigenen so oft verkrampften Hände zum Vorbild. Dabei musste ich nur darauf achten, dass mein Blick nicht zu weit nach oben glitt.

Gerade füllte ich die Blütenblätter der Rosette mit feinen roten Stichen aus, während Anne neben mir saß.

»Hölzern?«, sie lachte auf. »Sie vergleichen eine Nadel mit einem Pinsel – und sich selbst mit Herwegh? Gut, dass er schon zu weit fort ist, um das noch zu hören! Ich kann mir gut vorstellen, wie er derlei Vermessenheit kommentiert hätte!«

Oh ja, ich auch.

»Aber eigentlich ist es schade, dass er Ihre neue Arbeit nicht mehr sieht, wenn schon unsere Zeichnungen ihn interessiert haben. Seien Sie jetzt aber nicht mehr so traurig, dass er fort ist. Denn Sie sagten ja selbst, dass es gut sei, dass er ginge. Und er hat Ihnen schließlich wundervolle Bilder in der Kapelle hinterlassen, die Sie sich immer wieder ansehen können – viel mehr, als Sie sich erhofft haben.«

Ich wollte gerade zu einer Antwort ansetzen, als ausgerechnet der Gegenstand unseres Gesprächs hinter dem Fenster auftauchte und sich dunkel auf den Brunnen zubewegte. Im nächsten Moment hatte ich Anne gegen die Wand neben dem Fenster gedrängt und drückte uns beide in den Vorhang, so dass wir von außen unsichtbar waren. Ich ließ sie erst wieder los, als er wieder im Haus verschwunden war.

»Ich – ich bitte um Verzeihung«, betreten strich ich mein Kleid wieder glatt und trat einen Schritt zurück. »Er kommt sonst nie um diese Zeit heraus. In den letzten drei Tagen hat er seine Arbeit kaum je unterbrochen.«

Anne hatte jedoch anscheinend nicht vor, mir meine Heimlichtuerei so leicht durchgehen zu lassen. Sie starrte mich mit noch immer hochgezogenen Schultern von unten an. »Sie – Sie sagten, er hätte sich verabschiedet – vor drei Tagen!«

»Ich sagte, er sei dazu ins Haus gekommen«, stellte ich richtig.

»Doch irgendwas – oder jemand – scheint ihn davon abgehalten zu haben?«

Ich merkte, wie ich rot anlief. Etwas stotternd fasste ich zusammen, welche Entdeckungen zu meiner ungeplanten Bitte geführt hatten – der er freundlicherweise entsprochen hatte.

Als ich geendet hatte, sah Anne fast noch wütender drein. »Und seit wann scheren ausgerechnet Sie sich um Kunst?«

»Nun«, ich ließ mich wieder in meinen Stuhl fallen, zupfte mir nicht vorhandene Fäden vom Kleid. »Weniger darum, denn um die Vergangenheit. Meine Mutter muss die Fresken in Auftrag gegeben haben. Und ich will wissen, was unter den Übermalungen ist. Denn – denn vielleicht ist es wahr, dass sich Matthäus in ihr getäuscht hat. Und vielleicht war es falsch, alles auszulöschen, was früher gewesen war. Allein der Rosenstock ist so schön – ich möchte wissen, wie ein ganzer Raum voller solcher Blüten aussehen mag –«

»Dann *stellen Sie es sich doch vor*«, Anne verengte angriffslustig die Augen. »Woher wollen Sie überhaupt das Vermögen nehmen, ihn zu bezahlen?«

»Was soll das Verhör?«, begehrte ich auf. »Du warst es doch, die mich die ganze Zeit gedrängt hat, Herwegh zum Bleiben zu bewegen! Außerdem gehen dich meine Vermögensverhältnisse nichts an, meine Mutter besaß wertvollen Schmuck –«

Sie schüttelte entschieden den Kopf. »Er bleibt aus den falschen Gründen!«

»Aus welchen sollte er denn sonst bleiben?«

»Ihretwegen. Weil Sie sich gegenseitig helfen könnten. Doch dazu müssten Sie ihm endlich die Wahrheit sagen –«

»Es *gibt* keine Wahrheit!«, fuhr ich auf.

»Doch. Denn auch Sie haben –«

»*Nichts* habe ich. Schlimme Dinge passieren nun mal –«

»Belügen Sie ruhig mich – doch nicht ihn. Und auch nicht sich selbst über ihn. Denn hier geht es nicht um übertünchte Bilder, die Vergangenheit oder Ihre Mutter – sondern es geht einzig und allein um Herwegh und Sie, und vor allem was Sie zwei miteinander teilen, nur darum ist er noch hier«, sie kreuzte die Arme. »Es ist gut, dass er noch da ist, doch hören Sie endlich auf, vor ihm wegzulaufen. Sie wissen inzwischen doch, was Sie von ihm zu erwarten haben. Hören Sie auf, ihn durch die Gitterstäbe Ihrer Angst zu betrachten und zu hoffen, dass niemand bemerkt, dass Sie –«

»Anne! Das reicht!« Manche Wahrheit war wie Blätter der Engelstrompete – schon ein paar Fasern davon konnten töten. Ich starrte auf meine farblose Maria nieder.

»Wie Sie wollen«, sie trat neben mich. Kurz streckte sie die Hand nach den starren Zügen meiner Vorzeichnung aus, als wollte sie ihr mit ihrer Berührung Leben einhauchen, ließ sie dann aber in der Luft hängen. »Nur eins noch. Was haben Sie noch groß zu verlieren? Denken Sie wirklich, dass er Ihnen Schlimmeres antun könnte, als das, was Sie schon kennen?«

»Nein.« Das Bild vor meinen Augen verschwamm.

»Was ist es dann?«, fragte sie leise.

Ich presste die Lippen zusammen. Doch die Tränen ließen sich nicht wegblinzeln. »Es ist umgekehrt«, bekannte ich endlich leise. »Ich bin diejenige, die ihm schaden könnte.« Im Kräutergarten hatte er es selbst gespürt.

Anne beugte sich vor, als hätte sie sich verhört. »*Was?*«

»Ich bringe Verderben. Meine Mutter war die erste. Sie starb, als ich geboren wurde. Danach kam ihr Garten; er ging am gleichen Tag dahin, auf einen Schlag ist alles in ihm verödet. Und dann kam die Hetzjagd …« Meine Stimme war kaum noch zu hören. »Wenn ich mich anderen Menschen nähere – oder sie sich mir –, bedeutet das, dass etwas Schlimmes passiert.« Ich schloss die Augen. »Priester Matthäus nannte mich einmal die Rache Gottes. Womöglich ist also nicht Herwegh mein Henker. *Sondern ich der seine.*« Hier war sie, meine Angst – nicht mehr vor ihm, sondern jetzt um ihn, was fast noch schlimmer war. Und er hatte nur Stunden zuvor bestätigt, dass er es ebenfalls fühlte, das Verderben, das von mir ausging …

Anne starrte mich an. »Wer hat Ihnen so etwas eingeredet?«

Ich zuckte mit den Schultern. »Sie alle. Priester Matthäus und auch Mechthild.« Und nach der Hetzjagd noch das ganze Dorf. Es war beinahe ein Wunder, dass sie nichts davon gehört hatte. Aber es war ja auch schon lange her, neunzehn Jahre.

»Und – und Sie glauben das *wirklich?*«

»Ich weiß, dass es stimmt.«

Sie sah nachdenklich vor sich hin. »Erinnern Sie sich noch an Ihren Traum? Priester Matthäus hat Sie darin in ein Gefängnis gestoßen. Sie wussten nicht einmal, wofür diese Strafe sein sollte. Es ist genau wie mit dem Gerede von diesem Fluch. Wäre es nicht einfach möglich, dass er ein verbitterter, alter Mann war, der Ihnen nicht die Freiheit gönnte, die Ihre Mutter sich genommen hatte? Dass alles nur erfunden war?«

Es lief mir kalt den Rücken hinunter. Ihre Worte klangen nach Blasphemie. »Er – er hätte niemals gelogen!«

»Genauso wenig wie Sie. Und doch verbergen auch Sie zuweilen gewisse Tatsachen vor sich selbst, nicht wahr?«

Vielleicht tat ich das wirklich. Doch nur, um andere nicht zu gefährden. »Ein Mensch ist schon einmal durch mich zu Schaden gekommen«, bekannte ich leise. Hier war sie zuguterletzt, *die Wahrheit.*

Anne reagierte jedoch völlig anders, als ich vorausgesehen hätte. »Ist das so?«, sie zuckte mit den Schultern. »Das ist schlimm, doch Menschen stoßen manchmal schlimme Dinge zu. Und vor allem *irren* wir uns«, fuhr sie fort. »Wie Hume schon sagt. Sie haben ihn doch gelesen: Wir sollen vom Aberglauben ablassen. Wunder gibt es nicht. Genauso wenig wie Flüche. Nur weil zwei oder drei ähnliche Phänomene auftreten, stellt dies noch lange kein Gesetz dar. Sie haben lediglich die Erwartung entwickelt, dass wieder etwas geschehen müsste. Eine wirkliche Verknüpfung zwischen Ihnen und den Unglücken hat es nie gegeben. Hume ist ganz deutlich darin, dass es unzulässig ist, von etwas Empirischem auf etwas Transzendentes zu schließen. Glauben Sie mir, Herwegh wird nichts durch Sie geschehen. Jedenfalls nicht, wenn Sie endlich aufhören, es zu *erwarten*.«

Die junge Frau neben mir sah so überzeugt und hoffnungsfroh aus. Unwillkürlich sprang etwas von ihrer Zuversicht auf mich über. »Vielleicht hast du recht. Ich – ich werde Anleitung in der Bibel suchen.«

Sie schüttelte heftig den Kopf. »Nichts dergleichen! Sie haben in Ihrem Leben schon viel zu viel Anleitung gehabt. Handeln Sie! Gehen Sie zu ihm und sagen Sie ihm endlich die Wahrheit. Oder fangen Sie klein an und hören Sie vor allem erst mal auf, vor ihm wegzulaufen.«

14. Neue Götter

Schaffte ich es, auf Anne zu hören? Nein, natürlich nicht. Am nächsten Tag lief ich sogar noch weiter vor Herwegh fort als je zuvor, indem ich nicht in der Bibliothek arbeitete, wo er mich hätte finden können, sondern mich in der Kapelle verkroch, wo er mich kaum aufspüren würde.

Als Vorwand hatte ich einen Eimer mit Lauge und Lappen mitgebracht; was nicht ganz zufällig war, denn beim Putzen hatte ich noch immer am besten nachdenken können. Ich begann mit den Bänken, entstaubte und polierte sie, blieb dabei aber immer wieder mit den Blicken an den Wandbildern hängen.

Sie waren sehr unterschiedlich, das eine gefasst und streng, das andere fast wild, aber beide auf ihre Weise vollkommen. Sie waren ganz *Form*, nur die Umrisse und Farben von etwas, worauf sie verweisen sollten; dabei allerdings in der Erfüllung dieser Aufgabe so meisterlich, dass jenes Andere, obschon körperlos, umso deutlicher hervortrat und dabei so tiefe Emotionen wie Erhebung, Ehrfurcht und Kontemplation weckte – und daneben auch Sinnlichkeit und *Rausch*.

Vielleicht wirkten sie so intensiv auf mich, weil ich von Kindesbeinen an gelehrt worden war, noch viel abstraktere Symbole und Zeichen zu lesen, die auf etwas außerhalb von sich selbst verwiesen, das einerseits unsichtbar war – dass nur Eingeweihte es zu fassen vermochten – und andererseits so greifbar in seiner furchtbaren Wirkung, dass mein ganzes Leben darunter geächzt hatte. Ein *etwas*, von dem Anne nun behauptete, dass es purer Erfindung entsprang, um die lediglich ein hohles Lügengebilde errichtet worden war ...

Wie hoffte ich inzwischen, dass sie Recht hatte!

Denn wenn dem so war, wenn weder ich die Verdammung verdiente, noch diese durch meine Person auf jemanden herabgelenkt werden konnte, dann wäre ich – bis auf die Schuld, die ich ohnehin auf mich geladen hatte – *frei*. Allein bei dem Gedanken erfasste mich Schwindel, als stünde ich am Rand eines Abgrunds, als liege der Schritt nach vorn; der Fall und die Verwandlung, die dieser mit sich bringen musste, ganz in meiner Macht.

Ich hatte so heftig an der Lehne herumpoliert, dass ein Fleck des vormals fast schwarz angelaufenen Eichenholzes jetzt heller erschien. Irritiert wechselte ich zu einer anderen Stelle.

Was aber würde ich tun, wenn ich so schwindelerregend frei wäre? Diese neue Welt erschien so gigantisch, dass sie auch schon wieder in Unschärfe verschwamm. Nur eins blieb scharf umrissen vor ihr stehen: Herweghs spöttisches Lächeln. Und daneben sein erschöpftes Gesicht und die Anstrengung, die ihm jede innere Regung bereitet hatte, inmitten des übermütigen Sprießens, des frischen Grüns; die Angebote, die er ohne Gegenwehr angenommen hatte – eigentlich jeder Augenblick, den wir geteilt hatten, seit die Schwestern mir seine geheime Welt erschlossen hatten ...

Ich trat einen Schritt weiter, um die Lehne zu Ende zu polieren, stieß dabei mit der Schuhspitze gegen etwas, das ein Knistern von sich gab. Unter der Bank lag ein zerknittertes Blatt. Ich bückte mich, um es aufzuheben und entdeckte noch eins.

Das erste war kaum mehr als ein Schnippsel.

»› *1 Lit. Leinöl, 2 Pfund gelöschter Kalk, Hirschhornsalz*
Azurblau
Kadmiumgelb
Venezianischrot
Gebr. Umbra
Kobaltblau

Ich spürte den Farbnamen nach. Auch wenn es sich dabei nur um eine Materialliste zu handeln schien, klangen sie wie eine wundersame fremde Sprache. Meine Finger fuhren die zur Seite geneigten, spinnwebfeinen Schriftzeichen nach. Niemand, der Herwegh sah, würde ihm eine so feine Schrift zutrauen.

Das zweite Blatt war größer, entsprach im Format etwa seinem Tagebuch. Eigentlich wollte ich es wieder fallen lassen, oder zumindest mitnehmen und ungelesen verbrennen, doch ehe ich mich versah, hatte ich auch dieses geglättet und versank im nächsten Moment auch schon in seinen Worten.

»› *Licht, das aus dem Nichts herausstrahlt und dann die ganze Welt erfüllt. So müsste ich malen, wie er es tut, Friedrich. Bei ihm sind Klüfte und Spalten, Gräber und Mahnmale, Schatten – doch vor allem Licht. Und dabei schlägt er Brücken von Arminius und unseren alten Göttern zu uns. Wie ich es täte, in einer vollkommenen Welt. Von dem, was ich fühle, zu dem, was ist. Es klingt so einfach, wie er es beschreibt; dass er die Augen schließt und das Bild, das er dann im Dunkeln sieht, zutage fördert, sodass jeder sehen kann, was er nur in sich selbst sah. Doch wie Sillabus es mir schon sagte – ich kann es nicht. Ich teile nur das Dunkle mit meinem berühmten Freund. Und selbst das kann er treffender beschreiben, als ich: ›Um uns ist Stille-Stille-Stille. Wir sind allein und immer allein.‹ Friedrich sagt, ihm tut es zuweilen wohl. Mir nicht einmal das. Für welcherlei Kunst sollte ich auch schon aus dem Alleinsein schöpfen wie er? Ich habe nichts.*

Ich sank auf die Bank nieder und es zog mir das Herz zusammen. Ich verstand wohl, wie er an seinen Taten verzweifeln konnte – doch wie war es nur, dass ihn auch seine Kunst so zweifeln ließ? Wo fand sich das angebliche Unvermögen, das er bemängelte? Wo ein Fehlen, Visionen auszudrücken? Wenn es je einen Künstler gegeben hatte, der aus sich selbst heraus schuf, so war er einer. Schließlich verwandelte er flache, karge Vorlagen in lebendige, tiefe Abbilder einer intensiveren, strahlenderen Welt. Erst durch seine Sicht des Überhellen und des schmerzlich Dunkeln wurden diese zu dem, was sie am Ende waren. Er machte *neu*.

Da war es wieder, dieses Wort, das mir schon im Garten eingefallen war, als ich über seine Wirkung nachgedacht hatte. Seine Wirkung auf *mich*.

Wie war es nur möglich, dass er imstande war, so viel Lebendigkeit und Vollendung um sich selbst herum aus dem Nichts zu heben – und diese dann selbst nicht zu sehen? War sein Auge wie seine verletzte Haut geworden, dass ihn nur das Hässliche und Schmerzhafte im Übermaß reizte, während er das Schöne nicht mehr zu sehen vermochte? Andererseits hatte er mir das Gegenteil dessen bewiesen, als er im zweiten Stock Schritt auf Tritt all dem Verhängten seine Wertschätzung gezollt hatte – woher also diese *Teil*blindheit? Anscheinend betraf sie nur, was aus ihm selbst kam. Er misstraute sich selbst. Wie Anne gesagt hatte.

Ich sah nachdenklich auf die zerknitterten Blätter in meiner Hand. Unberechenbar war er, das ließ sich nicht leugnen. Da glich er seinen Bildern: voller düsterer Schatten und explodierenden Lichts. Er war hart und zart, rasend und traurig. Einerseits von geschliffenen Umgangsformen, andererseits so roh wie ein mit der Axt entrindeter Stamm. Wie konnte ein einzelner Geist nur so viel auf einmal fassen? Die Fülle all dessen, was ihn ausmachte, war es, die ihn zugleich so gefährlich machte; nie konnte man wissen, welchen Teil von ihm man gerade reizte, zumal er nach außen hin unergründlich wirkte. Darin erinnerte er mich an irgendjemanden, nur wusste ich nicht, an wen. Jener andere blieb von den Schichten der Zeit inzwischen so verhüllt, dass er unkenntlich blieb. Wer war es bloß noch gleich gewesen?

Ganz gleich, wer – hier saß ich untätig mitten am Tage in der Bank und starrte Löcher in die Luft. Von schlechtem Gewissen getrieben sprang ich auf, trat mit Eimer und Lappen zum Altar und wusch das Messgeschirr ab. Jedes Gefäß davon war mit unterschiedlichen Kleinoden verziert; die Schale mit ädrigen Opalen und der Kelch mit Malachiten, deren verlaufendes Grün sich mit einem wolkigen Grau mischte.

Grün und grau – mit einem Mal war sie da, die Erinnerung, die sich einen Moment zuvor noch so hartnäckig entzogen hatte; ich sah sie wieder vor mir, jene grüngrauen Augen, die in einem Sonnenstrahl aufgeleuchtet waren – sie hatten einem Wolf gehört. Er war im Wald plötzlich keine zwanzig Schritte von mir entfernt aufgetaucht und hatte einfach nur so dagestanden; so riesig wie meine Hunde, aber mit tödlicher Ruhe in diesen unergründlichen Augen. Mir war fast das Herz stehen geblieben und ich hatte mich nicht rühren können. Natürlich vor allem vor Angst, aber da war auch dieser Sog, der von ihm ausging, eine unerklärliche Anziehung, die er auf mich ausübte ... Wie jene, die ich verspürt hatte, als die versteckte Tür aufging und Herwegh plötzlich ganz nah war.

Er war auf seine Art *so schrecklich schön ...*

Aber was dachte ich da nur?

Der Kelch glitt durch meine seifenglatten Finger und kam donnernd auf dem Steinboden auf.

Ich sah ihm noch immer verwirrt hinterher, als dem hohlen Geräusch ein knirschendes antwortete, das Reiben von Angeln. Ich hob den Kopf und fand Herwegh in der Tür vor, fast als hätten meine Gedanken sich zu seiner Gestalt verdichtet. *War er es wirklich?*

Er musste es wohl sein, denn den Ausdruck auf seinem Gesicht hätte ich kaum ersinnen können – er wirkte weder irritiert noch verärgert, stattdessen eher alarmiert. Was *ich* hingegen fühlte, wusste ich selbst nicht genau ...

»Ich habe es von draußen poltern gehört und dachte, jemand wäre hier eingedrungen«, er sah umher, als müsste er sich überzeugen, dass ich allein war.

»Ich – ich mache nur sauber«, ich hielt den Lappen hoch, als wäre meine Behauptung allein nicht glaubhaft.

Mit ein paar langen Schritten hatte er das Kapellenschiff durchmessen und hob kurzerhand den Kelch auf. Dabei sah er mit gerunzelten Brauen auf das schwere Silber mit den Steinen nieder. »Manches hier ist wertvoll. Haben Sie gar keine Angst, jemand könnte es stehlen wollen?« Er stellte den Kelch wieder auf den Altar zurück. Sein Gesicht wirkte nicht länger so fahl wie am Tag zuvor und auch sein Blick war wieder ruhig und stetig, beides erleichterte mich. Dennoch war es seltsam, neben ihm zu stehen, nachdem er schon die ganze Zeit in meinen Gedanken hier gewesen war.

»Niemand kommt hierher«, sagte ich fahrig. »Die meisten Leute aus dem Dorf haben Angst vor dem Wald. Und natürlich vor den Hunden.« Ich wollte weiterwischen, griff nach dem Messkännchen, und es rutschte mir schon wieder durch die feuchten Finger.

»Holla!« Er fing es auf, bevor es den gleichen Weg nehmen konnte, wie zuvor schon der Kelch. »Was hat das Inventar Ihnen denn getan, dass Sie heute alles kurz und klein schlagen wollen?«

»N-nichts.« Ich suchte krampfhaft nach einer Entschuldigung. »Es ist nur, dass der Todestag Matthäus' sich heute jährt.« *Heute in drei Wochen eigentlich.* Unvermittelt griff ich nach dem Eimer und trug ihn zu dem schwarzen Grabstein hinüber, der vor Staub ganz pelzig geworden war.

Auch Herweghs Schritte hallten über die Steine. Genau wie das letzte Mal, als ich ihn hier gesehen hatte, setzte er sich wieder in die erste Bank, neigte sich vor und stützte den Kopf in die Hände, musterte auf diese Weise sein vollendetes Werk; wenngleich er diesmal anders wirkte, weniger düster. Ich wischte weiter, nahm an, er sei ganz in seine Betrachtung versunken, als er plötzlich den Kopf hob. »Sie leben noch sehr eng mit Ihren Toten zusammen.«

Ich sah auf den Stein nieder, bemerkte, dass ich einen eingemeißelten Buchstaben nach dem anderen so nachdrücklich auswischte, als wollte ich sie noch vertiefen. Ich ließ ab, spülte den Lappen aus. »Ich – ich ehre nur ihr Gedenken.«

»Wirklich? Ist es nicht vielmehr so, dass die Toten Sie nicht in Ruhe lassen? Mir scheint beispielsweise, Ihr Oheim sei auf seiner Reise noch nicht sehr weit gekommen.«

»Auf welcher *Reise?*«

»Unsere Urahnen sagten zum Sterben ›weite Wege wandern‹. Für sie bedeutete der Tod, dass man sich nicht nur im übertragenen Sinne, sondern auch räumlich entfernte. Daher dachte man, jede Erinnerung an den Toten sei ein Besuch von jenem. Womöglich weil dieser keine Ruhe fand.«

Weite Wege wandern – es klang so poetisch. Und ich *liebte* Geschichten. Ich merkte, wie mein Lappen in der Luft hängen geblieben war. »Bitte ... bitte erzählen Sie mir mehr von diesem Glauben.«

Herwegh dachte kurz nach. »Er ist nicht sanft. Damals bedeutete das Leben vor allem Kampf. Die Menschen kämpften in ihrer Welt genauso gegen Widersacher, wie ihre Götter gegen böse

Mächte in der Anderswelt. Und der Tod war noch nicht das Ende. Starb jemand eines würdigen Todes, wartete er anschließend mit allen anderen Helden zusammen in Wotans goldenen Halle darauf, in der größten aller Schlachten mitzustreiten, in der die guten Mächte gegen die bösen kämpften, in der Götterdämmerung.«

»Ist das so etwas wie die Apokalypse?«

Er wiegte den Kopf. »Es ist kein Gericht, sondern ein Kampf, ein Endzeitkampf. Und der Ausgang steht fest. Alles wird sterben, niemand überleben. Nicht einmal der mächtigste aller Götter.«

»Nach all der Anstrengung und dem Kampf soll einfach alles vorbei sein? Kommt dann *nichts* mehr? Das ist doch kein Trost!«

Seine Mundwinkel wanderten hoch, mein Eifer schien ihn zu amüsieren. »Doch, irgendwann. Man sagt, dass alle Welten eines Tages neu erstehen. Dann beginnt alles von Neuem.«

»Oh, gut.« Ich fand mich plötzlich nur einen Schritt entfernt von Herweghs Bank. Es musste an diesen blutigen Sagen liegen. Als ich noch klein war, hatte ich oft stundenlang mit offenem Mund dagesessen, wenn Priester Matthäus Märtyrergeschichten erzählt hatte. Anscheinend war ich noch immer wehrlos, was dergleichen anging – aber warum auch nicht? Ich tat den letzten Schritt und setzte mich. »Wie – wie handelt man wohl, wenn man ein solches Weltverständnis hat – mit so viel Kampf?«

Er zuckte mit den Schultern. »Man versucht, richtig zu leben und richtig zu sterben.« Er konnte wohl sehen, dass mir diese Antwort wenig sagte, denn er suchte nach einem Beispiel. »Natürlich gibt es viele Erzählungen und Sagen, in denen es vorgemacht wird. Da war beispielsweise mein Namensvetter –«

Wie war es überhaupt möglich, dass ich nie nach seinem Vornamen geforscht hatte? Und jetzt war es längst zu spät, ihn danach zu fragen.

»Er galt als heimlicher Sohn Wotans, des Kriegs- und Totengottes«, hörte ich ihn weiterreden, den Namen natürlich aussparend, als wollte er sich insgeheim über mich lustig machen. »Vielleicht hieß es deswegen, er hätte zeit seines Lebens nicht lachen können.«

Dann immerhin passte die Namensvetterschaft sehr gut.

»Nun, jedenfalls widmete er sein ganzes Leben seiner Familie und ihrem Wohlergehen. Er kämpfte und tötete für sie. Es gab nichts, was er ihnen nicht geopfert hätte. Eines Tages wurde er der Sage nach von seinen Feinden gefasst, und weil er ihnen nicht verraten wollte, wo der Schatz der Familie verborgen war, schnitten sie ihm das Herz heraus. Dabei entsetzte er sie, indem er zum ersten Mal aus voller Brust lachte.«

Ich fand mich atemlos und angespannt auf dem Rand der Bank wieder und musste entdecken, dass mich germanische Märtyrer noch viel mehr entzückten als die christlichen. »Begrüßte er den Tod so sehr?«

»Ich denke, es ging darum, dass er triumphierte, weil er auf diese Weise würdig sein Schicksal vollzog und seine Aufgabe erfüllte. Er machte sich damit unsterblich.«

»Dann kannte er es schon vorher, sein Schicksal?«, es lief mir kalt hinunter.

»Wahrscheinlich offenbarte es sich ihm eher in dem Augenblick, in dem er es auslebte.«

»Gottseidank«, murmelte ich. »Nichts ist schlimmer, als auf ein Ende zu warten, das man schon kennt. Wie Christus im Garten Gethsemane.«

»Das ist wahr. Wotan selbst kann in die Zukunft schauen – er ließ sich diese Kenntnis ein Auge kosten –, aber er gab sie nie seinen Kindern weiter. So grausam ist der Gott des Krieges nicht.« Er lächelte – und ich auch.

»Wie unterscheidet er sich noch von unserem Gott ... Ich meine – vom Gott der Christen?«

Herwegh grinste kurz. »Hm«, er legte den Kopf zurück. »Wie gesagt schätzte er Männer, die einen ehrenhaften Tod auf dem Schlachtfeld oder Mann gegen Mann wählen. Der Strohtod – das ist der Tod an Altersschwäche oder Krankheit, den man auf dem heimischen Stroh erleidet – galt nicht als erstrebenswert. Dafür waren die Zeiten wohl aber auch zu hart.«

»Es klingt, als sei der ganze Glaube sehr – hart?«, tastete ich vorsichtig.

»Nein«, er schüttelte den Kopf. »So würde ich es nicht sehen. In allem anderen waren diese Götter viel toleranter als Jahwe. Sie selbst begingen oft genug Fehltritte und irrten sich – und sie gestanden das Gleiche den Menschen zu.«

»Wirklich?«, staunte ich.

»Sicher. Die Edda – das ist so etwas wie die Bibel der alten Götter –, erzählt längst nicht nur von Ruhmestaten. Sie ist voll von Fehltritten. Es ist der Gott der Christen, der uns den Anspruch auf Makellosigkeit bringt und uns damit das Elend lehrt«, sein Gesicht verzog sich einen Wimpernschlag lang wie im Schmerz. Vielleicht war es die Narbe.

Götter, die Fehler machten? Ich sah zu dem Fresko hinüber, dem vollendeten Antlitz meines Gottes, der *niemals* einen Fehler begehen würde. Mit Ihm zu leben, war tatsächlich entsetzlich hart – war die Welt, die Er erschaffen hatte, doch gut. Einzig wir waren es, die ständig in ihr fehlten.

»Sie klingen, als stünden sie uns ... näher«, sagte ich. »Näher als Er?«

»Das tun sie!« Seine Augen leuchteten auf. »Und nicht nur übertragen. Die alten Götter umgeben uns all die Zeit. Sie sind im Wind, in der Sonne und im Mond. Selbst in den Bäumen.«

Dieser blutige Glaube klang schrecklich und schön zugleich – und tröstlich. Als ob diese Götter uns beistünden, anstatt auf Schritt und Tritt über uns zu richten. »Hatten sie auch so etwas, wie – eine Mutter Gottes, eine heilige Frau?«, wollte ich wissen.

»Nein. Aber dafür gibt es in etwa ebenso viele Göttinnen wie Götter im germanischen Pantheon –«

»Nein!«, rief ich aus.

»Doch!«, Herwegh lachte tatsächlich. »Freya, Wotans Gattin, ist die Mächtigste unter ihnen. Sie besitzt übrigens auch einen wunderschönen Garten. Dort heißt sie alle Kinder willkommen, die vor der Zeit sterben.«

»Dann ist sie so etwas wie die Göttin der Trauer? Vielleicht doch ein wenig wie Maria?«

»Keineswegs, Maria gleicht sie ganz gewiss nicht«, er schnaubte. »Sie ist ebenfalls Mutter und Ehefrau – aber da erschöpfen sich die Ähnlichkeiten auch schon.«

»Wie ist sie denn?« Irgendwie war ich mir fast sicher, dass Herwegh sie verehrte.

Er sah sinnend vor sich hin. »Sie ist vor allem Liebe und Fruchtbarkeit – und sie schämt sich nicht dafür. Sie leidet nicht, sie lebt. Sie ist stark, ihr Rang ist nicht geringer als der ihres Gatten, des speerwerfenden Göttervaters.«

»Oh.« Ich bemühte mich, mir eine solche Göttin vorzustellen. Es war mehr als ungewohnt. Aber zumindest klang es nicht danach, als würden ständig gelehrte Diskurse darüber vom Zaun gebrochen, ob sie nun unbefleckt empfangen hatte oder nicht.

Herwegh schien meine Gedanken zu lesen. »Wussten Sie übrigens, dass der Begriff Sünde erst mit dem Christentum aufkam?«

»Ich kann es mir vorstellen.«

»In der Tat. Verfehlungen waren früher übrigens auch nicht von vornherein mit dem weiblichen Geschlecht verknüpft. Frauen galten sogar als mächtiger als Männer, was die Nähe zu höheren Mächten anging.«

»Wirklich?«

Herwegh nickte, er schien sich an meinem Staunen zu weiden. »Es waren Seherinnen, die den Willen der Götter verkündeten. Und auch was heiliges Wissen anging, waren Frauen sehr viel kundiger. Sie kannten Zauber, die Schmerz nahmen – genau wie Zauber, die Unbill bringen konnten«, einer seiner Mundwinkel hob sich leicht, als hätte er sich einen privaten Scherz erlaubt. »Vor allem aber hielten sie in Gestalt der Nornen das Schicksal aller Wesen in den Händen. Eine Greisin zupfte die Schicksalsfäden, eine Mutter verspann sie und eine Jungfrau beschnitt sie nach Verdienst. Selbst Wotan fügte sich ihnen.«

Ich dachte an mein Spinnzimmer unter dem Dach und wünschte auf einmal, ich hätte es ihm doch gezeigt. »All das wirkt so *lebendig.*«

»Es ging damals um einiges sinnesfroher zu als in der Kirche heute«, gab er zu. »Darum gibt es inzwischen auch so einige, die wieder zum alten Glauben zurückkehren.«

So wie er. Und doch hatte er nach seinem Sturz nach *Ihm* gefragt und *Seiner* Vergebung. Wir dachten vielleicht, wir könnten uns aussuchen, woran wir glaubten – doch wir konnten uns nicht immer aussuchen, was an *uns* glaubte. Oder *wann.*

Und dennoch gehörte sein Herz diesen fremden Göttern; um ihren wundersamen Pantheon hatte er das Haus für seine Gefühle gebaut. Die Welt ihrer längst toten Helden war die Welt seiner Ideale, das konnte ich spüren. Mit einem Mal kam mir ein Gedanke.

»Gibt – gibt es in der Edda vielleicht auch Geschichten über Menschen, die Fehler begangen haben?«, fragte ich zaghaft, wünschte, ich könnte den gefährlichen Grund abtasten, bevor ich ihn darüber stieß.

»Sicher«, er nickte.

»Wie stand man damals zu Reue über eine Tat ... zu *Schuld?*«

Seine Brauen sanken in Konzentration herab, dann zuckte er mit den Schultern. »Es gab keine, so wie wir sie heute kennen. Man machte Fehler, zahlte dann den Preis dafür, der so hoch war, wie die blinde Norne ihn eben festlegte, denn sie beschnitt den Schicksalsfaden nach Gebühr, legte die Schuld fest. Sich übermäßig darüber zu grämen, hätte nichts gebracht. Man versuchte, so gut zu leben, wie man konnte. Fehler waren dabei nun mal unumgänglich.«

»Ah.« Ich zögerte kurz. »So – so unumgänglich, wie sie es heute vielleicht auch noch sind?« Ich wagte nicht, weiter zu atmen.

Er sah mit einem Mal auf, tastete mit dem Blick mein Gesicht ab. Seine Züge wurden hart, seine Nasenflügel weiteten sich kurz. Gleich würde seine Konzentration in Ärger kippen und er würde mich anfahren, was ich mir herausnahm, ihn belehren zu wollen – doch er wandte sich nur brüsk ab, sah zu den Fenstern hoch. Abrupt erhob er sich. »Es ist schon spät. Ich begleite Sie zurück zum Haus.«

Ich schreckte auf. Tatsächlich saßen wir bereits fast im Dunkeln, ohne dass es mir aufgefallen war. Wo war die Zeit nur hin? Wäre nicht meine Kühnheit, meine unpassende Anspielung gewesen, die ich schon wieder bereute, hätte ich ihn am liebsten gebeten, noch zu bleiben, mir noch mehr von seinen Göttern zu erzählen. Ich merkte, dass ich noch immer den nassen Lappen umklammerte; meine Finger waren ganz aufgequollen. Verlegen ließ ich ihn in den Eimer mit der Lauge fallen. Doch bevor ich diesen aufnehmen konnte, hatte Herwegh sich auch schon vorgebeugt und war mir zuvorgekommen. Ich folgte ihm durch den Gang zurück. Er öffnete die Tür; seine Hand berührte für einen flüchtigen Wimpernschlag meinen Rücken, während ich hindurchging. Obwohl er sie sogleich wieder fortnahm, fühlte ich sie auch weiterhin, während wir schweigend, Seite an Seite den dunkler werdenden Pfad entlang gingen. Neben ihm zu schreiten fühlte sich sehr seltsam an, *fast wie an jenem Abgrund entlang zu balancieren, der mit tödlicher Tiefe lockte ...* Ich musste mich dringend ablenken. »Wo ist der Ort, an dem man den Göttern am besten huldigt?«, fragte ich fahrig.

»Hier.«

»*Hier?*« Hier waren nur Stämme, fallende Dunkelheit und hinter den dichten Ästen irgendwo der Mond und der Himmel.

»Ja, hier. Unter anderem. Man findet die Götter im Wald, abseits der Pfade. Doch vor allem in heiligen Eichenhainen wie diesem hier«, er machte eine weitläufige Geste.

»Dann – dann habe ich sie schon gehört«, sagte ich. Es stimmte. Ich hatte auf diesem Weg schon oft eine fremde Gegenwart gespürt. Nur, warum *bei all diesen Göttern* sprach ich es aus? Es musste das Gefühl des Neuen sein, das mich heute in seiner Gegenwart noch unberechenbarer machte als sonst.

Ich merkte, wie sein Blick abermals über mich hinwegglitt, wieder nachdenklich, grüblerisch, und wünschte erneut, ich hätte ihm jene Frage nicht gestellt. Nun war es zu spät. Ich hörte jedes Knarren des Leders seiner Stiefel, hörte jeden seiner Tritte auf den Wurzeln; ähnlich wie bei unserem ersten gemeinsamen Gang. Dieser schien inzwischen so weit weg wie die Sterne über uns.

Viel zu schnell kamen wir vor der dunklen Tür an. Im Schein des Mondes sah Herwegh fast verwundert auf den Eimer in seiner Hand nieder, kippte ihn dann irritiert mit einer Bewegung aus – jedoch nicht, ohne zuvor den Lappen herausgenommen und ihn sorgsam ausgewrungen zu haben.

Im schwachen Licht schien sein Gesicht nur aus Schatten zu bestehen, als er sich mir zuwandte. »Ich habe Ihnen morgen etwas zu zeigen. Werden Sie kommen?«

»Ja.« *Gewiss* …

Er gab mir den Eimer zurück. Seine Hand fühlte sich warm und fest an, als sie die meine streifte. Wenn auch nicht so warm, wie der Abdruck seiner Finger, der sich auf meinem Rückgrat eingebrannt zu haben schien. Wortlos wandte er sich ab und verschwand in der Dunkelheit.

Ich lag im Dunkeln, wälzte mich hin und her, doch die Ruhe floh mich. Das Bett erschien mir zu hart, die Decke zu schwer, dann zu warm. Mein Geist wandelte nicht durch Traumgebilde, wie es ihm wohl angestanden hätte, sondern kam vielmehr nicht aus der Kapelle frei. Ich stand erneut am Grabstein Matthäus' und ließ mich von Herweghs tiefer Stimme von ihm und meiner Unruhe fortführen, in neue wundersame Welten und andere Zeiten hinein. Ich lauschte ihm – wurde nicht müde, dieser Stimme zu lauschen – doch was mich fesselte, nicht losließ, war sein Lächeln, die kleinen Fältchen, die neben seinen Augen erschienen waren, sein erstaunliches Lachen, das sein gesamtes Gesicht verwandelt hatte. Und diesmal war er nicht spöttisch gewesen, keine Ironie hatte seinen Ausdruck ins Gegenteil verkehrt, seine Freundlichkeit war echt und tief – und ich kam nicht darüber hinweg, wie *schön* sie ihn machte. Es war, als wäre er ein anderer Mensch.

Neu. Da war es wieder. Doch konnte es wirklich sein, dass auch *er* es war? Oder verfälschte nur meine eigene wundersame Verwandlung meinen Blick auf ihn? Es wäre mir aber doch gewiss aufgefallen, wenn er zuvor so gewesen wäre? Wie hätte ich dieses Leuchten, das von ihm ausging, übersehen sollen?

Konnte jemand wie Herwegh wirklich neu werden? Und wenn ja – wodurch? Was hatte diese Wandlung in Gang gesetzt? Hätte ich die kausalen Mächte in ihm doch verstehen können!

Vielleicht wäre es mir auch leichter gefallen, nachzudenken, wenn da die Berührung seiner Hand auf meinem Rücken nicht wäre. Ganz sicher hatte er sie unbewusst vollzogen, wie mir an der Tür den Vortritt zu lassen, hätte sich, wenn gefragt, vermutlich nicht einmal daran erinnern können – und doch wurde ich sie nicht mehr los. Es war, als hätte sich nunmehr alle Fähigkeit des Fühlens in meinem Rücken in einer handtellergroßen Fläche am Rückgrat gruppiert.

Ich drehte mich noch einmal herum, konnte aber auch weiterhin nicht abwerfen, was ich nicht verstand.

Was vereinnahmte mich da nur? Was war so groß und so mächtig, dass es diese eigenartigen Gefühle in mir weckte, die mich so gefangen hielten? Wer hatte dieses Lächeln in mein Gesicht gepflanzt, das vor ein paar Stunden erblüht war wie die geheimnisvolle Mondpflanze, die höchstens zu einem vollkommenen Mond ihre Blätter öffnete?

Gott, antwortete etwas in mir. Etwas, das so gewaltig, licht und warm war, konnte nur Er sein. Dabei war einzig verwunderlich, warum Er sich mir erst nach so vielen Jahren offenbarte – und nicht etwa beim Studium heiliger Schriften am Pult, sondern beim Gespräch über fremde Götter. Was das betraf, konnte es natürlich auch der *Teufel* sein, der endlich Eingang in mich gefunden hatte – und gewiss wäre dies die Antwort gewesen, die Priester

Matthäus gefunden hätte, denn Gott war für ihn immer etwas, das man lange und erfolglos suchte, nach dem man sich verzehrte; ganz gewiss aber nichts, von dem man gefunden und überwältigt wurde. Doch genauso fühlte ich mich: wehrlos und gleichzeitig größer als je zuvor, als hätten meine Umrisse sich in Licht aufgelöst, als sei die ganze Welt von einem inneren Strahlen erfüllt …

Nein, diese Art von Rausch konnte unmöglich gut sein. Offenbar verlor ich gerade den Verstand und wenn mir nicht jemand beistand, würde dieser bis zum nächsten Morgen längst ferne Welten erreicht haben, aus denen es kein Zurück mehr gab. Ich brauchte Hilfe!

Ich riss ein Schwefelholz an, entzündete eine Kerze, lief ohne nachzudenken, sie vorsichtig schirmend, aus dem Raum, dann die Treppe hinunter, durch die Halle und dann aus der Tür. Erst draußen fiel mir auf, dass ich keinen Schal umgelegt, nicht einmal Schuhe angezogen hatte! Doch zum Umkehren war es zu spät, ich huschte weiter über den Hof, durch die schiefe Tür, dann die Stiege empor, und zuletzt durch Berge von Heu hindurch, meine Kerze hoch über den Kopf haltend.

Da waren sie. Die Schwestern schliefen friedlich in ihrem Nest aus Heu, das sie sich gegraben hatten, sahen in dem weichen Licht so friedlich aus, wie sie halb verdeckt von der duftigen Fülle dalagen; Anne, den Mund halb geöffnet, Gret, zusammengerollt wie ein Tier. Ich hasste es, ihren Frieden zu stören – aber wer konnte schon wissen, wie viel Zeit mir noch blieb, mich zusammenhängend zu äußern.

»Wacht auf!«

Gret tauchte nur langsam aus ihrem Traum auf, Anne hingegen erwachte mit einem Ruck, fuhr hoch. »Was ist los?« Sie sah wild um sich. »Brennt es? Was ist passiert?« Sie starrte auf die zuckende Flamme in meiner Hand.

»Alles ist gut, es ist nur eine Kerze«, beschwichtigte ich sie.

»Eine Kerze *auf dem Heuboden?* Sind Sie verrückt geworden?« Mit einem Ruck erhob sie sich und blies die Flamme aus.

In der plötzlichen Dunkelheit gaben meine Beine unter mir nach und ich ließ mich in das Meer der knisternden Halme sinken. »Ich glaube, ich verliere wirklich den Verstand. Ich weiß nicht, was mit mir geschieht.«

»Oh Gott.« Ich hörte, wie Anne näher kroch. »Was ist los?«

Ich fing am Anfang an, erzählte von seinem Auftauchen in der Kapelle, von seinen Geschichten, seinem Lächeln, seinem Lachen, seiner Hand auf meinem Rücken. Ich erzählte weiter von all dem Licht, von Gott und vom Teufel und dass sie sich plötzlich um meinen Verstand stritten.

»Was ist das? Und was soll ich nur tun?«, endete ich ratlos. »Ist – ist es heilbar?«

Eine ganze Weile war es still. »Nein«, sagte Anne endlich. »Gegen Ihr Leiden gibt es keine Kur.« Plötzlich lachte sie im Dunkeln auf. »Es hat jedoch weder etwas mit Gott noch mit dem Teufel zu tun – nur mit Herwegh. Sie sind für ihn entbrannt, das ist alles. Das ist das Licht, das Sie plötzlich überall sehen. Es kommt aus Ihnen selbst. Ein Glück, dass es endlich zu Ihnen durchdringt. Wir warten schon ewig darauf.«

Es dauerte ein paar Augenblicke, bis ich erfasste, was sie da sagte. »Nein, nein«, flüsterte ich dann. »Es ist doch *Herwegh*, das geht nicht!«

Schließlich war und blieb er *gefährlich*, wie ein Wolf. Für so jemanden entwickelte man doch keine Schwärmerei, schon gar keine Gefühle – so wenig, wie man die Hände in den brennenden Ofen streckte ...

»Es geht.«

Ich wollte widersprechen, mich dagegen verwehren, aber mir dämmerte, dass sie recht hatten. Es stimmte. Und meine Hände brannten längst lichterloh. Genau wie der Rest von mir.

»Ja, aber was soll dann jetzt werden? In dreizehn Tagen ist schon Ostern, dann wird er wieder fort sein!«, fuhr ich auf. »Außerdem weiß ich nicht, was ich jetzt anfangen soll. Was machen Menschen, wenn sie so fühlen?« Ich sank in mir zusammen.

»Sie hoffen, dass das, was sie im Herzen tragen, auf den Anderen abstrahlt.«

»Er – er wird so nicht fühlen. Nie.« Ich schloss im Dunkeln die Augen.

»Vielleicht nicht«, Annes Stimme war sanft. »Doch Sie haben ohnehin keine Wahl. Sie können höchstens versuchen, Ihren Zustand vor ihm zu verbergen. Doch damit nehmen Sie sich jede Chance.«

»Aber was soll ich denn *tun?*« So verwirrt, wie ich noch vor wenigen Minuten gewesen war, so verzweifelt war ich jetzt.

Ich spürte ihr Schulterzucken eher, als dass ich es sah. »Tun Sie nichts und es wird getan.«

Auch Gret schob sich nun durch das Heu näher. »Folge deinem Herzen.«

»Nichts tun? Meinem Herzen folgen? Was fällt euch ein! Ihr müsst mir schon sagen, was ich *anfangen* soll!«

Die beiden antworteten nicht, dafür hörte ich sie kaum hörbar miteinander flüstern.

»Hört auf damit! Keine Geheimnisse! Sagt mir gefälligst, was los ist!«

Anne räusperte sich. »Nun, die Liebe ... lebt nicht nur im Geist. Sie berührt auch den Körper. Sind Sie auch dafür bereit?«

Ich hatte die ganze Nacht nur in seinem Lächeln geschwelgt – und all das Andere ganz vergessen; seinen eisernen Griff, seinen gnadenlosen Blick, den gewölbten Rücken, die blind stoßenden Lenden ... Mein ganzer Körper krümmte sich, ich zitterte in meinem Hemd. »*Bereit?* Ich soll mich ihm *dafür* anbieten? Muss Liebe denn Gewalt sein?«

»Sie muss«, Annes Stimme war weich. »Sie ist sogar die größte von allen. Doch noch verstehen Sie sie nicht, sonst würden Sie sie so nicht sehen.«

Ich saß wieder auf meinem Bett, starrte direkt in die Flamme der Kerze, die inzwischen wieder brannte, und doch erschien mir der Raum rings herum sehr viel düsterer, als er es zuvor noch im Dunkeln gewesen war. So licht und leicht ich mich zuvor gefühlt hatte, so trostlos und schwer war mir jetzt zumute. Denn was sie von mir forderten, konnte ich nicht. Nicht *das*.

Seine Hand auf meinem Rücken zu fühlen, war wunderbar. Doch war die Berührung nur kurz und schmetterlingsleicht gewesen und zudem hatten mich dicke Lagen von Leinen und Wolle vor ihr geschützt, so dass sie meine Haut nicht hatte versengen können. Außerdem war sein Geist in diesem Augenblick nachdenklich, fast abwesend; weder fordernd und in Besitz nehmend, wie gegen Thalita in der Scheune, noch brutal und kalt, wie er es in der nächtlichen Kapelle gewesen war. Der gewalttätige Hunger, der ihn blind machte und ihn zu dem gnadenlos reißenden Wolf werden ließ, war diesmal fern gewesen – *und würde doch wiederkommen, sobald der entsprechende Reiz auftrat.*

Und selbst wenn er durch ein Wunder fern bliebe – er mich durch ein noch größeres Wunder überhaupt wollen würde – selbst dann war es nicht möglich, konnte ich mich ihm nicht überantworten. Nicht so. *Nicht solange sie in mir darauf lauerten, loszubrechen.*

Ich starrte blind vor mich hin, bemühte mich umsonst, nicht an sie zu denken, die hinter jener Tür meines Geistes warteten, die nie wieder geöffnet werden durfte, die ich seit nunmehr dreizehn Jahren fest verschlossen hielt. Es tun *musste.* Weil dahinter Unsägliches lauerte, wovon Demütigung, Schmerz und Ohnmacht, selbst langsames Verbluten, nur die Oberfläche darstellten ...

Nein, jene Tür musste weiterhin um jeden Preis verschlossen bleiben, wenn ich nicht von ihnen zermalmt werden wollte.

Außer natürlich, sie wären *gar nicht mehr da?* Was wäre, wenn ich bisher unrecht gehabt hätte und die Gegenwart wahrhaftig auch die Vergangenheit veränderte? Wenn ihre furchtbare Macht über mich nach all der Zeit unbemerkt von mir gewichen wäre? War es möglich, dass meine Angst einen inzwischen leeren Raum bewachte? Oder dass ich mittlerweile zumindest erstarkt war – und sie dadurch verblasst? Ihre Wirkung konnte nach all den Jahren hinter der verrammelten Kellertür meines Geistes unmöglich noch so groß sein. Und andere Menschen lernten gewiss doch auch mit der Zeit, mit ihren Dämonen zu leben ...

Ich konnte doch zumindest einmal nachsehen?

Ich wagte einen Blick durch den Spalt – und es gelang mir gerade noch, die Tür der Erinnerung wieder zuzuschlagen, bevor das, was dahinter gelauert hatte, sie mir aus der Hand reißen und über mich herfallen konnte. Vor Entsetzen bekam ich kaum Luft, musste nach Atem ringen. Nein, die Vergangenheit hatte mich nicht vergessen. Ihre Dämonen waren noch da und während ich die Falltüre all die Jahre von oben zugehalten hatte, waren sie darunter, statt zu sterben, im Gewölbe meines Geistes nur immer hungriger geworden. Ich würde die Tür niemals wieder öffnen können. Alles, was ich tun konnte, war zu hoffen, dass sie weiterhin hielt – und alles zu vermeiden, das sie unversehens aufspringen lassen konnte.

Mein Rückgrat gab nach, ich sank in mir zusammen. Weil mir durchaus bewusst war, was das für mein Leben bedeutete, welchen furchtbaren Verlust es barg. Denn sie hielten auch meinen Körper besetzt. Ihn hatten sie vor langer Zeit entweiht, dass ich das Haus meiner Gebeine seither nur wie fremde, geliehene Gemächer bewohnte, die in Wahrheit weiterhin ihnen gehörten, in denen jeder Raum unversehens Gefahr bergen konnte, einen geheimen Durchgang zu den weggesperrten Bildern zu öffnen – und damit zu *ihnen*. Seither war ich nicht einmal fähig, das Gesicht im Spiegel zu betrachten, das ihren Blicken damals schutzlos preisgegeben war ...

Und doch war es eben das Gesicht, das *er* jetzt sah. Und mein Rücken, meine Schultern, meine Hände, hatten mir, obgleich so lange von mir ignoriert, dennoch als Boten gedient, mir Kunde von seiner Berührung zu bringen.

Wenn ich diesen lang verschmähten Körper also *zurückfordern könnte, ihn Zoll für Zoll wieder einnehmen?*

Ich hatte mich langsam aufgesetzt und erhob mich jetzt. Tatsächlich hatte ich keine genaue Vorstellung, wie genau jener Akt zu bewerkstelligen sei – und außerdem barg er das Risiko, dabei *sie* freizulassen – dennoch musste ich es wagen. *Um seinetwillen.*

Ich sah an der weißen Baumwolle hinunter, die an mir herabfiel, aus der winterbleiche Hände und Füße herausragten. Langsam trat ich vor den großen, seit dreizehn Jahren gemiedenen Spiegel, blieb stehen.

Ich musterte zuerst mein Gesicht, das mir nach all der Zeit unbekannt war, höchstens einmal in gelegentlichen Spiegelungen vorbeigeglitten war wie ein Geist. Es war schmal, nur die Wangenknochen traten hervor, selbst bei dem warmen Licht wirkte es blass. Ich berührte es Zug für Zug, erfühlte Knochen für Knochen, daneben seine Weichheit, sah mir dabei selbst in die Augen, die früher grau gewesen waren, die jetzt aber nur groß und dunkel wirkten wie zwei tiefe Brunnen. Mein Mund selbst war weich, die Haut um ihn herum angespannt, hart. Ich versuchte zu lächeln – und es misslang. Mein ganzes Gesicht wirkte zu hager, zu streng und gleichzeitig *nackt*, eine Erkenntnis, die Panik in die geweiteten Augen trieb. Vielleicht trug die praktische aber hässliche Frisur dazu bei? Vielleicht wurde es besser, wenn ich den Knoten löste? Langsam zog ich die Nadeln heraus und der gedrehte Strang meines Haares fiel herab. Ich entwirrte ihn, ließ die dunklen Wellen nach vorn fallen und tatsächlich ließen sie meine

Wangen nun weicher wirken. Fast gelang es mir jetzt, zu lächeln. Ermutigt von dem kleinen Erfolg, zog ich mir, bevor ich es mir überlegen konnte, mit einer einzigen Bewegung das Hemd über den Kopf. Ich zwang mich, meine Augen hinabwandern zu lassen, alles der Reihe nach zu begutachten.

Da waren zuerst die Schlüsselbeine, die hervortraten. Überhaupt schmiegte sich das Fleisch am ganzen Körper dicht an die Knochen. Nirgendwo fand sich ein Übermaß, schon gar nicht Thalitas Großzügigkeit – hier fanden sich nur lange Glieder und Muskeln, streng definierte, nüchterne Formen. Ich berührte die Haut zuerst vorsichtig mit den Blicken, ließ dann vorsichtig meine Hände darüber gleiten. Besonders dünn lag das Fleisch über den Rippen und auch die Hüftknochen lagen dicht unter der Haut. Ich war dünner, als ich mich erinnern konnte, je gewesen zu sein. Konnte ihm, der geschwungene Formen liebte, so eine Dürre gefallen? *Priester im Kleid*, hatte er mich genannt, und spätestens jetzt begriff ich, was er damit meinte. Würde er diesen Leib als *reizlos* erachten?

Mein Mut sank. Hier brachte ich die Überwindung auf, für ihn zurück zu erkämpfen, was mir einst genommen worden war – nur um festzustellen, dass er es womöglich gar nicht wollen würde. Mir schien alles umsonst. Auf der anderen Seite war dieses Gebeinhaus alles, was ich hatte – es verdiente, dass wenigstens *ich* es ehrte, zumal es der Hort meiner Sinne war, die außer meinem Geist die einzige Brücke zu ihm darstellten.

Ich biss also die Zähne zusammen und zwang meinen Blick noch weiter nach unten, zu jenem Ort, für den er so unverblümte Worte gefunden hatte. Allein die Erinnerung daran bewirkte, dass sich dort etwas regte! Ich spürte dem Gefühl nach, lauschte in mich hinein. Der dort zugefügte Schmerz war schon lange verhallt. Jener lang ignorierte, geheime Teil von mir fühlte sich inzwischen vielmehr wie etwas an, das sich zu lange in einer Höhle versteckt hatte, aber überlebt hatte, und nun – keineswegs trocken oder spröde – *wartete.*

So also fühlte es sich an, eine Frau zu sein? Mein Gesicht war plötzlich sehr heiß. Ich atmete durch, schloss kurz die Augen.

Das Schwierigste hatte ich mir für zuletzt aufgehoben. Bei meiner stückweisen Wiederinbesitznahme hatte ich einen Teil meines Körpers ausgelassen, ihn nur aus dem Augenwinkel gestreift und selbst dabei schon ein schmerzliches Sich-zusammenziehen innerhalb meiner Rippen gefühlt. Weil es ein Teil war, der wahrhaft und dauerhaft versehrt worden war, der von ihnen gezeichnet bleiben würde.

Langsam ließ ich meine Augen wieder emporklettern, über glatte unversehrte Haut, bis ich endlich am Ziel war. Ein tastender Blick – nicht einmal so lang wie ein Wimpernschlag – und ich musste aufgeben, ablassen, weil ich es nicht ertrug, stattdessen mit aller Kraft die Tür sichern musste, die unter dem Ansturm von der anderen Seite drohte, in tausend Splitter zu fliegen.

Grundgütiger…

Ich war zu weit gegangen, konnte nur hoffen, von dort wieder zurückzufinden. Ich zerrte mir das Hemd wieder über und taumelte ins Bett, vergrub mich unter der Decke, versuchte, *nichts* mehr zu sehen, ihr Heulen nicht mehr zu hören.

Ich hatte gewonnen und gleichzeitig verloren. Denn ich hatte zurückgeholt, was mein war – mich jedoch auch *erinnert.*

15. Licht & Dunkelheit

Auf und ab. Auf ... und ab. Mit gekreuzten Armen marschierte ich von der Tür zum Fenster – und wieder zurück. Und das bestimmt zum dreihundertsten Mal. Wenn ich am Spiegel vorbei kam, der mir selbst in der vollen Montur von Korsett und Filzkleid noch immer leichtes Unbehagen einflößte, sah ich abwechselnd funkelnd irritiertes Starren oder nervös zuckende, aufgerissene Augen. Was ich nicht sah, waren Ruhe und Entschlossenheit. Und so setzte ich meinen sinnlosen Gang eben fort. Nicht, dass er mich irgendwohin gebracht hätte ...

Genauso wenig wie die letzte Nacht. Sie hatte über so vieles Aufschluss gebracht – und gleichzeitig über nichts. Denn jetzt wusste ich zwar, dass ich Herwegh verfallen war, jedoch nicht, ob ich je den Mut finden würde, ihm diese Erkenntnisse zu offenbaren. Zumal zur Liebe zwei gehörten, so viel ich wusste, und er mir gegenüber niemals derartige Neigungen auch nur im Entferntesten *angedeutet* hatte. Freilich hatte ich nicht vergessen, wie er zu rein körperlichen Vereinigungen stand – doch daran wollte ich gar nicht denken. Meine Kühnheit in der letzten Nacht hatte mich ohnehin schon zu weit getrieben.

Dass sich dabei etwas in mir losgerissen hatte, war an dem Traum kenntlich, der mich nach langer Wacht irgendwann heimgesucht hatte: Darin berührte Herwegh mich ausgerechnet dort, wo ich zerstört worden war. Seine Finger glitten sacht über die Verwüstung und ließen nichts als Wärme und Heilung zurück, während er mich unter einer Dornenkrone hervor anlächelte.

Wie lächerlich! Als würde ausgerechnet er sich jemals eine Märtyrerkrone aufsetzen lassen! Außerdem konnte niemand angesichts dessen lächeln, was in der letzten Nacht im Spiegel zu sehen gewesen war ...

Schwer atmend blieb ich erneut vor ihm stehen, musterte die Frau mit dem streng gewundenen Knoten und dem aufgelösten Gesichtsausdruck, die in ihrem schlotternden Lumpen von Wollkleid wahrlich ein erbärmliches Bild abgab. Dabei musste ich mich zusammenreißen und so tun, als sei nichts gewesen. Es am besten *vergessen*.

Ich wandte mich ab, kühlte die flammenden Wangen mit meinen wie immer klammen Händen, drückte mir die Knöchel in die pochenden Schläfen, setzte meinen Gang fort.

Hätte er mich nur nicht ausgerechnet heute zu sich bestellt! Der halbe Morgen war bereits verstrichen und wenn ich meinem Wort nicht bald nachkam, musste ich riskieren, dass er mich holen kam wie eine Gouvernante ein säumiges Mündel. Womöglich stand er sogar längst vor der Tür und lauschte irritiert dem verräterischen Trommeln meiner Absätze auf den Dielen? Ich strauchelte fast bei dieser Vorstellung, blieb stehen, fuhr mir entsetzt durch die Haare, um sie sogleich wieder zu glätten.

Genug! Ich musste mich zusammennehmen. Der Besuch ließ sich zwar nicht verhindern, konnte dafür aber kurz und sachlich gehalten werden – er durfte einfach nichts merken!

Wieder an der Tür angelangt, holte ich diesmal tief Luft und drückte die Klinke nieder. So gefasst wie möglich ging ich über den Flur. Gleich würde ich an seine Tür klopfen und hineingehen, ihm meinen Morgengruß entbieten, mit aller gebotenen Distanz begutachten, was er mir zu zeigen hatte, und, so Gott wollte, wieder gehen. Das war alles.

Wenn nur die Berührung seiner Hand auf meinem Rückgrat nicht wäre, wenn ich sein Lächeln nicht mehr vor mir sehen müsste ...

Blind hatte ich schon die Hand ausgestreckt, um anzuklopfen – fand jedoch kein Holz dafür vor, denn die Tür stand schon offen und gab den Blick auf ihn frei. Ich fuhr zurück, fand ihn aber glücklicherweise abgewandt, ganz auf die Wand konzentriert. Mit seinem scharfen Profil, dem ewig schwarzen Hemd, das sich über seinem Rücken spannte, kauerte er leicht vorgebeugt vor dem Fresko, alle Sinne auf die feinen Bewegungen des Pinsels in seiner Hand ausgerichtet. Sein ganzer Körper war angespannt und gleichzeitig vollkommen ruhig, selbst sein Atem ging so langsam, dass sich nicht einmal seine Brust hob und senkte; als lebte er einzig in dem dünnen Stück Holz mit den feinen Borsten, das akribisch kleinste Mengen Farbe auf die dafür vorgesehene Stelle auftrug. Ich hatte noch nie eine solche Versenkung gesehen: Er war vollkommen *da* – und gleichzeitig an einem anderen Ort; wahrscheinlich jenem, den er dort an der Wand schuf. Mit Pigmenten und Öl erzählte er die Wirklichkeit von Rosen,

Rinden und Blättern nach, weilte irgendwo, wo sich aus Vision Wirklichkeit fügte. Dort, wo auch seine Götter lebten ...

Ich konnte ihn nicht stören. Nicht jetzt. Ich wollte lautlos wieder zurückweichen, diese intensiv nach Leinöl und Terpentin duftende Welt wieder verlassen, als es unten laut krachte – eine zufallende Tür.

Er fuhr herum – und ich erstarrte. Als er mich erkannte, breitete sich Überraschung und dann Irritation über sein Gesicht. »Sie? Wollten Sie nicht – kommen Sie doch herein!«

Verlegen gehorchte ich, zog die Tür hinter mir zu. Mit schützend vor der Brust gekreuzten Armen ging ich näher, um zu betrachten, was ihn so absorbierte. Mir lag schon die Frage auf den Lippen, was es denn sei, das er mir hatte zeigen wollen, als es mich auch schon *ansprang*. Ich vergaß die Frage, meine Scheu und auch für einen Moment lang alles andere. Stattdessen fühlte ich mich emporgehoben und gleichzeitig *erschlagen*.

Es war ein Garten und ich stand davor – und gleichzeitig mittendrin. Unzählige aufplatzende Blüten zogen mich regelrecht in ihre Mitte, lockten den Blick von Knospe zu Knospe, eine größer und schwerer als die andere. Ich war geschrumpft und wurde hineingesaugt in diese lebendige Schar in allen Stadien der Reife! Da waren Knospen und Blätter, die sich langsam öffneten, voll erblühte Blüten; jedoch auch welche, die so überreif und schwer waren, dass sie im nächsten Atemzug zu zerfallen drohten. Ein Querschnitt durch das Werden und Vergehen – und auch durch alle Farben und Formen.

Das riesige Gemälde – die ganze Wand – pulsierte vor Leben und Wildheit und war doch gleichzeitig so vollkommen proportioniert, wie ein echter Garten es nie sein konnte. Und all die blühenden Büsche und Sträucher gruppierten sich um eine einzige Achse: einen Stamm, dessen aufgehende Knospen das gleiche feurige, und doch samtene Rot ausstrahlen, das ich bereits kannte. Es war der Rosenstock aus der Kapelle. Jedes einzelne Blütenblatt war plastisch und lebendig, vibrierte förmlich in dem tiefen Rot aus der Brust geschnittener Herzen. Es schmerzte beinahe hinzusehen, so schön war er.

Ich streckte schon wieder die Hand nach der Wand aus, weil mein Verstand einfach nicht akzeptieren wollte, dass den Blüten die Tiefe fehlte; oder vielmehr die Dimension der *Gegenwart*. Denn plötzlich wusste ich, dass das, was ich vor mir sah, das Abbild einer Wirklichkeit war, die tatsächliche existiert hatte: Es war der tote Garten, als er noch lebte – dies war der Garten meiner Mutter!

Ich hörte mich Unzusammenhängendes stammeln, von ihren Rosen, meiner Geburt und ihrem Tod – dem der Rosen – und dass ich nie geglaubt hätte, sie einmal zu sehen.

»Sie haben all die Zeit auf Sie gewartet«, kommentierte Herwegh meinen Ausbruch.

Damit lag er allerdings falsch! »Nein, das haben sie nicht! Sie waren übertüncht, absichtlich vernichtet worden! Priester Matthäus wollte vielmehr verhindern, dass ich sie je sehe!«

»Und doch tun Sie es gerade. Ist nicht selbst die Bibel voll wundersamer Wendungen? Von göttlichen Boten, die das menschliche Geschick wandeln?«

In dem Fall war Herwegh der düsterste Engel, den ich mir vorstellen konnte.

Ich sah mich unwillkürlich nach ihm um, fand ihn an die gegenüberliegende Wand gelehnt. Im Kontrast zu der farbigen Fläche vor mir wirkte er mit seiner Dunkelheit fast wie ein Scherenschnitt vor dem Weiß. Ein finsterer, gefallener Engel. So faszinierend wie Luzifer selbst. Wo hatte ich nur gelesen, dass jener die Kletterrose erschaffen hätte, um auf ihren Dornen in den Himmel hinaufzusteigen? Herwegh hatte an jener Wand *alle* Arten von Rosen zum Leben erweckt – und sich doch schon zuvor mit drei einzelnen Blüten in mein Herz gemalt ... Ich war mit einem Mal so gerührt, dass ich kaum Luft bekam. Ich musste mich wirklich fassen – am besten sogleich gehen.

»Das – das ist wunderschön«, ich räusperte mich, um Festigkeit bemüht. »Ihre Darstellung ist makellos. Ich kann sehen, warum ihr der Garten so viel bedeutet hat.«

Ich tat einen tastenden Schritt zurück, bereitete bereits den nächsten in Richtung Tür vor. Wurde stattdessen aber von seiner Stimme aufgehalten.

»Und Ihnen?«

Ich war noch lange nicht entlassen.

»*Mir?*«, ich zuckte hilflos mit den Schultern, versuchte, mich auf die Frage zu konzentrieren. »Hier gibt es schon so lange keine Rosen mehr ... Ich weiß doch nichts von ihnen.«

»Jetzt sind sie zurück.«

Das waren sie. Überlebensgroß. Fast anmaßend. Und er zwang mich, sie weiter anzusehen. Meine Mutter hatte sie geliebt, Priester Matthäus hatte sie gehasst, verdeckt, vernichtet. Und ich? Ich konnte nicht benennen, was ich fühlte, wenn ich sie sah. Nur dass es *stark* war.

Aber vielleicht war es ganz einfach. Mein ganzes Leben lang wuchsen bei mir ausschließlich Kräuter und Pflanzen, die alle anderen ausrissen – ich selbst hatte noch nie Rosen wie diese lebendig gesehen. Sie waren schön. Doch womöglich hatte ich mich mit ihnen übernommen. Genau wie mit dem, was ich fühlte. Allein zwischen Herwegh und dem Bild zu stehen, ließ mich schrumpfen, saugte mir das Blut aus dem Gesicht ...

»Wie gesagt, das hier steht mir nicht zu«, fasste ich brüsk zusammen. »Es war nie für mich gedacht. Ich hätte es besser verdeckt lassen sollen.«

Er lehnte noch immer an der Wand, ruhig, distanziert. »Es ist Ihr Erbe.«

Ich schüttelte den Kopf. »Nein. Das hier – es passt einfach nicht zu mir. Und Matthäus hat es gewusst.« Vielleicht hatte er mich wirklich nur schützen wollen: vor der großen Enttäuschung, etwas zu sehen und zu begehren, das mir nie bestimmt war.

Herwegh schien völlig unbeeindruckt von meinen Erkenntnissen. »Ist das wirklich das, was er gesagt hat? Ganz am Ende, als er den Tod schon nahen sah?«

»Da hat er gar nichts mehr gesagt. Da konnte er nicht mehr sprechen.«

»Dann können Sie doch nicht wissen, was der Grund gewesen ist, sie zu verbergen.«

Kurz sah ich den gequälten Jesus vor mir, erinnerte mich an die neue Deutung, die mir erst kürzlich aufgegangen war – aber eben nicht passte. »Doch, ich kenne ihn«, beharrte ich. »Denn ich kannte ihn, Matthäus.« Winzige Wildblumen hatten den Priester schon so sehr aufgewühlt, dass er sie nicht auf dem Tisch duldete –

was musste er erst gefühlt haben, als er *das hier* sah? Ich starrte schon wieder hin, konnte dem Gemälde selbst in Herweghs Gegenwart kaum den Rücken kehren.

»Diese Rosen vereinnahmen einen«, erkannte ich. »Man *kann* sie nur lieben oder hassen. Einen Mittelweg gibt es nicht, dazu sind sie zu stark.« Und ich war nicht wie sie, meine Mutter, um daneben zu bestehen. Stattdessen war ich dem spartanischen Mann, der mich aufgezogen hatte, viel ähnlicher als ich es sein wollte; karg im Geiste und dazu auch noch unscheinbar und schwach –

»Sie haben doch schon mal einen Blick in die Bibel geworfen, nicht?« Seine Stimme war schneidend.

»Wie bitte?« Ich drehte mich zu ihm um. Er lehnte noch immer an der Wand, hatte aber inzwischen die Arme vor der Brust gekreuzt. »Als Nichte eines Priesters sollten Sie die meisten Geschichten daraus zumindest schon einmal gehört haben, auch wenn Sie die Weisheiten daraus vielleicht nicht immer verstehen oder selbst umsetzen können.«

»*Was?*« Vor allem verstand ich diesen so plötzlichen Angriff aus dem Nichts nicht.

»Das Gleichnis mit den Talenten«, fuhr er fort. »Aus dem Buch Matthäus müsste es sein, wo der Herr auf Reisen geht und jedem seiner Knechte nach ihren Fähigkeiten Talente hinterlässt. Wie geht das noch gleich aus?«

Ich starrte ihn irritiert an. Wollte er mich etwa *abfragen?* »Der Herr kommt zurück und lobt diejenigen Knechte, die ihre Talente vermehrt haben, während er denjenigen Knecht rügt, der sein Talent aus Angst, es zu verlieren, vergraben hat, anstatt es zu nutzen. Aber was hat das mit mir zu tun?«

»Sie sind arrogant, das hat es damit zu tun.«

»*Wie meinen?*«

»Sie maßen sich an, Sie dürften unter den Talenten, die Ihnen vererbt wurden, wählen. Deshalb. Die einen mehren Sie – wie die Arbeit, die Matthäus Ihnen hinterließ –, die anderen aber, die hier zutage kommen, wollen Sie erneut vergraben. Erscheint Ihnen das Recht? Was wird Ihr Gott dazu sagen, wenn Sie von fünf Talenten drei brach liegen lassen?«

Ich schaffte es gerade mal, den Mund wieder zu schließen.

Er zuckte mit den Schultern. »Es ist natürlich viel einfacher, die, die vor uns gingen, für das Schlechte, das sie uns zugefügt haben, zu verurteilen und ihr Vermächtnis in uns ganz und gar auszulöschen, ohne das Gute daraus zu retten. Doch damit machen Sie sich blind für das Besondere, das nur sie Ihnen zu geben vermochten.«

Mit einem Mal machte er mich wütend: Er bemerkte jeden Splitter in meinem Auge, wohingegen ihm so ganz der Balken in dem seinen entging!

»Was war denn das Besondere, das *Ihre* Eltern Ihnen vermacht haben? Wofür sind *Sie* dankbar, wenn Sie an Ihre Mutter denken? Und wofür ehren Sie das Gedächtnis Ihres Vaters?« Ich hatte die Worte hervorgestoßen, ohne nachzudenken.

Er bewegte sich so plötzlich auf mich zu, dass ich zusammenzuckte. Ich sah mich schon geschüttelt, niedergeschlagen, oder zumindest gegen die Wand gestoßen – nur dass nichts davon geschah. Stattdessen beugte er sich mit finsterem Blick nieder und begann, seinen Pinsel mit einem terpentingetränkten Lappen zu reinigen. Nach ein paar Augenblicken, in denen ich kaum zu atmen wagte, sah er auf.

»Sie verhöhnen mich, weil Sie um meine Familie wissen. Ich habe Ihnen selbst gesagt, dass mein Vater den Krieg zu uns ins Haus gebracht hat, und vielleicht können Sie sich denken, dass meine Mutter eine eitle, bigotte Schlampe war. Ich dagegen war ein kleiner scheinheiliger Furz, der schließlich zu einem Mörder wurde, ist es nicht so?«

Ich fühlte seine Wut, wie sie in Wellen von ihm abstrahlte, und wagte kaum, Luft zu holen. Wie hatte ich ihn nur auf diese Weise provozieren können? *Schmählich, wer im Hause des Gehängten den Strick erwähnt ...*

»Und Sie haben Recht«, fuhr er fort. »Bevor mein Vater starb, bedeutete er mir nichts. Er war kein treusorgender Gatte, kein guter Vater, kein anständiger Mensch, als er aus dem Krieg kam. Ich verabscheute ihn. Und wissen Sie warum? Weil ich nicht begriff, was das Töten aus einem Mann machen kann. Dass danach nur noch Fetzen von seiner Güte übrig sind und dass der Schmerz, den er fühlt, irgendwo hin muss, wenn er nicht den Verstand verlieren will.«

Pinsel und Lappen ruhten inzwischen reglos in seinen Händen. »Und meine Mutter?«, hob er wieder die Stimme. »Inzwischen weiß ich gar nicht mehr, wer sie war, denn sie geht unter in all den Lügen, die sie erzählt hat. Allzu gierig war sie nach Bewunderung und Liebe, nach Sicherheit und Schutz, all dem, was ihr an der Seite jenes Ebers abging.«

Er sah abrupt auf. »Was also gaben die zwei mir wohl mit, spotten Sie? Welches unvergleichliche Gut mag *mein* Erbe sein?«

Ich schüttelte den Kopf, stotterte hilflos herum, dass es mich nichts anging – garnichts! – doch er machte meinem Gestammel mit einer kurzen Geste ein Ende.

»Erkenntnis«, sagte er knapp. »Das ist es, was sie mir mitgaben. Welche, fragen Sie jetzt? Dass zuweilen Schönheit in der Zerstörung liegt? Dass die beiden erst durch meinen Mord zu tragischen Opfern geworden sind; dass erst mein tiefer Fall ihrem Los Tragik und Erhabenheit verliehen hat?«, er schüttelte den Kopf. »So habe ich einmal gedacht. Aber heute weiß ich, dass derlei Sicht kleinlich ist. Die wahre Erkenntnis ist eine andere.«

Er erhob sich. »Die kostbare Erkenntnis, die sie mir vererbten ist, dass ich nun die Dunkelheit verstehe. Ich weiß, was die Menschen verbergen, vor sich und der Welt; weiß, was sie heimlich ersehnen, habe jedes ihrer selbstsüchtigen Gebete selbst schon heimlich gesprochen. Ich kenne all ihre Lügen und auch die niederen Freuden, mit denen sie sich betäuben, wenn sie ihr klägliches, elendes Dasein ein Mal mehr nicht ertragen. Sie sagen, all das sei hässlich? Die Dunkelheit sei schlecht? Ja. Nur braucht man sie, um einen Sinn für das Licht zu entwickeln, und für die Intensität all der Farben dazwischen. Manchmal muss man sich vom Dunkel aushöhlen lassen, um genug Raum für das Helle, das Lichte zu schaffen, es zu verstehen, wenn man es sieht. Schönheit zu *begreifen*.«

Ich wandte mich um, sah die Wand an. Dort fand sich in den Explosionen der Farben der Himmel – und zugleich die Hölle, wenn dieselben Farben sich mit der Schwärze paarten. In den tiefen Schatten enthüllten sie sich, seine Pein und seine Einsamkeit, denen er sonst den Mund verschloss, und auch die so dringend geheim gehaltene Verwundbarkeit – in dem Licht dort an der Wand hingegen triumphierte er. Und all diese Vollkommenheit gab es nur, weil er seinen Frieden mit der Dunkelheit gemacht hatte!

Ich hatte mir vorgenommen, Abstand zu halten; mir geschworen, mich nie wieder von ihm vereinnahmen zu lassen – und starrte ihn nun dennoch an. Ich verstand jetzt, dass er das Blatt, das ich in der Kapelle gefunden hatte, nur deshalb ausgerissen hatte, weil die Klage darauf nicht länger ausdrückte, was er fühlte. Er hatte sich endlich mit seiner Kunst ausgesöhnt – und zugleich mit sich selbst. Er wusste nun, wer er war.

Ich stand da und konnte nur schauen. Weil mir seine Züge selbst im Grimm noch so schön erschienen, mit all den versteckten Gefühlen darunter, die sie erst lebendig machten. Wie lange war er schon so *ganz*, ohne dass ich es bemerkt hatte? Ich sehnte mich danach, auf ihn zuzugehen ...

Raus. Ich musste hinaus!

Nur dass es dafür zu spät war. Weil meine Knie unter mir nachgaben.

Der ganze Raum schien nunmehr mit schweren Terpentin- und Leinöldämpfen gefüllt, Herweghs Gesicht verschwand und stattdessen tanzten nur noch graue Punkte vor meinen Augen. Er sagte etwas, doch ich verstand die Worte nicht, denn sie gingen in einem Rauschen unter, als erhöbe sich ein Schwarm großer Vögel in die Luft. Alles drehte sich, ich schwankte, suchte nach Halt und griff ins Leere, spürte, wie ich fiel.

Bis sich Hände um meine Oberarme schlossen und mich durch das Grau geleiteten. Kurz darauf spürte ich auch schon etwas Massives, in dem ich das breite Fensterbrett erfühlte. Erleichtert lehnte ich mich gegen die Fensterwölbung, noch immer blind. Ich hörte, wie das Fenster geöffnet wurde, und fühlte nach und nach die beißenden Düfte des Raums an mir vorbeiziehen. Stattdessen strömte wieder reine, kalte Luft in meine beengten Lungen.

Allmählich tauchten seine Züge wieder aus dem Nebel auf. Er lehnte neben mir, hatte sich vorgebeugt, musterte mich so scharf, als sei ich ein missglücktes Motiv an einer seiner Wände. Seine Augen waren sehr nah, seine Züge angespannt. Er hatte den Arm halb ausgestreckt, als fürchte er, ich könnte von der Fensterbank fallen, vermied es jedoch, mich zu berühren. Unter all den Gerüchen konnte ich nun auch den seinen ausmachen; Leder und Leinen und schwach darunter: seine Haut. Meine Hand hob sich von ganz allein, bewegte sich wie von selbst auf seine Wange zu, während ich mich vorneigte, noch immer berauscht, halb betäubt, ihm einzig entgegen strebend.

Meine Hand wurde abgefangen, er hielt sie fest. Sein Blick war hart und alles, was ich darin lesen konnte, war ein Nein.

Der Nebel war mit einem Mal fortgeblasen.

Auf noch unsteten Beinen stand ich auf. Er wollte mich stützen, doch ich riss mich los, lief so schnell ich konnte hinaus.

Nur fort ...

16. Abbitte

»... *verbo et opere: mea culpa, mea culpa, mea maxima culpa* ...« Ich hatte diese Worte schon so viele Male gesprochen, dass sie längst keinen Sinn mehr ergaben, nur noch als Atemwolken in der Kälte hingen. Und doch trat jetzt endlich ein, worum ich seit etlichen Stunden so innig betete: Jede Empfindung in mir stumpfte ab, erfror. Vielleicht war es auch nur die Müdigkeit, die mich erlöste, oder auch der Morgenfrost, der über den eisigen Boden in meine Knie kroch. Wie auch immer; der schreckliche Schmerz wich.

Nach dem Aufprall seiner Zurückweisung hatte ich nicht gewusst, wohin mit mir. Wohin ich mich auch wandte, Herwegh war längst da und erwartete mich dort; mit seinen abweisenden Augen, der abwehrenden Hand. Sein Nein hatte sich in mich eingeritzt, eingeschnitten, hineingeschlagen; es hatte tief in mir eine lebenswichtige Ader getroffen und ich verblutete. Der einzige Weg, das Blut abzubinden, war Flucht. Gebet. So war ich zur Kapelle gelaufen und hatte den Schlüssel von innen umgedreht. Hier lag ich den Rest des Tages und die Nacht auf den Knien, bat um Würde und Stärke, darum, zu lernen den Verlust auszuhalten.

Konnte man etwas verlieren, das man doch noch nie besessen hatte? Man konnte. Irgendeine verirrte Hoffnung musste all die Zeit in mir gewachsen sein, bis sie wie ein Riese emporragte. Und nun war der Riese gefällt. Nur das Vergessen konnte ihn begraben. Und genau darum flehte ich zu Gott: den Moment nicht länger immer und immer wieder durchleben zu müssen, als sich offenbarte, dass Herwegh meine Annäherung zuwider war. Dazu musste ich nur aufhören, zu fühlen; ich brauchte die Ohnmacht. Und nach hunderten von Gebeten und Stunden auf eisigem Grund kam ich diesem Zustand immer näher, allmählich zerflossen meine Gedanken wie Nebel und die Bilder rissen auseinander. Nur noch gelegentlich flackerten seine erstaunten, abweisenden Augen vor mir auf. Und dann schleuderte ich ihnen das nächste Gebet entgegen: »*Ave Maria, gratia plena, ... ora pro nobis peccatoribus, ...*« Und wieder das nächste: »*Et ne nos inducas in tentationem! Sed libera nos a malo ...*«

Meine Zähne schlugen schon seit Ewigkeiten aufeinander, stückelten die Worte; ich konnte nur hoffen, dass Gott auch die unverständlich Brabbelnden verstand, wenn sie zerknirscht genug waren. Wenn Er mir nur verzieh, dass ich Herwegh über ihn gestellt hatte, ihm verfallen war – ich würde es auch nie wieder tun. »*Deus meus, ex toto corde poenitet me omnium meorum peccatorum, ... sed praesertim quia offendi Te ...*«

Die Sonne ging allmählich hinter den farbigen Fenstern auf und ließ die Schatten zurückweichen. Der neue Tag stand vor der Tür, klar und voller Licht, als wollte Gott mich ermahnen, Buße zu tun, wenigstens jetzt zu meinen Pflichten zurückzukehren, die ich so lange vernachlässigt hatte. Und das würde ich. Ich würde das Kopieren und Übersetzen wieder aufnehmen, endlich die Sammlung für den Abt fertigstellen. Und in wenigen Tagen war Ostern und damit – das Ende. Ich würde ihm von Mechthild seinen Lohn aushändigen lassen und dann war er auch schon fort. Ich konnte damit leben. Ich *musste* es. Ganz sicher würde irgendwann auch das Gefühl verblassen, dass er damit für immer einen Teil von mir mitnahm. Denjenigen, der lebendig gewesen war ...

Ächzend wie eine alte Frau drückte ich mich in die Höhe, musste mich am Altar hochziehen, meine Beine wollten mich nicht mehr tragen. Mein Blick fiel auf den Weinkelch – und zuckte weg. Auch daran musste ich mich gewöhnen. Herwegh hatte fast jeden Meter der Kapelle, des Hauses, des ganzen Hofes vereinnahmt und hielt ihn jetzt besetzt. Wo immer ich hinsah, würde ich lange Zeit ihn sehen. Doch auch das würde gewiss vergehen, wie alles. Selbst tiefe Schnitte heilten, niemand wusste das besser als ich. Zwar sagte selbst Paulus, die Liebe sei stärker als Glaube und Hoffnung – doch gewiss war sie schwächer als die Bezwingerin allen Lebens – die Zeit. Es *musste* so sein.

Meine Glieder waren so steif, dass ich mich schon wieder selbst stöhnen hörte, doch Schritt für Schritt musste ich zurück, durch immer dunklere Farben hindurch. Selbst in dem Zwielicht strahlte der Rosenstock noch wie eine Erscheinung von der Wand nieder. Es würde leichter werden, wenn alle Rosen wieder von kühlem Weiß bedeckt waren. Ich würde ein zweites Mal den ewigen Winter über sie bringen und damit auch den farbenfrohen Traum vereisen lassen, den ich geträumt hatte und der nur Trug und Gaukelei gewesen war, eine dumme Hoffnung – oder vielmehr ein Irrtum. Priester Matthäus hatte es schon vor langer Zeit gewusst. Hier war einfach kein Ort mehr für Rosen. Sobald Herwegh fort war, war es an der Zeit, wieder in die Stille zurückzukehren.

Ich drehte den Schlüssel und drückte die Klinke nieder – erinnerte mich, wie er damals die Wahrheit von mir gefordert hatte – die er jetzt nicht mehr brauchte. Doch das war gut so, denn selbst in unserer Schuld hatten wir weniger gemein, als er angenommen hatte. Wie überhaupt in allem. Versehrt und zerstört war jetzt nur noch ich. Er hingegen würde alles finden, was er begehrte. Gewiss schon, sobald er mein Haus verließ. Um meine Mundwinkel zuckte es heftig, ich schlug mir die Hand vor den Mund.

Draußen blendete mich das Licht. Ich musste die Augen zusammenkneifen. Ich fühlte eine Berührung an der Hand, zuckte zurück, doch es war nur eine Hundeschnauze. Klio, Erato und Melpomene waren gekommen, um mich in Empfang zu nehmen, sie mussten vor der Kapelle auf mich gewartet haben. Ihre Ruten schwangen heftig hin und her, sie hechelten ihre Freude, mich zu sehen. Und ich war froh, dass sie da waren, wie sie immer da gewesen waren, meine Freundinnen.

Mit ihnen an meiner Seite war mir nie etwas geschehen, sie waren mein pelziger Schild gegen die Welt – und hätte ich auf sie gehört, auf ihr knurrendes Misstrauen Herwegh gegenüber, hätte ich mich selbst niemals derart beschämt. Warum hatte ich ausgerechnet bei ihm vergessen, dass sie immer meine Beschützerinnen und Wächterinnen gewesen waren; meine unbestechlichen, fell-, fleisch- und knochengewordenen Instinkte? Ihr raues Haar heilte meine leeren Hände, die warmen Zungen brachten wieder Gefühl in mein kaltes Gesicht. Ich umarmte Klio, die

Strenge, drückte Erato, die Wachsame, an mich, und lehnte mich an Melpomene, die Vorsichtige. Sie waren meine ganz besonderen Musen und ich war dankbar, dass sie mir die Vernachlässigung der letzten Tage nicht nachtrugen, sondern zur Stelle waren, wo ich sie so dringend brauchte.

Noch Augenblicke zuvor hatte ich kaum Kraft gehabt, Schritt vor Schritt zu setzen, doch in ihrer Gesellschaft, der meines Rudels, verlangte es mich nach Licht und Luft; sie auszusenden, während ich ihnen folgte. So ging ich nicht zum Haus zurück, sondern schlug vielmehr einen anderen Weg ein, beobachtete ihre raumgreifenden Sprünge, die Kraft ihrer langen Glieder. Erato und Melpomene jagten sich, kämpften im Spiel, während Klio, die abgeklärte Ehrwürdige, in gelassenem Trab den Weg sicherte. Der Morgen war kalt. Ich schlang die Arme um mich selbst, mochte weder denken, noch fühlen, verlangte nach nichts als Gemeinschaft mit meinen felligen Freunden; deren Welt erleichternd einfach war, mit Bedürfnissen, die leicht zu begreifen und zu erfüllen waren.

Wir waren währenddessen bei den Schafsweiden angelangt. Otfried hatte die Herde aufgeteilt und die dunkleren, langwolligen Tiere in der vorderen Koppel zusammengetrieben. Ich blieb am Zaun stehen, lehnte mich auf das Holz und sah müde zu, wie die dunkle kleine Herde sich erst wie ein gerinnender Wassertropfen vor den Hunden zurückzog, aber schon Augenblicke später wieder auseinander driftete, weitergraste, als wäre nichts gewesen.

Wäre ich doch wie sie.

Hinter mir rauschte das Gras unter Schritten. Mein Blick zuckte zu den Hunden, doch diese wandten kaum die Köpfe, gingen weiter unbeeindruckt ihren dringenden Beschäftigungen nach. So drehte ich mich nicht um, sondern wartete, bis die Schritte mich erreichten.

»Hier sind Sie!«

Ich wandte mich nicht einmal um, wozu das Offensichtliche bestätigen.

»Wir haben dich überall gesucht, seit gestern schon –«

»Und auch die halbe Nacht«, fiel Anne ein. »Was ist passiert?«

»Nichts.«

»Hast du es ihm gesagt?«

Ich schloss die Augen.

»*Hast* du?«

»Ich will nicht darüber reden.«

Sie musterten mein Gesicht und tauschten dann einen erschrockenen Blick.

»Aber, hat er –«

»Still. Keinen Ton mehr.«

Ich starrte auf die Schafe. Mein Blick blieb an einem langwolligen Muttertier hängen. Sein Kopf zuckte beim Grasen immer wieder zurück und als es an einem Zaunpfosten vorbeiging, versuchte es, sich daran zu reiben. Ein Verdacht keimte in mir auf. Ich schob mich durch den Spalt zwischen den Brettern, ruckte meinen Rock frei, als er an einem Nagel hängenblieb. Die Herde rannte vor mir weg, doch ich war geübt darin, die einfach denkenden Tiere zu lenken; Augenblicke später hatte ich die pelzige dunkle Kugel isoliert und sie in eine Ecke gedrängt. Ich hielt sie an ihrer Nackenwolle fest, klemmte mir den knochigen

Körper dann zwischen die Röcke und durchpflügte die lange Wolle mit den Fingern, kämmte das fettige Haar an Flanken, Rücken, Hintern und Knien beiseite und prüfte die Haut darunter. Am Schwanzansatz endlich wurde ich fündig: Als ich die Wolle dort mit den Händen teilte, spürte ich bereits die verräterischen feuchten Wölbungen unter den Fingerkuppen. Und da waren sie auch schon: graue, runde, zuckende Körper; Maden. Sie wanden sich wimmelnd in der blutigen Haut, in die sie sich hineinfraßen.

Mein Gesicht verzog sich. Anne und Gret waren mir nachgekommen, beugten sich jetzt gleichfalls über das, was ich musterte, um dann mit angeekelten Gesichtern zurückzufahren.

»Oh! Das ist ja widerlich«, Gret schüttelte sich. »Kommen die Würmer von innen?«

»Nein, es sind Fliegenmaden. Sie kommen von außen. Die Fliegen setzen ihre Eier in die Wolle und die Maden nisten sich darin ein und ernähren sich von dem Fleisch darunter.«

»Uhh«, Anne zog ihren Schal enger. Beide traten einen Schritt zurück.

Ich sah auf. »Gret, du läufst jetzt zurück, holst die Schere und die braune Steingutflasche vom Regal in der Küche, wo die Kräuter stehen.«

Das Mädchen sah unschlüssig Richtung Haus, dann zu Anne und dann wieder zu mir. Mir war nicht nach Diskussionen. Drohend hob ich eine Braue. »Sofort.«

Sie stob davon.

Anne hatte die Arme gekreuzt, sah ihr mit gerunzelter Stirn nach. Ich wusste, was sie dachte, doch mir war inzwischen egal, ob jemand sie sah oder nicht – wie mir so Vieles egal geworden war. Seufzend zog ich das blökende Schaf zum Zaun und lehnte mich müde dagegen.

Anne sah wortlos auf mich hinab.

Endlich hielt ich es nicht mehr aus. »Du willst wissen, was passiert ist? Das ist passiert«, ich wies auf die wollene Kruppe, unter der sich die wimmelnden Maden versteckten. »Ich habe eine Antwort erzwungen und so sah sie aus.«

»Ihrer Bitterkeit entnehme ich, dass Sie schon wieder mit Herwegh hadern?«

»Hadern? Nein. Jeder Hader ist zu Ende und jedes Missverständnis auch. Jetzt steht nichts mehr als die Wahrheit zwischen uns ... Ich – ich bin ihm zu hässlich.«

Sie schüttelte langsam den Kopf. »Das kann ich nicht glauben.«

»Nicht? Dann hör zu: Ich habe mich ihm angeboten wie eine läufige Dirne – und er hat mich zurückgewiesen!«

Erstaunen weitete ihre Augen, verzog fast schon übertrieben ihre Züge.

Ich lächelte bitter. »Ja, wer hätte das gedacht, nicht? Ich bin selbst dem Mann mit dem Wolfsappetit zu reizlos. Halb von Sinnen habe ich mich ihm an den Hals geworfen, aber statt das Angebot anzunehmen, hat er wahrscheinlich zum ersten Mal in seinem Leben eine Frau zurückgewiesen. Und weißt du warum? Weil er nun den Wert dessen begreift, was er schafft. Weil er sich nun auch seiner eigenen Schönheit bewusst ist – und damit meiner Unansehnlichkeit.« Ich merkte, wie mir meine Gesichtszüge entglitten, sich zu einer traurigen Grimasse verzogen. »Also hört endlich auf, mir von Mut zu predigen. Und auch von Veränderung und Freiheit, dem Kampf gegen angebliche Fesseln des Vorbehalts ...«

Von Anne kam kein Ton. Ich sah auf und sah sie den Blick abwenden.

»Was ist, hast du diesmal keine Widerrede parat? Keinen schlauen Einwurf?«

»Die Wahrheit wird Ihnen Ihre Bitterkeit nicht nehmen.«

»Welche Wahrheit?«

»Dass Sie damit dennoch Humes These, dass man sich verändern kann, endgültig bewiesen haben. Sowohl Sie selbst als auch Herwegh haben auf eine Weise gehandelt, die Ihnen bis vor kurzem noch unvorstellbar erschienen wäre. Ist dies nicht der Beweis, dass Sie beide jetzt Andere sind?«

»Ja«, ich schluckte mit verengter Kehle. »Verändert bis zur Unkenntlichkeit. Ich wünschte nur, es wäre nie geschehen. Eher wünschte ich noch, Herweghs Hunger sei derselbe wie zuvor. Und auch, ich könnte noch an einen romantischen Fluch glauben, statt die so viel banalere Wahrheit zu kennen.«

»Das meinen Sie unmöglich ernst!«

»Doch«, mein Blick fiel noch einmal auf die die Maden verbergende Wolle. »Nicht jede Wahrheit befreit.«

In dem Moment kroch Gret wieder durchs Gatter. Mit den geforderten Gegenständen im Arm kam sie auf uns zu, öffnete schon den Mund, um etwas zu sagen, schloss ihn jedoch wieder, als sie Annes Ausdrucks gewahr wurde. Ich nahm ihr die Schere aus der Hand, klemmte mir das des Protests müde gewordene Tier zwischen die Röcke und begann, die Wolle über der befallenen Haut wegzuschneiden.

Der Tag neigte sich schon wieder dem Ende, als ich mich mit zusammengebissenen Zähnen die Treppe wieder hochschleppte und steif in mein Zimmer humpelte. Wenn ich die Augen schloss, sah ich dahinter nichts als feuchte, graue, wimmelnde Maden. Die halbe Herde war von ihnen befallen gewesen und ich hatte keine Kraft mehr, die Arme zu heben, so viel hatte ich festhalten, schneiden, schaben, reinigen müssen. Jetzt trug jedes zweite dunkle Schaf weithin sichtbare offene, rot leuchtende Wunden am vormals augenscheinlich heilen, wolligen Körper – eine Herde aus Verwundeten.

Ich sackte auf dem Bettrand nieder und stützte meinen Kopf in die Hände. Ich würde nur für einen Augenblick die Augen schließen. Nichts sehen, nichts denken, nichts fühlen.

Nur dass hinter meinen Augenlidern sofort ein anderes Bild auftauchte, das noch schlimmer zu ertragen war als die Maden.

Weiterarbeiten. Das würde helfen. Ich war nach dem langen Tag auf der Koppel zwar todmüde, durstig und hungrig, aber Arbeit war Gebet – ich würde einfach so lange kopieren, bis in meinem Kopf nichts als Buchstaben und das Raunen der Schriften waren – wie früher.

Ich war fast an der Tür, als mein Blick auf das Pult fiel. Ich erstarrte, denn die Bibel, die obenauf lag, war diesmal nicht allein. Ein weiteres Buch lag daneben. Es war ein in Leder gebundener

Band, wie sie zu Hunderten in der Bibliothek standen – und mir doch unbekannt.

Langsam, als könnte der Deckel wütend aufflattern, trat ich näher. Der Einband war kastanienbraun und glänzend und sein Format ungewöhnlich; größer als ein Oktavband, jedoch kleiner als ein Foliant. Vorsichtig berührte ich das kostbare Leder, versicherte mich, dass ich nicht träumte. Der Bann war gebrochen und meine Hand schlug von allein die ersten Seiten auf. Ich fand den Titel – und schnappte nach Luft.

ROSEN.

Es war von ihm.

Meine Hand blieb in der Luft hängen. Dieses hier war Gift für mich, nicht mehr und nicht weniger, und ich musste es hinausschaffen, es so schnell wie möglich loswerden, mich stattdessen wieder den *sicheren* Dingen zuwenden; Augustinus ...

Nur dass meine Finger mir nicht gehorchten, sie blätterten ohne mein Zutun weiter. Und da kam sie auch schon, die erste Abbildung. Ab da war es gänzlich um meine Vorsätze geschehen. Denn sie war zierlich und filigran. Ehe ich mich versah, war ich in zarteste Farbübergänge vertieft, studierte mit angehaltenem Atem locker hängende, fast schwebende, weiße, mit einem Hauch Rosa überlaufene Blüten, lernte, dass diese Rose *Adélaide d'Orléans* hieß. Auf der nächsten Seite wartete auch schon das nächste Wunder: die zartgelben Büschel winziger gelblicher Blüten der *Banksiae Lutea*. Danach stieß ich auf das warme Hellrosa der riesigen Köpfe der *Celsiana*, die wie zerknitterte Seide wirken – ganz im Gegensatz zur Zartheit ihrer dunkel angelaufenen Knospen. Apricotfarben hingegen strahlten die *Desprez à Fleur Jaunes* mit ihrer barocken Üppigkeit. Selbst wenn ich gewollt hätte, hätte ich das Buch jetzt nicht mehr niederlegen können. Ich hockte auf dem Rand meines Stuhls, über die Seiten gebeugt, und trank all die Farben und Formen in mich hinein. Und dazu all diese Namen: *Empress Josephine, Charles de Mills, Rosa Mundi, Professeur Emile Perrot, Petite Lisette, Königin von Dänemark, Fantin-Latour, Eglantine, Chapeau de Napoléon* ... Seite für Seite neue Wunder! Ein Buch wie dieses hatte ich noch nie in den Händen gehalten. Allein der Anblick all dieser meisterlichen Abbildungen machte mich trunken – als wandelte ich durch einen üppigen verschwenderischen Rosengarten, der mich mit seinen schweren Düften betörte. Sie waren ein wenig wie die Fresken, jedoch weniger herrisch als diese – wo Herweghs Rosen sich aufgedrängt und mich überwältigt hatten, mit ihrem dunklen gewaltigen Charme, *verführten* diese hier eher, wollten verlocken, anstatt zu befehlen. Jede Einzelne war mir neu, öffnete eine neue Welt, hieß mich darin willkommen. Selbst sie, die ich ganz überraschend aufschlug: die *Rote Rose von Lancaster.*

Für einen Wimpernschlag fand ich mich in der Kapelle wieder – und für einen weiteren im Zimmer meiner Mutter. Da waren sie wieder: halb gefüllte große Blüten in hellem Karmesinrot auf dunkelgrünem Laub. In der Beschreibung stand, die Blütenblätter bewahrten ihren schweren Duft in zerstampftem Zustand länger als jede andere Rose. Und selbst auf der Buchseite, die gegen die Fresken winzig erschien, atmete sie Stolz und Großzügigkeit.

Ich lehnte mich langsam zurück. *Sich ewig bewahrender Duft*. Genau das traf es. Seit Herwegh in ihrem Zimmer die Tünche abgetragen hatte, war es, als ob auch ein Hauch *ihres* Dufts wieder durch das Haus wehte – der meiner Mutter. Und darin war noch die Leidenschaft spürbar, mit der sie das Leben gemeistert hatte.

So anders als ich, *die Reizlose, Spröde, ewig Scheiternde.*

Ich schloss die Augen. Was um Himmels willen sollte diese Gabe? Was bezweckte Herwegh damit? War sie etwa als *Trost* gemeint, wie man ein Kind, dem man das ersehnte Kätzchen versagte, mit Süßigkeiten versöhnte? Oder sprach aus all diesen feinsinnigen Abbildungen eine ganz andere Bedeutung, die sich nur mir entzog?

Suchend blätterte ich weiter. Da gab es züchtige Rosen, aber auch laszive, kokett wirkende und raffinierte. Bis auf die Gattung verband sie jedoch wenig. Welche Aussage wollte er also mit ihrer Gabe treffen? Anscheinend sah ich vor lauter Blättern die Blüte nicht – doch ohne Deutung würde es nicht gehen.

Ehe ich mich versah, fand ich mich mit dem Buch unter dem Arm und gerafftem Rock auf der Treppe wieder und kurz darauf über den Hof laufend, eine Stiege erklimmend und durch Heu watend; Schmerzen und Müdigkeit hatte ich längst vergessen.

Die Schwestern waren diesmal wach. In ihrem Heunest vertrieben sie sich wieder die Zeit damit, sich gegenseitig die Haare zu flechten. Halb misstrauisch, halb abweisend sahen sie zu mir auf, während ich auf sie zuwatete, hatte ich sie doch nur Stunden zuvor mit harschen Worten von mir gejagt. Umso entschlossener rauschte ich jetzt auf sie zu und ließ mich umstandslos zwischen ihnen nieder.

»Er hat mir das hier gegeben«, ich hielt ihnen das Buch hin. »Und ihr müsst mir jetzt sagen, was das bedeutet.«

Sie beugten sich darüber, Anne schlug vorsichtig Seite um Seite auf. Fast ehrfürchtig bestaunten sie die Abbildungen.

»Nun?« Ich sah ungeduldig von einer zur anderen. »Ich habe es gerade in meinem Zimmer gefunden. Was will er mir damit sagen?«

Anne riss sich widerwillig von besonders üppigen rosafarbenen Blüten los, hob ihren Blick zu meinen angespannten Zügen. Mit einem Mal glitt ein sanftes, erstauntes Lächeln über ihr Gesicht. »Was, das wissen Sie wirklich nicht?«

»Sonst würde ich ja wohl kaum fragen!«

Auch Gret lachte auf. »Aber das ist doch ganz einfach!«

Ich starrte von einer zur anderen, kurz davor, das Buch wieder an mich zu reißen und damit wegzurennen. Sie machten sich über mich lustig!

Annes Lächeln wurde sanft. »Es ist wirklich einfach. Rosen bedeuteten immer dasselbe. Ob auf Papier oder nicht. Und diese hier sind so schön!«

»Ja, aber was *bedeuten* sie denn nun?«

»Na, dass er es sich anders überlegt hat«, rief Gret fröhlich. »Mit seiner Abweisung.«

»Nein, nein«, ich schüttelte enttäuscht den Kopf. »Das kann nicht sein. Nicht, nachdem er mich auf diese Weise ... Es *muss* etwas Anderes sein –«

»Haben Sie eine Ahnung, wie kostbar so ein Buch ist?« Anne berührte vorsichtig das Leder des Umschlags. »Zumal für einen Mann seines Berufs? Meinen Sie wirklich, er würde einer Frau so etwas überlassen, wenn sie ihm nichts bedeutet?«

Da war etwas dran. Wenn nur die Erinnerung an sein fast hörbares Nein nicht wäre. Ich hatte mich ihm angeboten und er hatte mich *abgewiesen*. Daran gab es nichts zu deuten. Andererseits lag hier, sichtbar, fühlbar und schwer, eindeutig eine Art von *Gegenbeweis* ...

»Es kann nicht anders sein«, fuhr Anne entschieden fort. »Mit der Schönheit einer Rose huldigt man der Schönheit einer Frau. Sollten Sie das nicht kennen: ›Die Frauen sind die Rosen, im Garten dieser Welt, die einzig dornenlosen, die unterm Himmelszelt‹?«

»Nein. Aber könnte es nicht –«

»Nein. Warum glauben Sie es nicht endlich: Er macht Ihnen damit den Hof!«

»Oh!« Vorsichtiges Staunen mischte sich in mein Entsetzen. »Aber ich – ich habe doch im Spiegel gesehen – Es kann nicht sein!«

»Doch.« Anne lächelte ermutigend. »Was auch immer Sie meinen, gesehen zu haben – vergessen Sie es! Der gewaltige Blumenstrauß, den er Ihnen heute überreicht, sagt in jedem Fall etwas Anderes.«

In der Tat. Dieses Bouquet war sogar Herweghs würdig. Damit sprach er mit hunderten von Bildern zu mir, wie zuvor mit den Pinselstrichen an der Wand. Nur konnte ich diesen Umschwung noch immer nicht so einfach hinnehmen.

»Aber warum?«, beharrte ich. »Er wollte gestern nicht von mir berührt werden – und ich kann es auch verstehen –«

Anne zuckte mit den Schultern. »Sagten Sie nicht, er hätte sich verändert, einen Wandel durchgemacht? Womöglich haben Sie ihn lediglich überrascht. Vielleicht möchte er sich Ihnen künftig ... anders nähern. Auf ehrenhafte Art? Sie angemessen umwerben?«

»Angemessen umwerben? Ehrenhaft ...« Ich lauschte den Worten nach. Bis vor kurzem hätte man sie nicht in einem Atemzug mit ihm nennen können, doch seit seiner Offenbarung am Tag zuvor, wusste ich kaum noch, was ich von ihm zu erwarten hatte – zumal seit ich mich selbst im Spiegel gesehen hatte und nun seine anfängliche Verachtung besser verstand. Umso seltsamer mutete dieser Umschwung an. Warum sollte er, der jede Frau haben konnte, ausgerechnet *mich* wählen?

»Vielleicht will er mich verspotten«, murmelte ich, auf die nächstmögliche Wahrscheinlichkeit verfallend.

»Auf so kostspielige Art und Weise? Niemals.« Anne klang sehr sicher. Und sie hatte wohl nicht unrecht. Zumal ich ihm eine solche Tat selbst am Anfang unserer Bekanntschaft kaum unterstellt hätte – wollte er Verachtung äußern, würde er sie mir offen ins Gesicht werfen. Und doch ...

Meine Miene musste meine vielen, sich widersprechenden Gefühle widerspiegeln, denn die Schwestern wechselten irritierte Blicke, um mich schließlich mit identisch zusammengezogenen Brauen streng zu mustern. »Ja, willst du ihn denn nicht?«

Wollen?

Er öffnete Türen, wo vorher keine waren, und enthüllte Neues, das ich mir nicht einmal in meinen kühnsten Träumen hätte vorstellen können – besonders über *mich*. Indem er mich über meine Grenzen hinaustrug, stieß er mich auch in Abgründe – doch nur um mich fliegen zu lehren. Und außerdem war da das, was ihn allein ausmachte: jene Einsamkeit und Verwundbarkeit, die er so sorgsam verbarg, die vielen tiefen Gefühle unter den arbeitenden Narben. Er glich einer Naturgewalt, der man einfach nichts entgegen setzen konnte.

»Mehr als das Leben selbst«, flüsterte ich schwach.

Zwei gleichermaßen strahlende Lächeln leuchteten vor mir auf.

Die größte Frage schien damit beantwortet. Doch da drängte sich auch schon die nächste auf: »Und nun? Was – was soll ich denn nun *tun?*«

Gret beugte sich zu mir vor. »Sein Gesicht berühren! Und ihn küssen!« Sie hatte nebenbei einen dünnen Kranz aus Heu geflochten und setzte ihn nun auf meinen wirren Kopf. »Jetzt wird er es dir erlauben –«

»Und doch werden Sie nichts dergleichen tun«, fuhr Anne dazwischen. Sie nahm mir den Kranz wieder ab. »Sie wissen doch, er will Ihnen vermutlich auf ehrenhafte Weise den Hof machen. Und da er Ihnen seine Gefühle nun auf diese Weise offenbart hat, haben Sie als Frau zunächst nur noch eine einzige Aufgabe.« Die Worte klangen so feierlich, als enthülle sie mir als Nächstes den Sinn des Lebens.

»Welche?«

Sie hielt den Kranz mit spitzen Fingern eine Handbreit über meinem Kopf in die Höhe. »Schön zu sein.«

»*Schön?*« Mich traf fast der Schlag.

»Wie die Rosen.«

»Oh Gott, nein.« Ich sah mein Spiegelbild noch einmal vor mir aufblitzen. »Das ist unmöglich! Ich kann nicht schön sein. Es ist völlig ausgeschlossen!«

»Es stimmt schon, dass Sie diese Möglichkeit bisher eher seiner Phantasie überlassen haben. Und doch denke ich, dass Herwegh sonst nicht ständig mit Geschenken wie diesem hier rechts und links um sich wirft«, Anne hob das Buch. »Insofern halten Sie ihm doch zugute, dass er die Herausforderung angenommen hat – und belohnen Sie ihn vor allem dafür, indem Sie ihm recht geben. In Anbetracht dessen, wie er sie bis jetzt gesehen hat, können Sie ihn nur positiv überraschen.«

»Aber wie soll das denn gehen?«, haderte ich. »Ich habe mich schon so lange nicht mehr mit derlei beschäftigt – und damals war ich jung und frisch –«

»Du ziehst zu allererst etwas Anderes an«, Gret sah vielsagend auf meine zugeknüpfte Brust.

»Woher soll ich denn etwas Neues nehmen?«

»Und Sie tragen eine andere Frisur«, ergänzte Anne. »Außerdem ruhen Sie sich vor allem aus, bevor Sie ihn wiedersehen. Diese Augenringe sind ja tiefer als die äußeren Gräben der Hölle.«

Ich stammelte etwas von einer langen Nacht.

»Mit solchen Nächten ist jetzt Schluss«, Anne drohte mir mit dem Zeigefinger. »Außerdem gewöhnen Sie sich am besten einen anderen Gesichtsausdruck an – einen fröhlicheren!«

»Stimmt«, Gret rümpfte die Nase. »Nicht, dass die Milch noch sauer wird.«

»Gott behüte«, murmelte ich und fühlte mich wieder fast so schlimm wie noch vor einer Stunde.

Anne lachte über meine Miene. »Es wird schon noch werden, keine Angst. Verschlechtern können Sie sich kaum und das, was Sie vorhaben, haben schon ganz andere vor Ihnen geschafft.«

»Das ist nicht tröstlich!«

»Er mag dich doch schon!«, triumphierte Gret. »Und jetzt werden wir dich als deine treuen Jungfern für ihn auch noch so schön herausputzen wie eine Braut!« Sie klatschte vor Freude in die Hände.

Braut. Sie wussten nicht, was ich wusste ...

Doch andererseits war dieser Traum zu schön, um ihn nicht zu träumen, und sie schienen sich so sehr darauf zu freuen, mich zu verändern. Ich zwang mich also, zu nicken, zu lächeln, alles andere zu vergessen.

Die Schwestern malten ein strahlendes Bild nach dem anderen – sie phantasierten von neuen Schnitten, vorteilhaften Farben, die meine Figur verwandeln würden, davon, wie ich mein Haar tragen konnte, so dass mein Gesicht ganz anders erschiene – fast als ließe sich Schönheit planen und entwerfen; als warte sie nur darauf, zu kommen, wenn man sie rief!

Doch vielleicht stimmte es ja.

Trotz all der furchterregenden Aussichten stahl sich nach und nach ein neues, unerwartetes Gefühl bei mir ein. Erst wusste ich nicht recht, was es war, bis ich anfing, es zu ahnen: *Hoffnung.*

17. Nächtlicher Brauttag

»Dieses hier?«

»Auf gar keinen Fall!«

»Und dies?« Ich zog ein cremefarbenes Brokatkleid mit unglaublich ausladenden Röcken hervor.

»Wir haben doch gesagt, Sie dürfen sich nicht noch verschlechtern!«

Wir standen vor dem großen Schrank in der Spinnkammer, nachdem wir bereits alle anderen Schränke im Haus auf geeignete Kleider durchsucht hatten. Alle bisherigen Nachforschungen in der Halle und in meinem Zimmer waren huschend und flüsternd vonstatten gegangen, um Herwegh nicht zu wecken, denn es war mitten in der Nacht. Ich selbst hatte bis zum späten Abend in tiefen, traumlosen Dämmer geweilt, aus dem ich aber wieder einigermaßen erfrischt aufgewacht war, um die Schwestern in der dunklen Küche vorzufinden. Seither befanden wir uns auf der wundersamen Suche nach Schönheit.

»Ich sagte euch doch schon, dass es hier nichts als alte Lumpen, Reifröcke und Plissees gibt. Wie soll ihm so etwas gefallen?«

»Gar nicht«, Anne strich mit gerunzelter Stirn über einen Schlafrock, der nur aus Spitzen zu bestehen schien. »Das ist das Problem. Und natürlich wird er Sie vergleichen.«

»Mit wem?« Das Entsetzen schwappte schon wieder in mir hoch. »Thalita?« Ich dachte an den Mantel und die neuen Kleider, die ihre Gestalt so vorteilhaft umschmeichelten, an ihr hübsches Gesicht.

»Mit *jeder* Frau, die er je gesehen hat. Er ist schließlich weit herumgekommen.«

»Was machen wir dann hier?«, niedergeschlagen wies ich auf das wilde Sammelsurium an Farben und Stoffen. »Weder ich noch eins dieser Kleider sind dieser Aufgabe auch nur im Entferntesten gewachsen.«

»Darum geht es auch nicht«, ging Gret dazwischen. »Wenn man jemanden liebt, vergleicht man ihn nicht. Dann findet man ihn einfach schön.«

Anne zuckte mit den Schultern. »Manche sagen so – und manche sagen so. Und falls es nicht so sein sollte ... Sie wissen schon.«

Gret durchstöberte derweil tiefere Winkel des Schranks. »Was ist dort, ganz hinten?«

»Ich weiß nicht. Was es auch ist, es ist allesamt zu ausladend und üppig.«

»Zum Teil«, schränkte Anne ein. »Die alten Kleider ähneln mit ihren tiefen Taillen wieder dem, was man seit kurzem wieder trägt. Wir brauchen nur die Reifröcke rauszunehmen und sie schmaler zu machen. Wie gefällt Ihnen das weiße hier?« Sie hielt es in die Höhe.

Der Stoff war fließend und an vielen Stellen war es von einer Stickerei bedeckt, die fast so leicht anmutete wie ein Spinnennetz.

»Es sieht aus, wie für eine Prinzessin!«, rief Gret entzückt.

Leise gab ich ihr Recht. Vielleicht mochte ich es deshalb nicht. Ich war einfach keine Prinzessin.

Anne bemerkte mein Zaudern. »Es ist sehr schön und es würde zu Ihrem hellen Teint passen. Was daran gefällt Ihnen nicht?«

»Es ist so … weiß. Ich kann es nicht tragen.« Es anzuziehen, käme einer Lüge gleich. »Nein«, wiederholte ich entschieden.

Sie seufzte. »Da finden wir einmal ein Kleid und es gefällt Ihnen nicht. Wenn das so weitergeht, werden wir Thalita bitten müssen, Ihnen eins zu leihen.«

»Was?« Ich zuckte zusammen.

»Schon gut, das werden wir natürlich nicht. Doch wir haben alle Schränke durchforstet und es gibt nichts, das sowohl geeignet wäre als auch Ihnen gefiele.«

Ich zuckte mit den Schultern. »Dann eben nicht. Ich werde mich nicht verkleiden. Das da … entspricht mir einfach nicht.«

»Und das hier schon?« Anne ruckte mit dem Kinn zu meinem Filzkleid hinunter. »Kommen Sie endlich von Ihrem klapprigen Ross herunter! Oder wollen Sie ihm am Ende beweisen, dass niemand Sie begehren kann! Vielleicht haben Sie ja viel zu viel Angst davor, dass sich etwas ändern könnte?«

»Nein –« *Ja –*

»Dann hören Sie endlich auf, an Dingen festzuhalten, aus denen Sie längst rausgewachsen sind! Treten Sie für ihn heraus. Geben Sie sich einmal die Chance, sich anders zu fühlen und anders zu sehen – jemand Anderes zu sein. *Neu* zu sein.«

Da war es wieder, jenes glänzende, schwindelig machende Wort, das Welten aufschloss. Selbst Anne hatte es sich aufgedrängt.

»Wie oft tritt schon sonst jemand Neues in Ihr Leben?«, murmelte sie.

Mir lag schon auf der Zunge, dass schließlich auch sie beide hineingetreten waren – aber irgendwie schienen die zwei ihre Stellung als einzigartig und unvergleichbar zu sehen – womöglich würde der Einwand sie beleidigen.

Gret hatte sich derweil weiter durch Stoffe und Nähte gewühlt. »Und was ist das?«, fragte sie unvermittelt.

»Was?« Anne und ich drehten uns gleichzeitig um.

Zwischen zwei opulenten Brokatkleidern zog das Mädchen einen grausilbern schimmernden Seidenstoff hervor. »Na, dieses hier!«

Ich nahm ihr das Kleid ab und hielt es auf Armlänge von mir weg. Der Schnitt war für die vergangene Zeit schlicht und der Stoff schmucklos bis auf sein leichtes Schimmern. Einzig der Ausschnitt war besonders; er hatte den Schwung von zwei ausgebreiteten Flügeln, war einfach – und gleichzeitig erhaben.

»Das«, hörte ich mich sagen, »Das ist mein Kleid.«

Annes Blick blieb skeptisch. »Ist es nicht ... ein wenig langweilig? Aber gut – ziehen Sie es an.«

Mit einem Anflug von Aufregung warf ich es über eine Stuhllehne und löste eilig die Schnürbänder. Die zwei machten keine Anstalten, sich zu rühren, selbst als ich anfing, meine endlosen Knöpfe zu öffnen. Ich sah auf. »Was ist, wollt ihr mich etwa im Hemd sehen? Raus!«

Mir mürrische Seitenblicke zuwerfend traten sie vor die Tür. Ich hingegen ließ meinen alten Filzlumpen fallen und streifte vorsichtig das Seidenkleid über. Selbst fahrig geschnürt passte es mir doch erstaunlich gut – auch wenn der halb blinde Spiegel nicht zu viel verraten wollte. Mochten eben Grets und Annes Augen meine Spiegel sein. Ich öffnete die Tür. »Nun, ich denke, die Ärmel und der Rock müssen schmaler gemacht werden – ansonsten ...«, ich sah fragend von einer zur anderen.

Die beiden sahen an mir hinunter, dann wieder hoch, nickten endlich. Gret sackte sogar in einen tiefen Knicks.

Anne lächelte schief. »Es wird in jedem Fall reichen, ihn zu überraschen«, bemerkte sie. Sie trat zu dem Nähtischchen mit seinen vielen Schubladen und beförderte ein Nadelkissen voller Stecknadeln hervor, mit denen sie leichthändig Ärmel und Rock absteckte. »Und jetzt runter damit. Wir haben viel zu tun.«

Zu dritt saßen wir die ganze Nacht in der Dachstube. Anne nähte den Rock schmaler, Gret passte die Ärmel an und was meinen Beitrag anging, waren sie sich einig, dass das Kleid mir schon *viel zu sehr entsprach* und es dringend noch einer zusätzlichen Zierde bedurfte; so bestickte ich es am Ausschnitt mit filigranen Knospen und Ranken in Dunkelgrau.

Draußen war es zwar nicht länger bitterkalt, aber ich zündete trotzdem das Kaminfeuer an, außerdem brannten noch zwei Lampen, in deren Schein wir auf dem Boden hockten und die Nadeln wie Schiffe durch die Wellen der grauen Seide tanzen ließen.

Die Schwestern plauderten über Mechthild, Otfried, Thalita – und natürlich über Herwegh –, und ich hörte zu; überrascht, wie viel Freude man an so kleine Nichtigkeiten haben konnte. Gret war aufgefallen, dass Mechthild zwei Gesichter zu haben schien; eins, sobald sie mit anderen Menschen zusammen war, und eins, wenn sie sich unbeobachtet wähnte. Dann sah sie in die Ferne und ihre Falten glätteten sich, als könnte sie ihre toten Kinder von weitem winken sehen. Und Anne wusste zu berichten, dass Herwegh im Gegensatz dazu selbst in Einsamkeit nie aufhörte, zu *schauen*. Fast, als arrangiere er in jedem wachen Augenblick die Welt zu Bildern, die nur er sah. Als wende er sie so lange vor seinem inneren Auge, bis er etwas Besonderes darin entdeckte; ein Kunstwerk aus Dunkelheit und Licht. Selbst die Alte hätte er schon auf diese Weise gemustert; als schattierte er ihre scharfen Schulterblätter nach oder setzte ihr im Geiste einen Glanzpunkt ins Auge.

Ich hörte ihnen zu und holte meine eigenen Erinnerungsbilder wie Reliquien hervor, verglich sie mit ihren. Ich fragte mich wieder und wieder, ob diese Nacht nicht viel zu schön war, um wahr zu sein; aber sie dauerte an und der Traum zerrann nicht. Und das Schönste an ihr war, dass Herwegh fast bei uns zu sein schien – durch die vielen kleinen Geschichten, die die beiden von ihm erzählten, war es, als sitze er direkt außerhalb des Lampenscheins; amüsiert, spöttisch, still, als schaue er mir über die Schulter, während ich die Rosen aus seinem Buch nachstickte.

Die Bilder darin, und auch die Einfälle der Schwestern auf dem Heuboden, hatten mich so beflügelt, dass ich sofort danach zu

Mechthilds Kate hinübergelaufen war und Otfried gebeten hatte, mir so bald wie möglich Edelrosen aus dem Dorf mitzubringen: Ein Strauch sollte es sein, am besten mit weißen Blüten. Ich wollte nach und nach den toten Garten wieder zum Leben erwecken! Mechthild waren bald die Augen aus dem Kopf gefallen, als sie das gehört hatte – doch da war ich auch schon wieder aus der Tür.

Die Nacht trieb langsam und gemächlich vor sich hin und doch wurde keine von uns müde. Selbst als die letzte Naht genäht und die letzte Ranke gestickt war, lachten die zwei mich nur aus, als ich sagte, sie sollten schlafen gehen. Gret sagte, vor einer Verlobung müsse man auch baden und sie nahmen die Lampen und zogen mich hinunter in die Küche. Dort musste ich mich hinsetzen und ihnen zuschauen, wie sie den Badezuber in die Mitte der Küche wuchteten und Wasser erhitzten. Nach und nach füllte sich die große Wanne – die ich kaum dreimal im Leben benutzt hatte –, und Lavendelduft füllte die Küche. Doch selbst, als das königliche Bad dampfend da stand, durfte ich noch lange nicht hinein; Anne drückte mich auf einen Stuhl nieder und ich fühlte, wie die Nadeln aus meinem Knoten gezogen wurden und wie sanft eine Bürste durch mein Haar glitt. Ich zerfloss fast vor Wohlgefühl.

»Das Kleid. Es muss von Ihrer Mutter sein«, erklang Annes Murmeln aus der feuchtwarmen Dunkelheit. »Vielleicht trug sie es sogar, als sie Ihrem Vater begegnete?«

»Vielleicht.« Ich hätte ihr sogar beigepflichtet, wenn sie in den Raum gestellt hätte, die Erde sei eine kreisförmige Scheibe, deren Ränder von Drachen und Schlangen bewacht wurden.

»Denken Sie an sie, wenn Sie ihm morgen gegenüberstehen«, sagte sie so leise, dass es kaum mehr als ein Flüstern war. Dennoch stellten sich mir bei diesen Worten die Nackenhaare auf.

Sie musste mein Unbehagen spüren. »Warum nicht? Ich bin sicher, sie wäre stolz auf Sie.«

»Ich – ich weiß nicht.« Andererseits wagte auch ich jetzt zum ersten Mal, was sie gewagt haben könnte.

Wir schwiegen. Annes Hände ordneten und verflochten, rafften hier und steckten dort. Gret summte irgendwo in dem vom Schein der Lampen warm beleuchteten Dampf. Tief drinnen, verborgen in seinen Tiefen, hätte es mich nicht gewundert, selbst auf sie zu stoßen; meine Mutter. Lautlos lachend, wohlwollend, sanft ... schön.

Ich schloss die Augen, ließ mich treiben, gab mich ganz Annes Händen hin. Als ich sie irgendwann wieder öffnete, hätte ich fast aufgeschrien, denn sie war *wirklich* da; direkt vor mir starrte sie aus dem Dampf zurück! Ich fuhr hoch, zwinkerte ungläubig – genau wie sie!

»Gefällt sie Ihnen?«

»W-was?«, stammelte ich. *Demnach sah Anne sie auch?*

»Ihre Frisur.«

Ich beugte mich vor und entdeckte jetzt tatsächlich das ovale Holz, das die Erscheinung umrahmte. Ich starrte lediglich in einen Spiegel. Erleichtert – und zugleich fast enttäuscht – neigte ich mich vor und studierte die Fremde darin, die mir so gar nicht glich.

»Ja«, gab ich erstaunt zu. »Sie ist wirklich schön. Ich meine – ich bin es.«

Anne lachte. »Und genauso stecken Sie Ihr Haar auch morgen früh hoch. Schaffen Sie das?«

Ich untersuchte und erfühlte Strähnen und Geflecht, die geschickt gesetzten Nadeln, und nickte dann zögernd.

»Gut«, Anne nahm mir den Spiegel kurzerhand wieder fort. »Und jetzt ab ins Bad.«

Alles war mittlerweile so unwirklich und traumhaft, neblig und verschwommen, dass ich diesmal ganz vergaß, meine Brautjungfern hinauszuschicken. Ich löste lediglich mein Haar und ließ es nach vorn fallen, so dass es bis über die Brust hinunterwallte, knüpfte dann mein Kleid auf und streifte das Hemd ab, stieg in die noch immer dampfende Wanne. Im ersten Moment spießte mich die Hitze auf, stach mit glühenden Nadeln hoch bis zu den Knien. Doch schon Augenblicke später verströmten sich die Stiche in meinen ganzen Körper und erfüllten ihn mit Wonne. Ich ließ mich in die Wärme hineingleiten und mein ganzer Leib entspannte sich, wurde weich und schwer. Ich lag da, atmete den Lavendelduft unserer kostbaren Seife und fühlte mich warm und gelöst – vielleicht das erste Mal seit Monaten oder gar Jahren. Draußen rauschten die Bäume, irgendwo kam Sturm auf und hin und wieder heulte es durch die Kamine, doch hier in der Küche war es *sicher*.

»Sie lächeln?«

»Weil ich froh bin«, antwortete ich in den weichen Nebel hinein. In Wahrheit war ich sogar *glücklich*, wagte nur nicht, es auszusprechen. Ich genoss diese Nacht, jeden Augenblick davon. Als das Wasser endlich abzukühlen begann, brachte Gret mir ein Handtuch und ein frisches Hemd – fast als wäre ich eine Herzogin!

Kurz darauf verabschiedeten wir uns an der Vordertür. Einen Moment standen wir zu dritt still da, während das allererste Grau des Tages zögerlich die Scheiben der Fenster aus der Dunkelheit hob.

»Schlafen Sie«, instruierte mich Anne leise. »Schlafen Sie, solange Sie können. Und dann seien Sie bereit!«

Meine Kehle verschloss sich plötzlich, ich musste schlucken. »Danke.«

»Danken Sie uns nicht. Erzählen Sie uns morgen lieber, wie er sie angesehen hat.« Die Tür öffnete sich und dann waren sie auch schon verschwunden. Ich aber schlich, wie ein Geist, barfuß lautlos hinauf. Oben stand ich noch lange Minuten vor dem Spiegel und bestaunte die Frau mit den angehauchten Wangen, dem fließenden Haar, dem Lächeln. Die beiden hatten mir in dieser Nacht so viel mehr geschenkt, als sie glaubten! Fast schien es jetzt sogar mir, als könnte alles so kommen, wie sie gesagt hatten. Womöglich würde ich ihn wirklich überraschen? Ihm – *gefallen? So sehr, dass seine Lippen jetzt die meinen suchen würden?*

Meine Hände griffen ohne mein Zutun nach der Bibel, ließen sie dann fallen. Ich setzte mich stattdessen ans Pult und zog das Rosenbuch auf meinen Schoß.

Mit meinem neuen ungewohnten Lächeln schloss ich die Augen und schlug eine zufällige Seite auf. Ich beugte mich darüber – und fühlte das Lächeln welken. Denn ich erkannte die Rose wieder, die ich dort sah. Die schlichten Blüten mit ihren fünf regelmäßigen rosafarbenen Blütenblättern und den gelben Staubgefäßen, die in ihrer Offensichtlichkeit nur allzu ernüchternd wirkten, waren mir nur allzu vertraut. Mehr als einmal hatte ich mir bereits die Röcke und die Haut der Unterarme an ihren Dornen zerfetzt. Und den Saft aus ihren Hagebutten hatte ich ebenfalls schon unzählige Male getrunken. Ihr Name war *Rosa canina, Freyas Dorn*, oder auch *Hundsrose* – und verglichen mit ihren berauschenden Schwestern war sie – *hässlich*.

Langsam schlug ich das Buch wieder zu und schob es von mir.

18. Verrat

Es klopfte, nein; hämmerte gar. Ich fuhr zusammen. Doch es war nur ein Zweig, er schlug wieder und wieder gegen das Fenster wie ein hartnäckiger Besucher. Was in der Nacht als Wind angefangen hatte, war zu einem stetig anschwellenden Rauschen und gelegentlichen Heulen angewachsen – selbst die hohen Buchen vor dem Haus wiegten sich, wankten tanzend zu einer unhörbaren Weise.

Der Zweig schlug noch zweimal gegen das Glas, schnellte dann zurück. Ich sah ihm nach, dann zur Tür. Den halben Tag schon erwartete ich einen anderen Besucher, lauschte nervös die Treppe hinauf. Doch alles blieb stumm.

Seufzend sah ich wieder auf die Nadel hinunter. *Bereit*, hatte ich jedes Mal geflüstert, wenn ich sie durch den weißen Stoff führte, *bereit*. Das, womit das Rosenorakel gedroht hatte, durfte einfach nicht sein. Heute *war* ich schön für ihn. Und doch blieb die Nadel immer wieder in der Luft hängen – und ich prüfte in der Spiegelung der Vitrine ein ums andere Mal Frisur und Kleid, bemühte mich, die weit aufgerissenen Augen der Fremden dort nicht zu beachten, die eher einen Geist zu erwarten schien, denn jemanden, den sie ersehnte. Genug davon: *Ich war bereit!*

Entschlossen zog ich den Faden bis zum Ende durch. Grau. Soeben setzte ich Gabriels Flügel ab. Draußen legte der Wind ein weiteres Mal zu, als hätte er Einwände, verebbte dann aber wieder, wartete, lauschte mit mir zusammen.

Oder wartete er am Ende im Rosenzimmer darauf, dass ich zu ihm kam? Nach der kostbaren Gabe wäre es womöglich an mir gewesen, ihn aufzusuchen – doch dazu konnte ich mich nicht überwinden. Allzu deutlich war noch die Erinnerung an das Gefühl, in einem Meer von Farben und scharfen Gerüchen zu ertrinken und dann ins Bodenlose zu fallen. Nein, das Rosenzimmer würde ich für eine Weile nicht mehr betreten; nicht bis dieses Bild von anderen überdeckt wurde. Der einzige Ort, an dem ich mich ihm derzeit zu stellen vermochte, war die Bibliothek, meine sichere Höhle. Und seltsamerweise war ich den ganzen Morgen lang überzeugt gewesen, er *müsse* dies wissen und müsse kommen – eine Gewissheit, die sich nun nach und nach auflöste.

Ich gebot mir zum tausendsten Mal Geduld, überprüfte zum hundertsten Mal mein Abbild, um mich zu beruhigen. Am Morgen hatte ich mein Haar ähnlich locker gesteckt, wie Anne es mir vorgemacht hatte und die glänzende Fülle ließ mein Gesicht weicher erscheinen. Das schimmernde Grau des Kleides brachte meine Augen zum Glänzen und der ungewohnt weite Ausschnitt – Anne hatte mir ausdrücklich verboten, ihn mit Tüchern zu bedecken –, ließ meine Haut fast durchscheinend wirken. Näher würde die Ente dem Schwan wohl niemals kommen ... Und doch blieb die Angst. Eine seltsame Vorahnung schnürte mir die Kehle zu und ließ mich gegen das Korsett anatmen, das ich heute vor Nervosität besonders entschlossen geschnürt hatte und das mir dennoch keinen Halt geben wollte. Genauso wenig wie meine neue Schönheit. Vielmehr vermisste ich meinen Filzlumpen, der mich zuvor wie eine Rüstung umgeben hatte. *Es musste an dem verdammten Rosenorakel liegen, das aber doch gelogen haben musste!*

Es klopfte. Meine Augen fuhren zum Fenster, aber diesmal hielt der Wind den Atem an. Das Klopfen kam aus der Tiefe des Raumes.

»Ja ... bitte?«

Die Tür schwang auf; Herwegh stand auf der Schwelle. Unsere Blicke stießen aufeinander und seine Augen weiteten sich; Staunen trat in sein Gesicht, als fände er jemanden vor, den er nicht erwartet hatte. Doch sobald die erste Überraschung abgeebbt war, machte sie auch schon grimmiger Konzentration Platz; jegliche Höflichkeit vergessend starrte er mich von oben bis unten an, als müsse er jeden Unterschied erfassen und studieren. Ich wartete darauf, dass er die Verwandlung kommentierte, doch kaum hatte er die Bestandsaufnahme abgeschlossen, verschloss sich sein Gesicht von einer Sekunde auf die nächste, als wollte er seine Wertung um jeden Preis für sich behalten.

Ich merkte, wie mir alles Blut aus dem Gesicht wich, und war froh, dass er dies unter dem Puder, den ich noch gefunden und großzügig auf Wangen und Dekolleté verteilt hatte, nicht bemerken würde.

Er räusperte sich endlich. »Ich hoffe, ich störe nicht?«, er wies auf den Stickrahmen und meine Nadel, die untätig in der Luft hing.

»Oh nein. Ich – ich wollte Ihnen noch ohnehin für das Buch danken.«

Er verbeugte sich knapp, jeder Zoll von ihm angespannt und steif, als wollte er sich um keinen Preis eine Blöße geben – doch als koste es ihn Anstrengung, sich seine Missbilligung nicht deutlicher anmerken zu lassen.

War mir die Frisur womöglich vollkommen misslungen? War das Kleid trotz allem komplett falsch gewählt und hatten die Schwestern sich einen Scherz daraus gemacht, mich *noch hässlicher* zu machen, anstatt das Gegenteil zu bewirken? Die Reflexion in der Scheibe beschwor zwar das Gegenteil – und doch stieß ihn eindeutig ab, was er sah.

Mir blieb nur, herauszufinden, wo mein Fehler lag.

»Warum – warum kommen Sie nicht herein?«, überwand ich mich.

Ein Muskel unterhalb seiner Narbe zuckte, doch er trat näher. Im Gegensatz zu mir hatte er sich keineswegs um eine angenehme Erscheinung bemüht. Bartstoppeln bedeckten sein Gesicht, sein Zopf war zerzaust und seine Augen erschienen glasig wie die Otfrieds, wenn er im Übermaß Brandwein genossen hatte und am nächsten Tag das Gift ausschwitzen musste. *Bereute er am Ende, mir das Buch geschenkt zu haben? Hatte er sich deshalb betrunken?*

»Kommen – kommen Sie gut voran mit der Arbeit?«, stotterte ich noch immer.

»Gewiss. Den Umständen entsprechend«, er sah mich nicht an, seine Augen schweiften umher. Wo er mein neues Bild einmal in sich aufgenommen hatte, schien es, als wollte er nicht länger damit konfrontiert werden. Es war der Stickrahmen, der endlich seine Aufmerksamkeit auf sich zog. Er studierte die Stickerei darin, wie er vorher mich studiert hatte, und sein Urteil schien auch hier ähnlich ungünstig auszufallen, denn seine Brauen sanken herab wie zwei Steine im Wasser.

Ich hielt es nicht mehr aus. »Was ist verkehrt?«, platzte ich heraus.

»Nichts«, seine Schultern zuckten, als verzögen sich die Narben unter dem Hemd. Seine Augen waren noch immer auf die bestickte Fläche gerichtet. »Zumindest nicht, wenn dies ein Buntglasfenster wäre. Ansonsten haben Sie die Umrisse der Flügel zu sehr betont. Kein Licht der Welt würde solche Schatten werfen.«

»Oh«, ich starrte auf den grauen Faden. Er hatte Recht. Ich hätte es selbst gesehen, wäre ich nicht so abgelenkt gewesen.

»Ich muss ja blind gewesen sein«, murmelte ich.

»Blödsinn«, regte er sich verärgert. »Es ist immer noch eine gute Arbeit, es würde mich wundern, wenn es jemandem sonst auffiele.«

»Doch es ist *Ihnen* aufgefallen.«

»Mir fällt selbst Puder auf, wo andere ihn nicht sehen«, sein Blick glitt vielsagend über meinen Ausschnitt. »Das ist mein Beruf. Und ich hätte auch nichts gesagt, wenn ich nicht gesehen hätte, dass die Schattenführung auf Ihren vorigen zwei Zeichnungen meisterlich war. Sie können es also durchaus besser.«

Ich wollte schon entgegnen, dass es bei all seiner Scharfsichtigkeit verwunderlich war, dass er drei verschiedene Zeichenstile nicht auseinanderhalten konnte – doch ich verkniff es mir. Die Schwestern gingen ihn nichts an.

»Zeichnen ist nicht meine Stärke, nur der Zufall führt meine Hand«, murmelte ich und ließ die Nadel fallen.

Er schnaubte und schüttelte den Kopf. »Das stimmt nicht. Ihr Auge für die räumliche Darstellung ist so makellos wie Ihre Schrift, wenn Sie diesen nutzlosen Augustinus kopieren. Nur hier«, er trat zwei weitere Schritte vor und fuhr den grauen Umriss des Flügels mit dem Finger nach, »trauen Sie sich nicht, eine Linie aufzuheben, die dem Auge aber unsichtbar sein muss. Es liegt gewiss daran, dass Ihre Bücher voll von altertümlichen Illustrationen sind. Solcherart Umrisse sind jedoch nur dem Wissen geschuldet, dass Dinge getrennt sind, nicht aber dem Auge und dem Licht. Zeichnen Sie, was Sie sehen – wie die Schattierung dieser Hände hier – nicht, was Sie zu wissen *glauben*.«

Mir lag auf der Zunge, dass mir leider noch kein Engel begegnet sei, der mir seine Flügel hingehalten hätte, so dass ich den Schattenwurf darauf hätte studieren können – doch was sollte alle Gegenwehr? Herwegh hatte ja doch plötzlich beschlossen heute alles, was ich tat, zu hassen. Es schien, als hätte er alle frühere Milde mir gegenüber abgelegt und bemühe sich nun um Harschheit, um jede vorher beschworene Nähe zwischen uns wieder aufzuheben. Entweder die Schwestern hatten die Gabe des Buches trotz allem falsch interpretiert oder es war mein neues Aussehen, das ihm so sehr missfiel. In jedem Fall lief alles falsch ...

»Geht es Ihnen schon wieder nicht gut?«, seine Augen verengten sich.

»Doch ... doch.« Bis auf dass ich vor lauter Elend kaum atmen konnte. Ich wollte Luft holen und mein Korsett versagte mir den

Raum. Meine Hände wollten nach alter Gewohnheit Halt in den schweren Falten meines Rockes suchen und fanden nur glatte, wie Wasser fließende Seide.

»Sie sind blass!«

»Nur der Puder, den Sie schon entdeckt haben.«

»Sie sind fragil und schwach. Sie essen zu wenig!«

Entsetzt und aufgebracht starrte ich zu ihm hoch. Ich hatte mein Möglichstes getan, mich für ihn in eine Frau zu verwandeln – und er rügte mich, als wäre ich ein kleines Kind!

Er stand gerade einmal eine Armlänge von mir entfernt, wir beäugten uns jedoch genauso argwöhnisch wie damals, als wir die ersten Worte miteinander gewechselt hatten – mit dem einzigen Unterschied, dass er mich damals für meine Hässlichkeit verachtet hatte, während es heute etwas Vollumfänglicheres sein musste, das ihn so störte ...

»Sie *sind* krank!«, sein Arm fuhr vor, als könnte ich jederzeit wieder fallen. »Sie müssen eindeutig mehr essen und besser auf sich achten, der leiseste Windhauch weht Sie ja um!«

»Keineswegs ...«, es war nur die Enttäuschung, die mir gerade das Mark aussaugte. Nur würde ich mich diesmal nicht noch einmal wortlos von ihm abweisen lassen. Und diesmal würde ich auch nicht vor ihm davonrennen. Stattdessen musste er die verdammenden Worte schon aussprechen!

»Sie müssen mir eins sagen«, begann ich entschlossen. »Und es muss die Wahrheit sein –« Weiter kam ich nicht, denn ein Schnarren ertönte von der Tür.

Im nächsten Moment trommelten Mechthilds Absätze in den Raum. »Was geht hier vor?« Sie sah zwischen uns hin und her, auf seinen noch immer halb ausgestreckten Arm, meine veränderte Erscheinung. Zu meiner – und sicher auch seiner – Überraschung tauchte hinter ihr plötzlich Thalita auf. Wir alle wechselten entgeisterte Blicke.

Ein wenig benommen drückte ich mich von dem Stuhl in die Höhe. »Ganz recht«, stellte ich fest. »Was geht hier vor? Oder vielmehr, welchem Umstand verdanken wir diesen – Besuch?«

»Umstand?« Mechthild sog ihre dürren Wangen ein. »Tja, das sollst du gleich erfahren. Komm mit, dann siehst du es selbst, und der da«, sie ruckte mit dem Kopf zu Herwegh, »kommt gefälligst auch mit!«

»Mitkommen?« Ich verstand noch immer nichts, sah zwischen Thalita und der Alten hin und her. »Wohin denn? Worum geht es hier überhaupt?«

»Das sollst du schon noch sehen!«

Wir standen in einem seltsamen Viereck; Mechthild grimmig aufgebracht und gleichzeitig triumphierend, Thalita erstaunt ob meines Aufzugs, jedoch auch seltsam gedämpft – und Herwegh mit geradezu versteinertem Gesicht.

Mechthild scheuchte uns mit einer heftigen Geste auf wie einen Schwarm Vögel und drehte sich auf dem Absatz um. Thalita folgte ihr und so schloss auch ich mich ihnen denn an. Den schweren Schritten hinter mir entnahm ich, dass sogar Herwegh Folge leistete. In der merkwürdigsten aller Prozessionen gingen wir hinunter und verließen nach Westen das Haus. Mechthild führte uns an und wir folgten in einem grimmigen Gänsemarsch.

Für ein paar Momente war ich mir sicher, der tote Garten sei das Ziel des Ausflugs, doch die Alte passierte ihn, ohne ihn eines

Blickes es zu würdigen. Auf die gleiche Weise ging es auch am Kräutergarten vorbei. Als sie über den Steg klapperte, hielt ich es nicht länger aus und drehte mich nach Herwegh um. Doch dieser wandte mit einem seltsamen *wissenden* Ausdruck den Blick ab – ich verstand immer weniger.

Der Wald schloss sich nach und nach um uns. Ungläubig tat ich Schritt vor Schritt und fragte mich, welches wundersame Wissen ausgerechnet diese Drei vereinte, während es sich mir bisher entzog. Es sollte nicht lange dauern, bis ich es erfuhr, denn Mechthild steuerte drei rötlich-braune Schimmer am Boden einer Senke an. Ich reckte den Hals und erspähte drei unserer groben Stalldecken zwischen dem Laub. Sie bedeckten unregelmäßige Formen, die ich nicht zu deuten vermochte. Unter einer davon sah etwas Graues hervor, das mir seltsam vertraut schien. Mein Verstand weigerte sich jedoch noch immer verstockt, die Verbindung herzustellen, den letzten Schluss zu ziehen. Bis ich endlich davor stand, den grauen Kopf nicht länger verwechseln konnte. Langsam sank ich neben der Decke nieder, strich blicklose Augen zu, berührte die rau behaarte Stirn. Ich flüsterte Klios Namen, als müsste sie davon aufwachen, den Kopf heben und leise mit dem Schwanz wedeln, wie sie es immer getan hatte. Doch zum ersten Mal schlief sie dazu zu fest. Mein Blick zuckte zu den anderen zwei Decken. Für einen Moment umfing mich große Stille. Beendet wurde diese von einem Stoß von hinten. »Er war es, der es getan hat! Die Köter mochten ihn nicht und er hat sie alle drei abgeschlachtet! Habe ich dir nicht von Anfang an gesagt, du solltest ihm nicht trauen? Jetzt sieh dir an, was du davon hast!« Das Gezeter prasselte so hart auf mich ein, dass ich mir die Ohren zuhalten wollte. Mühsam stand ich auf, drehte mich nach der Alten um.

»Und nicht genug damit, hat er die Kadaver auch noch in diese Senke runtergeworfen und sie mit Laub bedeckt. Wäre nicht der Gestank, wären sie Thalita auf ihrem Weg nie aufgefallen.«

Ich verstand schon wieder nichts. Dies konnte einfach nicht sein. Warum hätte Herwegh so etwas tun sollen? Ich sah zu ihm hinüber, erwartete, ihn in Verachtung und Häme ob dieser infamen Anschuldigungen auffahren zu sehen – und fand sein Gesicht stattdessen angespannt vor. Er wandte sogar den Blick ab. Ich schnappte nach Luft.

Auch Mechthild war nicht blind; ihr Schimpf nahm noch zu. »Siehst du? Dieser Teufel hier war's – er hätte nur nicht gedacht, dass jemand die Köter findet! Dachte, der Wald wäre groß genug, um alles zu verstecken! Sogar eine Bestialität, wie diese –«, sie bückte sich, Herweghs Hand fuhr vor, um sie an ihrem Vorhaben zu hindern, doch er kam zu spät, sie zog die Decke weg. Gestank wallte hoch. Schlimmer noch war aber der Anblick. Eine Schlinge schnitt tief in den grauen Hals, Klios Bauch hingegen klaffte offen, eine Höhlung blutiger Leere. Meine Hündin war aufgehängt und ausgeweidet worden.

Der Brechreiz überfiel mich ohne Vorwarnung. Ich schaffte es gerade noch, mich wegzudrehen, da griff auch schon eine harte Faust nach meinem Magen und wrang ihn aus. Es nahm kein Ende, bis nur noch trockenes Würgen kam. Gnädigerweise hörte ich währenddessen nur noch Rauschen, das alles andere überdeckte; sowohl Mechthilds Gekeife als auch Herweghs Knurren. Und dann fühlte ich mich auch schon fortgeführt. Thalita umfasste mich sanft, aber fest, und zog mich mit sich fort.

Als ich es am Scheitelpunkt des Hügels endlich schaffte, mich noch einmal umzudrehen, stand Herwegh allein über den drei Decken inmitten des verrottenden Laubs; den Kopf gesenkt, die Hände in die Seiten gestemmt, als sähe er sich mit einer Arbeit konfrontiert, der er sich längst entkommen wähnte.

Ich saß da, bis es dunkel wurde. Allein. Mechthild hatte ich die Tür vor der Nase zugeschlagen. Langsam floss der Tag davon und in der Küche siegte die Dunkelheit über das Licht. Erst im Zwielicht sah ich Herwegh mit einem Spaten in der Hand über den Steg zurückschreiten. Der Boden im Wald musste schwer aufzugraben gewesen sein, von Wurzeln durchzogen und steinig. Fast wunderte ich mich, dass er sich des Begrabens noch angenommen hatte, wie die Alte es gefordert hatte. Das Töten war ihm gewiss leichter gefallen.

Kurz darauf schwang die Hintertür auf. Blind im Dämmer der Küche tastete er sich zum Wasserkrug und trank in großen Schlucken.

»Klio, Erato und Melpomene«, sagte ich tonlos. »So hießen sie. Sie waren die einzigen, in deren Nähe ich mich je sicher fühlte. Noch gestern haben sie mir Trost gespendet, wo es sonst keiner konnte.« Ich wusste selbst nicht, warum ich ihm das sagte, vielleicht weil ich sonst erstickt wäre.

Er verschluckte sich, wischte sich das Wasser ab, drehte sich zu mir um und starrte mich durch die Schatten hindurch an.

»Ist es wahr?« Ich musste einfach fragen, konnte die wilde Hoffnung nicht unterdrücken, dass dies alles trotz allem ein Irrtum, ein Missverständnis war. »Ist es wahr? Dass Sie es waren?«

Er räusperte sich, seine Kehle arbeitete. »Ich hätte sie gleich vergraben sollen«, sagte er schließlich heiser. »Sie hätten sie niemals finden dürfen.«

Dann war es also die Wahrheit.

Bevor ich ihm die Genugtuung gab, unter diesem Schlag zusammenzubrechen, stand ich wortlos auf und ging.

In meinem Zimmer zog ich das unselige Kleid aus. Ich hätte wissen müssen, dass allzu wilde Vorfreude nach Vergeltung verlangt, bis die Waage wieder ausschlägt, wie sie es gewohnt ist. Ich würde es nie wieder vergessen.

Im Hemd legte ich mich auf das kalte Bett nieder und schloss die Augen.

19. Schande

Ein Teppich aus weißen Buschwindröschen, windzerzaust. Nur das Rechteck des großen Grabes, vor dem ich saß, war schwarz. Doch nicht mehr lange, meine Hände flochten einen Kranz nach dem anderen aus den zierlichen Blumen, bald schon würde ich es vollständig mit grün-weißen Schnüren bedeckt haben.

Hexenblumen. So nannte man sie auch. Dabei waren sie so hübsch, so zart. Vielleicht, weil sie nicht so harmlos waren, wie man denken könnte. Nicht, dass es leicht wäre, mit ihnen zu töten, dazu mussten sie noch frisch und stark sein. Getrocknet, hieß es hingegen, könnten sie selbst alte, weit zurückreichende Seelenprobleme lösen. *Warum hatte ich sie nie probiert?*

Der Rand des Grabes war sauber gesetzt, die Erde darauf glatt verteilt, festgetreten und es war groß genug, dass alle drei Hunde nebeneinander darin liegen konnten, also so groß wie für ein Menschenpaar. Herwegh hatte es auf eine kleine Anhöhe verlegt und jede Einzelheit wies darauf hin, dass er sich damit viel Mühe gegeben hatte. *Genau wie mit dem Töten.*

Ich flocht immer weiter, sah kaum hin. Ob er sie zuvor erschossen hatte? Oder hatte er sie nacheinander mit dem Seil erwürgt? Sie zum Ausbluten aufgehängt? Ich schloss die Augen, wollte all die Bilder aussperren. Es war vorbei.

Erst hatte die Tat keinen Sinn für mich ergeben, war mir völlig unverständlich gewesen. Bis ich mich meine Verblendung beiseite geschoben und mich erinnert hatte, wie ich ihn zuvor gesehen hatte, als mir noch nichts den Blick auf sein wahres Wesen verstellte. Die Wahrheit war, dass Herwegh ein Gewaltmensch war. Jede einzelne Station seines Werdegangs hatte diese Tatsache beschworen und nur meine eigene Verzauberung hatte mich blind dafür gemacht. Dabei war es ganz einfach: Er war, was er immer gewesen war, eine Wandlung hatte nie stattgefunden. Der Hang zur Brutalität lag ihm im Blut, genau wie der Drang zu verraten. Die Gewalt war schon vor zu langer Zeit ein Teil von ihm geworden, als dass er sie noch verleugnen konnte, selbst wenn er es wollte. Vielleicht glich sie einer Wunde, die sich zu schließen schien, dann aber doch immer wieder aufklaffte – vielleicht war sie aber auch längst heimlich zu seiner Muse geworden. Ich erinnerte mich, wie er von der Dunkelheit gesprochen hatte, wie er gestanden hatte, dass die Vertrautheit mit ihr seinem Schaffen nützte. Hätte ich nur gleich verstanden, dass sich diese Aussprüche nicht auf die Vergangenheit bezogen, sondern dass er noch immer zu ihr zurückgetrieben wurde, nur gelernt hatte, sie anschließend zu nutzen, in seinen wundervollen, furchtbaren Visionen ...

Wären sie nur nicht gewesen, seine Freundlichkeit und die Ansätze von Feingefühl! Sie hatten mich in Sicherheit gewiegt. Dabei hatten sie sich als so unbeständig erwiesen wie Haut auf heißer Milch, unter der es die ganze Zeit weiter in ihm gebrodelt hatte.

Denn Herwegh war nicht neu.

Eine neue Windbö kam durch den Wald gefegt und ich hielt ihr meine brennenden Augen entgegen, um sie zu kühlen. Es war – wie passend! – Karfreitag; ein guter Tag, um zu trauern, selbst wenn es nur um drei Hunde war. Die immerhin meine einzigen Freunde gewesen waren. Doch selbst das würde vergehen. Alles verblasste mit der Zeit und auch die tiefste Wunde verschloss sich irgendwann zu einer Narbe; das Leben schloss sich einfach darüber. Vielleicht verschwand der Schmerz nie ganz, aber er wurde weniger, kam irgendwann nur noch in Wellen. So war es immer schon gewesen.

Der Wind fuhr heftiger den Abhang hinunter und zum Haus, ließ irgendwo ein Fenster zuklirren. Die Fensterreihen waren von hier oben aus gut zu erkennen, gähnten als dunkle Öffnungen im schmutzigen Weiß. Bald würde neues Laub sie verbergen, doch noch umrahmten lediglich Buschwindröschen und silberne Stämme die Mauern. Mein Blick kehrte schon wieder zu der einen Scheibe zurück, hinter der ich neuerdings so viel Leidenschaft und extreme Gefühlsexplosionen wusste. Die jedoch nicht mir galten. Der üppige Rosengarten an der Wand verkörperte eine Täuschung inmitten der Kälte der Wirklichkeit. Er war nicht mir bestimmt. Alle Lehren von Kausalität und Induktion hatten, was das betraf, getrogen. Um Herweghs wahren dunklen Kern zu begreifen, hätte es genügt, auf eine alte vergrätzte Frau und einen längst toten Apfelbaum zu hören.

Meine Finger wanden und flochten unterdessen weiter ihre grünweißen Schnüre. Vor vielen Jahren hatte ich im Dorf eine Braut mit einem Kranz aus Buschwindröschen gesehen. Damals hatte mich ein ungutes Gefühl beschlichen und auch Mechthild hatte murmelnd den Kopf geschüttelt. Kein Jahr später war sie tot. Nicht durch Schuld der Hexenblumen gewiss, doch verhielt es sich mit Irrtümern letztendlich wie mit Wucherkraut; sie wurden größer und immer dichter, wurden zur Gewohnheit, bis sie – irgendwann – das Leben selbst erstickten.

Mein Blick ließ das Fenster nicht los. Man sah ihm von außen so gar keinen Unterschied zu all den anderen an. Andererseits stimmten innen und außen ohnehin so gut wie nie überein. Irgendwann sah man diese Diskrepanz als gegeben – und wurde blind für die Ausnahme. Denn bei Herwegh war es umgekehrt gewesen. Er hatte sich nie verstellt. So viel musste ich ihm zugutehalten. *Ich* war es gewesen, die um nicht mehr als einen heiteren Gesichtsausdruck und eine einzige beiläufige Geste der Höflichkeit eine ganze Welt von Gefühlen herumgedichtet hatte, die einzig von mir, einer alten unerfüllten Jungfer, genährt wurden. Er selbst war nicht *neu*.

Der Wind nahm zu, als wollte er mir den Blumenkranz aus den Händen reißen.

Still, Wind. Ich bin gleich fertig. Sowohl mit dem Flechten als auch mit ihm.

Mit ihm war ich es in Wahrheit bereits. Die einzige Freundlichkeit, die ich ihm jetzt noch bereit war, entgegenzubringen, war, sein Werk erst übertünchen zu lassen, wenn er fort war. Ich könnte die Rosen auch als Mahnmal stehen lassen, doch was das anbetraf, hielt ich es wieder mit Priester Matthäus. Da mir weder Rosen im Allgemeinen – und wie viel weniger noch die Seinen! – bestimmt waren, mussten sie aus meinem Haus verschwinden.

Herwegh selbst musste sofort fort.

Die nächste Bö ließ die hohen Stämme rings herum alarmierend aufknarren, warnte eindringlich vor der Gefahr des sich erhebenden Sturms. Eilig knüpfte ich den letzten Kranz, hielt die anderen solange mit meinem Rock nieder, so dass sie nicht fortflogen. Nur für einen Augenblick sollte das traurige Rechteck nackter Erde von Blumen bedeckt sein; wenigstens einen Moment lang sollte der Wald mit den hohen Eichen wissen, dass meine Freunde betrauert wurden. Dann mochte der Sturm die Kränze meinethalben mit sich nehmen; nur er würde dann wissen, dass ich viel mehr in sie hinein geflochten hatte, als die Trauer um drei Hunde ... Die erste Träne rann meine Wange hinunter, wurde ebenfalls sogleich vom Wind entrissen. Ich breitete die Kränze über das Grab, um sie sogleich verweht zu sehen, einen nach dem anderen weggetragen, geschwenkt und umhergeworfen wie von einer Horde mutwilliger Kinder.

»Hier sind Sie also. Ich hätte wissen müssen, dass ich Sie hier finde.« Seine Stimme erklang ohne jede Vorwarnung hinter mir, ich fuhr herum, zu erschrocken zum Schreien. Er stand hinter mir, sein Mantel wehte schwarz, ebenso wie der Zopf. Im Kontrast dazu wirkte sein Gesicht fast weiß, die dunklen Schatten um seine Augen zeugten davon, dass ihn erneut Friedlosigkeit trieb. *Deren Ursprung ich nun kannte.*

Ich rappelte mich hastig auf. »Was wollen Sie?«

Sein Blick zuckte über das Grab und die verwehten Reste der Kränze. »Ich muss mit Ihnen reden.«

»Und das hat keine Zeit?« Entgeistert umfasste ich Ort und Sturm mit einer Geste.

»Hat es nicht. Sie müssen etwas erfahren. Jetzt.« Wenn er häufig schwermütig gewirkt hatte, so wirkte er jetzt geradezu finster.

»Ich höre.« Meine Kehle fühlte sich sehr eng an. Wir standen uns gegenüber, während der Wind an unseren Kleidern zerrte.

Seine Augen glitten über das schwarze Rechteck, er schüttelte den Kopf. »Nicht hier. Gehen wir ein Stück«, er wies weg vom Haus. Offensichtlich verursachte ihm der Ort, wo er meine Hunde verscharrt hatte, mehr Unbehagen, als der tobende Sturm es konnte. Ich sah zu den wild schwankenden Ästen über uns auf, von denen jeder einzelne zum Todbringer werden konnte, wollte zuletzt aber nicht feige erscheinen. Schließlich war dies unser letztes Gespräch.

Wir wandten uns vom Haus fort, gingen nebeneinander her.

Der Abstand, den er zu mir hielt, war angemessen, und doch schien er höher als sonst neben mir aufzuragen, seine schwarz betuchten Schultern wirkten bedrohlicher denn je. Mein Unbehagen durchwob sich mehr und mehr mit Furcht. Ich schob sie entschlossen weg, hob das Kinn und sah herausfordernd zu ihm auf. »Nun?«

Sein Blick mied den meinen, lief den Pfad voraus. »Sie tragen Ihr neues Kleid gar nicht?«

»Nein«, ich zog mein Schultertuch enger. »Sie brauchen sich darob nicht länger für mich zu schämen.«

»Wie meinen?«

»Es hat Ihnen doch missfallen. Sie fanden es hässlich.«

»Das stimmt nicht. Nur passte es nicht zu Ihnen. Es wirkte an Ihnen so verfehlt, wie es an Mechthild der Fall gewesen wäre.«

Ich wäre fast gestolpert. Doch ich war selbst schuld! Warum versuchte ich auch bis zuletzt noch, ihn dazu zu zwingen, dass er sich selbst rehabilitierte, wo dies doch nicht möglich war? Manche Wunden mussten wahrhaft ausgebrannt werden, damit sie heilten!

»Ihr Buch«, fing ich also an. »Warum haben Sie es mir gegeben?«

Seine Kiefermuskeln spannten sich. »Sie dauerten mich.«

Ich hatte es gewusst. *Mitleid.* Wo ich aber schon angefangen hatte, konnte ich die Wunde auch noch weiter aussengen – sie und alles Fleisch drum herum.

»Mir scheint, dass jede Rose darin eine bestimmte Wesensart und bestimmte Charakterzüge widerzuspiegeln scheint?«

Er musterte mich argwöhnisch, neigte jedoch bestätigend den Kopf.

»In dem Fall werden Sie mir gewiss zustimmen, dass meiner Mutter am ehesten die *Rote Rose von Lancaster* entspräche?«

Er nickte noch einmal.

»Welche –«, ich zauderte nur kurz, »welche Rose wäre demnach ich in jener Sammlung?«

»Ich weiß nicht.« Sein Blick floh mit dem Wind.

»Sagen Sie es!«

Seine Nasenflügel weiteten sich. »Die Hundsrose.«

Ich hatte es gewusst. »Und Thalita?«, fragte ich heiser. »Welche ist sie?«

»Wer?« Sein Ausdruck wechselte von Distanziertheit zu Irritation. »Was weiß denn ich? Außerdem ist jetzt nicht die Zeit, über Rosen zu plaudern. Ich bin gekommen, um Ihnen etwas Anderes zu sagen – etwas Wichtiges.«

Für mich war schon alles Wichtige gesagt. Eine fast erträgliche Taubheit hatte von mir Besitz ergriffen. Ich zuckte mit den Schultern. »Dann sprechen Sie.«

Doch wir gingen weiter und weiter – und er schwieg.

»Nun, was ist?«

Er schüttelte den Kopf. »Mir wollen die passenden Worte nicht einfallen.«

»*Passend?*« Ich lachte auf. »Werden Sie jetzt zuletzt wählerisch? Mir scheint, dass das, was herauskommt, sobald Sie den Mund aufmachen, bis jetzt auch seinen Zweck erfüllt hat! Fahren Sie doch einfach damit fort.«

Seine Stirn furchte sich, als wäre er nicht von allein darauf gekommen, dass seine Worte verletzend sein könnten.

Der Wind zerrte inzwischen nicht nur an meinem Tuch und den Röcken, sondern zunehmend auch an meinen Nerven. Ich wollte zurück zum Haus – weg von den schwankenden Baumriesen – vor allem aber von seiner Gegenwart befreit werden. In seiner Nähe zu sein war, wie den Stumpf meiner rechten Hand anzustarren oder meine jüngst leere Augenhöhle zu erfühlen. »Sagen Sie es endlich!«, fuhr ich ihn entnervt an.

Er blieb abrupt stehen, seine Züge wurden zu Marmor. »Ihr Oheim – war Ihr Vater.«

»*Was?*«

»Es ist wahr. Ich habe weitergearbeitet und die Tünche im Alkoven abgetragen. Darunter ist das Porträt eines Paares zum

Vorschein gekommen. Die Frau sieht Ihnen bestechend ähnlich – ist fast ein Abbild von Ihnen, wie Sie gestern aussahen – der Mann hingegen ähnelt der Miniatur in Priester Matthäus' Zimmer. Die beiden stehen Arm in Arm. Es gibt keinen Zweifel daran, dass sie ein Paar waren. Außerdem ist der Bauch der Frau gerundet, sie war schwanger.« Er merkte, dass ich tumb vor mich hinstarrte. »Verstehen Sie denn nicht?«, fuhr er mich an. »Sie war mit Ihnen schwanger und Matthäus war ihr *Vater*. Seine Signatur steht auch unter dem Bild. *Er* war der Rosenmaler.«

»Nein. Das kann nicht sein. Sie waren Bruder und Schwester.« Doch langsam aber sicher sickerte die Bedeutung der Worte zu mir durch; zumal ich das beschriebene Bild so deutlich vor mir sehen konnte, als hätte ein Teil von mir die Wahrheit immer gekannt. »Nein«, wiederholte ich dennoch, ließ mir das Wort vom Wind aus dem Mund reißen, es forttragen. Die Kräfte um uns herum schienen plötzlich an Macht und Gewalt zuzunehmen, als wollten sie mich auch äußerlich beuteln. Ich strauchelte, Herweghs Arm fuhr vor, ich schlug ihn weg. »Lassen Sie mich! Fassen Sie mich nie wieder an, mit Ihren verdammten Händen!« Ich stolperte ein paar Schritte auf den Stamm einer Eiche zu und hielt mich daran fest. Ich kannte weder den Baum noch diesen Teil des Waldes. Er hatte mich auf unbekannten Grund geführt.

»Ich will nach Hause«, sagte ich. Er reagierte nicht. Der Wind hob seinen Mantel, als stellte sich sein Nackenfell auf. Was mich betraf, war er nichts weiter als ein Raubtier – eins, das mich nun ein Mal zu oft anfiel.

»Sie sollen mich allein lassen! Überhaupt verschwinden!«

»Es stand Ihnen zu, es zu erfahren.«

»Mir *zustehen?*«, ich merkte, wie sich mein Mund verzog. »Sie scheinen sich immer so sicher darin, was wem zusteht, als seien Sie der grimmigste Engel des Herrn, der Seinen Willen tut – und nicht der Wüstling, der Sie sind, der sich nur an seiner eigenen Schlechtigkeit besäuft. Bereitet es Ihnen großes Entzücken, mir mitzuteilen, ich trüge noch kränkeres, verdorbeneres Blut in mir als Sie? Priesterblut *und* Inzestblut – das überbietet sogar noch die Verkommenheit des Saftes, der durch Ihre Adern fließt, ist es nicht so, Sohn Kains?«

Ein Ruck schien durch seine Gestalt zu gehen. »Sie haben es gelesen, mein *Tagebuch?*«

Ich sah auf, konnte durch meine Tränen hindurch jedoch nicht viel erkennen, nur dass er direkt vor mir stand. »Natürlich! Was hätten Sie getan, wenn sich ein Fremder in Ihr Haus gedrängt und nicht einen Stein auf dem anderen gelassen hätte? Ich musste erfahren, wer Sie sind. Nur dass ich mir trotz allem nicht hätte träumen lassen, dass Sie nicht ruhen würden, bis Sie ein Verbrechen aufdecken, dessen Delinquenten längst tot sind –«

»Sie leben doch noch!«

»Sie haben Recht: das einzige Opfer! Jetzt auch noch Ihres!«

»Inwiefern?«

Ich lachte unter Tränen. »Erst machen Sie mir Hoffnungen, mir eine romantisch-tragische Geschichte zu geben – und dann stecken Sie mir sowohl Vergangenheit als auch Zukunft über dem Kopf an –«

»Es ist nun mal Ihr Erbe.«

»Und Ihr Recht ist es, mich zu etwas *Abartigem*, einem *Ungeheuer* zu erklären?«

»Es *war* mein Recht –«

»Mich zu *vernichten?* Wissen Sie, was die Welt daraus machen wird? Was meine Nachbarn tun werden, sobald ihnen zu Ohren kommt, was ich bin? Etwas Besseres konnten sie sich kaum erhoffen ...«

Und vielleicht hatten sie das auch nicht – vielleicht hatten sie es sogar *geplant*, dafür *gezahlt?* Der Gedanke durchzuckte mich plötzlich und grell wie ein Blitz. Mit einem Mal verstand ich alles: seine große Unleidlichkeit von Anfang an – die sich mit dem großen Interesse am Haus paarte. Seine heimlichen Nachforschungen im Zimmer meiner Mutter – und schließlich seine Einwilligung, länger zu bleiben, die Vergangenheit zu erforschen, obwohl ich ihm nicht viel dafür bieten konnte. Sein ständiges Verschwinden und Wiederauftauchen – und der Mord an meinen Hunden, die offenbar ein Treffen mit seinen Auftraggeber gestört hatten ...

»Ich habe mir nichts *erhofft* –«

»Und doch gibt es längst eine andere Agenda, der Sie folgen, nicht wahr? Ein vordergründiges Interesse –«

»Das tut nichts zur Sache.«

Er gab es zu!

»Ich finde schon! Und zwar *alles!* Sie haben mich belogen!«

»Ich habe einzig nicht alles gesagt –«

»Mein Vertrauen haben Sie aufs Äußerste missbraucht! Mich betrogen! Ich habe Ihnen Einlass in mein Haus gewährt – und was haben *Sie* getan?« *Mich verraten und verkauft, das hatte er. Er war nicht Kains Sohn, sondern vielmehr der von Judas!*

»Es war Arbeit. Ich wusste nicht, was ich vorfinden würde –«

»Dann schürften Sie aber nach und mussten begeistert entdecken, dass es immer reizvoller wurde, nicht wahr? Am Ende muss das, was Sie so eifrig förderten, Ihre kühnsten Erwartungen übertroffen haben! Wie müssen Sie frohlockt haben, als Sie feststellten, in mir ein Ungeheuer ähnlichen Ausmaßes vor sich zu haben, wie Sie es sind. Gleich und Gleich gesellt sich ja bekanntlich gern, nicht wahr?« Unter Tränen fing ich an zu lachen, merkte, wie das Gelächter sich in mir losriss.

»Hören Sie auf!« Er griff nach meinen Schultern und schüttelte mich. Es war nicht das erste Mal, dass er mich hart anfasste, aber dennoch war der Zweck diesmal ganz klar ein anderer. Mit einem Mal ging mir auf, wie dumm es von mir gewesen war, ihm in die Tiefe des Waldes zu folgen. Nicht der Sturm um uns herum, sondern der, den er in sich trug, stellte jetzt die größte Gefahr dar!

»Lassen Sie mich los und verschwinden Sie endlich!«, schrie ich und schlug panisch um mich. »Sie mit all Ihren Schlichen und Heimlichkeiten! Hätte ich es nur früher geahnt, hätte ich Sie in der Kapelle in Ihrem eigenen Blut liegen lassen!«

Er ließ mich tatsächlich los und trat einige Schritte zurück. »So klug waren Sie jedoch nicht und jetzt beruhigen Sie sich«, sagte er kalt.

»Mich beruhigen?« Meine Angst wurde von einer Welle gerechter Wut gelöscht. »Ich habe den Leibhaftigen in mein Haus geladen und war so dumm, mich von ihm einlullen zu lassen! Dabei habe ich Ihre Niedertracht vom ersten Tag an geahnt – und als Sie fielen, bestätigten Sie meinen Verdacht.«

»Und wie kam es dann zu Ihrer leichtgläubigen Einfalt, mich sogar noch weiter zu beschäftigen?«

»Naivität«, meine Kehle tat weh. »Ich wollte es nicht glauben. Ich war dumm und wollte hoffen, Sie könnten dankbar geworden sein. So dass Sie von mir ablassen.«

»Dann waren wir doch beide erfolgreich – fast bis zum Ende, wie mir scheint. Zu Ihrem Trost: Ich hätte auch nicht gewollt, dass Sie es erfahren.«

»Kommen derart Triebe nicht immer ans Licht?«

Er starrte ausdruckslos zurück.

Seine Gleichgültigkeit machte mich rasend. »*Bösartig* ist noch die mildeste Bezeichnung, die mir für Sie einfällt. Was Hinterlist und Gemeinheit angeht, sind Sie der wahre Sohn Ihrer Eltern.«

»Meine Eltern – Sie führen sie erneut ins Feld?«

»Gewiss!« Er hatte mir erst die Illusion seiner Gefühle gegeben und dann genommen –und dann meine Hunde getötet. Und nun würde er mich auch noch vor der Welt zerstören. Durch ihn würde mir alles genommen werden, was ich hatte. Das Wenigste, das ich tun konnte, war mir Luft zu machen!

»Ihre Eltern waren nicht viel wert, wie Sie selbst erkannt haben«, fuhr ich auf den Schwingen meiner Wut fort. »Doch haben Sie selbst nicht alle Hilfe erhalten, sich zu ändern? Wurde Ihnen nicht eine hilfreiche Hand gereicht? Wurden Sie nicht geheilt und aufgenommen, Ihnen Güte gezeigt und Ihnen das Erkennen von Schönheit beigebracht? Und was taten Sie? Sie haben nach der Unschuld gegriffen, als könnte diese auf Sie abfärben, als würde die Berührung Ihrer verdammten Hände nicht entehren und Verderben bringen! In Scham vergehen sollten Sie dafür!« Noch als *Junge* hatte er schließlich dieses Mädchen vergewaltigt, das selbst kaum mehr als ein Kind war! Hätte ich diese Geschichte, die Anne verharmlost hatte, nur damals schon als das gedeutet, was sie war: als Warnung davor, dass der Verrat in seinem Blut lag; dass er diejenigen hinterging, die ihn aufnahmen, ihr Vertrauen für jedwede Gier schamlos missbrauchte.

Zur Antwort glühte einzig die Narbe rot in seinem weißen Gesicht, die Wut machte ihn stumm.

»Ja, ich kenne Ihr Tagebuch«, fuhr ich fort. »All das Heulen und Zähneklappern, die Selbstbezichtigungen, die Sie nach Ihren Taten heimsuchen, jedoch nicht verhindern können, dass Sie sie immer und immer wieder verüben. Ich kenne Sie und Ihre anmaßenden Gedanken und Rechtfertigungen, die doch nicht übertünchen können, dass Sie nur ein räudiger Köter sind: bereit, die Hand zu beißen, die Sie füttert, nur um Ihrem Schwanz zu folgen! Nichts ist Ihnen heilig!«

»Jetzt nicht mehr.« Seine Züge verzerrten sich, er trat einen Schritt auf mich zu. Ich trat einen zurück, stieß gegen den Stamm der Eiche. Ich stand mit dem Rücken an der Wand – doch der übergroße Schmerz musste raus – ein einziges Mal im Leben war ich es, die ihn weitergab, und diesmal traf es den Richtigen!

»Verstecken Sie es künftig besser, Ihr Tagebuch. Verbrennen Sie es! Keine andere Menschenseele sollte Ihre pathetischen Ergüsse lesen, die Sie Erkenntnisse heißen, die jedoch nichts mit Ihrer niederen Wirklichkeit gemein haben. Jeder anständige Mensch muss vor Ihnen flüchten!«

»Und Ungeheuer wie Sie?« Er tat einen weiteren Schritt auf mich zu.

»Mich mag meine Herkunft zum Ungeheuer machen – Sie Ihr Tun. Meinen Dank entbiete ich der Hölle einzig dafür, dass meine

Beschaffenheit mich in *einer* Hinsicht Ihrem Zugriff entzieht!« Mein Blick sank zu seiner Körpermitte. Er hatte es selbst gesagt, dass er überrascht gewesen war, bei meinem Anblick jemals erregt gewesen zu sein – und seine Zurückweisung kürzlich hatte eindeutig bewiesen, dass keine Wiederholung zu erwarten war.

Als meine Augen wieder hochschnellten, waren die seinen starr, seine Züge kaum noch kenntlich. »Sie hätten gründlicher lesen sollen.«

Im nächsten Moment war er bei mir und erfasste mich. Ich erkannte meinen Irrtum und schrie auf, doch er war längst jenseits allen Mitleids. Er zog mich an der Wolle des Kleids an sich heran und dieses Mal war die Gewalt weder spielerische Drohgebärde noch Dominanz; sie war blutiger Ernst. Ich riss schützend die Arme hoch, doch da war seine Hand auch schon in meinem Nacken, während sein Mund sich roh auf meinen drückte, mich erstickte. Seine Zunge verschaffte sich rücksichtslos Zugang, preschte vor – bis ich zubiss – da stieß er einen wütenden Laut aus, löste seine Lippen von den meinen, verbiss sich stattdessen in meinem Hals. Ich schrie auf und holte aus, schlug mit aller Kraft in sein Gesicht, doch er schien die Hiebe nicht einmal zu spüren. Es war, kämpfte ich gegen einen Berg!

Und dieser war mächtiger und stärker, nutzte sein Gewicht, um mich gen Boden zu drücken. Ich sammelte alle Kräfte, um ihm zu entkommen, doch es war zwecklos, hart kam mein Rücken auf der laubbedeckten Erde auf, dass mir die Luft aus den Lungen gejagt wurde. Seine Augen hingen blind über mir, aus ihnen leuchteten einzig noch Begierde und Rage, der widerliche

Hunger, den ich längst kannte, danach zu unterwerfen, einzudringen, zu reißen –

Seine Hand fuhr hinunter und zerrte meinen Rock hoch, riss dann am Unterkleid, kämpfte sich durch Stoffschichten nach oben.

Ich trat wieder und wieder aus, schlug weiter auf ihn ein, ohne dass er es spürte.

Wie hatte ich mich nur so irren können? *Wie konnte etwas, das ich am Tag zuvor noch so sehr ersehnt hatte, schon am nächsten zum allergrößten Albtraum werden?* Wie hatte ich vor allem so unendlich dumm sein können, zu glauben, ein hurender Gewaltmensch könnte sich ändern? Doch für Blindheit zahlte man einen hohen Preis.

Er lag auf mir, seine Hand hatte sich durch die Röcke grob meine Beine hinaufgearbeitet, war fast am Ziel. Ich schnappte nach Luft. Das Entsetzen warf mich mit einem Schlag dreizehn Jahre zurück – und zugleich aus meinem Körper. Gnädiges Rauschen umfing mich, hüllte mich diesmal jedoch nicht in grauen Nebel ein. Stattdessen blieb alles klar und scharf und ich fühlte mich, wie schon einmal, vor so langer Zeit, emporgehoben, schwebte unter dem schwarzen Rücken hervor und neben der Eiche hinauf, verließ den armen unterworfenen Leib in seiner Ohnmacht.

Ich sah auf mich selbst hinunter, wie ich unter ihm lag, mit geweiteten Augen, während er mit der freien Hand an den Knöpfen an meinem Hals riss, bis sie zu allen Seiten absprangen und der Filz aufklaffte. Es war ihm nicht nackt genug, er zerrte auch am Hemd, das jedoch nicht nachgab, dass er mit beiden Händen zugreifen musste, um es schließlich entzwei zu reißen, bis hinab zum Korsett, dass er sich endlich im bloßen Hals verbeißen konnte, in der Schulter, sich untertan machen konnte, was längst aufgegeben hatte, still unter ihm dalag, während seine Hände nach meiner Brust griffen.

Sein Mantel war verrutscht, von oben sah ich das lange Messer in seinem Gürtel. Meine Kraft brach, die Tür der Erinnerung flog endgültig auf, ließ ein anderes Messer aufblitzen, bevor es in meine Haut gefahren war, hineinschnitt, Blut hervorquellen ließ, auf das ich taub und ungläubig hinuntergestarrt hatte, in stummer Weigerung zu glauben, dass Menschen einander so etwas antun konnten ...

Sein Mund sank auf meinen, ich sah von oben, wie er ihn diesmal ungehindert in Besitz nahm, während sich seine Hände meine Brüste grob zu eigen machten, diese umfassten, drückten, bis ihn etwas stocken ließ. Selbst durch seine Rage hindurch schien er etwas in der Glätte der Haut zu erfühlen, das nicht dorthin gehörte. Er stemmte sich hoch, sah auf die linke Brust nieder.

»Oh mein Gott!« Ungläubig starrte er auf die widerliche Narbe, das riesige R, die Hand darüber ausgestreckt, als wollte er seinem Verlauf folgen, jedoch nicht wagte, es zu berühren. In seinen Augen dämmerte schließlich die Erkenntnis, was es bedeutete – und dass die Narbe immer wulstiger wurde, als hätte jemand tiefer und tiefer geschnitten.

»Oh Gott«, wiederholte er kaum hörbar. Seine Augen waren geweitet, er stützte sich nunmehr so vorsichtig von mir ab, als läge er auf dünnem Glas, das jederzeit unter ihm brechen konnte. Ich fühlte sein Gewicht kaum noch, obwohl ich wieder in mich selbst zurückgefallen war, unter ihm lag.

»Sie sind nicht der Erste«, bestätigte ich tonlos. Hätte er mich nicht an meine Dämonen verraten und verkauft, hätte ich ihm noch am Tag zuvor mit Freuden das Wenige gegeben, was diese von mir übrig gelassen hatten. Mehr noch: In Stücke hätte ich mich für ihn schneiden lassen. Doch jetzt konnte er das selbst erledigen.

Wie erstarrt hob er die Augen von der Narbe zu den meinen und ich konnte erkennen, dass der Wahn aus ihnen gewichen war, dafür Schmerz Platz gemacht hatte, der mich für einen Wimpernschlag an den Mann erinnerte, den ich in ihm zu sehen geglaubt hatte. Doch jetzt war es zu spät.

»Nutzen Sie schon Ihr Messer«, flüsterte ich. »*Wie er.*«

Fassungslos starrte er noch immer auf mich hinunter, fuhr dann zurück und schnellte von mir fort. Seine schwer vom Waldboden widerhallenden Schritte wurden immer leiser.

20. Kaleidoskop

Der Sturm heulte um das Haus, wie ein wildes, gepeinigtes Tier. Es war Karfreitagnacht, Gott war immer noch tot und ein Stein lag vor seinem Grab. Ich hingegen lag wie eine Lumpenpuppe in der Ecke der Bibliothek. Das Kleid hatte ich zugeknöpft, wo Knöpfe verblieben waren, dennoch klaffte der Stoff überall auf, hielt nicht länger die Kälte ab.

Es war vorbei. Alles vorbei. Ich hatte alles verloren, was ich besessen und woran ich je geglaubt hatte. Ich hatte *mich* verloren. Und derjenige, an den ich mich verloren hatte, hatte mich verraten und geschändet. Jetzt blieb mir nur noch, den Gerichtsbeschluss abzuwarten, der mich aus meinem eigenen Haus werfen würde. Und wohin dann? Ich wusste es nicht. Vielleicht zu dem Tümpel im Wald. An seinem Ufer konnte ich die runden harten Steine einsammeln und sie gleich Pilzen in Rock und Taschen legen. Ich würde ganz still in das Wasser hineingehen, darin eintauchen wie in ein neues grünes Leben mit meinen Freunden, den Geistern ...

Die Tür knarrte. Vom Boden aus verstellten mir neben der Dunkelheit Tisch und Stühle die Sicht. Doch ich hatte keine Angst mehr. Das Schöne am Aufprall ist, dass man unmöglich noch tiefer fallen kann: Der Gefallene ist der Sicherste aller Menschen.

»Sind Sie hier?«, ertönte es leise. »Frau von Eschweih?«

Mein Gesicht verzog sich, denn selbst diesen Namen würden sie mir nehmen, ihn durch den Dreck ziehen. Bald schon würde es jeder wissen. Da konnte ich die Kunde auch gleich selbst verbreiten ...

»Hier«, antwortete ich schwach. »Ich bin hier.«

Es raschelte, die Tür klappte zu und zwei schwarze Umrisse tauchten in der Dunkelheit auf.

»Was tust du denn dort am Boden? Bist du gefallen?« Grets Umriss beugte sich über mich. Derweil tappte Anne durch den Raum, riss ein Schwefelholz an, kurz darauf verbreitete sich erst zögernd, dann entschlossener, Licht. Ich musste meine Augen mit dem Unterarm davor schirmen, als sie mit einer Öllampe neben Gret auftauchte.

»Was machen Sie denn – oh!« Beide starrten auf mich hinunter, knieten dann langsam neben mir nieder. Anne streckte die Hand nach meinem geschundenen Hals aus, ließ sie dann aber in der Luft hängen. »Wer um Himmelswillen war das?«, fragte sie endlich. »Wer hat Sie so zugerichtet?«

Ich öffnete den Mund, aber sein Name wollte mir nicht über die Lippen.

»Herwegh?« Ihre Stimme hob sich.

Ich nickte.

»Hat er Sie verletzt?«

Ich schüttelte den Kopf. Tatsächlich fühlten sich nur mein Hals und meine Schultern wund an, und auch meine Lippen, die von seinen harten Bartstoppeln brannten. Ansonsten war ich unversehrt. Die wirklichen Wunden waren unsichtbar.

Die Augen der jungen Frau schossen Blitze. »Was hat dieser verfluchte –«

»Er hat mich angefallen«, sagte ich müde. »Nachdem er herausgefunden hat, dass Matthäus mein Vater war. Der Priester hat mich mit seiner eigenen Schwester gezeugt. Herwegh hat es mir im Wald gesagt – und nachdem er es mir gesagt hatte, hat er – er hat –«

Grets Schultern zitterten merklich. »Er hat dich wirklich …?«

»Nein. Zuvor ist er auf dies hier gestoßen.« Ich öffnete die verbliebenen Knöpfe und zog den Hemdfetzen beiseite.

»Oh Gott!« Beide starrten auf das vernarbte R. Seltsam, dass jeder, der dies sah, zuerst Gott anrief – wo Jener doch weder damals noch heute zugegen war. Allmählich musste ich wirklich annehmen, dass Er mich in der Stunde meiner Nöte immer allein ließ. Doch bei der Beschaffenheit meines Blutes war das noch nicht einmal ein Wunder.

Anne gab die Lampe an Gret weiter und zog sanft die Überreste von Hemd und Kleid wieder zusammen. »R – wie Ranulf?«, fragte sie leise.

Ich nickte. »Er und seine Freunde. Vor dreizehn Jahren.«

Annes Kehle bewegte sich auf und ab. »Er wollte wirklich …?«

»Ja. Er hätte es getan. Weiter und weiter geschnitten. Er wollte mich verstümmeln.« Doch die Angst hatte mir Kraft gegeben, ich hatte ihm die Nase gebrochen. Kurz konnte ich ihn wieder fühlen, den brechenden Knorpel unter meinen Knöcheln, und dann den roten Sprühregen auf meinem Gesicht. Ich schüttelte mich. »Im letzten Moment konnte ich fliehen. Seine Kumpanen haben mich nicht aufgehalten, sie waren selbst wie erstarrt.«

»Kein Wunder.« Anne stieß einen gequälten Laut aus. Ihre Augen glitten wieder über die abgerissenen Knöpfe, den zerrissenen Stoff. »Aber Sie sagten, das hier sei Herwegh gewesen? Sie haben gesagt, er hätte Sie – *angefallen?*« Sie sprach das Wort aus, als stelle es etwas Unmögliches dar.

Meine Hoffnungslosigkeit kippte in Ärger. »In der Tat, *angefallen*, genau wie ich sagte. Er tat es, nachdem er mir eröffnet hat, dass ich das Produkt einer Geschwisterehe bin, noch weniger als ein Bastard; eine Krankheit der Natur. Den Beweis dafür hat er an der Wand im Zimmer meiner Mutter gefunden. Den Auftrag danach zu suchen, hatte er von Ranulf und seinen Freunden. Das ist die hässliche Wahrheit.«

Sie starrten mich noch immer ungläubig an. »Wirklich?«

Grets Gesicht hätte mich in seiner Treuherzigkeit angerührt – wenn es nicht ausgerechnet *hierum* gegangen wäre. »Versteht es endlich! Ihr habt euch geirrt: Ganz gleich, was in seinem Tagebuch stand – er ist *nicht gut.* Sie haben ihn gedungen und er war von Anfang an hier, um etwas zu finden, das mir Haus und Grund wegnehmen würde; um mich zu *vernichten.*«

Sie tauschten einen Blick. »Und das hat er *gesagt?*«

»Sicher hat er das *gesagt* – ich würde es kaum selbst ersonnen haben, oder?«, wild blickte ich von einer zur anderen.

»Man – man sieht und hört nicht immer, was wirklich da ist«, sagte Gret. »Hat er es denn auch *mit diesen Worten* gesagt?«

Als könnten sie nicht mit eigenen Augen sehen, was er getan hatte ... Ich atmete tief durch. »Er hat mich anschließend überfallen und entblößt – daher kann ich mich seines Wortlauts zuvor vielleicht nicht mehr allzu genau entsinnen –«

Anne beugte sich vor. »Versuchen Sie es!«

»*Was?*«

»Nun, da wir nicht dabei waren, *müssen* Sie sich erinnern. So genau wie möglich«, sie stellte die Lampe zwischen uns auf den Boden.

»Ich *will* mich aber nicht erinnern«, fuhr ich auf. »Er hat für Ranulf gearbeitet, meine Hunde getötet – und wollte mich vergewaltigen –«

»Die Hunde? *Er* soll sie getötet haben?« Anne riss die Augen auf, schüttelte dann irritiert den Kopf. »Auf diese Weise verstehen wir gar nichts. Was ist heute passiert?«

»Er fand mich am Grab der Hunde, das er selbst gegraben hatte. Er war ungehalten, wollte mir aber unbedingt etwas sagen – nur nicht dort.«

»Schön. Sie gingen also mit ihm mit? In den Wald? Nachdem er schon Ihre Hunde umgebracht hatte?«

»Nun – ja.« Ich verstand es selbst nicht mehr.

»Aber sobald Sie außer Rufweite waren, kam er gleich damit heraus, mit der tragischen Offenbarung?«

»Nicht gleich. Vorher sagte er mir noch, er hätte mir das Rosenbuch nur aus Mitleid gegeben und für ihn sei ich die Hundsrose.« Triumphierend sah ich von einer zur anderen. Doch die Mädchen wechselten nur einen verständnislosen Blick. »Stehen Hundsrosen irgendwie für unreines Blut?«

»Natürlich nicht«, seufzte ich auf. »Versteht ihr denn nicht, er hat mir nie den Hof gemacht –«

»Kommen Sie zur Sache – *wie* hat er es Ihnen gesagt? Triumphierend, dass er es herausgefunden hatte?«

»N-nein. Ich glaube, er sagte eingangs, es fiele ihm schwer, die passenden Worte zu finden.«

»So? Aber anscheinend hat er sich dann warm geredet? Es Ihnen dann ins Gesicht gerieben und Sie damit verhöhnt?«

Ich schloss die Augen, konnte mich jedoch nicht erinnern. Da war nur die Woge aus Wut, die mich überspült hatte. »Ich – ich glaube nicht.«

»Und dann? Griff er Sie dann gleich an? Mit der Begründung, er hätte das Recht auf Ihren Körper, nachdem Sie – Sie wissen schon – nicht ehrenhaft und natürlich gezeugt worden waren?«

Ich schüttelte den Kopf. »Nein. Ich weiß nicht mehr. Ich war sehr aufgewühlt.«

»Umso mehr sollten Sie sich an jedes Wort erinnern können! Derlei Eröffnungen werden schließlich nicht alle Tage gemacht.«

Damit hatte sie nicht unrecht. Irgendwo in mir musste jedes einzelne Wort abgelegt sein, ich musste sie nur wiederfinden. Gewiss würde mir zumindest einfallen, was ich *gefühlt* hatte. Ich dachte zurück, sah seinen schwarzen flatternden Mantel, fühlte den Wind an meinen Röcken zerren. »Ich war mir sicher, nachdem er schon meine Hunde getötet hatte, machte es ihm Vergnügen, mir etwas so Grauenhaftes zu sagen ... Und dann wurde mir auch noch klar, dass er es für *sie* getan hatte – für Ranulf und die anderen – letztendlich für Lohn. Dass er von Anfang an gekommen war, um mir zu schaden. Ich wurde immer wütender, er jedoch auch, als ich ihm sagte, dass ich sein Tagebuch gelesen habe.«

»Du hast *was?*«, beide schienen gleichermaßen fassungslos. »Aber das hast du doch gar nicht!«

»Nicht persönlich, aber ihr. Und ihr habt mir doch alles darüber erzählt.«

Anne murmelte Gret etwas zu, wandte sich dann wieder mir zu. »Wie ging es weiter? Sie beide stritten also?«

Ich nickte. »Ich warf ihm vor, dass er mich belogen hatte, dass er versteckte Interessen verfolgt hätte, nur deshalb geblieben sei – und er sagte, er hätte nur einen Teil der Wahrheit verschwiegen und es sei sein Recht ... glaube ich.«

»Äußerte er in irgendeiner Form, er arbeite für die Gutsbesitzer?«

»Ja: Er gab zu, dass er nicht offen gewesen war.«

»Bezüglich was?«

»Dessen, was ich ihm vorwarf.«

»Nein, dessen, was Sie behaupteten, gelesen zu haben!«, Anne neigte sich vor und funkelte mich an.

»Und was sollte das gewesen sein? Ihr verdreht alles und ich verstehe langsam gar nichts mehr!«

Anne winkte ab. »Das klären wir später. Sie beschimpften ihn also. Schimpfte er zurück?«

Ich schnaubte. *Herwegh und Schimpfen!* »Nein, das hatte er nicht nötig. Er schüttelte mich, damit ich aufhörte. Er befahl mir, ich sollte mich beruhigen.«

»Und?«

»Natürlich tobte ich dann noch mehr. Ich sagte ihm, er solle verschwinden – und – und dass ich ihn hätte sterben lassen sollen.« Die letzten Worte brachte ich bereits stockend hervor.

»Oh!« Gret krümmte sich, als hätte jemand sie getreten.

Es fiel mir alles wieder ein, beinahe Wort für Wort. »Wir stritten, ich nannte ihn Teufel und sagte, dass ich es längst geahnt habe und dass er nicht besser als seine Eltern sei, dass er Güte missbrauche und Verderben bringe. Und ich riet ihm, sein Tagebuch zu verbrennen, weil keine seiner Selbstbezichtigungen ihn je von der nächsten schlechten Tat abgehalten hätte, er ja doch nur ... seinen Trieben folgt.«

Trotz der abgemilderten Wortwahl sahen mich beide mit dem gleichen schmerzlichen Entsetzen an.

»Dann – dann nannte er mich ein Ungeheuer«, sagte ich, wie um mich zu verteidigen. »Und ich sagte, ich sei nur froh, dass er mich nie begehrt hätte, so dass er mich immerhin nicht ...« Ich brach ab, da mein Irrtum bezüglich dieses Punktes längst feststand.

Grets Augen glichen in ihrer Größe allmählich denen einer Eule. »Du hast ihm all das an den Kopf geworfen?«

»In *Gegenwehr.*« Ich dachte in Horror an den Moment, als er auf mich zukam, mit seinem bis zur Unkenntlichkeit verzerrtem Gesicht.

»Und dann gab es kein Halten mehr?«

»Bei Gott, nein.« Ich merkte, wie mir Tränen die Wangen hinunter liefen. »Nicht, bis er die Narbe sah ...«

Ich wusste nicht, welchen Trost ich erwartete – doch sicher nicht die Worte, die jetzt kamen. »Du kannst von Glück sagen, dass du noch lebst.«

»Er – er war tatsächlich vollkommen außer sich.«

Die Schwestern gaben keinen weiteren Ton von sich. Ich sah

nur noch verschwommen und wischte mir die Tränen ab – um mich überraschend zwei versteinerten Mienen gegenüber zu finden. »Was – was ist los?«

»Sie haben ihn geschmäht, ihn beleidigt und gelogen. Sie haben sich gebrüstet, Sie würden ihn und all seine Geheimnisse kennen und haben ihn dafür verdammt.«

»Gewiss! Weil er schlecht und nieder ist, weil er in böser Absicht in mein Haus gekommen ist, weil er trotz meiner Hilfe seinen Plan umgesetzt hat, etwas zu finden, das mir schadet. Er hat mich verkauft, meine Hunde getötet – und jetzt wird er dafür sorgen, dass mir alles genommen wird!«

»*Jetzt* mag er es vielleicht wirklich tun«, murmelte Gret. »Nach alledem.« Sie sah genauso betreten drein wie Anne.

»Irgendetwas verschweigt ihr mir doch?«, ich stemmte mich an der Wand empor, um aufrechter zu sitzen. »Was wisst ihr über ihn, das ich nicht weiß?«

Anne schien nach Worten zu suchen, seufzte dann. »Herwegh war ... nicht gleichgültig, was Ihr Wohlergehen anging.«

»Was bedeutet das?« Verwirrt starrte ich sie an. »Wenn ihr das Rosenbuch meint – das war nur aus Mitleid –«

»Es gibt noch andere Anhaltspunkte«, Annes Lächeln war traurig. »Oder vielmehr *gab* es sie.«

»Wie das? Er hat mir selbst damals in der Kapelle aufgelauert, hätte mir da schon Gewalt angetan, wenn ich nicht –«

»Nun, das war ja auch noch vor seinem Sturz. Und er wunderte sich damals zwar, dass sein Körper überhaupt auf Sie reagierte, doch in erster Linie fand er Sie arrogant und wollte Ihnen eine Lehre erteilen. Sie glauben doch wohl nicht, dass Sie ihm damals entkommen wären, wenn er Sie nicht gelassen hätte?«

Nach den Erfahrungen im Wald erschien dies wirklich kaum möglich.

Anne schüttelte fast sanft den Kopf. »Doch es ist gleich, was bis dahin war, denn als Sie ihn nähten, ihn verbanden, änderte er ohnehin seine Meinung über Sie.«

»In-inwiefern?«

»Wie ich schon sagte; danach war er nicht mehr gleichgültig.«

»Was *heißt* das denn nun? Und – und warum habt ihr mir das all die Zeit verschwiegen?«

Gret lächelte zittrig. »Damals waren wir uns noch nicht sicher, was seine neuen Gedanken bedeuteten, ob er sich wirklich veränderte. Du weißt doch, es geschieht schnell, dass man die unsichtbaren kausalen Kräfte missdeutet –«

Selbst die kleine Gret hatte Hume besser begriffen als ich!

»Hör auf, mich zu belehren! Ihr sagt, der Sturz *habe* ihn verändert? *Wie?*«

»Nicht der Sturz selbst ...«, fiel Anne zögernd ein. »Aber das ist jetzt gleich. Wir haben ihn lange beobachtet – und was Sie ihm vorwerfen, *kann* nicht sein.«

»Aber Ranulfs Auftrag –«

Anne schüttelte den Kopf. »Herwegh hat Ranulf oder die Gutsbesitzer nie gesprochen. Ich habe«, sie räusperte sich verlegen, »gestern noch einmal seine Aufzeichnungen überflogen und er beschrieb sein Leben und die Arbeit hier im Haus ausführlich, doch ohne ein Wort von anderen Aufträgen zu erwähnen.«

»Aber was *schrieb* er denn genau? Macht schon den Mund auf, Herrgott noch mal!«

»Das geht nicht«, sagte Anne leise. »Es wäre ihm gegenüber nicht recht. Und ich denke nicht, dass er wollen würde, dass Sie es erfahren. Alles, was Sie wissen müssen ist, dass Herwegh Ihnen nie geschadet hätte«, sie beugte sich vor und sah mich eindringlich an. »Und wenn er Sie angegriffen hat, dann nur, weil Sie ihn dazu brachten. Sie haben behauptet, alles über ihn zu wissen – haben ihn verhöhnt und was ihm heilig war durch den Dreck gezogen. Dabei hat er Ihnen lediglich eine Botschaft überbracht, auf die Sie ein Anrecht hatten. *Sie* waren es, die ihn dafür hingerichtet hat.«

Hingerichtet. Grauen überkam mich, ich sank gegen die Wand zurück. »Jenes Bild oben – er hat es wirklich nur für *mich* freigelegt; nur damit ich allein die Wahrheit erfahre? Aber er muss mich doch verabscheuen, für das, was da zu sehen ist!«

Sie zuckten nur schwach mit den Schultern.

Ich blickte in die Flamme, konnte ihnen nicht länger in die Augen schauen. Denn langsam fing ich an zu ahnen, was dort oben im Wald tatsächlich geschehen war. Endlich fingen die Tränen wieder an zu fließen, doch diesmal nicht aus Selbstmitleid. »Warum habt ihr mir nie *mehr* über ihn gesagt?«

»Sie wussten schon genug. Wir haben Ihnen schon viel zu oft den Weg gewiesen. Sie hätten nur die einfachsten Schlüsse zu ziehen brauchen. Nur die Augen öffnen müssen, um den Rest zu erkennen.«

Anne hatte gut reden; einer Blinden vom Sehen zu sprechen! Einer, die nicht einmal sich selbst zu deuten vermochte, von den Zusammenhängen menschlichen Fühlens und Tuns ganz zu schweigen. Dazu brauchte es mehr als ein paar philosophische Thesen.

Lange saßen wir nur da, wussten alle nichts mehr zu sagen.

»Er ist jetzt für immer fort, nicht?«, sagte ich irgendwann trostlos. »Und womöglich wird er sich an mir rächen wollen. Das Wissen dazu hat er jetzt.«

Gret hob die Schultern. »Seine Sachen sind noch da.«

Dann war vielleicht noch Hoffnung! Ich war sofort auf den Beinen.

In der Tür wandte ich mich noch einmal nach ihnen um. Es lag sicher daran, dass das Licht sie nunmehr von hinten anstrahlte und ihre Gesichter im Dunkeln ließ – dass ich keine Zuversicht mehr in ihnen las.

21. Aufgehoben

Im Regen, bei Nacht und Sturm suchte ich jeden Winkel des Gutes ab; das Haus, den Hof, die Scheune, natürlich auch die Kapelle. Anschließend hastete ich alle nahen Pfade im Wald ab. Doch er war unauffindbar. Vielleicht war er zu Thalita gegangen – vielleicht ertränkte er seine Wut und sein Entsetzen aber auch im Dorf. Mich tröstete einzig, dass seine Farben und Pinsel noch da waren – ohne sie würde er doch gewiss nicht gehen? Sicher beruhigte er irgendwo nur seine Nerven, wartete vielleicht das Osterfeuer ab – und kehrte dann zurück? Sicher schrie er auch gerade heraus, was er nun wusste. Doch es war nicht dies, was mich am meisten quälte. Da waren noch ganz andere Bilder: das Entsetzen, das ich in seinen Augen gesehen hatte – denn *das* war es gewesen – keine Wut. Niemals hätte ich sagen dürfen, was ich zuvor zu ihm gesagt hatte. Nicht *er* war die Bestie. Die Karfreitagnacht wollte einfach nicht enden ...

Doch wie jede Nacht tat sie es doch und der Morgen kam. Genau wie die beiden Alten. Sie traten ein, beäugten das Seidenkleid, das ich zu tragen gezwungen war – meine Hände zitterten zu sehr, als dass ich mein altes hätte flicken können –, und nahmen dann in der Küche ein leichtes Essen mit mir ein, von dem ich nicht einen Bissen hinunterbekam. Sie waren indes guter Laune, da das Osterfeuer am Abend wie jedes Jahr für Unterhaltung sorgen würde. Die Frage, ob sie Herwegh gestern oder heute irgendwo begegnet waren, beantworteten sie mit Kopfschütteln.

Otfried zog mich zum Westfenster. »Da, siehst du? Genau, was du wolltest; ein Busch. Sie sagten, er würde weiße Rosen tragen.«

In der Mitte des toten Gartens fand ich tatsächlich einen Rosenstrauch eingepflanzt. Noch war er nicht groß, aber es zeigten sich schon erste Knospen und die Blätter wuchsen zu einem satten dunklen Grün heran.

»Danke«, sagte ich und merkte, wie mir schon wieder die Tränen kamen.

»Na, na, Kind«, der Alte tätschelte mir sanft den Rücken. »Was kann denn so schlimm sein? Willst du dieses Jahr nicht mitkommen und dich zerstreuen, anstatt hier mutterseelenallein herumzuhocken? Dein Herwegh wird gewiss da sein.«

Ich zuckte zusammen, schüttelte dann den Kopf. Schließlich würde er nicht allein da sein – auch Ranulf und seine Freunde würden dort auf mich warten, wie sie es seit nunmehr dreizehn Jahren taten.

»Nein. Es geht nicht.«

Die Alten schienen zu fühlen, wie gebrochen ich war. Selbst Mechthild hielt sich zurück, kochte mir vielmehr einen beruhigenden Sud. Doch dann gingen sie und ich blieb allein. Ich irrlichterte rastlos durch das leere Haus und landete zuletzt vor dem Zimmer meiner Mutter. Lange stand ich vor der geschlossenen

Tür – zum einen, weil ich mich davor fürchtete, das entblößte Bild zu sehen – und zum anderen, weil dies *sein* Raum war; in seiner Abwesenheit dort einzudringen schien mir falsch. Ich fürchtete, alles, was er hinterlassen hatte, würde mich jetzt ausstoßen und ausgrenzen. Doch genauso wenig ertrug ich es länger, allein zu sein. Ich schlich also hinein.

Die Wolken waren dicht an diesem Tag, dennoch strahlte der Rosengarten auch in ihrem grauen Licht auf mich nieder. Die Tünche war inzwischen über die Ecken der Wand hinaus abgetragen; durchscheinende, blasse Büsche und Ranken erstreckten sich nun auf die angrenzende Mauer, wanderten um die Türöffnung herum und brachen schließlich in den Alkoven ein. Und dort waren sie: Wie Geistererscheinungen hoben sich die zwei Gesichter aus der Wand hervor, nur teilweise gereinigt, ansonsten von Kalk bedeckt – wie zwei halb ausgegrabene Leichen aus einem Armengrab. Ich suchte die Signatur darunter und fand sie: *Matthäus von Eschweih*. Ich hatte die steilen Lettern schon unter unzähligen Dokumenten prangen sehen, ein Irrtum war ausgeschlossen. Doch seltsamerweise war das schlimmste Grauen ob dieser Wahrheit schon wieder verflogen; wenn ich in die stillen und doch glücklichen Gesichter sah, fühlte ich eher Trauer. Sie hatten schließlich bitter für ihre Neigung gezahlt. Meine Mutter war jung gestorben und Matthäus – ich brachte es noch nicht fertig, ihn *Vater* zu nennen –, war seines Lebens nicht mehr froh geworden, nachdem er sie verloren hatte. Kein Wunder, dass er mich für verflucht gehalten hatte – für ihn war ich es ganz sicher gewesen ...

Ich wandte mich ab.

Tröstlich hüllte mich der inzwischen so vertraute Geruch von

Leinöl und Terpentin ein und dort waren sie noch immer; Herweghs Pinsel, Tiegel, Flaschen und Kästchen, Lappen – die Malutensilien standen auf Boden und Möbeln verstreut, Herwegh hatte sie abrupt verlassen, als ihm klargeworden war, was er dort an der Wand enthüllte. Selbst sein Tagebuch lag nachlässig, von ein paar Blättern halb bedeckt, auf dem Boden, er hatte nicht daran gedacht, es zu verbergen, als er mich suchen ging. Meine Beine trugen mich darauf zu, meine Hände nahmen es ohne mein Zutun auf. Ich sank auf das Bett und hielt es fest, strich über das glatte Leder, versuchte, den letzten Hauch seiner Wärme darauf zu erfühlen.

Wenn ich es aufschlug, würde er bei mir sein. Seine Worte würden mir alles entschlüsseln, das ich nicht verstanden hatte, mir endlich seinen Geist öffnen ...

Und doch wäre es falsch. Er würde es nicht wollen. Wenn ich auch nur ein Wort las, würde ich Diebstahl begehen.

Wenn er nur zurückkam! Ich verzehrte mich nach seinem Anblick, dem Klang seiner Stimme – danach, ihn um Verzeihung zu bitten. Ich umarmte das Buch, als wäre es ein Teil von ihm, wiegte mich damit hin und her, ertrank fast in der Furcht, dass er schon weg sein könnte, dass er auf einsamen Wegen weit fort von mir strebte ...

Am Ende musste ich es weglegen und das Zimmer verlassen. Die Versuchung, in seine Gedanken einzutauchen, war sonst einfach übermächtig. So schlich ich denn weiter durch das Haus wie ein ruheloses Gespenst, bis ich wieder in der Küche anlangte. Die Tage waren Ende des vierten Monats noch kurz und die Dämmerung fiel schon wieder, verwandelte die umschatteten Mauern immer mehr in einen Kerker. Was hätte ich nicht getan, um ihn verlassen zu können! Doch das kam nicht in Frage. Herwegh konnte trotz allem noch zurückkommen.

Am Ende ließ ich mich hinter den schartigen Tisch sinken. Noch immer standen Brot und Käse da, genau wie die Flasche mit Branntwein, die Otfried zur Feier des Tages mitgebracht hatte. Mein Magen war wie zugeschnürt, doch *Durst* hatte ich – und vielleicht würde der Schnaps mir das Quäntchen Erleichterung bringen, das mich die Nachtwache überstehen ließ. Ich zog den Korken heraus und hob die Flasche.

Es war bewölkt und doch glühte der Himmel zwischen den Ästen in einem düsteren Licht, das alle Farbe des Waldes aufzusaugen schien. Wo war er nur? Ich lief schon so lange, fühlte mich so müde, stolperte inzwischen nur noch über krakenhaft aufragende Wurzeln. Das Osterfeuer musste längst ausgebrannt sein und er blieb einfach fort.

Er war nicht am Grab meiner Hunde und auch nicht am Tümpel, in dem zwar lange, dunkle Haare trieben – die jedoch nicht die seinen sein durften. Mir fiel nur noch ein einziger weiterer Ort ein, an dem er sein konnte. Und ich musste ihn schnell finden, denn der Sturm hatte über Nacht an Kraft gesammelt; der Himmel glich einem riesigen Rührkessel, der jederzeit explodieren und ein mächtiges Unwetter entlassen konnte. Es grollte immer öfter inmitten der mahlenden Dunkelheit ...

Aber da war sie auch schon, ich hatte sie trotz allem gefunden; die Eiche, unter der wir in so verheerender Umarmung gelegen hatten. Der Wind riss immer wilder an der Seide um meine Beine wie ein wütendes Kind. Plötzlich lief ich fast in eine Sonnenuhr hinein – *meine* Sonnenuhr. Herwegh musste sich einen Scherz daraus gemacht haben, sie ausgerechnet hierher zu schleifen. Wie ein Vorwurf ragte ihr Stachel im Zwielicht spitz in die Höhe. Ich umrundete sie, kämpfte weiter gegen den Wind. Endlich – als ich nur noch Schritte von der Eiche entfernt war – blitzte es auf, weißes Licht bündelte sich zu einem gezackten Beil und fuhr in den Stamm hinein. Ich riss die Arme hoch, um meine Augen zu schützen – und wurde doch von dem Krachen zu Boden geworfen. Als ich wieder aufsah, war die Eiche in der Mitte gespalten und Flammen schlugen aus ihrem Stamm in die Höhe.

Dahinter aber konnte ich endlich Herwegh ausmachen. Doch statt sich vor den Flammen zu schützen, stand er viel zu nah an dem brennenden Baum – die Funken würden seinen Mantel in Brand setzen!

Ich rief ihn an und er sah sich nach mir um, erkannte mich, drehte sich dann aber um – und *floh!* Dabei leckten schon kleine Flammen an seinem Mantelsaum hinauf! Ich folgte ihm, schrie seinen Namen. Doch er lief nur noch schneller. Fühlte er das heiße Züngeln denn nicht? Ich rannte, strauchelte, stolperte, während ich ihn aus den Augen verlor. Dass nicht er allein Feuer gefangen hatte, bemerkte ich erst, als mein Seidenrock schon in Flammen stand. Die Hitze kletterte an mir hoch und nahm mir den Atem, dass mein letzter Schrei fast stumm war: »*Hagen!*«

Ich fuhr hoch, die Flasche fiel um und der Rest des Branntweins lief über die Tischplatte, tropfte auf meinen Rock.

Mittlerweile war es drinnen wie draußen finster und um das Haus heulte immer noch der Sturm. *Wie konnten sie bei solch einem Wetter nur das Osterfeuer entzünden?* Unwillkürlich tastete ich den Rock nach Brandspuren ab, spürte jedoch nur feucht den Alkohol. Dabei war der Traum so *echt* gewesen. Es mussten meine Nerven sein. Und auch der Branntwein; mein Kopf war noch immer ganz leicht, meine Glieder hingegen bleischwer.

Das Haus lag still und verlassen, er war offenbar noch immer nicht zurück. Oder vielleicht doch? Vielleicht war er zurückgekommen, während ich geschlafen hatte, und hatte gepackt? Womöglich war er sogar schon wieder fort, während ich meine einzige Chance verschlafen hatte? Ich sprang auf, taumelte, fing mich, durchquerte auf unsicheren Beinen die Küche, dann die dunkle Halle, stützte mich schwer auf das Geländer.

Der Weg nach oben erwies sich als schwieriger als sonst; ich verhedderte mich in meinen Röcken, stolperte ein ums andere Mal, als hätten die Stufen beschlossen, mich zu narren. Endlich – endlich! – hatte ich fast die Galerie erreicht, richtete mich kurz auf, um durchzuatmen. In diesem Moment zerbarst die Welt in Licht. In dem unwirklichen Leuchten blickten Christus' Augen unter seiner Dornenkrone hervor vorwurfsvoll zu mir auf. Und dann donnerte auch schon das Krachen auf mich nieder. Ich riss die Arme hoch, verlor das Gleichgewicht. Das Geländer war nicht mehr dort, wo es noch einen Wimpernschlag zuvor gewesen war. Ich griff ins Leere. Es gab kein Halten mehr, die Tiefe griff nach mir und riss mich in rotgeränderte Finsternis.

Meine Wange lag auf etwas Feuchtem, Kratzigem und der Geruch von nasser Wolle und Leder stieg mir in die Nase. Jemand tastete nach meinem Hals. Als ich danach trachte, die Augen zu öffnen, explodierte geballter Schmerz in meinem Hinterkopf. Jemand stöhnte. Allem Anschein nach war ich es.

»Stillhalten!« Und dann waren da auch schon harte Hände, die sich meines Körpers bemächtigten, zugriffen, sich unbarmherzig Zugang verschafften. *Ranulf!* Ich bäumte mich auf, wollte ihm entgehen, mein eigener panischer Atem hallte in meinem Kopf wider wie in einem leeren Gewölbe.

»Hören Sie auf, sonst tue ich Ihnen *weh!*« Die Stimme war direkt über mir, auch der Atem, der dazugehörte, ging stoßweise, während die Hände weiterdrangen.

»Nein ...«

»Halten Sie endlich still!«

Mein Körper folgte jedoch seinem Instinkt, wehrte sich weiter, bis ein anderer Leib ihn endlich mit seinem vollen Gewicht niederhielt. Ich erkannte grüngraue Augen über mir; zornig, jedoch zugleich vertraut, ließ endlich zu, dass seine Hände Zoll für Zoll alle meine Glieder abtasteten.

Ausatmend richtete Herwegh sich endlich auf. »Es ist nichts gebrochen«, stellte er fest. »Sie hatten Glück.« Der Schein der kleinen Lampe, die neben mir auf den Stufen stand, zuckte über sein Gesicht, schnitt es aus wie ein Relief und machte es mir schwer, seinen Ausdruck zu lesen. Der Rest des Hauses versank noch immer in Finsternis – oder war dem Erdboden gleich – alles war möglich.

»Was ist passiert? Da war ein Blitz –«, begann ich, doch er schnitt mir das Wort ab. »Nicht jetzt.«

Er hatte Recht, es war nicht wichtig. Wichtig war, dass ich ihn um Verzeihung bat. Doch als ich davon anfing, brachte er mich nur noch knapper zum Schweigen.

Im nächsten Moment hingegen fühlte ich mich hochgehoben. Ich lag an seiner Schulter, spürte den Geruch von Wein, Rauch, nasser Wolle. Seine Brust hob und senkte sich, während er die Treppe hochstieg, wir uns von der Lampe entfernten. Langsam fand ich mich in Dunkelheit hineingetragen, schemenhaft tauchte der Umriss meiner eigenen Tür vor mir auf und wenig später fühlte ich mich auf weichem Grund abgelegt, spürte, wie der schwere, warme Stoff seines Mantels über mich gebreitet wurde.

Ich fürchtete schon, er habe das Zimmer wieder verlassen, da ertönte das Reißen eines Streichholzes und es breitete sich Helligkeit im Raum aus. Herwegh senkte soeben einen Glasschirm über einen brennenden Docht. Er regulierte die Flamme nach oben, drehte sich dann zu mir um.

Bei seinem Anblick musste ich nach Luft schnappen: Sein ganzes Gesicht war zerschlagen, ein Auge lag in einer violetten Höhle, die Haut über dem Wangenknochen war aufgesprungen. Einen Augenblick lang fürchtete ich, dies sei das Ergebnis meiner wilden Gegenwehr – doch auch die Knöchel an seinen Händen waren aufgeplatzt und lädiert. Die Frage in meinem Blick war wohl beredt genug, denn er schüttelte den Kopf. »Nein, das waren nicht Sie.«

»Wer dann?«

Er zuckte mit den Schultern. »Niemand.«

»Wer war das? Reden Sie!«

Seine Kiefern tragen hervor. »Bekannte aus dem Dorf.«

Ranulf. Mir lief es kalt den Rücken hinunter. Doch ich zwang ihn mit den Augen, weiterzusprechen.

Er holte Luft, sah fort. »Die Kerle äußerten den Wunsch, Sie zu besuchen, und ich war dagegen. Da kam es zu einem kleinen Handgemenge. Doch Sie brauchen sich keine Sorgen zu machen – sie werden nicht mehr kommen.«

Ich hatte Ranulf bereits halb in meinem Haus gesehen – und atmete bei seinen wegwerfenden Worten auf. »Ich schulde Ihnen Dank«, murmelte ich, doch er winkte nur ab.

Wo er endlich vor mir stand, fiel es mir schwer, meine Gedanken beisammen zu halten. Mein Kopf schmerzte noch immer, als wäre darin etwas zerbrochen, doch vor allem war ich so schrecklich erleichtert, dass er überhaupt da war und mich ansah! Ich musste mich geradezu enthalten, ihn wie eine Schwachsinnige anzulächeln. Doch nachdem er sich überzeugt hatte, dass ich sicher lag, trat er einen Schritt zurück und seine Miene verschloss sich zugleich, als trete er innerlich noch sehr viel weiter fort. Urplötzlich fiel mir ein, dass ich ihn noch gar nicht um Verzeihung gebeten hatte.

Stammelnd holte ich dies so schnell wie möglich nach. »Ich weiß, ich kann keins meiner Worte mehr zurücknehmen – aber ich würde vieles darum geben, wenn ich es könnte! Mir war so grauenhaft zumute und ich habe so vieles falsch gedeutet! Bitte verzeihen Sie mir!«

Er stand nur da und seine Augen waren ähnlich finster, wie damals in der Kapelle. Gleich würde er mir sagen, dass er meine Entschuldigung nicht annehmen konnte, weil alles, was ich gesagt hatte, *unverzeihlich* war ...

Angst überkam mich. »Ich habe Ihr Tagebuch nicht gelesen – nie ganz zumindest«, sagte ich schnell. »Vielmehr kenne ich nur ein paar unzusammenhängende Passagen und ein paar Absätze vom Anfang Ihrer Zeit hier. Und da Ihr Urteil über mich damals harsch ausfiel, dachte ich –«, meine Stimme versagte. »M-mein Urteil aber war von Kummer überschattet und was Sie in all der Zeit für mich getan haben, hätte viel lauter zu mir sprechen müssen!«

Irgendetwas in meinem Gesicht schien ihn endlich zu überzeugen, denn er atmete langsam aus. »Es war falsch, dass Sie überhaupt etwas gelesen haben«, sagte er endlich. »Zumal es sich nur um Momentaufnahmen gehandelt hat, die nicht für Ihre Augen bestimmt waren.«

»Ich – ich weiß. Ich bitte nochmals um Verzeihung!«

Er nickte, sah dann aber wieder fort. Er schien mir wirklich verzeihen zu *wollen* – jedoch nicht zu können. Die Last, die er trug, schien nicht von seinen Schultern zu weichen, genauso wenig wie die schwarze Enttäuschung aus seinen Augen. »Sie sind schwer gestürzt«, er wies fahrig in Richtung der Treppe. »Sie müssen sich ausruhen.« Er machte Anstalten, hinauszugehen.

»Nein!« Ich war hochgefahren und zischte ob des Schmerzes in meinem Hinterkopf auf. »Bleib! Geh nicht!«

Unentschlossen sah er auf mich nieder, drehte sich dann um und wollte sich einen Stuhl heranziehen.

»Nein«, wiederholte ich und erhob mich. Offensichtlich hatte ich dabei wieder die Schäden meines Sturzes unterschätzt, denn in meinem Kopf drehte sich schon wieder alles und der Boden raste erneut auf mich zu – als er mich auffing. Bevor er mich auch diesmal wieder von sich schieben konnte, legte ich meine Hände auf seine Wangen und meinen Mund auf den seinen. Er erschauerte kurz, dann teilten sich seine Lippen und er beantwortete den Kuss.

War es möglich, dass ein Mann – dass *er* – so sanft sein konnte? Er hielt mich, als wäre ich hauchdünnes Eis, das jederzeit brechen oder schmelzen konnte, und sein Mund begegnete meinem so vorsichtig, dass ich vor Rührung anfing zu weinen. Tränen der Erleichterung und des Glücks liefen mir die Wangen hinunter und benetzten auch die seinen. Kaum, dass er sie spürte, wollte er schon wieder zurückweichen, ich hielt ihn jedoch fest. Ich küsste ihn fordernder – und er hielt sich zurück. Da nahm ich all meine verbliebene Stärke zusammen und begann, seine Halsbinde zu lösen. Seine Augen flackerten auf, mit beiden Händen hielt er die meinen fest.

»Bitte!«

Fast hilflos sah er mich an, gab endlich nach, half mir, die Binde zu lösen und zog sich mit einer Bewegung das Hemd über den Kopf. Er sah noch immer erschrocken aus, doch gleichzeitig eigentümlich würdevoll. Wäre nicht die vertraute Narbe auf seiner Brust, hätte ich nie gewagt, die Hand nach ihm auszustrecken, ihn zu berühren. Doch so begrüßte ich diese, wie auch all die anderen, strich über seinen Rücken, die weiche Haut darauf. Nicht einmal seine Lider zuckten währenddessen, nur sein Atem ging schneller, als ich auch seine restliche Kleidung aufknöpfte. Als ich nach hinten griff und die Schnüre meines eigenen Kleides löste, zuckte sein angespannter Kiefer. Endlich fiel es mit einem leisen Rauschen an mir herab, dann auch das Hemd.

Es dauerte, bis er es schaffte, das hässliche R auf meiner Brust anzusehen. Seine Augen verengten sich und seine Kehle arbeitete. Ich streckte ihm wortlos die Hand entgegen und nach einem kurzen Kampf, der sich in seinem Gesicht widerspiegelte, ergriff er sie und folgte mir zum Bett.

Erst als sich sein Gewicht auf mich niedersenkte und mein Körper sich plötzlich an längst erlittene Pein erinnerte, verließ mich meine Kühnheit. »Es wird wehtun, nicht wahr?«

»Ja.« Seine Augen wurden fast schwarz.

Dieses Mal irrten wir uns beide.

Hinter den Fenstern wölbte sich dichteste Schwärze, wie zur Stunde des Wolfes. Die Nacht musste fast vorbei sein, der Morgen würde kommen. Und käme er doch nicht!

Ich gestattete mir noch einmal, seine Züge mit den Augen zu erkunden, abzutasten, zu liebkosen, als hätte ich nicht schon endlose Minuten – vielleicht Stunden – damit verbracht. Seine Augen waren geschlossen und eingesunken vor Müdigkeit, das linke noch immer von einem Schlag verfärbt. Gerade flackerten seine Lider kurz im Traum. Mein Blick glitt weiter, über die leicht gebogene Nase mit den schmalen Flügeln, zu den hohen, verschorften Wangenknochen. Seine Bartstoppeln waren hart, ich konnte sie noch unter meinen Fingerspitzen, auf meinen Wangen – überall auf mir fühlen. Wie auch seinen Mund mit seiner entsetzlichen Sanftheit. Er hatte nach Wein und Rauch geschmeckt und wenn seine Lippen mich berührten, hatte die Zeit stillgestanden. Weil ich ihn nicht wecken wollte, strich ich nur sacht mit einem Finger über eine Strähne seines schweren dunklen Haars, das sich jetzt über das Kissen breitete.

Ich hätte noch ewig schauen können, ohne mich je sattzusehen: An dem empfindlichen scharfkantigen Adamsapfel, der Ader, die jetzt langsam und stetig an seinem Hals pochte, an dem geheimen lebendigen Fluss der Sehnen unter seiner warmen Haut, den Muskeln der Schultern und Brust. Da waren noch die Wölbungen der Rippenbögen, unter denen sein Herz nun so ruhig schlug.

Er war *schön*. Doch es waren vor allem die Unvollkommenheiten, die Zeugen von überstandenen Verletzungen, die die größte Zärtlichkeit in mir weckten. Sie zeichneten ihn nicht, sondern *beschrieben* ihn viel eher in einer geheimen Schrift, die nur ich lesen konnte. Nach und nach hatte ich sie alle berührt. Bei jeder davon hatte sein Atem zunächst gestockt, ehe er vertrauensvoll weitergeflossen war. Wenn er wieder wach war, wollte ich damit fortfahren, sie ihm mit meinen Händen übersetzen, dass sie nie wieder brannten.

Die seinen lagen entspannt und geöffnet auf dem Kissen; das Einzige an ihm, das auch objektiv gesehen vollkommen proportioniert war. Ich hatte begonnen, ihre Schönheit zu erkennen, als ich zum ersten Mal einen Pinsel in ihnen sah, fing aber erst an, sie wahrhaft zu *kennen*, als sie meinen Schmerz gelindert und meine Lust geweckt hatten. Er hatte mich überrascht, in dieser Nacht.

Herwegh hatte mich auf eine Reise in ein Meer mitgenommen, in dem ich immer wieder unterging, wieder und wieder ertrank – und diesen Tod liebte!

Mit der Zeit hatte ich auch gelernt, ihn mit unter die Wasseroberfläche zu ziehen. Anfangs war es ihm noch gelungen, sein Gesicht zu verbarrikadieren, die Empfindungen hinter gesenkten Lidern zu verbergen; doch auf Dauer war die Landschaft seines Antlitzes dafür zu markant. Je mehr ich mich ihm anvertraute, desto mehr hob sich das Visier, bis ich Empfindungen, so zahlreich wie die Schatten von Vögeln in einem Schwarm darüber hinweg gleiten sah; Zögern, Vorsicht, Furcht, immer wieder Überraschung, Erregung, Empfindsamkeit, Staunen, funkelnde Neugierde, selbstvergessene Freude – und sogar glitzernde Befriedigung, als ich mich gänzlich vergaß und aufschrie. Er hatte *gelacht!*

Diese Nacht war so lang wie ein üppiger Sommer – und doch viel zu kurz! Am Ende erschöpfte sie uns. Herwegh hatte mich mit einem schweren Arm an sich gezogen und sich, nach einem letzten Blick aus satten Augen vom Schlaf entführen lassen. Und fast wäre ich ebenfalls davongeglitten, nur dass ich mich sträubte. Denn ich wollte seinen schlafenden Körper an meiner Seite so lange festhalten, wie ich nur konnte. Solange ich es schaffte, gehörte er mir. Vielleicht weil ein Teil von mir wusste, was da kam. Jedenfalls hätte ich die Zeit angehalten, wenn es möglich gewesen wäre – vielleicht nur für ein Jahr? – bis ich mich sattgesehen, sattgeatmet hätte, an ihm. Nur ein kleines bisschen.

Doch die Zeit kennt kein Erbarmen. Und manchmal verwandelt sie sich in Müdigkeit und stiehlt uns hinfort.

22. Erwachen

Manches Mal fällt man abrupt aus dem Schlaf und dann wieder gleicht das Erwachen einer langen Reise, einem Hinaufdriften aus Untiefen. Ich tauchte diesmal sehr langsam durch etliche Schichten hindurch empor. Vielleicht weil etwas in mir davor zurückschreckte, oder auch, weil mein Körper den Schmerz scheute, den der Schlaf fortgehalten hatte, und der jetzt zurückkehrte. Irgendwann ließ sich der Moment des endgültigen Übergangs in die Wachwelt jedoch nicht länger vermeiden.

Als Erstes spürte ich meinen Kopf, der sich wie eine aufgeklopfte Schale anfühlte, als nächstes ein unregelmäßiges Pochen in allen Gliedern, die von dem Sturz in Mitleidenschaft gezogen worden waren. Und dann harte Kanten in meinem Rücken, Kälte und Zugluft; ich fror.

Vorsichtig öffnete ich die Augen – und konnte zunächst nicht einordnen, wo ich war. Es dauerte ein paar Augenblicke, bis ich das kantige Holz unter mir als Treppenstufen erkannte, die Stäbe neben meinem Gesicht als Geländer. Ich stemmte mich in die Höhe, unterdrückte ein Stöhnen.

»Sind Sie verletzt?« Anne saß zwei Stufen über mir.

Ich zuckte ob der unerwarteten Anrede zusammen, zischte vor Schmerz auf. »Ganz sicher. Mit meinem Kopf stimmt etwas nicht.« Schließlich war ich an einem Ort eingeschlafen – und wachte nun an einem völlig anderen wieder auf. Ich musste schlafgewandelt sein.

»Doch was tust *du* hier? Und wo ist Herwegh? Hat er dich gesehen?«, mein Blick zuckte die Treppe hoch und ich musste sogleich mit beiden Händen meinen berstenden Schädel festhalten.

»Herwegh ist nicht hier.«

»Er ist fort?« Meine Unruhe verstärkte sich. »Und er hat mich *hier* liegen lassen?« Ich konnte es kaum glauben – nicht nach dieser Nacht ...

»Er war gar nicht hier.«

»Was soll das heißen, nicht hier? Er war die halbe Nacht hier – mit mir, dort oben.« Ich merkte, wie mir allein bei der Erinnerung das Blut in die Wangen stieg.

Anne musterte mich, schüttelte dann ernst den Kopf. »Ich war die ganze Nacht auf. Und es ist weder jemand ins Haus hineingegangen noch herausgekommen.«

»Aber das ist *unmöglich!*« Ich suchte nach der Lampe, die Herwegh auf einer der Stufen stehen gelassen hatte – und fand sie nicht. »Wo ist nur –«

»Sie müssen schwer gestürzt sein. Und bis ich eben kam, war niemand bei Ihnen.«

»Das – das kann nicht sein. Herwegh *war* hier! Er kam in der Nacht heim, hat mich gefunden, aufgehoben und nach oben getragen. Danach war er die ganze Nacht bei mir ...«

»Und warum liegen Sie dann noch immer hier?«

Mein Atem ging immer schneller, immer flacher. Ich konnte diese Nacht auf keinen Fall geträumt haben! Dazu war sie viel zu *wirklich*, wirklicher noch, als alles andere in meinem Leben – ich konnte noch immer seinen Mund schmecken, das Salz auf seiner Haut, roch seinen unverwechselbaren Duft!

»Ich habe das nicht geträumt! So etwas träumt man nicht! Im Traum erinnert man sich doch nur an etwas, das man schon erlebt hat – ich habe jedoch Dinge gefühlt, die – die ich bisher noch nie erfahren habe.« Ich drückte mir die Fäuste in die Augenhöhlen, denn mein Kopf drohte, zu platzen.

Als mein Blick sich wieder klärte, war Annes Ausdruck immer noch der von stiller, aber fester Überzeugung. »Sie sind es gewöhnt, sich Dinge vorzustellen. Noch viel mehr, als sie wirklich zu erleben. Und gelegentlich unterscheiden Sie nicht zwischen Ihrer Vorstellung und dem Wirklichen. Beides existiert in ihrem Kopf gleichberechtigt«, ihr Ton war nicht ohne Mitgefühl.

»Du – du willst sagen, ich bin *verrückt?*«

»Sie ziehen lediglich manchmal vor, die Linie zwischen dem Tatsächlichen und dem Möglichen verwischen zu lassen, und vor sich selbst zu verbergen, wo diese ursprünglich verlief.«

Niedergeschmettert blickte ich die Stufen hinauf. Sie musste Recht haben. Ein Teil von mir teilte sogar dieses Wissen. Alles, was mir dort oben widerfahren war, war offenbar nichts als ein Traum gewesen. Ich musste zum zweiten Mal akzeptieren, Herwegh verloren zu haben.

»Trug und Lüge«, sagte ich verzweifelt. »Alles nichts als ein Hirngespinst – das Produkt eines zerrütteten Geistes.«

»Keine *wirkliche* Lüge«, schränkte Anne ein. »Sie beobachten Herwegh jetzt seit vierzig Tagen und Ihre Wahrnehmung seiner Person ist sehr fein. Auf diese Weise konnten Sie eine *mögliche Version* der Wirklichkeit erschaffen –«

»Jedoch keine, die je eintreten wird. Eine Wirklichkeit, die ich niemals erleben werde.«

Sie sah fort.

Ich sank in mir zusammen. Ein Traum konnte schön sein, doch ein Leben im Traum war *erbärmlich*. Ich hatte zu viel geträumt, mir einfach zu viel vorgestellt – woher sollte ich jetzt noch wissen, was wahr war? Ich hatte es getan, um die Wirklichkeit von mir wegzuhalten, die mächtigen Zähne, die sie schon mehrfach in mich versenkt hatte, nicht länger zu spüren. Nur verlor ich nach dieser Nacht endgültig den Boden unter den Füßen, die Grenzen verwischten zu arg.

Mit einem Mal blitzte eine neue furchtbare Frage vor mir auf. »Herwegh – an *ihm* ist doch alles echt und nichts Einbildung, nicht wahr?« *Was, wenn nicht?*

»Er ist aus Fleisch und Blut«, beruhigte mich Anne. »Wer könnte schon jemanden wie ihn ersinnen ...«, sie lächelte.

Ich atmete aus. Das war das Wichtigste. Dann war noch Hoffnung. Nur eins musste ich noch wissen. »Ist – ist es wahr, dass sein Vorname Hagen ist?«

Anne nickte. »Es stimmt.«

Eine Weile war es still zwischen uns, während draußen die Sonne stieg und die Halle immer heller ausleuchtete. Annes Gesicht über mir blieb weiterhin im Schatten. »Was werden Sie jetzt tun?«, fragte sie irgendwann.

Ich hatte mit den Gedanken noch immer bei der letzten Nacht, bei meinem Traum geweilt. Dieser schien im Wachen in immer weitere Ferne zu rücken, immer unmöglicher zu werden. Womöglich würde ich Herwegh nie wiedersehen – und selbst wenn er zurückkam, würden meine Worte und was unter der Eiche passiert war, für immer zwischen uns stehen. Außerdem gab es noch andere Hindernisse, denn sofern Herwegh überhaupt noch in der Nähe war, hielt er sich im Dorf auf. Genau wie Ranulf und seine Freunde. Und die Entstehung meiner Narbe war keineswegs ersponnen – weder sie noch Ranulfs Schwur, dass er mit mir noch nicht fertig war ...

»Nun?« Anne sah mich abwartend an.

»Es ist Zeit, aufzuwachen.«

Ich bürstete an dem Rock herum, bis die wässrigen Ränder der Branntweinflecken darauf verblassten. Ein anderes Kleid als das Seidenkleid hatte ich nicht; das Filzkleid war zerrissen. Außerdem wäre der alte Filzlumpen selbst in heilem Zustand nicht länger geeignet, darin unter Menschen zu gehen, soviel war mir nun klar. Es grenzte an ein Wunder, dass das formlose Ding nach all den Jahren nicht von selbst auseinandergefallen war. Einen Mantel besaß ich nicht, doch ein dickes Schultertuch über der Seide würde die Überbleibsel der Flecken verdecken und mich angemessen kleiden, selbst am Ostersonntag, so hoffte ich jedenfalls.

In der Küche wusch ich mir das Gesicht und ordnete mein Haar. Die Zeit drängte mit jeder Minute mehr, daher verzichtete ich darauf, Wasser zu kochen und mischte stattdessen ein paar Kräuter kalt gegen meine diversen Schmerzen an. Den Ton des Bechers mit den Händen wärmend, ging ich dann auf und ab, versuchte, mich für meine Mission zu sammeln.

Ich hatte gerade den letzten Schluck im Mund und kam am Westfenster vorbei, als mein Blick hinausfiel – ich verschluckte mich. Im toten Garten war der Krüppel der Länge nach geborsten! Teils roh, teils verbrannt zog sich ein mächtiger Spalt durch den Baum, wie von einem riesigen Beil gehauen. Eine Hälfte des Nussbaums stand noch aufrecht, die andere hingegen war weggebrochen; die nackten Äste, die zuvor in den Himmel gegriffen hatten, bohrten sich jetzt in die kahle Erde.

Fassungslos folgte ich mit den Augen den Brandspuren, die der Blitz hinterlassen hatte. Gottes Hand war also tatsächlich hinuntergefahren und hatte zugleich den Krüppel in zwei Teile geschlagen und mich die Treppe hinuntergestoßen. Eine Weile stand ich reglos im Angesicht des gewaltsamen Endes des Baumes, der so lange gedarbt hatte und jetzt endlich mit einem Schlag gefällt worden war. Er war nicht das einzige Opfer. Auch der Rosenbusch, der einige Schritte von ihm entfernt stand, hatte den Blitzschlag nicht überstanden. Er ließ bereits Blätter und Knospen traurig herunterhängen und würde bald verwelkt sein. Wie alles andere, das dort je gepflanzt worden war.

Hierzu gab es nur eine mögliche Deutung und sie entging mir nicht. Ich schloss die Augen, atmete aus. Dann holte ich wieder tief Luft und machte mich auf den Weg.

In dreizehn Jahren veränderte sich vieles. Das wurde mir spätestens bewusst, als sich die Bäume lichteten und die ersten reetgedeckten Häuser dahinter auftauchten. Viele davon waren neu, das Dorf war längst über seine alten Grenzen hinaus gewachsen und auch der Pfad verbreitete sich allmählich zu einem Weg. Im gleichen Zuge, wie er breiter wurde, fühlte ich mich jedoch immer kleiner und meine Schritte wurden immer kürzer, als schrumpfte ich wieder zu dem Mädchen, das ich einst gewesen war. Ich erinnerte mich plötzlich an so vieles: Feste, Krankenbesuche an Mechthilds Seite, die wöchentlichen Wege zur Messe – doch vor allem an die heimlichen Blicke und feindseligen Gesichter.

Irgendwann vor über dreizehn Jahren war ich schon einmal zum letzten Mal diesen Weg gegangen – und hatte es nicht gewusst. Seltsam, wie all die letzten Male im Leben uns veränderten. Würde auch heute eins davon sein? Mein allerletzter Besuch hier? Die Dinge, die ich tat, die letzten, die ich hinterließ?

So langsam ich auch ging, schlossen sich doch irgendwann die Mauern um mich herum, sperrten mich endgültig ein. Ich fand mich in engen Gassen wieder; zwischen Häusern, die sich rechts und links von mir zusammendrängten wie eine Herde wachsamer Gänse. Manche waren neu verputzt, bei dem einen oder anderen war das Dach frisch gedeckt oder Fensterläden blau oder grün gestrichen; alles in allem schien es den Menschen hier recht gut ergangen zu sein. Selbst die Straßen hatten sie mit Kopfsteinpflaster ausgelegt, jeder meiner Schritte hallte von hartem Stein wider.

Was jedoch niemand hörte, denn sowohl Häuser als auch Gassen waren wie ausgestorben – hatte doch vor knapp einer Stunde die Glocke geläutet, die zur Ostermesse gerufen hatte.

Es würde mir also niemand im Weg stehen. Doch wo war Herwegh? Ich wusste selbst nicht, was ich mir vorgestellt hatte – dass ich auf dem Marktplatz auf ihn stieß? Oder ihn bei den Überresten des qualmenden Osterfeuers vorfand? Der noch glimmende und rauchende Ascheberg jedenfalls hatte verlassen dagelegen und als ich den Marktplatz erreichte, fand ich auch diesen leer vor. Jede Menschenseele musste in der Kirche versammelt sein, die sich am anderen Ende des Platzes zu ducken schien, als wollte sie die übrigen Häuser nicht überragen.

Wie *klein* sie in Wirklichkeit war! Früher war mir ihr weiß verputzter Turm prachtvoll und riesig vorgekommen, mit seiner einzigen kürbisgroßen Glocke, die so erstaunlich weit schallte. Jetzt stellte sich der Bau als bescheiden heraus; kaum größer als meine Scheune und außerdem ausnehmend windschief. Kaum vorstellbar, dass das ganze Dorf darin Platz fand. Und doch war es so. Es wollte mir einzig schwer gelingen, mir Herwegh dort drinnen, unter den Bauern vorzustellen; weder wollten gefaltete Hände, noch ein geneigtes Haupt zu ihm passen. Aber vielleicht kannte ich ihn auch längst nicht so gut, wie ich mir eingeredet hatte. Wo sollte er schließlich sonst sein? Ganz sicher saß er dort zwischen ihnen, eingepfercht in eine Bank, und würde an Thalitas Seite durch das Portal kommen, sobald die Messe zu Ende war.

In diesem Fall war es gewiss das Beste, wenn ich im Schatten einer Hauswand auf ihn wartete und zu ihm eilte, sobald ich ihn sah? Schließlich würde Ranulf es mit Sicherheit nicht wagen, mich vor den Augen des ganzen Dorfes wegzuschleifen. Er würde mir erst hinterher folgen, falls ich Herwegh nicht überzeugen konnte, mit mir zu kommen. Wenn die Bauern mich nicht schon vorher schmähten ...

Eine Wand von hässlichen Bildern baute sich vor mir auf und ich prallte vor ihr zurück. Dabei waren sie noch nicht einmal *wahr*, sie existierten nur in meiner Vorstellung! Genauso wie der Traum und noch vieles mehr. Wie leid ich es war, mich von Welten aus Schemen einsperren zu lassen! Ich musste zu ihm. Und diesmal würde ich ihn finden.

Ich bewegte mich also auf die Kirche zu, zögerte nur vor der schweren Tür. Endlich zog ich sie auf und tat einen Schritt hinein – und fiel in ein warmes, erstickendes Meer aus von unzähligen Atemstößen dick gewordener, vom Weihrauch und dem Gestank nach Mensch beschwerter Luft. Ich erstarrte und prompt glitt mir die Klinke aus der Hand; der Türflügel schlug dröhnend hinter mir zu. Der Priester stockte mitten im Wort und die gesamte Kirche drehte sich nach mir um.

An die zweihundert Augenpaare starrten mich an. Frauen mit Spitzenkrägen, Männer in Gehröcken, Jugendliche, Kinder, Greise. In vielen Augen blitzte Erkennen auf; in keinem davon Freude. Ein gereiztes Murmeln erhob sich, als habe jemand in ein Wespennest gestochen. Sie alle wussten schließlich von der Hetzjagd – und einige vermutlich noch mehr.

Ich wurde unter ihren Blicken immer kleiner, schwankte. Um ein Haar hätte ich wieder kehrt gemacht und wäre geflohen.

Doch ich war *seinetwegen* gekommen. Und seinetwegen würde ich auch bleiben. Ich zog also mein Schultertuch enger und schob mich mit zusammengebissenen Zähnen in die letzte, halbleere Bank.

Einige verrenkten noch immer die Hälse nach mir, murmelten hinter vorgehaltener Hand, bis der Priester sich mit einigem Nachdruck räusperte und mit seinem Sermon fortfuhr: »*Confitemur tibi, Pater sancte, quia magnus es et omnia opera tua in sapientia et caritate fecisti. Hominem ad tuam imaginem condidisti, eique commisisti mundi curam universi* ...«

Es war das Hochgebet. Mein Leben lang hatte ich Priester Matthäus die gleichen Worte sprechen hören und auch wenn ich den Mann hinter dem Altar nicht kannte, war es doch beruhigend, dem gewohnten Fluss der Worte aus seinem Mund zu folgen. Außerdem war mir hier alles andere immer noch schmerzhaft vertraut: der Altar, der noch schmuckloser war, als der in unserer Kapelle, das kleine, noch immer geheimnisvolle Tabernakel und auch die gewölbte königsblaue Decke, an der sechshundertzweiundsiebzig goldene Sterne prangten. Ich hatte sie einst Sonntag für Sonntag gezählt.

Heute zählte ich nicht, sondern suchte. Nach einer hochgewachsenen Gestalt mit einem dunklen Zopf. Die Kirche war voll, doch Herwegh hätte selbst unter den größten Männern hervorstechen müssen. In einer der vorderen Reihen entdeckte ich Otfrieds grauen Kopf und Mechthilds schwarzes Tuch; auch Thalita war da, sie stand bei ihrer Familie – nur *ihn* fand ich nicht. Sofort fühlte ich Panik in mir hochsteigen. Da hatte ich mich einmal überwunden, war für ihn in die Höhle des Löwen zurückgekehrt –

nur um mich vom Herrn dieses Ortes mit seiner Abwesenheit verhöhnen zu lassen. Alles schien so klar: wie Er mit dem Blitzschlag sein Urteil längst kund getan hatte und Herwegh mit Seiner Zustimmung längst fort war; so zerrüttet von dem, was ich ihm unter der Eiche entgegen geschleudert hatte, dass er selbst seine wenige Habe zurückgelassen hatte, nur um mir nie wieder zu begegnen ...

Ich *konnte* jedoch nicht aufgeben. Wieder und wieder suchte ich die Reihen mit den Augen ab, mied die Schulterblicke, die auf mir herumkrochen wie Gewürm; als wollten sie mich durchdringen und zersetzen. Sie lechzten bereits danach, jede Einzelheit meiner Gestalt durchzukauen und diesen Brei mit Erinnerungen und Gerüchten zu würzen. Schon jetzt herrschte nicht länger Andacht, sondern Unruhe in dem gedrängten Raum. Der Drang, ihnen den Rücken zu kehren, war fast übermächtig. Nichts wäre einfacher, als hinauszurennen aus diesem Gestank, in den Sonnenschein hinein; zurück in den Wald ...

Nur dass ich Herwegh dann nie wiedersehen würde. Und dass ich auch sonst nie wieder etwas vollenden würde. Denn wenn man einmal das Wichtigste in seinem Leben aufgab, wirkte die Kapitulation wie ein Geschwür. Zweimal musste ich dies bereits erfahren und ich würde nicht ein drittes Mal erlauben, dass mein Scheitern und mein Rückzug in mich einsickerten und mich von innen auffraßen, bis in mir starb, was lebendig und hoffnungsvoll war.

Der alterslose Priester hob den Kelch in die Höhe. »*Accípite, et bíbite ex eo omnes. Hic est enim calix sanguinis mei, novi et aeterni testamenti: mysterium fidei, qui pro vobis et pro multis effundetur in re-*

missionem peccatorum. Hæc quotiescúmque fecéritis, in mei memóriam faciétis.«

Die heilige Kommunion! Die allerdings hatte ich vergessen. Wie wünschte ich, *dieser* Kelch würde an mir vorübergehen. Doch die ersten Bänke lichteten sich bereits, die Leute traten vor, um das heilige Brot zu empfangen. Meine letzte Kommunion und Beichte aber lagen inzwischen neunzehn Jahre zurück – neunzehn Jahre voller lässlicher Vergehen *und einer Todsünde ...*

Meine Hände zitterten wieder stärker, zumal die Leute nicht aufhörten, sich umzudrehen, um mich wie ein Kalb mit zwei Köpfen anzustarren. Sie *mussten* noch mehr wissen. Herwegh war so voller Groll gewesen, dass er am Osterfeuer bestimmt die Wahrheit über mich herausgeschrien hatte ...

Die Bank vor mir hatte sich soeben geleert. Mein Banknachbar – ein großer, dürrer Mann, den ich noch nie gesehen hatte – tat einen Schritt auf mich zu und sah drängend auf mich nieder. Ich ließ mich einen Schritt von ihm weitertreiben, dann noch einen. Schließlich stand ich im Gang – die rettende Tür gerade einmal drei Schritte entfernt. Doch ich durfte nicht gehen. Noch nicht. Vielleicht war es am Ende auch mein Erbe, das sich in mir regte. Schließlich hatte mein eigener Vater über zwanzig Jahre lang in dieser Kirche die Kommunion erteilt – da würde ich sie kaum mit feige wehenden Röcken verlassen.

Ich würde nicht gehen. Genauso wenig, wie ich zurückweichen und all die Leute vorbeilassen würde, ohne selbst nach vorn zu treten. Plötzlich *wollte* ich die Kommunion. Ich *musste* sie haben. Unter den Menschen hier fanden sich viele, die ähnlich schlimm gesündigt hatten wie ich – waren sie nur deshalb besser, weil sie im Gegensatz zu mir ihre Reue hinter einem dunklen Vorhang beteuert hatten? Außerdem hatte damals nicht ich den ersten Stein geworfen, als ich sie aufgesucht hatte, um ihnen meine Freundschaft anzutragen. Ich hatte nichts Anderes gewollt, *als ein Mensch unter Menschen zu sein!*

Jetzt würde ich darauf bestehen. Mochte Gott mich vor ihren Blicken fällen, wenn er mir dasselbe Recht aberkennen wollte, das sie innehatten. Unter zahllosen starren Blicken schloss ich mich dem Strom vor mir an, reihte mich unter die Empfangenden ein, kniete nieder. Der Priester kam immer näher, trat von einem zum nächsten, legte Brot in die offenen Münder. Ich fühlte, wie sein Blick mich durchdrang, während er einer alten Bäuerin neben mir die Kommunion spendete; doch ich sah stur nach vorn. Die Reihe kam an mich. Er trat vor mich hin – ich öffnete den Mund, doch er rührte sich nicht. Ich schloss den Mund wieder und hob die Augen zu seinem Gesicht. Er wusste, wer ich war. Und er schüttelte den Kopf.

Geh, sagte er stumm.

Ich bleibe, antwortete ich. *Bis du sie mir gewährst. Wer bist du schließlich, über mich zu richten? Überlass das deinem Herrn und Gott!*

Das Geraune in der Kirche wurde immer lauter; die Spannung unerträglich. Sie würde die Mauern sprengen, wenn er nicht reagierte …

Endlich ging ein Ruck durch den Körper unter der Soutane. Seine Hand näherte sich meinen Lippen, ich schaffte gerade noch, sie zu teilen, das Brot entgegenzunehmen. Ich kaute und schluckte – und es kam kein göttlicher Blitz hernieder. Erhobenen Hauptes schritt ich zurück, kniete, stand, saß, bewegte die Lippen; es war nicht mehr wichtig. Irgendwann war es vorbei und die Türen sprangen auf, entließen mich mit allen Eschweiher Bürgern hinaus in die Luft und den Sonnenschein.

Sie starrten noch immer. Doch es störte mich nicht länger. Selbst wenn sie es nicht wussten: ich war eine von ihnen. Ein paar Momente lang fühlte ich inmitten der Menge ein paar zögerliche Sonnenstrahlen auf meinem Gesicht, spürte den schwachen Wind über mich hinweg streichen, atmete die unverbrauchte Luft – und suchte dann weiter nach Herwegh.

Nach jedem Menschen, der aus der hohen Tür trat, verrenkte ich mir den Hals. Aber der Platz vor der Kirche füllte sich, ohne dass seine schwarz bemantelte Gestalt auftauchte.

Ich würde Mechthild und Otfried nach ihm fragen müssen, sie würden wissen, ob er je da gewesen und wo er hingegangen war. Gerade hatte ich einen Blick auf das schwarze Kopftuch der Alten am anderen Ende der Menge erhascht und einen Schritt getan – als mich jemand am Arm ergriff. Ich fand mich Thalita gegenüber.

»Frau von Eschweih!«, sie senkte den Kopf. Die junge Frau trug ihr gefälteltes Kleid und den eleganten Mantel, wirkte unter ihrer Haube jedoch bleich und übernächtigt. Etwas in ihren Augen erinnerte mich an den Tag, als sie meine hingemetzelten Hunde gefunden hatte.

»Wo ist er?«, fragte ich leise. »Ist er denn nicht zum Feuer gekommen?«

Die Leute um uns herum spähten, hielten jedoch Abstand; wir standen für uns. In einer der Gruppen erkannte ich Ranulfs Familie, seinen vierschrötigen Vater, den fast identischen Onkel, die mit weiteren Gesippen zusammenstanden und unhöflich zu uns herüberstarrten – nur von Ranulf selbst und seinen Freunden war keine Spur.

Thalita trat einen weiteren Schritt näher, bis wir so dicht beieinanderstanden wie zwei Triebe aus einer Wurzel. »Er war hier. Er war beim Feuer.«

»Gut!« Ich seufzte erleichtert. In dem Fall konnte er noch nicht weit sein. Nichts Anderes zählte.

»Doch –«, sie zögerte, als koste es sie Überwindung, weiterzusprechen. »Doch es ist etwas passiert. Es – es kam zu einem Streit.«

»Streit?« Ich merkte, wie sich mir die Haare im Nacken aufstellten. »Ranulf?«

»Ja«, ihr Blick huschte unglücklich umher. »Er und seine Freunde. Doch angefangen hat er – Herwegh.«

»Was ist passiert?«

»Ich weiß es nicht genau. Doch ich glaube, es ging um Sie. Er trank zu viel Wein und irgendwann ging er auf Ranulf los.«

Traum und Albtraum. Jetzt wurden die schlimmsten Teile von beiden wahr. »Die beiden kannten sich?«

»Nein, das wohl nicht.«

»Wie konnte er dann –«

»Herwegh hat mich nach ihm gefragt. Er ist früh am Abend zu mir gekommen und wollte wissen, wer Ihnen Böses wünscht und wessen Name darunter mit einem R beginnt. Ich wusste nicht, warum er danach fragte, sonst hätte ich es ihm nicht gesagt. Alle hier wissen doch dass ... Ich meine, einige haben gehört, was damals –«, ihr Blick zerschellte an den Kopfsteinen zu unseren Füßen.

Ich schwankte, musste kurz die Augen schließen. »Er ging also auf Ranulf los – und dessen Freunde halfen ihm gewiss?«

Thalita nickte elend. »Es kam zu einer Schlägerei. Doch bevor man sie des Platzes verweisen konnte, waren sie auch schon verschwunden.«

»Verschwunden? Was soll das heißen, *verschwunden?*«

Sie machte eine vage Geste. »Nun, in den Wald.«

Sie hatten ihn zu dritt in den Wald verschleppt. Schlimmere Nachrichten konnte es nicht geben. Mein Herz schlug mir bis in die Kehle.

»Was noch?«, fragte ich heiser. »Was weißt du noch?«

»Nichts«, sie zuckte hilflos mit den Schultern. »Nur, dass später noch Schüsse fielen, aus dem Wald.«

»Wie viele Schüsse?«

»Ich weiß nicht, ich habe nicht gezählt. Mehr als einer.«

»Und seither?«, flehte ich. »Ist denn keiner von ihnen seither wieder aufgetaucht?«

»Keiner. Es gibt keine neue Kunde. Ich – ich dachte, sie wären möglicherweise bei Ihnen gewesen?«, sie sah ängstlich auf.

»Nein.«

»Dann bin ich wenigstens darüber froh«, sie faltete die Hände, offenbar, damit sie nicht zitterten. Ich konnte sehen, dass sie große Angst hatte – und anscheinend nicht nur um Herwegh.

»Danke«, ich griff kurz nach ihrem Unterarm. »Ich muss jetzt gehen.«

»*Gehen?*«, ihre Augen weiteten sich. »Wohin denn?«

»In den Wald.«

»Nein!«, sie ergriff meinen Arm. »Das dürfen Sie nicht! Sie sind jetzt alle so gefährlich wie wütende Keiler! Und Sie von allen Menschen dürfen Ranulf am allerwenigsten suchen –«

»Das muss ich aber.« Ich machte mich von ihr los.

»Bitte! Gehen Sie nicht!«

Herwegh konnte verletzt sein – oder tot. Die Zeit des Träumens und Zauderns war vorbei.

»Sollte er trotz allem wiederkommen, sag ihm, wo ich hingegangen bin«, bat ich zuletzt.

»Frau von Eschweih?«

Ich drehte mich noch einmal um.

»Seien Sie vorsichtig!«

Ich nickte. Ich musste die gesamte Menge durchqueren, doch diese teilte sich vor mir wie das Rote Meer.

23. Dämonen

Sobald ich das Dorf hinter mir gelassen hatte, hastete ich immer schneller. Der Wald war riesig, erstreckte sich allein nach Westen eine Tageswanderung zum Kloster hin und ging im Süden irgendwann in Gebirge über. Selbst früher hatte ich ihn immer nur ein paar Stunden in jede Richtung erkundet, war also weit davon entfernt, ihn gut zu kennen. Und in diesem Fall kannte ich nicht einmal mein Ziel. Meine einzige Chance, sie zu finden, war jene Orte abzulaufen, an denen ich Ranulf und seinen Freunden schon in der Vergangenheit begegnet war. Auch wenn dies bedeutete, die schwärzesten Flecken auf meiner Landkarte wieder zum Leben zu erwecken, an denen der Tod lauerte.

Ich lief fast blind dahin. Das Dorf, die Kirche, die Menschen – all das war schon zu viel für mich gewesen – aber noch tausendmal schlimmer war es, Herwegh in Ranulfs Gewalt zu wissen. Hinzu kam, dass nicht nur Thalita klar war, was geschehen würde, wenn ich denjenigen fand, der schon so lange Jagd auf mich machte. So wuchs sie immer größer in mir: *die Angst.* Bei jedem Schritt nahm sie zu, bis sie fast unerträglich wurde, als wollte sie mich innerlich zerfetzen, bevor sie noch einmal eine Begegnung mit meinen Peinigern zuließ. Der Krieg in meinem Inneren drohte, mich noch lange vor einem Treffen mit ihnen zu zermürben.

Bis ich *ihrer* gewahr wurde, einer Hundsrose. Sie wuchs völlig unvermittelt inmitten eines holzigen Gestrüpps empor. Das Besondere an ihr aber war, dass sie *blühte*, und das im April! Ich konnte nur dastehen und sie bestaunen. Mit ihren fünf vollkommenen rosafarbenen Blättern und den gelben Staubgefäßen, die in der Sonne strahlten, war die Blüte so perfekt, als hätte sie für die Abbildung in Herweghs Buch Modell gestanden. Es war die schönste Blume, die ich je gesehen hatte! Und auch die wundersamste, da sie frühestens im Juni blühen dürfte. Für einen Moment überkam mich ein so seltsames Gefühl, dass ich mich umsehen musste, ob jene Macht, die dieses kleine Wunder vollbracht hatte, vielleicht auch beschließen würde, sich mir auf andere Weise zu offenbaren – doch das tat sie nicht. Stattdessen überließ sie es mir, einfach da zu stehen und zu staunen.

Stand die Rose für Herweghs und mein Überleben? Oder sollte sie mir nur Mut machen? War sie überhaupt als Orakel oder Zeichen gemeint? Falls ja, würde ich es ohnehin nicht ergründen.

Wie ich dort stand und sie betrachtete, wurde mir klar, dass sie für eins stand; für sich selbst. Für Leben, für Schönheit, für Hoffnung. Mehr nicht. Es nahm bereits einen Teil der Last von mir, sie nur anzusehen. Vermutlich, weil ich auch Hume plötzlich besser begriff. Es war gut, zu *sehen* und zu *fühlen*. Ohne alles *ausdeuten* zu müssen. Stattdessen sollten wir lieber lernen, unseren Sinnen und Leidenschaften zu trauen, anstatt sie immerfort in Gedankengebilde von Schuld und Sühne zu pressen. Denn tatsächlich führten unsere Sinne uns sogar zu Wahrheiten, die kein Gebot oder Verbot der Welt eröffnen konnte. Es reichte vollkommen, die Welt wahrzunehmen und dem Gefühl zu folgen, das sich daraufhin einstellte. Weiterer von Menschen ersonnener Weisungen bedurfte es nicht, und auch keiner Richter, die über unsere Taten entschieden. Wir taten unser Bestes und das war gut genug. Weitere Deutungen waren nicht notwendig. Alle Symbole der Welt griffen sich mit der Zeit ab, wir sahen irgendwann nur noch das Kreuz, die Taube, eine Rose – anstatt das so viel Größere dahinter, was wir genau genommen ohnehin nicht zu erfassen im Stande waren. Denn die Wirklichkeit des Lebens war zu groß für uns. Ihr konnten wir nur Genüge tun, indem wir *schauten* und *staunten*. Wenn wir dann auserwählt wurden, sprach das Große, Unfassbare zu uns, indem es für einen Moment einen Sonnenstrahl auf den ewigen Diamanten erstrahlen ließ und damit eine einzige Fassette von ihm zum Gleißen brachte. Wie in dieser blühenden Rose.

Das musste genug sein. Das *war* genug.

Bei weitem nicht furchtlos – wusste ich doch allzu genau, was mir bevorstand –, dafür aber ohne die Spitze der Panik setzte ich nach diesem Geschenk ganz neuer Erkenntnis meinen Weg fort. Mein Herz schlug noch immer schnell, doch nicht länger, als wollte es zerspringen, und ich war bereit anzunehmen, was da kommen sollte. Ich fühlte wieder die Wurzeln unter meinen Füßen, atmete den Wind und spürte die warmen Sonnenstrahlen. Es wäre mir lieber gewesen nicht zu wissen, was mich bald erwartete, denn die schlimmsten Dinge stand man zuweilen leichter durch, wenn man sie nicht kommen sah, doch andererseits hatte Jesus die Wacht im Garten Gethsemane vielleicht *gebraucht*, um sich für das Kommende bereit zu machen.

Ich hatte eine Weggabelung erreicht und schlug mit einem leichten Schauder den linken Pfad ein, den ich das letzte Mal vor neunzehn Jahren entlang gerannt war, als sie mir schon auf den Fersen gewesen waren. Jeder Stein und jeder Baum hatte sich damals bei mir eingebrannt und heute kam alles zu mir zurück: die dahin jagenden Schritte hinter mir, die brechenden Zweige, die wütenden Rufe und die Steine, die herangesaust waren, mal trafen und mal nicht. Meine Arme waren längst von den scharfkantigen Steinen zerschnitten und rot. Ich wurde müder und müder, stolperte immer öfter. Wenn ich fiel, war es endgültig vorbei. Doch vielleicht kriegten sie mich auch so – meine dichteste Verfolgerin war zwei Jahre älter, hochgewachsen, und mit ihren langen Beinen schneller als ich. Je langsamer ich wurde, desto schneller holte sie auf, ich konnte ihren heiseren Atem schon lange hinter mir hören, uns trennte kein Dutzend Schritte mehr. In diesem Moment hatte ich ihn entdeckt – einen schlicht in die Höhe ragenden Stock. Er sah nach wenig aus, doch ich wusste, dass er eine Grube markierte. Eine jener Wolfsgruben, die nur von ein paar dünnen Ästen und Blättern bedeckt waren und von deren Grund angespitzte Pfahlspitzen hochstarrten. Selbst in die Nähe zu gehen war schon gefährlich, wusste man doch nie, wo sie begannen. Dennoch rannte ich direkt darauf zu, die Angst trieb mich. Ich lief also – und wartete bei jedem einzelnen Schritt auf das Nachgeben der Zweige – wich erst zur Seite aus, als eine kalte Welle von Panik über mich hinwegspülte. Und da hörte ich es. Kaum zwei Schritte hinter mir brach sie ein, die Zweige unter ihr splitterten. Dann nichts. Kein Schrei, nicht einmal ein Laut. Ich sah mich nicht um.

Später hörte ich, sie sei gleich tot gewesen. Natürlich redeten die Leute auch noch mehr; vor allem sagten sie, wie widernatürlich ich sei, ein Ungeheuer. Seit jener Zeit machten sie das Zeichen gegen den bösen Blick, wenn sie mich sahen. Ich war nicht länger nur der Bastard, sondern nun auch noch die todbringende Hexe. Mechthild hatte dazu nur geschnalzt und die Lippen geschürzt. Priester Matthäus hingegen richtete ab diesem Tag nie wieder ein Wort an mich. Nicht ich fiel an diesem Tag in die Grube – und doch starb meine Verfolgerin nicht allein dort. Sie nahm auch meine Unschuld und all meine Unbeschwertheit mit.

Das Unterholz war dichter geworden, jetzt öffnete es sich im letzten Moment und enthüllte sie; die Wolfsgrube, die mittlerweile zur Hälfte zugeschüttet war. An ihrem Rand aber saß – Gret.

Ich hatte sie hier erwartet. Irgendwann im Laufe dieses Tages war mir die Notwendigkeit dieses Abschieds aufgegangen – und welcher Ort sollte dafür besser geeignet sein als dieser?

»Da bist du ja!«, ihre Füße baumelten in die Tiefe, während sie zu mir hochsah.

»Ja.« Ich staunte, wie deutlich ich sie selbst im Licht des Tages sehen konnte; bis zum letzten zerzausten Härchen, das sich widerspenstig aus der Haarkrone wand, sogar einen kleinen Riss in dem alten grünen Kleid konnte ich erspähen; als wäre sie auf dem Weg hierher an einem Ast hängengeblieben. Dabei wusste ich ja, dass dies nicht möglich war.

Der erste Verdacht, was sie und Anne betraf, war mir gekommen, als Herwegh von ihren Zeichnungen als den meinen gesprochen hatte.

Ich ließ mich seidenrauschend neben ihr am Rand nieder, ließ ebenfalls die Beine hinunterhängen. »Ich bin froh, dich zu sehen«, gab ich zu, erleichtert, dass die spitzen Pfähle unter uns nicht länger sichtbar waren. »Auch wenn es heute das letzte Mal ist, nicht?«

»Ja«, ihre Augen verengten sich, als sie gegen die Sonne zu mir aufsah. Dann zuckte sie mit den Schultern. »Aber wir gehen dir ja nicht verloren.«

»Nein.« Ich betrachtete sie mit Zuneigung. Ohne Gret hätte ich für immer vergessen, wie wild, fröhlich und offen auch ich einst gewesen war. Sie hatte sie mir zurückgebracht: kindliche Warmherzigkeit und natürliches Mitgefühl.

Eigentlich hätte ich sie viel früher erkennen müssen; an dem Hauch Traurigkeit und Nachdenklichkeit, der sie trotz ihrer Lebendigkeit immer umgab. Doch irgendwann verhüllen wir alles, das wir zurücklassen wollen, mit Nebel, bis es zu einem blinden Fleck wird. So hatte ich sie ganz neu kennenlernen müssen, als sie endlich zu mir zurückkam.

Eine Weile saßen wir einfach still nebeneinander. Alles war gesagt. Gern hätte ich den ganzen Tag mit ihr dagehockt, ein paar ihrer seltsamen Ideen gelauscht, gelacht – aber ich hatte keine Zeit. Ich widerstand also dem Impuls, ihr ein letztes Mal über die Haarkrone zu streichen, erhob mich stattdessen. »Also dann, Gret«, begann ich bedauernd, wusste dann aber nicht, was ich noch sagen sollte.

»Ich weiß«, sie lächelte ihr fröhlich-trauriges Lächeln. »Du musst gehen. Grüß Herwegh von mir.«

Meine Kehle verengte sich. »Das würde ich gern tun«, sagte ich leise.

Ich war gerade einmal zwei Schritte gegangen, als mir noch etwas einfiel. »Werde ich auch Anne noch einmal wiedersehen – du weißt schon – so?«

Gret lachte. »Ganz bestimmt! Geh einfach weiter. Such sie da, wo du sie verloren hast.«

Dies wäre ohnehin mein nächstes Ziel gewesen. Ich nickte. Als ich mich ein paar Augenblicke später noch einmal zu ihr umdrehte, war sie bereits verschwunden.

Die Felsen. Auch sie hatte ich dreizehn Jahre lang gemieden wie der Teufel das Weihwasser – jetzt strebte ich direkt auf sie zu. Mit gerafften Röcken stieg ich über wuchernde Dornen auf dem Wildwechselpfad, hielt schon von Weitem nach Anne Ausschau.

Wie hatte sie mich am Anfang abgestoßen, mit ihrer unbeschwerten Sinnlichkeit und dann noch mit ihrem offenkundigen Interesse an Herwegh. Sie war offen, geradlinig und ohne Scheu – kein Wunder, dass ich sie fast gehasst hatte. Von Schönheit und Liebe zu träumen, hatte ich mir selbst schließlich schon lange nicht mehr erlaubt. Doch umso mehr hatte sie sie mir in den letzten vierzig Tagen zurückgegeben.

Da waren sie, die Steine, ich trat um einen der Felsen herum, die die kleine Lichtung umschlossen. Anne lehnte unweit mit gekreuzten Armen an einem anderen. »Es ist lange her, nicht wahr?« Sie sah auf das Gras in der Mitte der Lichtung.

»Niemals lange genug.«

Gegen meinen Willen sah ich es wieder: mein blassgelbes Kleid mit der hohen Taille, das ich zum achtzehnten Geburtstag bekommen hatte, den Korb, den ich trug. Ich musste damals wohl Pilze gesammelt haben. So war es. Ranulf, Aldo und Kaspar hatten mich von weitem angerufen. Ich wäre fast vor ihnen weggelaufen und blieb dann doch. Sie waren ja die Söhne von Gutsbesitzern, keine einfachen Tagelöhner: sie würden mir nichts tun. Ich ließ sie also herankommen und sie fragten mich nach dem Weg. Ich war verwundert über ihre Unkenntnis, gab ihnen aber Auskunft. Sie stellten mir noch allerhand andere Fragen, die immer seltsamer wurden – zuletzt, ob ich denn nicht in meinen Büchern gelesen hätte, wozu Gott den Bastard geschaffen hätte. Wenn nicht, wollten sie es mir schon zeigen. Es gab keinen Übergang. Mit einem Mal ging alles sehr schnell ...

Ich hielt den Atem an, stieß ihn dann wieder aus, konzentrierte mich auf die Erscheinung vor mir, das Lächeln, das um Annes Mundwinkel flackerte.

»Hast du mir wenigstens inzwischen verziehen?«

»Natürlich«, ich musste mich räuspern. »Auch wenn ich immer noch finde, dass dein Ausschnitt damals eine Spur zu tief war.« In Wahrheit hätte aber selbst das züchtigste Kleid der Welt an jenem Tag nichts geändert. Was passiert war, war in *ihnen* angelegt gewesen, nicht in mir.

»Dann ist es ja gut«, sie legte den Kopf schief.

Mir fiel auf, dass ich sie hübsch fand. Weniger wegen ihres Gesichts, als dem, was durch die blasse Haut hindurchschien: Hoffnung. Sie glaubte tatsächlich noch an das Glück. Und wirklich hatte ich damals, mit achtzehn Jahren, noch heimlich in dem alten Märchenbuch aus dem zweiten Stock gelesen, in dem am Ende die verwunschene Prinzessin den edlen Prinzen bekam. Wie rührend, in Anbetracht des heutigen Tages ...

»Ich bin froh, dass du mir beigestanden hast«, sagte ich endlich. »Wenn du nicht gekommen wärst, wäre ich wohl für immer vor Herwegh davongelaufen. Niemals hätte ich es gewagt, mich ihm zu nähern.«

»Du meinst, ohne mich hättest du nie sein Tagebuch gestohlen und hättest ihm nie nachgestellt«, gab sie trocken zurück. »Was soll's. Alles in allem hatten wir doch viel Spaß, nicht?«, sie lachte.

»*Spaß?*« Ich zog eine Grimasse.

»Zumindest verglichen mit dem, was du *heute* vorhast.«

»*Oh.* Ja ...« Die Schwere des Tages fiel wieder mit voller Macht auf mich zurück. »Er lebt doch noch? Und ich werde ihn wiedersehen?« Natürlich wusste ich, dass sie nicht länger mein allwissendes Orakel war, was Herwegh anging – aber die Gewohnheit war zu stark. »Es wird doch alles gut, nicht wahr?«

Sie seufzte. »Meine Zeit ist die Vergangenheit, nicht die Zukunft.«

»Ich weiß«, ich kreuzte die Arme. »Ich wünschte nur, es gäbe noch immer jemanden, der für alles die Lösung kennt. Ich – ich habe Angst.«

»Ja«, sie sah jetzt selbst bekümmert aus. »Und du hast auch allen Grund dazu. Willst du das wirklich tun – sie finden?«

Ich nickte. »Aldo und Kaspar sind niederträchtig. Und Ranulf ... Ich kann ihnen Herwegh nicht überlassen.«

»Und du denkst, *du* kannst ihm helfen?«

»Sagen nicht alle, ich sei gefährlich? Ich und mein Fluch ...« Ich lachte bitter.

»Dein Fluch?« Nachdenklich sah sie vor sich hin, nickte dann langsam. »Ja, nutze, was du bist.« Wir standen uns gegenüber und wussten, dass es Zeit war. Ich musste weiter.

»So viel ist jedenfalls sicher: Sobald dieser Tag vorbei ist, wirst du nie wieder vor etwas weglaufen.« Ihr Lächeln geriet nur etwas schief.

»Nein.«

Wir sprachen nicht aus, dass ich es entweder nicht mehr brauchen – oder nicht mehr *können* würde. Ein letztes Winken, dann ging ich weiter. Ich brauchte mich nicht nach dem Felsen umzudrehen, um zu wissen, dass nun auch sie endgültig fort war.

Die Sonne hatte längst den Zenit überschritten und schon lange plagte mich der Durst. Auch das dicke Schultertuch war mir inzwischen viel zu warm, irgendwann ließ ich es einfach fallen. Wohin würde ich mich wenden, wenn ich mich so lange Zeit im Wald aufhielte? Zum Wasser? In dem Fall gab es nur eine Möglichkeit.

Diesmal brauchte ich mich nicht durch das Unterholz zu schlagen und auch nicht zu verbergen. Ich nutzte die Hauptwege, wie jeder andere auch. Wie seltsam es war, mich nach all den Jahren nicht länger zu verstecken – sogar gefunden werden zu *wollen*. Schritt auf Tritt musste ich den Impuls unterdrücken, mich bei jedem Geräusch hinter Bäume zu ducken oder ins Gebüsch zu springen.

Ein Gutes hatte meine Meisterschaft im ewigen Versteckspiel jedoch unbestritten: Ich kannte den Wald und seine geheimen Zeichen inzwischen so gut, dass mir schon die kleinsten Veränderungen auffielen. So auch, dass der Vogelgesang immer leiser wurde, je näher ich dem Tümpel kam. Aber dennoch kam die Panik mit einem Schlag zurück, als ich zum ersten Mal von weitem männliche Stimmen hörte, sogar meine Knie fingen an, zu schlottern. Allen Willen zusammennehmend schlich ich weiter. Mein Herz trommelte immer lauter, mein Blut raste. *War er dort? War er verletzt? Oder Schlimmeres ...?* Der Tümpel lag nach allen Seiten zu offen, als dass ich mich ungesehen hätte nähern können. Doch wieder zu verschwinden kam ebenso wenig in Frage, da ich dann nie erfahren würde, ob Herwegh nicht irgendwo verletzt lag.

Wenn meine Beine mich nur weitertragen wollten, auf sie zu, meine Dämonen, neben denen sich Wölfe geradezu harmlos ausnahmen. Sogar jetzt, am Ostersonntag, würde jeder von ihnen Pistolen tragen.

Waffen. Mit einem Mal ging mir durch den Kopf, wie dumm ich gewesen war, unbewaffnet zu kommen. Andererseits war auch Herwegh alles andere als wehrlos – und ich konnte seine Stimme noch immer nicht ausmachen. Außerdem waren sie zu dritt. Es gab wohl keinen Schutz gegen sie. *Darum würde keine gesunde Kreatur sich ihnen freiwillig nähern, wie ich es jetzt tat ...*

Schritt für Schritt ging ich weiter. Kurz darauf blitzte der Tümpel silbrig durch die Stämme und wenig später sah ich sie an seinem Ufer sitzen: Ranulf, Aldo und Kaspar.

Kaspar zog soeben ein Halstuch durch das Wasser, kühlte sich damit ein verfärbtes Auge. Ich erkannte langsam, dass jedes der Gesichter Spuren eines Kampfes aufwies; da waren Blutergüsse, Abschürfungen, Kaspars Auge und Kiefer waren vollkommen verschwollen. Wie musste dann erst Herwegh aussehen, der immerhin allein gegen diese drei Bullen gekämpft hatte?

Aldo war der erste, der mich bemerkte. Er verstummte mitten im Wort, stieß dann etwas Leises hervor. Auch die beiden anderen fuhren herum und starrten mir entgegen.

Ich stolperte, zwang mich jedoch weiterzugehen. Angst zu zeigen erwies sich bei ihnen als großer Fehler, so viel hatte ich schon vor langer Zeit gelernt. Doch es fiel mir denkbar schwer: Die Jahre hatten aus drei hochgewachsenen jungen Männern bullige Schlächter gemacht, die mich aus blutunterlaufenen Augen wie aus Schießscharten angafften. Außerdem wirkten sie merkwürdig *brütend*. Während ich näherkam, erhoben sie sich alle drei.

»Welch unerwarteter Gast!«, rief Ranulf endlich heiser. »Und welch Zufall. Wir haben in letzter Zeit viel an dich gedacht«, breitbeinig und hämisch stand er da. Sein grobschlächtiges Äußeres mit der untersetzten Kinnpartie täuschte mich jedoch nicht, ich konnte mich noch gut an den schneidenden Geist dahinter erinnern – genau wie an seine abgrundtief kranke Seele.

Fünfzehn Schritte vor ihnen blieb ich stehen. Ich zitterte inzwischen so stark, dass ich es kaum noch verbergen konnte. »Wo – wo ist er?«

»Wer denn?«, Ranulf zog die Stirn kraus. »Doch nicht etwa dein Freund, der Pinsler? Solltest du uns am Ende seinetwegen beehren? Er ist nicht hier.«

Ich kreuzte die Arme, um sie ruhig zu halten. »Ihr seid beobachtet worden! Er war gestern Nacht bei euch!«

»Tatsächlich? Ach ja!«, er schlug sich vor die Stirn. »Wie konnte ich das vergessen! Er war wirklich da und wir haben uns auch prächtig miteinander amüsiert. Eine Weile jedenfalls«, er schlenderte mir ein paar Schritte entgegen.

»Es gab Schüsse«, stieß ich aus. »Habt ihr auf ihn geschossen?«

»Kann sein«, Ranulf lächelte sardonisch und auch die anderen zwei verzogen die Gesichter.

»Geht – geht es ihm gut?« Trotz der Sonne war mir inzwischen eiskalt.

»*Gut?*«, er hatte den Kopf gesenkt und näherte sich jetzt so langsam, als könnte mich jede abrupte Bewegung verschrecken. »Deinen Optimismus in Ehren, aber denkst du wirklich, dass er dann davongekommen wäre?«

Er war auf drei Schritte herangekommen. Über seinem linken Auge prangte ein Bluterguss und die Haut über einem Wangenknochen war aufgeplatzt. Er stand so nahe vor mir, dass ich nun auch erkennen konnte, dass seine Nase leicht schief zusammengewachsen war. Ich merkte, wie mir schlecht wurde.

»Wo ist er jetzt?«, wiederholte ich mit zitternder Stimme, wich einen Schritt zurück.

»Ich weiß nicht«, Ranulf zog übertrieben die Schultern hoch, sah dann zum Tümpel zurück. »Dort drin vielleicht?«

In einigem Abstand trat ich an ihm vorbei, passierte die anderen zwei und lief auf die Wasserfläche zu. Sie war flach genug, dass ich an den meisten Stellen bis auf den Grund sehen konnte.

Und wo ich es nicht konnte, war das Wasser jedenfalls nicht besudelt, nirgendwo gab es Spuren von Blut.

Ich atmete auf, fuhr zu ihnen herum. Natürlich bezahlte ich meine Nachforschungen mit der Freiheit. Jetzt stand ich mit dem Rücken zum Wasser und war eingekreist. Selbst wenn ich schneller gewesen wäre als sie, war an Flucht nicht länger zu denken.

Sie musterten mich wie zufriedene Hyänen.

»Du hast dich rar gemacht, die letzten Jahre«, Ranulfs Augen verengten sich. »Natürlich hätten wir dich besuchen können, aber wir wollten sportlich sein. Wir dachten, irgendwann könnten wir dich schon noch herauslocken – etwa, wenn du deine Hunde vermisst. Suchst du sie eigentlich noch immer?«

»Ich – ich habe sie gefunden.«

»Gut!« Ein Lächeln zog über sein flächiges Gesicht, jedoch ohne die Augen zu erreichen. »Hätten wir nur eher gewusst, dass du sofort aus deinem Bau kommst, sobald du dein Herzblatt vermisst ... Wir hätten gar nicht erwägen müssen, bei dir vorzusprechen. Hast du gewusst, dass wir gestern schon halb auf dem Weg zu dir waren?«

Mein Traum. Nur dass Herwegh nie bei mir angekommen war.

»Wo ist er?«, fragte ich zum dritten Mal.

»Er kann fast überall sein. Überall zwischen hier – und dem Haus, das du bald nicht mehr bewohnst.«

»Was habt ihr ihm getan?«, schrie ich auf.

»Nur, was er provoziert hat. Stell dir vor, er war sogar noch dreister, als du es damals warst.«

Graue Punkte tanzten vor meinen Augen, mir wurde schlecht.

Ranulf genoss mein Elend wie eine Katze, die mit einer

halbtoten Maus spielt. »Er hat sich zwar ziemlich ins Zeug gelegt, doch es hat einfach nicht gereicht. Aber keine Sorge, bald wirst du nicht mehr an ihn denken. Weißt du noch, was ich dir versprochen habe, als du damals auf und davon gingst, bevor ich fertig mit dir war?«

Ich wusste es genau. Wie hatte ich nur hoffen können, ihm noch einmal zu entkommen?

Er schien meine Miene richtig zu deuten, denn sein Lächeln erreichte zum ersten Mal die Augen. »Keine Sorge, diesmal werden wir uns viel Zeit lassen. Wir werden nichts überhasten, nichts unerledigt lassen.«

Er kam auf mich zu und die anderen taten es ihm nach, der Kreis schloss sich. Ich wich einen Schritt zurück. Noch ein Schritt und ich würde in den Tümpel fallen.

»Keine falsche Scheu, deswegen bist du doch hier. Schließlich hast du gewusst, was passieren würde, wenn du herkommst. Da es dir schon letztes Mal so gut gefallen hat, werden wir uns diesmal selbst übertreffen.« Ranulf stand nur noch eine Armlänge von mir entfernt. Seine zerschlagenen Züge waren plötzlich offen, fast weich, selbst seine verquollenen Augen weiteten sich eine Spur, als wollte er nicht ein einziges Zucken in meinem Gesicht verpassen.

Es gab nur noch ihn und mich. Fast wie in Trance blickte ich zurück. Seine stechend blauen Augen, manchmal sah ich sie noch in den Momenten kurz vor dem Aufwachen. Es hatte geschmerzt, seinen Körper und danach das Messer in mich eindringen zu fühlen, doch noch schlimmer war dieser Blick gewesen. Er hatte sich noch tiefer in mich hineingebohrt als die Klinge; mich vollkommen durchdrungen, als könnte er meine Seele mit diesem Blau ausleuchten. Und das Schlimmste war der Ausdruck von Sanftheit, den er dabei trug, sie hatte mich geradezu wehrlos gemacht. Ich hatte nicht glauben können, mit welcher Bestialität sie verpaart war. Selbst als ich das Messer in meiner Brust gespürt und das Blut gesehen hatte, war es mir nicht gelungen, beides zusammenzukriegen. Wäre nicht direkt neben uns ein Reh aus dem Unterholz gebrochen und hätte ihn für einen Wimpernschlag abgelenkt, wäre der Bann bis zum Ende aufrecht geblieben. Dies von allem hatte ich mir am wenigsten verzeihen können.

Hier standen wir nun, Auge in Auge, und alles würde sich wiederholen, diesmal bis zum Ende. Ich war ein zweites Mal in sein offenes Messer gelaufen, diesmal sehenden Blickes.

Hieß es nicht, selbst ein Kaninchen konnte einen Jagdhund jagen, wenn es dazu gezwungen war? Und ich musste so dringend gehen, musste Herwegh finden. Doch ich horchte panisch in alle Richtungen – und fand keine Rettung.

Und es war zu spät. Ranulf streckte bereits die Hand nach mir aus. Ich musste aufgeben, ihm geben, was er so sehr begehrte, mich ihm endgültig überantworten –

Ich stockte. Denn das Wort ›Fluch‹ hallte mit einem Mal in mir nach – meine Antwort. Ich *konnte* ihnen gefährlich werden, denn Flüche existierten – in mannigfacher Gestalt.

»Nein«, hörte ich mich deutlich sagen. »Du lässt mich gehen.«

»Was?«, seine Hand blieb in der Luft hängen. »Habt ihr das gehört?« Er hob die Brauen. »Sie phantasiert. Genug jetzt.« Seine breite Hand zuckte noch einmal vor, schloss sich hart um meinen Arm.

»Ich verfluche dich«, ich sah in seine blauen Augen. Bild für Bild, Wort für Wort war plötzlich säuberlich vor mir ausgebreitet. »Ich verfluche dich, dass du nie wieder ruhig schläfst, dass alle Freude und deine Freunde dich fliehen, dass du nicht einmal Frieden findest im Suff. Die Menschen sollen dich hassen, deine Felder dir verdorren, dein Vieh dir verrecken. Wo immer du Trost suchst, sollst du keinen finden; selbst dein Körper soll dich vor der Zeit verraten, hinfällig und siech werden, der Tod dich jedoch Ewigkeiten lang nicht erlösen. Jede deiner Schandtaten soll zehnfach auf dich zurückfallen!« Ich hatte lange genug mit einer Hexe gelebt, Mechthilds Gebaren war mir vertraut.

Er ließ mich los, als wüchsen Dornen aus meinem Arm.

»Du glaubst mir nicht?«, ich war jetzt vollkommen ruhig, hob das Kinn. »Du denkst, ich hätte nicht die Macht, dir das Leben bitter zu machen? Ich wüsste nichts? Dann hör jetzt zu: Dein Vater ist ein Mörder und Schlächter. Er hat vor fünfzehn Jahren seinen besten Knecht im Suff erstochen. Deine Mutter hingegen nimmt abwechselnd Laudanum und Opium, um seine Gegenwart zu ertragen. Immer, wenn das Vieh über sie kriecht, kaut sie anschließend Katzenminze und nimmt Leibbäder mit Zitrone, die seine Leibesfrucht versauern lassen. Nur einmal, seit sie dich empfangen hat, setzte sich trotz allem ein Samen von ihm fest. Da nahm sie Lebensbaum, Angelika und Arnika. Bestimmt erinnerst du dich, wie krank sie vor siebzehn Jahren plötzlich war? Nun, verdient hatte sie es. Manche sagen, Kindsmord sei auch Mord. Jetzt fragst du dich, wessen Samen deine drei jüngeren Brüder entstammen? Drei verschiedenen Knechten in eurem Haus. So viel zu deiner Sippe. Als Vergewaltiger und Gewalttäter bist du der Sohn von zwei Mördern und stammst aus einer Sippe von Bastarden. Willst du noch mehr wissen? Auch ich kann mich selbst übertreffen und ich weiß noch sehr viel mehr.«

Unter den Blessuren war er weiß geworden wie der Mond.

»Nicht? Dann werde ich jetzt gehen«, ich wollte an ihm vorbei.

»Nein!«, er griff noch einmal nach meinem Arm. »Du denkst doch nicht, dass ich dich damit davonkommen lasse!« Er zitterte jetzt so schlimm wie ich zuvor. »Nimm das zurück, sonst schneide ich dir die Zunge heraus! Und das wird nur der Anfang sein –«

»Man kann nicht zurücknehmen, was man einmal gesagt hat. Man kann es nur ergänzen. Deinen Samen habe ich noch nicht verflucht. Mit einem Satz ist es getan, mit einem weiteren bis ins zehnte Glied gestreckt –«

»Sei still!«

Ich war viel zu lange still geblieben. Ich wandte den Kopf, Aldo und Kaspar zu. »Was ist mit euch? Habt ihr mich nicht auch geschändet und bei Schlimmerem zugesehen? Was bin ich *euch* schuldig? Euch und euren Kindeskindern?«

Aldo stürzte vor, zerrte den Mann zurück, der schon bald nicht mehr sein Freund sein würde. »Um Gotteswillen, lass sie gehen!«

Auch Kaspar war vorgetreten. »Das ist es nicht wert, Mann!«, er hielt Ranulf fest. »Geh! Los! Verschwinde!« Sie starrten mich an, als fürchteten sie jedes weitere Wort aus meinem Mund.

Ich tat wie geheißen, trat an ihnen vorbei, ging dann immer weiter, ohne mich umzusehen.

24. Aus der Tiefe

Sobald die Bäume mich verbargen, ging ich rascher und rascher, rannte dann, flog förmlich dahin. Erst rief ich leise nach Herwegh, dann immer lauter. Lag etwas Schwarzes hinter jenem Baum? Ragte ein Stiefel aus dem Gebüsch? Ich versuchte jedes Dickicht, jede modrige Senke mit den Augen zu durchdringen. Wo war er? Wie weit war es ihm gelungen, sich fortzuschleppen? Was, wenn er sich verirrt hatte? Je länger ich ihn nicht finden konnte, desto mehr hoffte ich, er sei weniger schwer verletzt, als Ranulf geprahlt hatte – und desto schwerer wurde mir gleichzeitig ums Herz, denn der Wald war so entsetzlich groß!

Mein Herz galoppierte, meine Lungen brannten immer schlimmer. Ich hastete dahin, mein Blick zuckte auf der Suche nach jeglichem Schwarz umher – und das Haus kam immer näher. Irgendwann leuchtete das fleckige Weiß hinter den Bäumen hervor, ohne dass ich auch nur eine Spur von ihm gefunden hätte. Vor Enttäuschung wäre ich fast zu Boden gesunken, doch auch dafür war keine Zeit. Vielleicht war er trotz allem angekommen – ich musste das ganze Haus nach ihm durchsuchen – war er es nicht, stand mir eine sehr lange Suche bevor.

Mir die stechende Seite haltend lief ich am Grab meiner Hunde vorbei und den Abhang hinunter, über den Steg und am Kräutergarten vorbei. Den toten Garten hätte ich keines Blickes gewürdigt, nur lag er diesmal nicht so verlassen da wie sonst.

Nach Luft ringend, eilte ich auf sie zu. »Oh Gott, da seid ihr ja, das ist gut! Ist er hier? Hat Herwegh es heim geschafft?« Ich fiel Mechthild und Otfried, die auf der Mauer saßen, fast vor die Füße.

Erst da bemerkte ich, wie eingefallen die Mienen der beiden Alten waren. Beide schienen von Gram niedergedrückt, die Sonne ließ ihre Gesichter beinahe aschgrau wirken. Außerdem war es das erste Mal, dass ich sie mit leeren Händen nebeneinander sitzen sah – in ihrem Sonntagsstaat wirkten sie, als kauerten sie noch immer in der Kirchbank.

»Ist – ist er ...?«, stammelte ich, mit einem Mal von Grauen überwältigt.

»Er ist hier.« Es arbeitete inmitten von Otfrieds borstigem Bart, als kaue er auf seinen überwucherten Lippen herum, um sie für den ungewohnten Akt des Sprechens geschmeidiger zu machen. »Im Haus. Er hat es hergeschafft.«

»Dem Himmel sei Dank!« Ich wollte schon weiterhasten.

»Warte! Mechthild hat dir etwas zu sagen«, sein Blick war so eindringlich, dass ich widerwillig innehielt. »Ich habe keine Zeit! Er ist doch verletzt, ich muss zu ihm!«

»Das Schlimmste hat er hinter sich. Er geht nicht mehr fort. Bleib also einen Moment, setz dich zu uns.«

Vornübergebeugt, die Hände noch immer in die Seite gedrückt, blieb ich leicht schwankend stehen. »Sagt, was es zu sagen gibt. Aber eilt euch!«

Nur dass die Alte keine Anstalten machte, den Mund aufzumachen. Wie etwas in der Sonne Geschrumpftes saß sie in ihrem schwarzen Sonntagskleid und Kopftuch da, die Augen blank und trostlos in dem eingefallenen Gesicht.

Ich blickte von einem zum anderen. »Nun?«

Otfried seufzte. »Wenn sie es nicht kann, muss ich's. Sieh mal, da«, er wies zu einem ausladenden tönernen Topf hinüber. Darin wuchs der Rosenbusch, den er anscheinend umgepflanzt hatte. Die grünen Blätter hatten sich wieder erholt, sahen erfrischt aus, selbst die Knospen richteten sich wieder auf.

»Wie schön«, nickte ich ungeduldig. Wollte der Alte allen Ernstes gerade jetzt über Gärtnerei reden, während Herwegh mich brauchte? Ich wollte mich schon auf dem Absatz umdrehen und gehen, als Otfried sich umständlich räusperte. »Die Rose wollte in der Erde nicht wachsen«, hob er an.

»Ich weiß, das tun sie nie.« Mein Blick zuckte unwillkürlich zum Krüppel. Mittlerweile war auch die zweite verkohlte Hälfte zu Boden gesunken. Der Sonnenuhr genügte diese Veränderung; sie stand das erste Mal in einem Sonnenstrahl und die Spitze warf einen Schatten auf das Blatt. Zu jedem anderen Zeitpunkt hätte ich bereitwillig dieses Wunder bestaunt.

»Nur weißt du nicht, warum sie nicht wachsen«, beharrte er, beugte sich vor und hob ein vertrocknetes Blatt auf.

»Doch, natürlich weiß ich es!«

»Du meinst die alte Mär? Dass der Garten wegen dir verödet ist? Den Humbug mit dem Fluch?«

Ich nickte, inzwischen jedoch unsicher geworden, da all dies ja nicht mehr galt. Spätestens die Rose auf meinem Weg hatte mir beigebracht, dass diese alte Geschichte nicht wahr sein *konnte* – auch wenn der Glaube Anderer daran mir heute das Leben gerettet hatte.

Otfried drehte sein zugewuchertes Gesicht seiner Frau zu. »Sag es ihr endlich«, befahl er und stieß ihr den Ellenbogen in die Seite, dass sie zusammenzuckte. Was war heute nur für ein Tag? Es war, als stehe die ganze Welt Kopf.

»'ssig«, murmelte sie, bevor ich weiter darüber nachdenken konnte.

»Was?«, neigte ich mich vor. Ich wollte Herwegh endlich sehen, aber vorher musste ich erfahren, was hier vorging.

»Wir haben damals Essig in die Erde gegossen, damit nichts mehr darin wachsen konnte«, sagte sie zu dem Kies zu ihren Füßen. »Und seither immer wieder.«

»Und der Nussbaum tat ein Übriges«, ergänzte Otfried. »Wo eine Nuss steht, wächst auf Dauer nichts Anderes mehr.« Er hielt das verdorrte, verkümmerte Blatt in die Höhe.

»Ihr habt den Garten *absichtlich* verödet? Aber warum?«

»Ich nicht«, Otfried hob abwehrend die knorrigen Hände. »Das Weib und Matthäus waren's. Sie musst fragen. Auch ich hab's heut erst erfahren.«

Mechthild schrumpfte noch ein wenig mehr, wand sich. »*Er* wollte es so, Priester Matthäus. Es war aber doch zu deinem Besten. Nachdem sie gestorben war, hat er doch immer so sehr gefürchtet, du würdest ihr ähnlich werden –«

»Ich weiß. Er hat mich gehasst –«

»Nein!«, Mechthild schüttelte heftig den Kopf. »Das hat er nicht. Dazu warst du ihr viel zu gleich, er hat dich vom ersten

Tag an *vergöttert*. Nächtelang blieb er wach, wenn du krank warst, Tage um Tage saß er an deiner Wiege.«

»Du lügst!«, fuhr ich auf. »Er hat mich von klein auf von sich gestoßen. Weil ich überlebt hatte und ihre Tochter war. Er war so hart zu mir, wie er nur konnte!«

»Aber doch nur, weil er so sehr fürchtete, Gott würde dich ebenso wegholen wie sie«, sie zwinkerte feucht. »Er dachte, wenn er zeigte, wie sehr er dich liebte, würde Gott ihn weiter strafen, indem er auch dich ihm nahm. Und als die Blagen dich hetzten und dieses Mädel fiel –«

»Da wandte er sich völlig ab!«

»Aber ja! Weil er sagte, Gott habe ihn zum letzten Mal gewarnt! Er dachte, der einzige Weg, die Vergeltung abzuwenden sei, dich so gottgefällig und selbstgenügsam wie möglich zu machen. Darum die vielen Bücher, die Schriften, das Studium. Er sagte, selbst *Er* könnte dich nicht an seiner statt strafen, wenn du so rein wärst wie eine Nonne.«

Darum also hatte er mir meine Kindheit und Jugend genommen, mich in eine harte, kalte Zelle aus heiligen Worten gesperrt, statt mir Wärme zu geben? Damit seine treuen Schafe mich trotz allem erst steinigen und ein paar Jahre später dann schänden konnten? Und ich hatte das als *gerecht* hingenommen?

Mechthild schien meine Gedanken zu lesen. »Was sie getan haben, war eine große Prüfung für uns alle«, gab die Alte zu. Sie knetete abwesend die Adern auf ihrem Handrücken. »Aber für Priester Matthäus war es am schlimmsten. Damals verstand er, dass dich nichts schützen konnte, dass du nun einmal für seine Sünden büßen musstest. Das brachte ihn um.«

Es war das erste Mal, dass ich Tränen über ihr hölzernes Antlitz laufen sah – und ich fühlte nichts dabei. Denn ich sah es kaum, blickte ich doch in Gedanken in ein anderes, längst totes Gesicht. Und endlich konnte ich auch die Empfindungen deuten, die darin gestanden hatten, als er starb: Es war keine Drohung, vielmehr waren es *Angst* – und *Erleichterung*. Matthäus war so schrecklich erleichtert gewesen, endlich gehen zu dürfen; und er hoffte so sehr, dass sein Tod auch meine Buße beenden würde. Natürlich konnte er sich dessen aber nicht sicher sein, daher die große Pein, mit der er schied, sein weitäugiges Starren ...

»Warum hat er seine Schwester lieben müssen?«, fuhr ich auf. »Das war unnatürlich und ihr habt ihn nie davon abgehalten!«

»Schwester?« Die beiden Alten warfen sich verstörte Blicke zu. Mechthilds Züge zogen sich vor Staunen in die Länge, dass sie fast einem Leichnam glich. »Oh nein! Matthäus war nicht der leibliche Bruder deiner Mutter.«

»Warum hat er es dann immer behauptet?«

»Nun«, ihr Blick floh den meinen. »Er kam als Priester ins Dorf –«

»So viel ist also wahr?«

»Ja doch. Doch als Priester durfte er kein Weib nehmen und auch nicht bei einer unverheirateten Frau wohnen. Nur konnten sie nicht voneinander lassen. Also ersannen sie, sie seien Geschwister, die sich wiedergefunden hätten. Er nahm den Namen Eschweih an und lebte fortan als ihr Bruder im Haus.«

»Und in Wahrheit war er nur noch – ihr Mann?«

»Nun, er ging mehrmals die Woche als Priester ins Dorf, wie du noch weißt. Dieses Amt lässt sich nicht ablegen wie andere.«

»Sie waren also nicht verwandt? Nicht des gleichen Blutes?«

»Nie.«

»Wie war sein echter Name?«

»Nostrat. Er kam als Matthäus Nostrat zu uns.«

Ich schüttelte fassungslos den Kopf. »Und die Kirche? Das Kloster?«

»Zogen es vor, die Augen abzuwenden.«

All die Scherben passten plötzlich zusammen, setzten sich mühelos zu dem Gefäß der Wahrheit zusammen, das so lange zerbrochen und unauffindbar gewesen war. Und doch war es viel zu spät dafür, ein Leben lang zu spät, das so schrecklich vergeudet gewesen war.

»Es war alles eine Lüge!« Plötzlich konnte ich mich vor Wut kaum halten. »Du hättest es mir sagen müssen und du hast mich all die Jahre hinters Licht geführt!«

»Er ließ mich doch schwören«, stammelte sie. »Er wollte dich nur schützen –«

»Und als er tot war?«

»Er hatte immer gesagt, sobald du so frei und glücklich werden würdest, wie sie es gewesen war, sei das Ende nah –«

»*Deins* vielleicht –«, ich war kurz davor, auf sie loszugehen.

Bevor es geschah, stand Otfried auf und hob beschwichtigend die Hände. »Die Alte hat doch jetzt alles gesagt und sie hatte wirklich Angst um dich. Als der Baum gefällt war und du fortbliebst –«

»Ach, da erst?«, fuhr ich erneut auf. »Wahrscheinlich dachtest du schon, du hättest mich mit all deinen Lügen endlich umgebracht, wie? Wäre ja kein Wunder, wenn ich mir etwas angetan hätte, bei all den Märchen, mit denen du mich ein Leben lang gefüttert hast. Solltest du etwa so etwas wie ein Gewissen entdeckt haben?«

»Ich dachte, Er hätte dich endlich genommen«, gab sie leise zu, die Tränen sickerten noch immer grotesk in die zerklüfteten Wangen wie Regen in Wüstenboden. »Ich dachte, nur noch der Tod bliebe bei uns, bis auch wir –«

»Verdient hättest du's!«

Ich hatte genug von ihr. Außerdem hatte ich viel zu lange in der Vergangenheit und in Träumen gelebt, die Gegenwart war alles, was ich jetzt noch wollte.

»Ich muss jetzt zu ihm«, ich wandte mich ab.

Sie machten Anstalten, mich aufzuhalten, doch ich trat einfach an ihnen vorbei. »Später«, murmelte ich. »Wir sprechen uns später. Jetzt will ich mit ihm allein sein.« Ich wandte mich zum Haus. Ich musste mich um ihn kümmern. Ganz gleich, was er brauchte, ich würde es ihm geben.

In der Halle stand ich einen Moment lang im Dämmerlicht und hörte mein Herz wieder rasen. Ich wollte schon hinauflaufen, als mir einfiel, dass Mechthild seine Wunden in der Küche versorgt haben würde. Gewiss hatte sie ihm eine Liege in die Nähe des Herdes gestellt, wie sie es auch für mich getan hatte, als ich Ranulf das letzte Mal entkommen war.

Vorsichtig drückte ich die Klinke nieder und schob mich in die Küche. Sie war leer. Nur Staub tanzte im Licht. Doch meine

Augen blieben prompt an dem dunklen Bündel hängen, das unter dem Tisch lag. Hastig hob ich es auf. Sein Hemd! Es war vollkommen zerrissen und außerdem mit Blut getränkt. Konnte er derart verletzt den unwegsamen Wald durchquert haben? Entsetzt ließ ich es fallen. Ich musste zu ihm.

Im nächsten Moment war ich in der Halle, stürzte hinauf, riss die Tür zum Rosenzimmer auf – fand es ebenfalls leer. Ich rannte weiter wie eine Irre, in den zweiten Stock, durchsuchte dort jeden Raum, hastete dann wieder nach unten, zu meinem eigenen Zimmer, wo ich ihm das letzte Mal begegnet war – wenn auch nur im Traum. Meine blutige Hand schwebte einen Moment lang über der Klinke, mein Blick blieb an meinen schiefen Initialen hängen, die ich als Kind heimlich mit einer Schere in den Türrahmen geritzt hatte: *M. A. v. E. – Maria Annegret von Eschweih.*

Endlich fasste ich mir ein Herz und drückte die Tür auf. Auch dieser Raum war verlassen. Ich war inzwischen so panisch, dass ich kaum wusste, wohin mit mir selbst. Ich taumelte hinein, ließ mich auf mein unangetastetes Bett sinken. Ich ahnte längst, wo ich ihn finden würde, wollte es jedoch nicht wahr haben. Er musste woanders sein, er musste noch *leben!*

Hätte ich ihn noch, den Glauben an diesen Gott, der – nach unseren ureigensten Regeln – unsere Taten wog, hätte ich zu ihm hinaufgeschrien, dass er mir Herweghs Leben *schuldete*, dass es mir *zustand*, bei alledem, was ich erduldet hatte. Nur war ich nicht länger so naiv. Was jedoch nicht hieß, dass ich die Stille ertrug, die meiner Verzweiflung antwortete, dass ich nicht *irgendetwas* brauchte, woran sich mein Geist festhalten konnte. Auf dem Pult lagen noch immer das Rosenbuch und daneben die Bibel. Nach alter Gewohnheit hungerte es mich nach Worten, die ich schon wieder deuten und verzerren konnte. Ich schlug also die Heilige Schrift auf, beugte mich über die zufällig geöffnete Seite, die zufälligen Zeilen:

> *Ich bin eine Blume zu Saron und eine Rose im Tal. Wie eine Rose unter den Dornen, so ist meine Freundin unter den Töchtern. Wie ein Apfelbaum unter den wilden Bäumen, so ist mein Freund unter den Söhnen. Ich sitze unter dem Schatten, des ich begehre und seine Frucht ist meiner Kehle süß. Er führt mich in den Weinkeller und die Liebe ist sein Panier über mir. Er erquickt mich mit Blumen und labt mich mit Äpfeln; denn ich bin krank vor Liebe. Seine Linke liegt unter meinem Haupte und seine Rechte herzt mich.*

Der Atem entwich mir mit einem leisen, trostlosen Geräusch. Ich schlug die Bibel wieder zu, stützte meine Stirn auf das Rosenbuch, umklammerte es mit beiden Händen, als könnte ich *ihn* damit festhalten. Dabei wusste ich, dass niemand das länger konnte. Denn er war nicht mehr da. Sie hatten Herwegh die Stiege hinunter, ins Gewölbe, gebracht. An den Ort, an dem wir die Toten aufbahrten. Otfried hatte es sogar ausgesprochen: ›*Er hat das Schlimmste hinter sich.*‹ Ich hatte es nur nicht wahrhaben wollen. Jetzt würde er fürwahr nie wieder fortgehen.

Ich lag lange auf dem Pult, das Buch an mich gedrückt, und konnte mich nicht rühren. Ich sehnte mich so sehr nach dem Anblick seines Gesichts, der Berührung seiner Hand, danach, noch ein einziges Mal seine Stimme zu hören ...

Wenigstens diesen einen Wunsch konnte ich mir immerhin noch erfüllen. Und dieses Mal würde es nicht länger Diebstahl sein – nicht wie jenes Mal, als ich hinter dem Grabstein meiner Mutter im Schein einer halb abgebrannten Kerze in seinem Tagebuch nach Aufschluss gegraben hatte, während er vom Laudanum hinfort gewiegt worden war.

Jetzt wollte ich seine Worte noch einmal lesen, diesmal unverfälscht von den Vorstellungen und Träumen der verwirrten Frau, die ich gewesen war. Ganz gleich, wie unversöhnlich seine Sicht von mir gewesen, wie hart sein Urteil zuletzt wieder über mich ausgefallen war; ich musste ihn noch einmal in all seiner scharfen, grimmigen Lebendigkeit vor mir sehen, seine Stimme hören. Vorher würde ich es nicht schaffen, mich von seinem stillen Körper zu verabschieden.

Sein Tagebuch im Rosenzimmer lag noch immer, wo ich es liegen gelassen hatte. Ich hob es auf, setzte mich damit aufs Bett. Unwillkürlich fiel mein schweifender Blick noch einmal auf das halb enthüllte Fresko. Diesmal erkannte ich darauf auch ein Kreuz, das bereits hinter dem Paar angedeutet war. Matthäus musste es aus gutem Grund hinzugefügt haben – als dräuende Bedrohung.

Wie gut ich ihn, seine Trauer und seinen Groll jetzt verstand! Ich würde schließlich *alles* tun, um Herwegh wieder lebendig zu machen, und Matthäus hatte nur getan, was er meinte tun zu müssen, um mich zu bewahren – er hatte mich aufgegeben. Um mich zu schützen, hatte er mich seinem Gott zurückgegeben. Nur dass ihn diese Bürde über die Jahre zermürbt hatte. Wie sehr er diesen seinen Gott am Ende gehasst haben muss! Nur darum hatte er in Wahrheit keine Gottesdienste mehr im Dorf gehalten, soviel war mir nun klar. Und trotz allem musste er später zusehen, wie ich erst fast gesteinigt und später geschändet und verletzt wurde. Was hätte mein armer Vater wohl in seinen letzten Stunden zu mir gesagt, wenn sein Gott ihn nicht mit Stummheit geschlagen hätte? Vielleicht, dass ich mir nehmen sollte, was ich wollte, solange ich es noch konnte – weil Gott sonst schneller war? Oder, dass er sich in *allem* geirrt hatte? Ob er wohl erkannt hatte, dass er selbst die Gefahr über mich gebracht hatte, indem er sie so sehr abzuwenden suchte?

Worin auch immer seine Schuld bestanden hatte, er hatte sie abgebüßt, schon zu Lebzeiten. Zum Ende hin war er immer gebeugter gegangen und hatte immer mehr unter der Last gewankt, uns beiden vorzuenthalten, was er selbst viel zu kurz besessen hatte. So wenig dies aber war, war es doch mehr, als ich je hatte. Ich hatte mein Glück nur in einem Traum berührt und durfte es jetzt lediglich in Form spröder Worte auf Papier in meinen Händen halten, statt meine Arme nach einem lebendigen Körper auszustrecken.

Dennoch war die Macht, die sich in der Rose gezeigt hatte, weder übelwollend noch rachsüchtig. Schließlich hatte sie mich mit Herweghs Eintritt in mein Haus überhaupt erst Schönheit kennen lassen. Ich durfte erleben, wie wir beide uns verändert hatten, wie wir zu etwas Anderem, zu *mehr* geworden waren – bis unsere Vergangenheit uns einholte und unser Misstrauen uns wieder trennte. Doch es hatte uns dann dazu gebracht, die Täuschungen zu überwinden. Und es hatte mir am Ende des Weges die richtigen Worte eingegeben, als ich sie am meisten brauchte.

Am Ende blieben kostbare Erinnerungen – und *Erkenntnis*. Wie das Leben in Wahrheit zu leben war. Wenn diese ohne ihn auch unendlich wehtat. Wie wünschte ich, wir hätten mehr Zeit gehabt, uns zusammen an diesen Erkenntnissen zu freuen. Nunmehr konnten nur noch seine körperlosen Worte durch Gebilde auf Papier zu mir sprechen, sich mir sein Geist nur noch auf diese Weise entgegenneigen.

Ich wischte mir meine feuchten Hände am Rock ab und schlug den ledernen Einband auf.

›› *Herwegh, 30. April 1788*

Sein Nachname und sein Geburtstag. Eine Seite weiter hatte er es sich im Nachhinein überlegt und seinen vollen Vornamen hinzugefügt sowie einen Strich hinter das Datum gesetzt, fast als spüre er das Ende nahen:

›› *Hagen Wilhelm Herwegh, 30. April 1788 –*

»Bis zum achtzehnten April 1824«, ergänzte ich erstickt. Es war das heutige Datum. Die Seite verschwamm vor meinen Augen, mit dem Ärmel wischte ich mir die Tränen ab.

Ich schlug eine Seite auf, dann noch eine. Die Seiten des Tagebuchs waren dünn und zahlreich und außerdem eng mit seiner feinen Schrift beschrieben. Es auch nur zu überfliegen, wie ich es hinter dem Grabstein meiner Mutter schon einmal getan hatte, würde bis in die Nacht dauern. Ich schlug zunächst aufs Geratewohl eine Seite fast am Anfang auf, als seine Schrift noch runder und weniger fertig erschien.

»› *Er war krank, er war brutal, er brachte den Krieg zu uns heim. Aber indem ich ihn tötete, machte ich ihn zu einem Gott, dem Wutgott meines Lebens. Ich machte ihn unsterblich in mir, zu einem Riesen, der für immer über meinem Leben stehen wird. Wäre ich doch das Muttersöhnchen geblieben, all das, was er verhöhnt hatte. Wäre ich dann noch Pfaffe geworden, wie Mutter es sich ausphantasiert hat, würde ich jetzt gern ihrem aufgeblasenen Gott dienen, indem ich jeden Tag Weihrauchfässer schwenke und Lügen murmle – vielleicht innen hohl und leer, dafür aber UNSCHULDIG.*

All diese Bitterkeit und der Schmerz; die nicht vergehen wollten! Ich erinnerte mich dunkel, dass dies einer von vielen Einträgen dieser Art war. Lange hatte er sich andere Schicksalsversionen gewünscht, die ebenfalls elend und freudlos, dafür aber nicht mit Schuld behaftet wären, die ihm immerhin ein anderes Unglück beschert hätten als sein eigenes.

»› *Unschuld. Es gibt sie nicht. Ich muss es wissen. Denn ich wollte es, wollte ihn töten. Ich wollte ihn auslöschen, um sie für mich zu haben. Ich wollte ihr strahlender Retter sein. Natürlich hatte ich sie satt, die ewigen Schläge und seinen Hohn, fürchtete ihn seit der Verbrennung wie den Leibhaftigen. Aber ich wollte ihm auch das Gegenteil beweisen, wenn er immerfort sagte, ich sei feige und schwach. Ich wollte mich über ihn erheben. Welch Dummheit! Hätte ich gewusst, dass der Moment der Stärke mir ein ganzes Leben in der Hölle einbringen würde!*

Auch diese Worte hatte er als Halbwüchsiger geschrieben. Mein Herz schmerzte, als ich sie las, war in ihnen doch schon alle Naivität und Hoffnung verloren. In dieser Zeit musste es gewesen sein, dass er so großen Hass auf sich selbst entwickelte. Ich wollte ihn an diesem Punkt nicht verlassen, blätterte noch einige Seiten weiter.

» *Er ist in Wahrheit der größte Verräter. Denn ich kann mich nicht erinnern, den Abzug gezogen zu haben. Ich hielt Ihm nur die Waffe, die in Wahrheit Er abfeuerte, um mich damit in den Abgrund zu stoßen. Wie muss Er mich gehasst haben, indem Er mich zum Werkzeug seines Willens machte? Von einem Augenblick auf den anderen machte Er aus einem Kind einen Dämon. Aus einem Jungen ein Ungeheuer, die Negation der Schöpfung. Doch nach diesem Sturz gibt es immerhin keinen noch tieferen Fall. Ich kann nunmehr tun, was ich will, etwas Schlimmeres werde ich nimmer schaffen. Womit sollte ich meine verlorene Seele noch übler beflecken? Verrat, Lüge, Mord – alles steht mir offen. Ich bin frei wie der Antichrist selbst, kann mir Sinnesfreuden erfüllen, von denen andere nur träumen. Ich bin ohnehin verstoßen, geächtet und vogelfrei. Ist das Weiß erst besudelt – färben wir es doch schwarz!*

Hier war er, der Schlussstein seines bitteren Gedankengebildes, seine zynische Konklusion, eine Abrechnung mit seinem Gott und gleichzeitig der Wendepunkt, an dem er aufgab und sich zugleich gegen alles wandte, das er für verloren hielt. Als er dies schrieb, war er gerade einmal siebzehn Jahre alt!

Es lief mir kalt bei diesen seinen Worten herunter, zumal ich mich dunkel entsinnen konnte, dass er sich im Folgenden auf vielen, vielen Seiten darüber verbreitete, wie er sein zynisches Konzept umgesetzt, er mit jedem Jahr bitterer und härter geworden war. Ich würde all das noch einmal – oder vielmehr mehrere hundert Male – lesen, um mich dem jungen Hagen nahe zu fühlen, ihn ganz und gar in mich aufzunehmen. Doch jetzt verlangte es mich nach einer anderen Zeit seines Lebens, nach unserer gemeinsamen Geschichte mit ihren Wendepunkten, aus *seiner* Sicht. Jeden einzelnen Moment wollte ich nacherleben, erfahren, in welche Worte er sie gekleidet hatte.

Ich schlug den Eintrag vom 9. März 1824 auf, dem Tag, als er über meine Schwelle getreten war. Dieser begann zunächst mit einer hingeworfenen Schilderung der nächtlichen Wanderung durch den Wald, bis er sehr plastisch zu seinen Eindrücken von Haus und Hof kam – und letztlich auch von mir:

» *Und wem gehört dieses einsame, geheimnisumwitterte Gut? Einer hässlichen kleinen Frömmlerin, die ihren Geist in einer winzigen Zelle festgesetzt hat, die sie selbst von innen fest verrammelt hält. So viel zu ihrer inneren Beschaffenheit. Mit dem Äußeren steht es sogar noch schlimmer. Die alte Jungfer ist nicht nur denkbar reizlos, sie hat auch darüber hinaus keinen Funken Geschmack und wählt, ihren faden Leib mit einem Dreckslumpen von Kleid noch bis zur Gänze zu verunstalten. Würde sie doch wenigstens da Halt machen! Stattdessen aber verbreitet sie die Unschönheit noch wie eine Krankheit um sich herum. Alles in ihrer nächsten Nähe ist entweder düster wie*

der riesige bluttriefende Christus, der über ihrer kalten Halle hängt, oder imitiert in Härte und reiner Funktionalität ihren erbärmlichen Leib. In diesem Haus ist Spartanität Religion und Hässlichkeit eine Kardinaltugend.
Das Allerinfamste aber bleibt, dass das Fräulein ihren Hass auf die Anmut so weit treibt, dass sie darauf beharrt, ein außergewöhnliches Wandgemälde dem Untergang zu weihen. Als könnte sie damit den letzten Hauch von Sinnlichkeit aus ihrer kargen Welt radieren!

Ich musste lächeln – wenn auch schmerzlich – denn auch ich erinnerte mich nur allzu gut an unser erstes Aufeinandertreffen und musste ihm Recht geben, waren seine Worte zwar hart, doch durchaus hellsichtig gewesen. Wobei mir seine obszöne Unverblümtheit ein paar Zeilen später selbst noch im Nachhinein das Blut in die Wangen trieb:

» *Wie ich sie verabscheue, diese Weiber, die mit ihrer Furchtsamkeit kokettieren und sich damit schmeicheln, dass in jedem Blick, jeder Bewegung ein Angriff auf ihre ach so kostbare Tugend liege. Dabei würde ich, wenn zur Wahl einer Bettgefährtin auf diesem Gut gezwungen, vermutlich einem ihrer Schafe den Vorzug geben, so wenig reizt mich ihr panisches Getue.*
So spröde wie sie tut, stünde das Fräulein garantiert binnen Sekunden in Flammen, wenn ich sie auch nur anpackte – doch welcher Kerl will sich schon an einer Vogelscheuche Splitter einziehen?

Er musste dabei meine Angst angesichts seiner spielerischen Drohgebärde in der Kapelle vor Augen gehabt haben und *natürlich* musste ich ihm so erschienen sein. Könnten wir das Gespräch doch noch einmal führen! Und könnte ich diesmal doch *alles* anders machen! Ob es etwas ändern, mir noch ein paar kostbare zusätzliche Augenblicke mehr mit ihm schenken würde? Oder war die Spanne der Zeit, die man gemeinsam verbrachte, vorherbestimmt und die grimmige Sanduhr unbestechlich? Falls ja, und die Verächtlichkeit damals sein einziges Vergnügen war, tat es mir heute leid, dass ich nicht noch weiter zurückgesprungen, nicht noch lauter geschrien hatte, um ihn zu unterhalten ...

»› *Nicht genug, dass die Herrn Priester und Mönche aus dem Kloster aufgeblasene Affen sind, hat einer von ihnen heute auch noch eine exquisite Kostprobe seiner Ignoranz gegeben. Welche Rosensorte die Rosa Mystica sei! Man stelle sich vor, dass hirnlose Idioten wie dieser nicht nur die einzigen Gäste dieses Hauses sind, sondern ihnen darüber hinaus auch noch so viel Autorität zugestanden wird wie den Kirchenvätern selbst, die sie noch nicht mal zu zitieren wissen.*
Die verdammte von Eschweih selbst mag ein Quäntchen bewanderter sein, sitzt sie sich doch Tag ein Tag aus in ihrer düsteren Bibliothek den dürren Hintern platt – doch nicht etwa, um zu forschen, zu lernen, nein! Sondern ausschließlich, um Drohungen und Schmähungen der giftspuckendsten aller Propheten nachzukritzeln und ihre Irrlehren damit noch weiter unter den Dummköpfen dieser Welt zu verbreiten.

Schon wieder Härte, Unbestechlichkeit – und nichts als die Wahrheit. Was das anging, hatte er mich vom ersten Tag an durchschaut – mich und meine von Begrenzung definierte Sicht. Hätte ich mich ihm doch nur eher geöffnet, ihm mein Ohr und mein Vertrauen geliehen – dann hätte ich vielleicht sogar rechtzeitig gelernt, eigenständig genug zu denken, um die fatalsten unter meinen Fehlern nicht zu begehen. Wer weiß, was ihm dann erspart geblieben wäre. Doch zu spät war zu spät.

Zudem war natürlich auch er kein Heiliger gewesen, was Vorurteile anging, wie die nächsten Zeilen bewiesen, die erneut nur so vor Hochmut, Zynismus und Obszönität trieften:

»› *Heut Nacht habe ich mich selbst überrascht. Wer hätte gedacht, dass mein Schwanz inzwischen so anspruchslos geworden ist, dass er sich nicht einmal entblödet, Tatkraft bei einer so freudlosen Arbeit anzubieten, wie es dieser Vogelscheuche zu besorgen. Dabei war das Tête-à-tête in erster Linie dazu gedacht, dem spröden Fräulein die Wahrheit über sich selbst zu enthüllen, nachdem sie mir mit ihrer Arroganz fast das erste annehmbare Essen unter ihrem Dach verleidet hat. Weiß der Teufel, ob sie wirklich so entsetzt war oder ob es Erregung war, die das kleine Vogelherz so hochjagte. Wäre ich nicht noch so satt von dem Treffen mit der Blume aus dem Dorf gewesen, hätte ich es mit einem Griff herausfinden können. Doch so ließ ich den aufgescheuchten Vogel frei.*

Mir scheint allerdings, ich bin schon viel zu lange in der Provinz, wenn mein alter Freund mittlerweile dermaßen tief in seinen Ansprüchen gesunken ist.

Er spielte auf die Begegnung in der Kapelle nach unserem einzigen gemeinsamen Abendessen an. Unmittelbar vor dem er offenbar seinen Hunger an Thalitas Körper gestillt hatte. Kurz flackerte selbst jetzt noch die Eifersucht in mir auf; bis sie von dem Gedanken gelöscht wurde, dass es schließlich durch *mich* war, dass er nie wieder Frauenkörper berühren würde, dass ich also um jeden Augenblick froh sein sollte, in dem er noch Erleichterung oder Zerstreuung gefunden hatte.

Könnte ich nur die Zeit zurückdrehen und ihn von dem abhalten, was er für mich getan hatte – wäre es nur möglich, zu dem Moment zurückzugehen, an dem seine Sicht von mir sich zu verändern begann – dann würde ich die Wurzel dieser Gefühle ausmerzen und den Ausgang unserer Geschichte ändern! Doch die Vergangenheit war unwandelbar und so blieb mir nur, ohnmächtig ihren Fortgang nachzuverfolgen – um an eben jenem unseligen Wendepunkt anzukommen.

»› *Seit gestern weiß ich, es gibt sie wirklich – Visionen. Mich suchte eine heim. Ich lag in meinem eigenen verdammten Blut, als sich aus dem Nichts eine Nadel in das Schwert der Gerechtigkeit verwandelte und eine blasse Frau in ein Schuldgericht und dann – in Vergebung! Ich kann es noch immer nicht glauben: dass ausgerechnet sie mir eine Beichte abpresste und abermals sie – der Priester im Kleid! – mich anschließend erlöste! Wie ist das nach all den Jahren noch möglich? Wer IST sie? Ganz gleich wer, ist es ihr doch mit ihren ernsten Kinderaugen gelungen, in meine Seele zu blicken, ohne zu zucken und mit ihrer warmen Hand hat sie meine Narben berührt, als hätte sie die Macht, sie zu heilen. Und verdammt noch mal, die hat sie. In einem Streich hat sie es geschafft, die Schuld von mir zu nehmen – und ich will sogar mein Leben verwetten, dass sie es ebenso mit meiner Verderbtheit tun könnte, wenn sie nur wollte: Ein Wort von dieser seltsamen Erscheinung und meine Seele wäre gesund.*

Und doch weiß ich nicht, ob sie von oben oder von unten gesandt wurde, denn auch sie hat Leben genommen. Der dunkle Engel leugnet es, doch auch er hat die Hölle gesehen. Ich habe es in ihren Augen gelesen, als ich ihr von meiner Schuld sprach. Sie kennt sowohl sie, als auch die Dunkelheit, die damit einhergeht. Was aber hat ihr dennoch all diese Stärke und dieses furchtbare Mitgefühl verliehen, mit dem sie einen Berg von mir heben konnte? Ich muss wissen, wer sie ist, werde ihr ihre Geschichte nach und nach entwinden, auch wenn ich jetzt schon ahne, dass dies nicht leicht werden wird, teilt der Engel seine Wahrheit doch nicht mit mir und ließe sich eher jeden einzelnen seiner schmalen Knochen von mir brechen, als sich dazu zwingen zu lassen.

Lese ich nach, was ich geschrieben habe, klingen die Worte wie die eines betörten Fischweibs, doch ich kann es nicht ändern. Etwas in mir besteht darauf, dass sie allein mich heilen kann – und dabei geht es mir nicht um die elende Wunde, die mich fiebern und delirieren lässt. Die mich letztendlich hier in der Kälte festhält, da ich, zurück ins Haus gebracht, kaum dafür garantieren könnte, nicht in der allerersten Nacht durch die verborgene Tür in ihr Zimmer einzubrechen und ihren Trost zu erzwingen. Nein, der Engel der Unschuld soll nicht erfahren, auf welcher

Messerschneide seine Sicherheit steht, sobald er in meiner Nähe ist. Selbst unter Schmerzen muss ich sie vor mir selbst schützen, um nicht das größte und wahre Sakrileg meines Lebens zu begehen.

Er hatte jedes Wort davon wahr gemacht. Er war geheilt, hatte das gleiche Wunder bei mir bewirkt – und es am Ende sogar geschafft, mir meine Geschichte zu entwinden. Und hätte er es doch *nicht*; hätte ich sie nur besser gehütet, dann wäre sie ihm nicht zum Verhängnis geworden, dann wäre er jetzt noch da, irgendwo auf fernen Wegen, weit weg von hier, mit weniger Last denn vorher – und vor allem: *lebendig …*

An dieser Stelle endeten die Einträge, die ich bereits hinter dem Grabstein überflogen hatte. Anne hatte zwar behauptet, dass sie mehr wüsste, doch war dies nichts als eine fromme Lüge gewesen, die einzig dazu angetan war, mich von meinem Irrtum am Karfreitag abzubringen. Sie hatte nicht mehr gelesen als das hier – genau wie ich. Was jetzt kam, war neu. Unwillkürlich beugte ich mich noch tiefer über die nächste Seite.

»› *Sie will nicht mit mir sprechen! Bei allen Göttern wie kann mein bewaffneter Elf nur so erbarmungslos sein! Ihr Götter wisst, ich wollte es nicht. Aber ich konnte nicht anders – meine Hand griff ohne mein Zutun nach ihr. Ihr in diesem Gewahrsam aber nur ihr Versprechen abzuringen, und meinen Mund nicht auf den ihren zu legen, war die größte Überwindung meines Lebens. Ich zittere noch immer von der Anstrengung, meine Finger wieder von ihr zu lösen, sie gehen zu lassen.*

Doch das Wichtigste ist wenigstens vollbracht; sie wird mir weiter auf meine impertinenten Fragen antworten, wenn ich den Inquisitor gebe, um den Mantel von ihrer Geschichte zu heben – um eines Tages, so die Götter wollen, auch das Leid von ihr zu nehmen, das sie so schwarz umfließt wie ein Umhang. Nicht weniger als dies habe ich mir vorgenommen. Wüsste ich nur, wie ich mit ihr sprechen soll! Zur Hölle, ich weiß nicht, wie es geht, wenn ich es nicht mit meinem Körper, meinen Händen und meiner Zunge tun kann. Stattdessen kommt nur ein steter Fluss aus Drohungen und Unflätigkeiten aus meinem Schandmaul, so dass mein dunkler Elf zuckt und ich mich innerlich winde. Aber vielleicht schulde ich der Hölle sogar Dank dafür, wird sie so doch kaum erfahren, dass ich mich immer mehr darin versteige, mir mein rohes Herz für sie aus der Brust zu reißen. Bei Gott, es passiert einfach ...
Entsprechend plagt mich das Ziehen und Stechen dieser neuen Wunde, die noch viel ärger ist als die echte. In so manchem Moment will ich es wirklich, ihr Laudanum. Doch dann brauche ich mir nur vorzustellen, wie ich nachts benebelt, bar jeder Kontrolle, vor ihrem Bett auftauchen würde, mit bittenden Händen, die sich um ihre kühlen, zarten Glieder legen wollen – und ich höre noch ein Mal den Schrei, den sie in der Kapelle ausgestoßen hat, und der mir das Blut hätte gerinnen lassen sollen, wenn ich nicht so ein verrohtes Scheusal gewesen wäre.
So liege ich denn nachts wach und kann nicht verhindern, dass sich meine Hand an das Gefühl ihres schlanken Halses erinnert, des pochenden Flusses des Lebens unter der Haut. Ich schmecke ihre Haut noch ein Mal, sauge ihn in mich hinein, ihren

Kräutergeruch – und vergehe dann vor Scham, weil all das gestohlen war.
Ich kann meinen Übergriff ebenso wenig ungeschehen machen, wie ich ein anderer sein kann. Darum hat sie Recht mit ihrem Abscheu und ihrem Misstrauen, wenn sie den Verband um mich führt, während ich nach Angst und Schmerz – und Verlangen – stinke, wie ein halb geschlachtetes Vieh. Darum habe ich sie davon entbunden. Ich werde sie nicht noch einmal zwingen, zu der so von ihr verhassten Nähe. Auch nicht, wenn diese zum Mittelpunkt meiner Welt geworden ist.

Seine Schrift wurde von einer kleinen Zeichnung unterbrochen. Er hatte einen Engel skizziert, der es nicht schaffte, seine zusammengefalteten großen Flügel unter seinem Kleid zu verbergen, und im Gehen lose Federn davon klaubte, die als tanzende Spur in der Luft hängen blieben – eine Illustration unseres ersten gemeinsamen Gangs!

Meine Kehle war so eng, dass ich kaum Luft bekam. Hätte ich ihn doch nicht nur all die Zeit angeschaut, sondern auch *gesehen!*

·» *Mitten am Tag kam er heute, der lang geflohene Schlaf. Er schlug mich mit einer Keule nieder und legte mich in Blei. Erst in der Stunde des Wolfes hob sich das schwarze Gewicht allmählich wieder, nur um mir dafür den allerseltsamsten Traum zu bescheren. Mich träumte, sie sei gekommen, um meine Decke zu richten, ich spürte ihre Hand an meinem Hals. Ich traute mich nicht, aufzuwachen, so sehr wünschte ich, sie hätte wirklich so viel Milde für mich.*

War sie es wirklich? Zu welchem Gott muss ich beten, damit sie wiederkommt? Ich gehe vor ihrem garstigen Drachen von Magd auf die Knie, wenn es die Dornenlose für nur einen weiteren Moment so sanft gegen mich macht!

Fast hätte ich unter Tränen gelacht! Doch schon bei der nächsten Zeile blieb mir erneut jede Heiterkeit im Halse stecken und ließ mich schaudern vor der Grausamkeit, die ich ohne Absicht ausgeübt hatte. Hätte ich mich nur von meinen eigenen Ängsten nicht derart ins Bockshorn jagen lassen …

» *Ich muss zum Falschen gebetet haben, denn die Hölle hat sich aufgetan. Aus dem dunklen Engel ist eine Botin der Apokalypse geworden. Sie sieht noch immer, wer ich bin, hat aber nunmehr alle Gnade abgelegt; befindet meine Seele endlich für schwarz, für den vergifteten Spiegel, der sie ist. Sie hat die Wahrheit erkannt, dass ich alles entweihe, und mich ein für alle Mal von sich gewiesen.*
Recht hat sie, selbst wenn ich mir die Haut für sie abschäle, bleibt darunter doch für immer das Verwachsene, Verdorbene. Soll sie also gehen, selbst wenn sie damit das einzige Licht aus meiner Dunkelheit trägt. Flieh, mein weiser Engel, flieh. Ich werde dich nicht verfolgen.

Und noch auf der gleichen Seite stand:

» *Unverständlich ist mein dunkler Engel heute. Er kommt und geht, schlägt mir wüste Wunden und heilt diese ebenso grund-*

los wieder im nächsten Streich. Allmählich graut es mir vor jeder neuen Begegnung. Weil ich um meine Beherrschung fürchte. Sie mich von allen Menschen um Verzeihung bitten zu hören, hätte um ein Haar den Damm brechen lassen. Das darf nicht geschehen.

Dies war also der wahre Grund dafür, dass er mich der Kapelle verwiesen hatte? Die Überwindung schien ihn erschöpft zu haben, denn der nächste Eintrag erfolgte erst lange Tage später.

•» *Sie diesen harten nackten Leib so sorgsam mit einem Waschtuch pflegen zu sehen – während ich mich nach der kleinsten Berührung von ihr verzehre – hätte sie mich fast von der Leiter schütteln lassen, damit sie in meine Arme fällt.*
Aber ich muss mich beruhigen, kann nicht mehr klar denken, nach Tagen, in denen mich der verdammte Rosenstock besoffen gemacht hat. Wenn ich sie sehe, bin ich kurz davor, ihre Hand auf meine Brust zu drücken, direkt auf die Wunde, dass sie endlich aufplatzt und ihr vor Augen zwingt, was sie mit mir tut.
Ich habe wie ein Verrückter gearbeitet, meinen elenden Leib so lange gequält, bis ich sicher war, dass die Naht reißen musste – dass ich sie um Heilung bitten könnte, wenn auch nur durch die Berührung ihrer Nadelspitze. Doch die verdammte Narbe weigert sich einfach, schließt sich ungerührt weiter und befiehlt mir den Abschied – und bricht damit ein für alle Mal mein kümmerliches Herz.
Mein einziger Trost ist, dass ich einen Teil von mir hier lassen darf – und zwar den besten, meine Arbeit. Ich habe mich

hineingemalt in den Rostenstock, all meine Leidenschaft, meinen Schmerz, meine Zärtlichkeit. Ich schäme mich schon wieder für dieses Wort, doch es ist das einzige, das passen will. Dieses Gefühl habe ich in jede Blüte, jedes Blatt, jeden Dorn hineingemalt und lege ihr den fertigen Strauß nun gebunden zu Füßen.
Wenn der Stock sie auch nur ein einziges Mal daran erinnern kann, dass es inmitten der Kreuze auch Farbe, Schönheit und Wärme gibt, soll mir das genug sein. Und wenn sie auch nur einen Abglanz von dem spürt, was ich in Wahrheit sagen wollte, sind meine Jahrzehnte der Dunkelheit diesen Moment des Lichts wert. Meine verdorbene Zunge kann und darf nicht sagen, was ich fühle, also soll der Rosenstock es für mich tun, es ihr weiter zuflüstern, selbst wenn ich schon lange fort bin.
Ich gehe um eine Bürde leichter und dafür um eine andere, noch größere, schwerer. Noch ein paar Stunden und sie wird von mir frei sein.

Wäre ich es nur gewesen – wäre er gegangen! Dann wäre er heute an einem anderen Ort – und am Leben. Vielleicht hätte er eines späteren Tages wiederkommen können, wenn wir beide gelernt hätten. Längst musste ich mir ein ums andere Mal die Augen wischen, um die feine Schrift weiter zu entziffern.

»» *Bei allen Göttern, ich bin nicht von ihr losgekommen! Wie kann man nur tagelang Entschlossenheit zusammenraffen – nur um in letzter Minute den Abschied abzuwenden? Ein einziger Blick auf jene naive Zeichnung, in der sie meine Finsternis und meine Einsamkeit festgehalten hat, machte alle meine guten Vorsätze zunichte. Schwäche, dein Name ist Kerl! Warum zum Henker hat sie mir aber auch dieses Bild zeigen müssen? Jetzt weiß ich, dass sie mich SIEHT! Wie könnte ich sie jetzt noch verlassen? Außerdem konnte ich nicht wissen, ob das, was ich ihr zeigen würde, ihr Interesse wecken würde, ob es meinen ätherischen Engel überhaupt reizen würde, seine Vergangenheit zu erkunden. Und bezahlt habe ich dafür auch sogleich.*

Denn, verdammt, jetzt liebe ich sie sogar noch mehr! Weil ich seit heute ahne, dass sie nicht freiwillig in ihrem Gefängnis eingeschlossen ist. Sie liebt die Schönheit genau wie ich, fürchtet sie jedoch. Jedes gedrechselte Möbelstück lässt sie zurückweichen, als könnte es nach ihr schnappen oder sie zu etwas verleiten, das man ihr längst ausgetrieben hat – das Werk des verdammten Priesters! Allein deshalb muss ich seine verfluchten Übermalungen abtragen – würde meine gesamte Habe geben, um ihre Erlaubnis dafür zu erwirken!

Der Hohn will es, dass ich jetzt ausgerechnet in seinem schmalen Bett schlafe. Denn ich kann wohl in dem Zimmer arbeiten, das an das ihre angrenzt – aber keinesfalls dort ruhen. Zumal sie die zweite geheime Tür von dieser Seite nicht zu kennen scheint.

Den Einfall, in der Mönchszelle zu schlafen, verdanke ich dem alten Otfried. Er hat meine Verlegenheit bemerkt und mir dazu geraten, mich jede Nacht dort einzuschließen und den Schlüssel auf eine Art zu verwahren, dass ich ihn nur in wachem Zustand wiederfinde. Der Alte ist ein klügerer Mann, als es den Anschein hat – was er wohl auch sein muss, um neben der Harpyie, die er sein Weib nennt, zu bestehen.

Er war es auch, der mir mehr von dem Pfaffen erzählte; wie er meinen Engel aufwachsen – oder vielmehr darben – ließ. Wenn er noch nicht tot wäre, müsste ich ihn mit meinen eigenen Händen erwürgen, bei Wotan!

Dies hatte längst eine andere Macht auf sich genommen, die gleichfalls gnadenlos verfahren war. Was Herwegh wohl sagen würde, wenn er die Wahrheit über die Hintergründe meines Vaters erführe? Würde es ihn versöhnen oder würde es seinen Hass gegen ihn umso unerbittlicher machen? Ich wusste es nicht. Zumal seine Duldsamkeit nicht sonderlich stetig war, wie sein nächster Eintrag bewies:

» *Tag für Tag im selben Haus mit ihr eingesperrt zu sein – ich war ein Narr, diesen Auftrag anzunehmen! Auch im Zimmer des Pfaffen kann ich nicht länger schlafen, sehe nachts immerzu ihr Gesicht vor mir. Sie aber sieht mich keineswegs, WILL MICH NICHT SEHEN, geht mir zu diesem Zweck aus dem Weg, wo sie nur kann.*
Was tue ich hier? Ich zahle teuer dafür, sie gelegentlich in der Ferne vorüberhuschen zu sehen. Dabei läuft sie jedes Mal direkt über meine verdammte Brust!

Dies musste er geschrieben haben, bevor er mich im Kräutergarten aufsuchte. Darum also war er so niedergedrückt gewesen. Der nächste triumphierende Eintrag bewies es:

» *Einem Verdurstenden hat sie Wasser gereicht! Sie SIEHT mich!!*

Ich musste lächeln und versank sogleich im nächsten Absatz. Mittlerweile konnte ich seiner Schrift ansehen, ob es für ihn ein guter Tag gewesen war oder nicht. Und der nächste *war* gut. Er war es für uns beide gewesen.

•» *Bei Freya und Frey! Und wenn ich bis heute mit Blindheit geschlagen worden wäre – seit heute Nachmittag müsste ich sie anbeten! Sie hat mir gelauscht wie ein Kind, mit offenem Mund, auf der Kante der Bank hockend – ein kleines Mädchen, das Geschichten liebt, arglos und voller Vertrauen! Hätte es die Götter nicht schon gegeben, ich hätte sie in diesem Moment für sie erfunden, nur um sie zu unterhalten, um in ihre selbstvergessenen, glänzenden Augen zu sehen. Ich musste meine Hände ineinander verschränken, um sie nicht nach ihr auszustrecken, sie nicht an mich zu ziehen, auf meinen Schoß zu heben, das Gesicht in den Kräuterduft ihres Haars zu versenken!*
Doch auch so bin ich reich beschenkt worden: Ich habe ihr von allem erzählen dürfen, das mir etwas bedeutet, und sie hat mir nicht nur zugehört, sondern auch verstanden. Es war mein perfektes Glück. Doch gerade als ich gedacht habe, jedes Mehr sei schon zu viel, gaben die Götter mir noch freigiebiger: Mein Engel hat angedeutet, ich – von allen Menschen! – trage keine Schuld! Als ich begriff, was sie mir da offenbaren wollte, hatte ich Angst, zu weinen.
Auf dem Weg hinaus konnte ich meine Hand nicht davon abhalten, ihren Rücken zu berühren, hätte es selbst dann nicht vermocht, wenn sie dafür abgeschlagen worden wäre. Mein Elf schenkt mir die Unschuld zurück!

Von nun an mag sie von mir fordern, was sie will. Rein will ich für sie werden, auf eine Art, wie ich es noch nie gewesen bin – ja, zum Priester kastriere ich mich für sie. Vertrauensvoll soll sie sich in der Nacht neben mich legen können, wenn sie es wünscht, ohne dass auch nur ein Muskel in mir zuckt, geschweige denn ein anderes Glied. Ich dulde keinen einzigen unreinen Gedanken mehr in meinem Kopf, kein hässliches Wort, für das ich mich schämen müsste. Für sie will ich NEU werden. Morgen kommt sie zu mir, sie hat es versprochen! Bis dahin werde ich arbeiten wie ein Besessener, das Werk muss gedeihen. Die Farben an der Wand sollen ihr von meinen Gefühlen sprechen, solange ich es nicht selbst vermag, ohne mich zu beschämen. Ich will, dass der Garten an der Wand ihr Freude schenkt. Ich will, dass sie glücklich ist, wenn sie diese Rosen nur ansieht!

Und nicht weniger hatte er vollbracht. Nur *verstanden* hatte ich ihn nicht. Genauso wenig wie seine Hinweise auf die Bibelstellen und das angedeutete Bekenntnis, dass seine Augen sich für eine neue Schönheit geöffnet hätten, die er zuvor nicht gesehen hatte – für *die meine!*

»› *Alles, alles gerät mir falsch! Rein wollte ich sein und schwadronierte daher wie ein Pfaffe. Keuschheit wollte ich mir einprügeln – und habe es geschafft, die Frau zurückzustoßen, die ich mehr liebe, als das Leben selbst!*
Selbst meine Arbeit hat sie nur verwirrt, statt den Garten heiter zu machen, habe ich ihn ohne es zu merken in ein Abbild meiner Gefühle für sie verwandelt; ein vor Leidenschaft

glühendes Paradies. Kein Wunder, dass ihr geschwächter Körper endlich nachgab. Ich konnte ihn gerade noch auffangen, meinen durchscheinenden Engel. Als sie wieder zu sich kam, waren ihre Augen so verwirrt, dass ich sicher war, sie erkannte mich nicht. Und ich Narr war so glücklich, dass mir das Unmögliche gelang – den Moment ihrer Schwäche nicht auszunutzen – dass ich es kaum fasste, als meine Dornenlose im nächsten Moment vor mir floh! Kann es denn wahr sein, dass sie mich meinte, als ihre Hände mein Gesicht suchten? Habe ich heute wirklich mein größtes Glück zurückgestoßen?
Ich verfluche mich selbst. Wie konnte ich sie verletzen? Sie muss mich für meine ehrenhafte Zurückhaltung mehr hassen, als sie mich je für die Verderbnis meiner Triebe verabscheut hätte! Welch Ironie, dass ausgerechnet die selbstlosesten meiner Taten mir zuverlässig die Verdammung einbringen.
Es gibt nur noch einen Weg. Denn es gibt eine Sprache, mit der selbst ich nichts Falsches sagen kann. Sie soll meinen kostbarsten Besitz haben.
Ich weiß, dass sie inmitten der Abbildungen irgendwann auf die Hundsrose stoßen wird. Dann wird sie sich erinnern, wie wir in ihrem Garten standen und sie mir erklärt hat, dass Friggs schlichter Dorn im Gegensatz zu all den eitlen Zuchtrosen Heilung bringt. Und sie wird verstehen, warum sie die Eine für mich ist: weil sie reiner und stärker ist als alle anderen.

Nichts hatte ich verstanden! Es hatte alles auf der Hand gelegen und ich hatte nichts begriffen! Die Wahrheit war mir hundertfach ins Gesicht gesprungen und ich hatte an ihr vorbeigesehen ...

Die Götter wollen mich zerstören! Wie konnte ich hirnloser Tor die hingemetzelten Hunde – ich werde noch herausfinden, wer es war! – nicht sofort begraben? Welche Art von Dienst habe ich ihr damit erwiesen? Diesmal verdiene ich ihren Groll, denn die Gründe, aus denen ich säumig war, verändern nicht das Ergebnis.
Doch womöglich nehmen die Götter mir ohnehin gerade wieder fort, was sie zuvor schon über meine geöffnete Hand gehalten hatten. Warum sonst hätte die Dornenlose beschlossen, mich mehr denn je zu schockieren – mit ihrer VERDAMMTEN SCHÖNHEIT.
Ausgerechnet mein unprätentiöser Engel wählt sich jüngst zu verkleiden wie zum Maskenball: Mit Seide, Puder und Haarnadeln hat sie sich in eine Erscheinung verwandelt, die schon blendet.
Der Grund dafür liegt auf der Hand: Wenn sie ihre unvergleichliche Schönheit nicht länger unter den Scheffel stellt, sondern sie jetzt so offen präsentiert, dass sie einem ins Gesicht schreit, muss sie vorhaben, einen der Begriffsstutzigen aus dem Dorf mit der Nase darauf zu stoßen. Ich tobe allein, wenn ich daran denke! Zumal sie sich dann auch sogleich lebendig begraben lassen kann. Welcher der feisten Kerle hier soll ihren hellen Geist schon erkennen, wenn sie ihm geistliche Probleme auseinandersetzt? Wer von diesen Ochsen soll verstehen, wie klug sie ist, wenn sie die passende Medizin wählt? Und wie stark sie ist, wenn sie jeden Tag aufs Neue ihre Einsamkeit umarmt, als gäbe es außer ihr keine Menschenseele in diesem Wald.

Ganz zu schweigen davon, dass keiner von diesen Bauerntrampeln je gesehen hat, wie anmutig der alte Lumpen von Filz ihre schlanke Gestalt umschwingt, wenn sie Krankenlager verlässt oder Kräuter im Vorübergehen gießt. Wenn ich nur daran denke, dass sie nun vermutlich beschlossen hat, sich an einen von ihnen zu verschleudern, wünschte ich, sie wäre HÄSSLICH!
Ich habe nur eine Chance, sie jetzt noch umzustimmen. Ich muss ihr die Vergangenheit zu Füßen legen, nach deren Kenntnis es sie so sehr verlangt.
Womöglich werden die nächsten Stunden sogar von Erfolg gekrönt sein, denn ich bin auf ein Porträt gestoßen. Es kann sich also endlich öffnen, das Fenster zur Vergangenheit. Wenn die Götter wollen, werde ich meinem zürnenden Engel schon morgen den ersehnten Aufschluss bringen.
Und sie – zurückgewinnen?

Der letzte Satz war durchgestrichen. Darunter hatte er mit großen Lettern quer über die Seite geschrieben:

•» *AUFGEBEN IST KEINE OPTION!*

Auch hier war er sich selbst treu geblieben. Bis zum Ende.

Ich strich mit der Fingerspitze über diesen letzten Satz. Es war der allerletzte Eintrag. Die Seiten dahinter blieben leer. Seine Worte würden mich nicht weiter begleiten. Sie hatten ihn mir ein letztes Mal geschenkt; mir sein Herz geöffnet und das meine voll und schwer werden lassen – und nun war ich allein.

Der funkelnde Geist, der diese leidenschaftlichen Zeilen zu Papier gebracht hatte, war ein für alle Mal fort. Jetzt blieb mir nur noch, von seinem Körper Abschied zu nehmen.

Mit unsteten Händen legte ich das Tagebuch nieder, strich ein letztes Mal über das warme Leder, stand auf. Ihn nach all den lebendigen Worten leblos zu sehen, würde sein, als sterbe er noch einmal. Auf der Treppe zitterte ich, wie ich es auf dem Weg zum Tümpel getan hatte.

Vor der Kellertür zögerte ich ein letztes Mal, erwog, ob ich eine Kerze mit hinunternehmen sollte. Am Ende tat ich es nicht; im Dämmer wollte ich ihn betrachten, als würde er friedlich schlafen – nicht im gnadenlosen Lichtschein, der nichts für sich behielt. Ich stieß also die Tür auf und ließ sie lediglich weit offen stehen.

Schon auf den ersten Stufen stieg mir der Duft nach Brotteig entgegen. Die Bahre würde hinten stehen, im Durchgang, wo wir damals auch Priester Matthäus aufgebahrt hatten. Sobald sich meine Augen an den Dämmer gewöhnt hatten, würde ich gerade genug erkennen.

Ich tastete mich hinab, erreichte die letzten Stufen. Die Dunkelheit wurde dichter, hüllte auch mich ein wie ein Leichentuch. Nur widerstrebend schälten sich die Umrisse der steinernen Deckenstreben aus dem Schwarz. Für einen Moment meinte ich, eine Gestalt im Dämmer an der Wand kauern zu sehen, als hätte sie sich von der Bahre geschleppt, und zuckte zusammen – doch es war nur ein Schatten. Es waren einzig meine Nerven, die mir hoffnungsvolle Schemen vorgaukelten ...

Schritt für Schritt schob ich mich weiter. Ich dachte schon, dass ich stark genug sei, es zu schaffen, als mir plötzlich kalte Finger über das Gesicht strichen. Ich begriff erst, dass ich schrie, als das ganze Gewölbe davon widerhallte wie eine riesige Glocke.

Von oben fegte ein Luftzug herunter und ließ die Tür zuschlagen, die Finsternis brach über mich herein. Ich stolperte über meinen Rock, fiel hart. Mit beiden Händen tastete ich mich weiter, soweit ich konnte. Längst hätte ich die Bahre erreicht haben müssen, doch da war nichts.

Ich drehte mich um, versuchte, den Weg zurückzufinden, doch um mich war nichts als Dunkelheit. Längst hatte ich jede Richtung verloren, tastete mit aufgerissenen Augen blind umher. Wenn die Alten morgen mit Lampen heruntersteigen würden, würde ich längst von dem schwarzen Labyrinth verschluckt worden sein.

Und zu allem Überfluss sollte sich jetzt auch noch herausstellen, dass ich nicht allein war! Schritte tappten heran und mit einem Mal bestand die Dunkelheit aus kalten Händen, die nach mir griffen. Zum Schreien hätte ich neuen Atem gebraucht, stattdessen ruderte ich mit den Armen, holte aus und schlug zu. Die kalten Arme umfingen mich nur fester, hielten mich umso entschlossener. Doch statt mich zu wehren, spürte ich, wie meine Angst unerwartet erlahmte. Es musste der Geruch sein. Nur Herwegh roch so! Anscheinend gaukelte mir ein letztes, gütiges Hirngespinst vor, dass er gekommen war, um mich zu holen. Nie war ich dankbarer für einen Wahn! Ich entließ die angehaltene Luft, schloss im Dunkeln die Augen und hielt mich meinerseits an dem kalten Körper fest, umarmte ihn, so fest ich konnte.

Zu meiner Überraschung schrie mein Trugbild jedoch auf. Kalte Finger lockerten meinen eisernen Griff und über mir stieß jemand die Luft aus.

Fassungslos ließ ich los, tastete ungläubig nach kalten, jedoch massiven Armen – die von Verbänden umwickelt waren. Ich ertastete eine kühle, gleichfalls bandagierte Brust, einen angespannten Nacken. Ich musste mich zu fest an frische Wunden gedrückt haben, denn er atmete noch immer flach vor Schmerz.

Im nächsten Moment fühlte ich mich in eine Richtung geführt, die ich nie als Rückweg vermutet hätte. Dennoch stimmte sie, denn das graue Rechteck der Tür tauchte wieder über uns auf, wurde langsam größer.

Allmählich fiel immer mehr Licht auf Haut und Binden, die es wieder zurückwarfen. Sein Arm und seine Schulter waren verbunden – und auch sein Gesicht hätte es sein müssen, wenn die allzu dunklen Male darin mich nicht trogen. Vorsichtig, ihn kaum berührend – noch immer ungläubig, doch jetzt auch hoffnungsvoll – fuhr ich mit den Fingerspitzen die verfärbten und geschwollenen Augenlider und aufgeplatzte Wangenhaut nach. Er zuckte nur allzu lebendig zurück, als meine Finger auf eine offene Schramme trafen.

Ich fühlte mich, als würde ich schweben – oder vielmehr fallen – wenn er mich nicht hielte, als wäre ich die schwerer Verwundete von uns beiden. Ich konnte ihn fühlen, seine Haut, Muskeln und Knochen, ich konnte ihn sogar *riechen*. Doch was, wenn auch dies nur ein Trugbild, ein viel zu kurzer Traum war? In dem Fall musste ich jeden Augenblick davon auskosten! Doch Traum oder nicht, zunächst wollte ich ihn *sehen* – oben im Licht.

»Warte«, er machte sich von mir los, atmete tief durch, nahm dann mein Gesicht in beide Hände. Ich spürte erst seinen warmen Atem, dann seine Lippen und seine Zunge; er küsste mich zuerst sehr vorsichtig, dann entschlossener, am Ende auf eine Weise, dass meine Knie unter mir nachgaben. Sein Mund schmeckte auch diesmal nach Wein und Rauch und doch wusste ich dieses Mal, dass es echt war. Ganz einfach, weil das Gefühl das letzte Mal dem Aufflackern eines Streichholzes geähnelt hatte, während es diesmal einem Inferno glich.

Ich hatte dazugelernt. Diesmal zögerte ich nicht. Sobald ich wieder zu Atem kam, nahm ich ihn an der Hand und führte ihn zuerst die Stiege hinauf, dann die Treppen hoch. Und dann ins Rosenzimmer.

Dank

Glaubt man David Hume, wird der Mensch täglich von seinen Erfahrungen geprägt, ja, mit der Zeit durch sie neu erschaffen. Er gleicht einem Schiff, dessen Planken nach und nach ausgetauscht werden, bis es irgendwann neu ist. Es gibt große Ähnlichkeiten zwischen Menschen, Schiffen – und Büchern.

Die erste Version dieses Textes entstand vor über elf Jahren, die letzte beendete ich vor wenigen Monaten. Sowohl diese Geschichte, als auch ich haben uns in dieser Zeit sehr verändert. Alle Veränderungen verdanken wir Begegnungen mit Menschen und ihrem Einfluss. Die allerwichtigsten möchte ich hier nennen – an alle anderen denke ich in aller Stille.

Alicja, meine Schwester im Geiste, ist der Spiegel, der nicht nur meine Schwächen, sondern auch die Schwächen meiner Geschichten offenbart. Daneben aber manchmal auch unsere Stärken. Für beides danke ich – für das Erstere sogar am meisten. Agata, meine allererste Lektorin, strich die erste Version auf die Hälfte zusammen und machte mich damit erst sehr wütend – und dann sehr viel klüger. Meinen Eltern verdanke ich neben dem Beinhaus meines Körpers die Heimat an einem Ort, den ich sehr liebe. Wo ich mitten im Winter eine halb vereiste, blühende Rose hinter dem Holzschuppen fand – ein Bild, das zu einer Idee; eine Idee, die mit der Zeit zu diesem Buch wurde.

In polnischen Häusern legt man an Heiligabend ein Gedeck zu viel auf, um zu zeigen, dass man bereit ist, einem Fremden, einem unbekannten Gast, Speise und Obdach zu gewähren. Abseits der Hohen Feiertage gerät der Vorsatz der Hilfsbereitschaft leider meist in Vergessenheit. Umso großartiger ist es dann, die Erfahrung zu machen, Unterstützung und das Geschenk von Zeit von jemandem zu erhalten, der einen nicht kennt. Frau Dr. Charlotte Klack-Eitzen, Professorin für Restaurierung und Kunstgeschichte an der Universität Hamburg, hat mir nicht nur geduldig meine vielen naiven Fragen zur Restaurierung beantwortet, sondern sich auch als engagierte Lektorin herausgestellt, obwohl sie „solche Bücher sonst nicht liest". Hans-Gerd Hoyer hat mir sein Auge und seine Linse geliehen.

Häuser brauchen ein Fundament. Menschen ebenso. Umso mehr Menschen, die versuchen, Gebäude aus Worten zu schaffen. Denn man kann nur dann hoch oben mit seinem Laub rascheln, wenn man seine Wurzeln tief unten um einen festen Felsen legen kann. Danke für den Halt. Und für alles andere, Markus.